JN083144

東京マッハ

俳句を選んで、推して、語り合う

千野帽子
長嶋有
堀本裕樹
米光一成

晶文社

まえがき

東京マッハは俳句を作らなくても参加できる公開句会。本書をより楽しむため、各回を読む前に必ず選句しましょう。

このように記入します。
すぐに選べない場合は
予選でたくさん○をつけて、
吟味しながら数を減らしましょう。

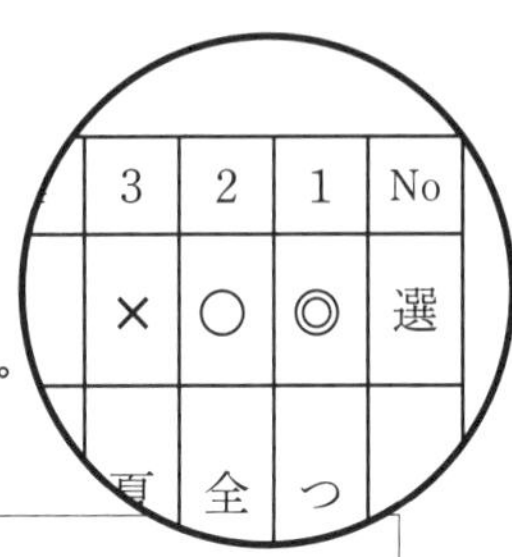

No	選	句	作者
1		つりしのぶ暮れて厨の音色かな	
2		全員が全長52メートル	
3		夏服や切手買えたと女の子	
4		花びらのしおりでひらく嵐が丘	
5		ポンプポンプ音符ポンプの四重奏	
6		急すぎる石段なれど祭髪	
7		薫風よ吹け犬の眼に全体に	
8		全速力坂道疾走小銭も	
9		夕虹や安全ピンのしづくせり	
10		夏シャツや大きな本は置いて読む	
11		右端の全裸の者が専務です	
12		太宰忌やジンに染みゆく灯蛾の音	
13		手押しポンプの影かっこいい夏休み	
14		帽子あらば帽子をふらん夏の子に	

「厨」？
わからない季語や固有名詞は、
歳時記などで調べましょう。

出演者の選を記入し、
自分の選と比べるのも楽しい。

15	16	17	18	19	20	21	22	23	24	25	26	27	28
侍ジャポンプライドばかり雲の峰	さかづきに金魚といふ名の肉を放つ	縁側ですぐ音でなくなるのです	鏡音レンは胡桃の花が好きかしら	かなぶんやコントローラー置けば闇	風船に飛ぶ音のなし夏野原	ipadで殴ってしまうギルバート	ほととぎす護符貼られたるポンプあり	よりによって花火の晩にそれ言うか	ふらここや似てない物真似を許す	薫風を左に乗せてサイドカー	マコンドの豪雨ページを溢れ出る	ポンプからポンプへ旅をする水母	てんと虫本の天より天空へ

次のページから披講が始まります。みなさんも特選（ベスト1）1句に◎、並選（好きな句）6句に○、逆選（文句をつけてやりたい句）1句に×。「選」欄にご記入ください。

特選 ➡ ◎
並選 ➡ ○
逆選 ➡ ×

それでは、本文をお楽しみください！

選句用紙は 14-15、62-63、114-115、162-163、210-211、260-261、310-311、358-359頁に掲載されています。その他、晶文社のホームページからもダウンロードできます。

目次

装画＝川原瑞丸
装丁＝名久井直子

vol.1「水撒いてすいか畑にいて四人」

@アップリンク渋谷（2011年6月12日）

手探りの第1回当日まで、千野は米光と二度、長嶋と一度しか会ったことがない。堀本は楽屋で米光・長嶋と初対面。毎回メンバーを変えるつもりだった千野は、句会終了後この4人のパーマネントグループにすると宣言。

東京マッハの始まり

千野　帽子です。句会というのは、文学だったり、あるいはカルチャーセンター的な、特にシニアの方々の楽しい趣味であったりと、両極端な捉え方があります。私の考えとしては、俳句を作るのは句会を開くためで、句会をやるのはその後の飲み会のためです。私たちはこれが終わったら飲みにいきますし、すでにここで飲む。皆さんも、終わったら1杯ひっかけて帰っていただけたらなと思っています。それでは、今日の出演者、どうぞ。（場内拍手）下手側からご紹介申し上げます。ゲーム作家で、さまざまなタイプの文章も書かれていて、いろいろなイベントもやってらっしゃいます、立[*1]命館大学映像学部の教授でもあります米光一成さんです。

米光　よろしくお願いします。

千野　次に、芥川賞作家であり、大江健三郎賞作家であり、そして今年ついに漫画家デビューもされました、長嶋有。

長嶋　長嶋です。よろしくお願いします。

千野　そして、今日のメンバーの中の唯一の良心かもしれません。元『河』の編集長、若手俳人、堀本裕樹。千堀の相方です。[*2]

「東京マッハ」本番直前、控え室で選句中のメンバー。左手前から時計回りに堀本裕樹、米光一成、千野帽子、長嶋有。

堀本　よろしくお願いします。

長嶋　お客さん[*3]の入りがすごいね。

千野　僕らはここで句会をしながらメニューで飲み物を注文しようと思います。

米光　ビール、ビール。

舞台に登場した４人。

千野　じゃあ、僕は赤ワインを下さい。グラスで。

堀本　オレンジジュース。

千野　1人いい子になろうとしていませんか、堀やん。

堀本　いえいえ、僕はちょっと抑制していかないと。

千野　あ、僕らが暴走しないようにね。

並選、特選、逆選

千野　さて、本当だったら最初に短冊に句を書いてから全員で黙々と写すんですけど、今日はこちらのイベントの仕掛け人、NHK出版の福田直子さん[*4]にあらか

＊1　2011年当時。現在はデジタルハリウッド大学教授。

＊2　千野と堀本は「千堀」というユニットを組み、「日経ビジネスオンライン」にて「飛び込め！　かわずくん」（2012年7月まで）という連載をしていた。

＊3　約100席が満席。これは東京マッハとしては少ない数字。

＊4　千野の著書『俳句いきなり入門』（NHK出版新書）書籍化担当者。

じめメールで7句ずつ俳句を送っているんです。それをまとめた紙（清記）をさきほど頂きました。実際に句会を行う時には、Ａ４用紙を縦に切った短冊に各自が句を書いて、全員分を集めてシャッフルします。

長嶋　俳句をしない人に短冊というものの誤解を解いておきたいのは、文房具屋で売っている硬いサイン色紙みたいな……。

米光　居間に飾ってあるいいやつ。

長嶋　ああいう短冊を句会で使うことは、ない。

米光　お金いくらあっても足りなくなるので。

長嶋　僕の知り合いの俳人は反古の紙を切ったものをリュックサックいっぱい持ち歩いていて、いつ句会が始まっても短冊あるよっていう。

千野　どれだけやる気なんでしょうね。

長嶋　選句用紙というのはリポート用紙みたいなもの。

米光　短冊に書いたものを一度シャッフルして、参加メンバーが清記用紙に清書する。これは誰が書いたか分からないようにするためです。

千野　筆跡を消すということです。で、今回はあらかじめ出来上がった清記用紙をもらって、楽屋で選句をして、いまここにいるということです。この後、披講というのをやります。一人一人が選んだ句を発表する。

米光　披講って言うんですね。

長嶋　僕、単に選句と呼んでいた。

千野　各[*5]句に点数をつけていくことは点盛りと言います。

米光　とにかく決まった数の句を選んで点数を付ける。○とか×とか。

千野　それを発表するということです。

米光　今回は特選1句、並選6句で、逆選が1句。逆選というのは……。

千野　まあ、「ちょっと文句つけてやりたいな」という句で、これを入れるとだいたい険悪になるんですけれども、私は「一服のスパイス」という感じで入れています。もしここでつかみ合いになったら誰か止めてください。

長嶋　普段の句会では逆選ってやります？

堀本　いや、あまりしないですね。

長嶋　めったにやらないですよね。

堀本　ええ。ただ、このメンバーだから面白いかなという感じですね。

長嶋　句会やって間もないようなころは、中二病みたいに、やたら逆選、逆選とか言っているような気がする。

米光　いまも言っている、「逆選もらってうれしい」ぐらいの感じ。

千野　実際、意外とそうでしょう。無視されるよりは、嫌いと言われた方がまだ。

米光　そうか、わりと嫌いという意味なんですね、逆選。俺はもしかしたら好きかもしれないけど、普通これはだめだろうみたいな微妙なニュアンスがこもっていたりするのかなと勝手に解釈していて喜んでいた。

長嶋　いろいろな逆選があると思う。

千野　たぶん僕も、腹が立つから付けてやろうというのもあるし、好きなんだけどすごい惜しいとか。

米光　逆選は、点数には入らないんですね。

千野　逆選は関係ないです。マイナスとかしないです。

長嶋　そうなんですね。逆選1個入ったせいでプラマイゼロとかはない。

米光　特別枠なんです。

長嶋　僕のやっていた句会では、逆選はマイナス1点でした。

千野　厳しい。

長嶋　その分、絶対値のトップというのを取る。並選が3点入って逆選がマイナス3点入ると0点なんだけど、トータル絶対値は6点。

米光　あ、それは理にかなっている。どっちにしろ人の心を動かしたものだということですね。

＊5　「選句」は句を選ぶこと、「点盛り」は句に点をつけること。「披講」は詩歌の会で声を出して作品を読みあげることだが、互選句会では選句結果を口頭で発表すること。

vol.1「水撒いてすいか畑にいて四人」

No	選		作者
1		つりしのぶ暮れて厨の音色かな	
2		全員が全長52メートル	
3		夏服や切手買えたと女の子	
4		花びらのしおりでひらく嵐が丘	
5		ポンプポンプ音符ポンプの四重奏	
6		急すぎる石段なれど祭髪	
7		薫風よ吹け犬の眼に全体に	
8		全速力坂道疾走小銭も	
9		夕虹や安全ピンのしづくせり	
10		夏シャツや大きな本は置いて読む	
11		右端の全裸の者が専務です	
12		太宰忌やジンに染みゆく灯蛾の音	
13		手押しポンプの影かっこいい夏休み	
14		帽子あらば帽子をふらん夏の子に	

一旦ストップ！　次のページから披講が始まります。
ページをめくる前に必ず選句をしましょう！！

みなさんも特選（ベスト1）1句に◎、並選（好きな句）6句に○、逆選（文句をつけてやりたい句）1句に×。「選」欄にご記入ください。

番号		句	
15		侍ジャポンプライドばかり雲の峰	
16		さかづきに金魚といふ名の肉を放つ	
17		縁側ですぐ音でなくなるのです	
18		鏡音レンは胡桃の花が好きかしら	
19		かなぶんやコントローラー置けば闇	
20		風船に飛ぶ音のなし夏野原	
21		ipadで殴ってしまうギルバート	
22		ほととぎす護符貼られたるポンプあり	
23		よりによって花火の晩にそれ言うか	
24		ふらここや似てない物真似を許す	
25		薫風を左に乗せてサイドカー	
26		マコンドの豪雨ページを溢れ出る	
27		ポンプからポンプへ旅をする水母	
28		てんと虫本の天より天空へ	

披講と点盛り

千野　では、私たちの選句を発表しましょう。堀本さんからお願いします。皆さん、堀本さんがどの句に入れたか、チェックしてくださいね。

長嶋　ただ○だけ付けても誰の○か分からなくなるから「堀○」と書くとか。

千野　そう。「堀○」って書いてください。特選だったら「堀◎」とか。

長嶋　逆選で「堀×」。

堀本裕樹選

並選

4　花びらのしおりでひらく嵐が丘
6　急すぎる石段なれど祭髪
14　帽子あらば帽子をふらん夏の子に
23　よりによって花火の晩にそれ言うか
24　ふらここや似てない物真似を許す
27　ポンプからポンプへ旅をする水母（くらげ）

特選

13　手押しポンプの影かっこいい夏休み

逆選

2　全員が全長52メートル

長嶋有選

千野　じゃあ、次、長嶋さんお願いいたします。

長嶋　はい。最初に名前と、何とか選と言うんですよね。皆さんもやるときにね。それを言うとＮＨＫっぽい。

並選

1　つりしのぶ暮れて厨（くりや）の音色かな
8　全速力坂道疾走小銭も
9　夕虹や安全ピンのしづくせり
19　かなぶんやコントローラー置けば闇
22　ほととぎす護符貼られたるポンプあり

25―薫風（くんぷう）を左に乗せてサイドカー

特選

28―てんと虫本の天より天空へ

逆選

16―さかづきに金魚といふ名の肉を放つ

米光一成選

並選

7　薫風よ吹け犬の眼に全体に
10　夏シャツや大きな本は置いて読む
16　さかづきに金魚といふ名の肉を放つ
20　風船に飛ぶ音のなし夏野原
22　ほととぎす護符貼られたるポンプあり
23　よりによって花火の晩にそれ言うか

特選

13―手押しポンプの影かっこいい夏休み

逆選

15―侍ジャポンプライドばかり雲の峰

堀本　16番は、逆選にした人と並選にする人で割れましたね。

千野　やはり点が散っていますね。

千野帽子選

並選

1　つりしのぶ暮れて厨の音色かな
10　夏シャツや大きな本は置いて読む
13　手押しポンプの影かっこいい夏休み
14　帽子あらば帽子をふらん夏の子に
17　縁側ですぐ音でなくなるのです
27　ポンプからポンプへ旅をする水母

特選

2―全員が全長52メートル

逆選

5―ポンプポンプ音符ポンプの四重奏

長嶋　割れました。
米光　割れたね。千野さんの特選は堀本さんの逆選だ。
長嶋　戦いがあるのがね、すごくいい。
千野　これとは別に会場の皆さんの人気投票は、後ほど発表させていただきます。
米光　人気投票とかあるんですか。
千野　皆さん、選句しているわけだから。これを集計すると人気投票が出るという感じですね。
米光　どれが一位、どれがドベみたいに出る。
千野　ドベが出るかどうかはともかく。
長嶋　ここで選ぶのと違う結果になるでしょうね。

作者が割れる

千野　では。13番。

13　手押しポンプの影かっこいい夏休み

堀本◎　米光◎　千野○

千野　13番は「作者は誰だろう」という楽しみがないですね。3人が選んだので作者わかっちゃった。作った人は自分の句には入れないので。
長嶋　本当だ。4人でやるとそれがあるね。
千野　6人ぐらいだとわからないんだけど。4人だとこういうことがある。おめでとうございます、長嶋さん。
長嶋　ありがとうございます。
千野　これはもう分かっちゃったので、コメントしましょう。
長嶋　僕ね、この句がウケないという読みをしていて、弁護のための資料もいろいろ持ってきた。
米光　なにを仕込んできているんですか。うわ、写真だ。
長嶋「手押しポンプ」って何だという。キンコーズで

手押しポンプを大きくプリントした紙を出す長嶋。

プリントしてきました。（場内笑）

米光　いやいや、分かるよ。それは分かる。

千野　言ってくれたらiPadで出すよ。

長嶋　いや、いま、現代っ子が多いから……。分からない人がいると思ったのと、「ポンプ」という題を出したのが僕なので。

千野　お題の話、まだしてなかった。ごめん。

長嶋　一人一題、題を出したんですね。

米光　長嶋さんのお題は「ポンプ」という言葉を入れる。

長嶋　3人先に出したんですよ、お題を。僕が一番締め切り遅れで3人の題を見たから、じゃあ、無茶苦茶な題を出す担当だろうと。90年代に「恒信風（こうしんふう）」という同人で句会をやっていたんです。結社とかで学ばない、我流の人たちでね。パソコン通信で集まった人がやった俳句の句会だったから、中二病的な面がある。季題を出すのがおしとやかに見えて、そういうのに逆らって、すごい嫌な言葉を出す。

米光　例えばどういう。

長嶋　僕、最初やったときは「妖怪」縛りだった。自分のは覚えてないんだけど、「**からかさの右足多き集いかな**」という句は覚えている。

千野　ちょっと江戸前な感じ。倉阪鬼一郎[*6]さんが作り

＊6　倉阪鬼一郎（くらさか・きいちろう）　小説家・俳人（１９６０―）。草創期の幻想文学会に参加。ホラー、ミステリ作品のほか、近年は時代小説のジャンルにも進出。

そうですよね。

長嶋　そうです。とにかくいきなり俳句と関係ないようなこととか、必ずカタカナを言うやつがいたんですよ。今回の僕の出題は福島第一原発[*7]の建屋のポンプのことを思って。

千野　ああ、それは全然考えつかなかった。そうか。

長嶋　で、6句作って、「ポンプ」だけ残ったの。自分の出した題に自分で苦しんだんですよ。題出したの誰だ、みたいな（笑）。

千野　自分ですよ（笑）。

長嶋　それで、やっと手押しポンプの句を作ったんだけど、さらにこれが字余りじゃないですか。字余りを俳人の方もいらっしゃる場に出しちゃう。これは添削されるかもなと。

千野　七七五。

長嶋　破調（はちょう）でしょう。「五七五に定型にできる」と言われるかもしれないな、と。

米光　いろいろ準備して。

長嶋　つまり五七五で詠もうと思えば詠めたんだと。

米光　ちゃんと作ろうと思えばできるんだぞ。

千野　切れ字も入れてね。

米光　平気で「かっこいい」なんていうのはどうだろうかみたいなことを言われるかもしれないからね。

千野「かっこいいと言っちゃだめ」と言う人いるじゃない。「かっこいいと思わせなきゃだめ」みたいな。

長嶋　とにかくね。破調の句を出して、五七五に添削されてから「いや実は、それも考えてましたけど」って言ったら、負け惜しみみたいに思われるじゃないですか。だから事前にこうして（といって紙を出す）用意してきた。（場内笑）。

七月や手押しポンプの影きれい
七月の手押しポンプの影の濃し

長嶋　これで、「五七五に縮められるでしょう」と添削してくる奴に、「そんなことは分かってんだよ！」と言いたかった。

用意してきた紙を掲げる長嶋。

千野　すごい。

長嶋　この改作例では、僕はまず「影きれい」はないと思っている。なぜなら僕が言いたいのは、「手押しポンプの影がかっこいい」だからね。五七五に収めるために「きれい」という言葉に変えたら、言いたかったことがなくなる。だからあえて言うと、「影濃くて」とか、「影の濃し」とかになると思うんですけど、これと比べても字余りの方がいい。

堀本　じゃあ、ちょっと僕の弁を言いましょう。すごい素直な句だなと思ったんですよね。手押しポンプの影そのものももちろん見えてきますけど、お父さんが頑張ってポンプを子供にこうやるんだよというのを示している情景も見えてきて、それはやっぱり「かっこいい」なんですよね。いまの「きれい」、俳句的にきっちりとした形にすると、どうしても「影濃くて」とか、影を描写したりするんですが、長嶋さんの心情としては「かっこいい」をどうしても出したかったから最終的にこっちを選んだんだなというのが。

長嶋　なんだ、分かっていたんだ。堀本さん、いい人だ！（場内笑）

＊7　この日は2011年3月11日の東日本大震災から約3か月後。

堀本　分かります。「夏休み」の季語がいいですね、ばしっと効いています。

長嶋　夏の場合、光にかかわる季語が非常に多い。あるいは影にかかわる季語。

千野　影だと「木下闇（こしたやみ）」とか、「片陰（かたかげ）」とかね

長嶋　だから、光そのものを感じさせる季語にしちゃまずいだろうということはありました。

千野　めちゃくちゃ啓蒙的なことを言っていますね。かっこいいな。米光さんも特選にしています。

米光　最初は、特選じゃないなとは思っていた。やっぱり「かっこいい」と言うのはどうよと思ってはいたんだけど、何度も読んでいると「かっこいい」と言っているのがかっこいいな、と。大人だと言わない粗朴な言葉で言ってるのが、夏休みの少年性に響いて、金[*8]子兜太だったらこれを選ぶなと。

長嶋　[*9]長谷川櫂は選ばない。

千野　長谷川櫂は選ばないでしょう。

長嶋　そうです。最初から金子兜太の方を向いて作っていたところがある。

千野　はははは。

長嶋　金子兜太はわりと俳句の世界では重鎮だけど革新的で。長谷川櫂さんが保守かどうかは分からないけど、たぶん選ばない。

米光　やっぱり「かっこいい」は動かないな。少年のかっこよさみたいなものが出る。

千野　そうですね。動かないです。僕も取りました。実は「手押しポンプ」で作ろうとして作れなかったんですよ。皆さんご覧になって分かると思うんですけど、いまこの句会に出てくるのは無季か夏の句なんですね。[*10]当季です。そうすると、「手押しポンプ」でやっぱり昼の光がかっと強く当たっているような状態で作りたかった。でも、うまくできなかったので、あ、これは僕の代わりに何かいい句が出てきたなと思って、ある意味僕の句だなと。

堀本　そういうのはあります。

米光　俺が考えるべきだったというのが。

千野　そうそう。親も同然みたいな感じになって取りました。長嶋さん、おめでとうございます。

長嶋　ありがとうございます。このポンプは楽天で2万2000円で買えます。（場内笑）

座が楽しければいい

千野　あとの句は、予想外に点が散ってますね。

長嶋　初対面というのもあって作者も分からないですね。何度も句会やっていると4人だと、もうあいつの句ってすぐ分かるんですけど。

千野　そう、作者が割れちゃうんですけど。

長嶋　だから、常連の人っぽい句をわざと詠んだりする。

千野　「あいつ、こういうの好きだから狙ってやろう」みたいなね。そうするとその作者から逆選ついたりするんだよ。「俺だったらもっとうまい」みたいな感じで。

長嶋　近親憎悪ね。

千野　ところで、長嶋さんと米光さんは一緒に句会やったことあるんですか。

長嶋　一緒にはないです。

千野　僕は長嶋さんとは初めてなんですけど、堀本さんとは今年の「日経ビジネスアソシエ」の企画で、荻窪でやりました。米光さんとはこっそり丸の内でやっぱり1月に（東京マッハvol.0）。そのときは「俳句は出さないんだけれども、選句や句評はやる」ということで、書評家の豊﨑由美さん、そこに来てらっしゃいます。それから和歌ネエこと料理研究家の荻原和歌さんに選句してもらいました。実は長嶋さんにもお声掛けした

＊8　金子兜太（かねこ・とうた）　俳人（1919―2018）。「海程」主宰。文化功労者。

＊9　長谷川櫂（はせがわ・かい）　俳人（1945―）。元「古志」主宰。『虚空』で読売文学賞。

＊10　当季　句会開催時の季節のこと。

んですけど、そのときは小学館漫画賞の選考日だったので来られなかったんです。
長嶋　まさかのね。
千野　もうご自身漫画家です。
長嶋　その話をあまり広げるとちょっと選が進まない気が……。
千野　面白ければいいんです。句会って実は俳句よりもそのときのトークの方が大事だったりする。
長嶋　そうかそうか。あまり厳密にしてもね。
米光　「座の文芸」ですから、座が楽しければいい。
長嶋　ちなみに句会をやったことがある人というの、会場にはどのぐらいいるんでしょうか。今日（と、挙手を求める）。
米光　結構いる。
千野　偉い人もいたりして。すみません。本当にすみません。「なんで『全長52メートル』が特選なんだよ」とかってね、本当に席を立つ人もいるんじゃないか。
長嶋　じゃ、次はそういう話題句からいきますか。

雑詠という自由演技

2　全員が全長52メートル　　千野◎　堀本×

千野　「全」というお題を出したのは僕なんですよ。
長嶋　「全」という句がこの28句の中に4つある。「ポンプ」も4つあるし、もう1個の題は「音」。
千野　これは、堀本さんが「音」というお題を出してくれて、この会の名前が「マッハ」だからということで出してくれた挨拶句としての題ですよね。
米光　ぼくが「読書」縛り。読書の情景縛り。
千野　縛りというのは言葉じゃなくて、テーマというかね。
米光　読書に関していればいいということですね。
長嶋　4×4＝16句はこうした題に沿っていて、さらに1人3句ずつ自由に作ってきた。

千野　雑詠と言うんですけど、自由演技ですね。さて。
長嶋　これは「全」の句ですね。
千野　本当に印象に残る句ですね。僕は「ある意味ウイルスみたいに脳みそに住み着いちゃって、人に言いたくなる」というのが好きな句の条件なんです。そうするとこれはもう、この句は1か月ぐらい絶対忘れない。ここで読んだ皆さんもおそらく、忘れないと思うんです。普通に読めているけど、句またがりなんですよね。上五中七下五と言って……。
長嶋　「全員が」が、上五。
千野　「全長50」で中七なんですね。
長嶋　「全長50」で7音。
千野　残り「2メートル」が下五なんです。普通、上五中七下五だと文字で切れるからスラッシュで切れるの[*11]に、これだけ横線で切れない。僕、こういう句は見たことがない。見たことがないから特選ですね。全長50メートルはウルトラ怪獣のちょっと大きめぐらい、だいたい40メートル台が多いので。
長嶋　ウルトラマンタロウ[*12]ぐらいなんですね。
千野　そうですね。ちょっと背が高い感じの。
長嶋　暴君怪獣タイラント[*13]みたいな？
千野　そう。ツノとかが飛び出ていると50メートル超えますから。その感じです。しかも「全員」でしょう。ということは、1頭じゃないんです。
長嶋　オール怪獣的な。
千野　しかも52メートルで揃っているというのは。
長嶋　絵面がいいと。ごめん、いま、何かすごいいい句な気がしてきた。（場内笑）
千野　いい句ですよ。いい句なんです。だから選びました。
長嶋　これは米光さんか僕の句なわけだけど、敢えて

＊11　例「古池や／蛙飛び込む／水の音」（松尾芭蕉）
＊12　ウルトラマンタロウ　同名のウルトラマンシリーズ第5作「ウルトラマンタロウ」（1973–1974）のヒーロー。必殺技はストリウム光線ほか。身長53メートル。
＊13　暴君怪獣タイラント　「ウルトラマンタロウ」に登場するウルトラ怪獣。身長62メートル。

お互いポーカーフェイスに、どっちか分からないことにして、米光さんも僕も言いましょうよ。なぜ入れなかったのか。僕から言いますが、僕は句またがりになるところが一番気になる。

千野　あ、嫌だったの。

長嶋　嫌というか、そのために2（に）という1音のメートルにしたんだなという。3（さん）や4（よん）や7（なな）や6（ろく）だと字余りになるから、便宜的に2にしたんだというところに52メートルの必然性をあまり感じなかった。

千野　5（ご）じゃなくて2というのは大事だと思うな、僕。55だったら、何か狙い過ぎな感じが。2だからいいんじゃない。

長嶋　5と2と、あとは何だ……。

千野　59（ごじゅうく）メートル。「きゅう」じゃなく「く」と一音で読める。

長嶋　9メートルは、五七五に収めるために使える数字なのね。だから、その中での選択で2は確かに9や5よりはしっくりくるけど。少女が何か果物を持っているみたいな俳句で、五七五に収めるために5個とかにすることが多いわけですね。

千野　あります、あります。

長嶋　僕はそんなの言いたい個数で字余りにしちゃえよと思うときがあって。でもいま聞いていたら、40メートルの初期ウルトラマン時代ではない、デコラティブな怪獣の全長なんだという気がしてきた。

米光　52メートルっていそうですよね。ゴジラが52メートルとか、何かいるんじゃないの。

千野　ウルトラ怪獣的には、「ウルトラマンエース」以降みたいな感じです。

長嶋　俳句プロパーの方にお聞きしたいのは、算用数字が入るということ自体、俳句ではあまりないんじゃないかな。

堀本　そうですね。ちょっとまじめなことを言いますけど、縦書きだったら、まあ、漢数字ですよね。それが普通なんですけど。僕が面白いなと思ったところは、千野さんが特選でしょう。そして僕が逆選、この違いというか、何で僕は逆選にしたかというと、何じゃこらと思ったんですよ、この句に関して。まず季語がないと。

千野　そこからか（笑）。

堀本　僕の立場から言うと、やっぱり「有季定型[*14]」が基本じゃないかというのがどうしても……これ、僕が取っちゃったら、何だと。堀本、これ取っていたぞと。

長嶋　Twitterで速報が流れてね。

堀本　ただ、逆選を取ったというのは、本当に「何じゃこりゃ」という。千野さんのおっしゃる印象に残るというところでの逆選なんです。だから、「千堀」で言うと、表裏一体だと。

千野　いまちょっとコンビ愛的なものを感じたんですけど。

米光　なになに、いい話になっているの？

堀本　方向性は違うとはいえ、そう思ったんです。

千野　すごいですね。うれしい。

堀本　最近、「日経ビジネスオンライン」や、「アソシエ」の連載の方でも……。

千野　選がかぶるんですよ。

堀本　選、かぶる。かぶるんですけど、特選が……。

千野　特選は必ずばらける。

堀本　最近千野さんと僕の特徴のある選が出てきて、それだけ広がりが出てきたんですね。だから今回のこの選句結果を見ても、あっと思って、こういうふうに広がりが出てくるというのはいいことだというふうに。

千野　楽しいですよね。

長嶋　あともう1個、俳句的にいうと、「全員」という言い方っていかにも面白いけど、何人か分からないじゃないですか。そういうずるさもなくないですか。

千野　「**鶏頭の十四五本もありぬべし　正岡子規**」とか。

長嶋　それは見立てで分かります。鶏頭（けいとう）が14、15本あ

*14　有季定型　季語が入って、五七五の定型（自由律ではなく）で作る俳句。

るというのは、途中で正確に数えることの意味がなくなるから。（客席に）そういう有名な句があるんですけど、この「全員」って言い方は、ウルトラ怪獣大集合みたいに絵面は浮かぶ。でも、何かずるいなという気もする。

堀本　作者としては、そこに何か膨らみを持たせたかったのかな。いろいろな全員が想像できる。「いったいなんの全員なんだ」と。

千野　読者に預ける感じ。すごく読者を信頼してくれているのでうれしいです、こういうの。

堀本　ちょっと暗号的な。

長嶋　でも、「全員が全長52メートル」っておかしくない？

千野　おかしいから取ったんだって。

長嶋　よしんば怪獣たちだったとしても、だってツノで52メートルになっている人も、自分自身のタッパが52メートルの怪獣も、みたいに皆が本当に横一線になったの？

千野　たぶんオーディションしたんだ。52メートルに近い人たちで。

米光　「ミニモニ。」[*15]みたいな。

千野　そうそう（笑）。懐かしいな。

長嶋　52メートルの主役、集めてみました。「今度のウルトラマン何とか出られるぞ」みたいな。

千野　プラマイ50センチぐらいまではオーケーみたいなね。

米光　ちょっとシリコン入れてみた、足りなかったから。

千野　逆に削ってきた人も。

長嶋　年取ると姿勢、伸びるよね。

千野　「お前いくつだ」みたいなことを言われつつ。

長嶋　やっぱり盛り上がる句ですね。

千野　作者、どなたでしょう。

米光　はい。

千野　やっぱり（拍手）。おめでとうございます。素晴らしい。

長嶋 話題取りましたね。
米光 よかった。
長嶋 これは怪獣みたいな感じですか。怪獣的な図を。
千野 任せてくれたんですよね、読者にね、そこのところは。
米光 そうですね。「全員が」か「全員で」かで悩んだりしました。
千野 「全員で」。僕は「が」の方がいいな。
米光 いいですよね。
長嶋 僕も「が」がいいな。「全員で」だと、俺も52メートルの仲間になっちゃうもん。みんなで、みたいな。
千野 そうですね。俳句って助詞が1個違っただけで雰囲気ががらっと変わってしまう。

季語をあてがっておけばいい

千野 逆選、入っている句を開けちゃった方が盛り上がるような気もするので、順番にいきましょうか。5番これ、私が逆選にしました。

5 ポンプポンプ音符ポンプの四重奏 **千野×**

千野 単純に守備範囲の問題だと思うんですけれども、音で勝負かけてこられるとちょっと僕は少し後ずさりしてしまうというのがあります。
米光 ダジャレじゃんという話ですね。
長嶋 「音符ポンプ」は、「プ」の部分がね、ちゃんと掛かって。
千野 うん。ダジャレはわりと好きなんですけど、こ

＊15 ミニモニ。 ハロー！プロジェクトでかつて活動していたアイドルグループ。2000年、「メンバーの身長150センチ以下」を条件とするグループとして結成。

れは「ことばあそびうた」です。谷川俊太郎さんの「かっぱらっぱかっぱらった」的な（「かっぱ」）。僕はそれが全然ぴんとこない人で（現在はわかるようになった）。

長嶋　僕は、最後の「四重奏」と言っちゃったのがつまらない。だって「ポンプポンプ音符ポンプ」と4個あるから、最後は「ゆすらうめ」とか付けておけばいいのに。季語をあてがっておけばいい。

千野　僕もそう思うんです。なぜこれで無季にしちゃったんだろう。

長嶋　「**ポンプポンプ音符ポンプやアマリリス**」でいいですよね。

千野　そうそう、全然いいです、本当に。

堀本　ここに何か季語を持ってきた方が意味深になりますね。

長嶋　僕、句会で困ったら、「ゆすらうめ」か「アマリリス」です（笑）。

千野　実際、「困ったら入れる季語」ってある。僕の知り合いの俳人の方でいまの時期だったら、「酸漿市（ほおずきいち）」をやたら入れる人がいて。

長嶋　好きな季語というのがある。

堀本　ありますね。

長嶋　「四重奏」と言っちゃうことで、4回繰り返したことの意味が。

千野　自分で意味付けちゃっているんですね。それがちょっと残念という。また「音符」と「四重奏」でしょう。これもかなり過剰な説明な感じが。

米光　「つき過ぎて」いるんですね、いろいろなことが。

長嶋　いわゆる俳句の世界でよく言う「つく」。2つの単語の意味が。

千野　言葉の関係が近過ぎて、飛躍が足りないときに、「つき過ぎ」と言うんですけれども。

長嶋　あと、厳密に言うと、これポンプが4台あるということじゃないと四重奏にならないよね。ポンプが3台あって……。

米光　音符があるだけじゃ三重奏だよ。

堀本　そこを突いてきますか。

千野　数が合ってないと。

豊﨑由美（客席から）千野さん、私、これすごい好きなんですけど。ポンプの形って「音符」に見えるでしょう。

堀本　ポンプが。

豊﨑　ポンプで音符で、ポンプで四重奏なんです。（ふたたび手押しポンプの写真が示される）

長嶋　これが音符の形なんだ！

千野　さすがトヨザキ社長。

豊﨑　音符ポンプで、本当の音符があって四重奏なんです。

千野　確かに。見方によっては、すごく音符っぽいですね。

長嶋　なるほど、なるほど。このポンプ、2万2000円の（笑）。

豊﨑　そうじゃないと、そのまんまですよ。

長嶋　こっちから見ているんですよね。ああ、本当だ。じゃあ、いい句にしよう。（場内笑）

千野　さすが。トヨザキ社長は僕がお願いして、1月の東京マッハvol.0のときに来ていただいて、俳句は出さないんですけど……。

堀本　読み手として。

千野　そう。点も盛ってもらって、そしてその後の飲み会の場所まで決めていただいて。

長嶋　最高ですね。句会がよくても飲み会の仕切りが悪いとね。

千野　私は句会って、飲み会のためにやっているので。それにしても会場の方（ほう）から素晴らしいコメントをいただいた。これは4人誰も気が付いてなかったですね。

長嶋　句会はやっぱり大勢というか、たくさんの意見を自由に出した方がいい。誰か、あっと思う人がいたら挙手でお願いしましょうよ。

千野　いまみたいな感じで。実は指名しようと思ったんだけど、もう出たので、どんどん言っていただくと助かります。

長嶋　音符の句、言われてみればそうですよね。作者、どなたでしょうか。

米光　はい。

千野　はい、米光さん。

長嶋　でもこれ、ポンプが音符の形に似ていることも含めて、もっとよくできる気がするんだよね。

千野　やっぱり「アマリリス」。

長嶋　アマリリス的なね。……困ったら季語あてがっておけというのも乱暴な意見なんだけどね。

千野　でも、絶対重要。

豊﨑　「アマリリス」[*16]って曲あるしね、ちゃんと。

千野　怖いな、豊﨑さん。やばい。

長嶋　ノーギャラなのに、こんな判定いただいて。（場内笑）

豊﨑　サガなんですよ、解釈したい。

長嶋　したいというね。なるほど。

千野　ギャラ出さなきゃいけない。

同じ理由で○と×

記念すべきvol.1のフライヤー

千野　じゃあ、続いて16番。

16　さかづきに金魚といふ名の肉を放つ

米光○　長嶋×

千野　これは割れたケースですね。長嶋さんが逆選です。逆選の理由からお伺いしたい。

長嶋　はい。僕の、句会における「逆選」の定義というか、基準というのは巧拙（こうせつ）ではなく、あまりに下手な句だと思ったのは逆選にしないんですよ。俳句としてできているけれども、何かそこでやろうとしている内容に与（くみ）しないというときに取っていて。これはちょっとかっこいい感じのことを詠んだ句だと思うんですよ。でも、そのやっていることの気取りが何か嫌だと。「さかづき」にさ、「金魚」ってさ。

千野　ちょっと耽美ぶってやがるなこいつ、みたいな。

長嶋「金魚といふ名の肉」みたいないい言い方をして。

千野「といふ名」のというのが、何かメタファーとしてかっこつけてやがるなみたいなね。気取ってんじゃないよと。

米光　同じ理由で、ぼくは選んでいるんですよ。かっこいいなーって。俺、この人の人生だったらよかったな、こっちの人生に行きたかったみたいな。

長嶋　そうなの？　しかも、肉を放った後どうするの。

米光　あんまりかっこいい句じゃないと思った？

千野　あまりかっこいい句じゃなくて、どっちかというと、ライブハウスみたいなところで。

米光　芸人が行って。

千野　そうそう、金魚をくいっとやって。

米光　人間ポンプみたいな？

千野　そう、おえっと。そうなのかな。だったら米光さん、取らなかったよね。

米光　うん。それじゃあ「といふ名の肉」は描写しないでしょう。

長嶋　ちょっとめでている感じ。あと字余りも、厳密に言うと「金魚といふ名の」の8音……。

＊16 アマリリス　1968年にNHK「みんなのうた」で放送された曲。フランスの民謡「アマリリス」を元にしている。弘田三枝子とシンギングエンジェルズ歌唱。

千野　五八六ですね。

長嶋　僕も字余りをやったけど、字余りのための言い訳にあんなに準備してきたんですよ。つまり五七五にできたのに、あえて字余りしたんだという自分の字余りへの意気込み。本当は五七五でできたんですよ。

米光　できたけど、しなかった、と。

長嶋　そうそう。そんな批判は分かっていたんだと。でも、こっちはもっと五七五にできそうな気がするんだよね。肉と言わない。金魚をさかづきに放つというモチーフだけで作れると思う。

米光　そうかな。字数が多いのも「肉を放つ」というちょっと生々しさみたいなところに与している気がして、いいと思うけど。

千野　取った人と逆選の人がいて面白いのは、片方が弁護して片方が突っ込みになる。

長嶋　「肉を放つ」の6音の余り方は確かにそれがいいと思えば、その言っている内容がね。その字余りは効果的だと思うんです、何となく「金魚」がするんとちょっともてあます感じに動いた感じとかが、5文字の5音をはみ出した感じが、放った瞬間が見える気がしますよね。

堀本　僕、予選で取っているんです。金魚の句として見たときに、面白いなと思ったんですね。まず、あまりさかづきに金魚を放つという発想がないので、そこが面白いと言えば面白い。「といふ名の肉を放つ」と、あえて金魚という魚を即物的に肉と捉えて持ってきたところは、やっぱり作者はここを強調して言いたかったんだな、と。

長嶋　でも、取り切れなかった理由もあるわけですね。

千野　やっぱかっこつけてるからじゃないですか。

米光　何かこのぷるっとした感じが出ているところは魅力だと思うな。

長嶋　動きがあると。

米光　うん。動きというか、動きとともに体感できる実感がある。やったことないけど。

長嶋　臨場感はある。

千野 すみません、もう実質作者ばれているので、いいですか。私です。4人でやると、やっぱりばれる。
米光 そう。途中から分かっちゃうね。
千野 そう。5〜6人いると結構もつんだけどね。
長嶋 句会を続けて何年もたつとメンバーが忙しくなって句会の人数が減ってくるんです。
千野 減ります、減ります。
長嶋 僕は「四捨五入句会」という言い方をしてた。4人いると0に等しい。5人だと10に等しい。
千野 僕もそう思います。
長嶋 何でもう1人呼ばなかったの？
千野 いろいろ悩んだんですよ。会場の広さとか、時間の尺とかね。本当は5人が理想ですよね。
長嶋 じゃあ、次回は必ずもう1人誰か。
千野 ありがとうございます。5人にしたいですね。[*17]
長嶋 絶対女性がいい。
千野 池田澄子さんあたりに来てもらいましょう。
長嶋 厳しい、厳しい。
米光 怖いこと言うわ。
千野 実は僕、今年こっそり俳句雑誌の句会というのに初めて行ったんです。正体を偽って本名で。44人参加で1人2句。当季雑詠(自由題)オンリーで88句。そのとき、特別ゲストに池田澄子さんが選者として来られていて、5句選びますというその5句の中に入りました。[*18] だけじゃなく……メルアドの交換もし。
長嶋 何それ、どういうこと。その5句に選ばれたのはすごいですね。
千野 だから、僕はちょっと調子に乗ってるんですよ。いい気になっている。池田澄子さんは僕が俳句を始めたきっかけになった人なんです。まさに6月ぐらいの句で「**じゃんけんで負けて蛍に生まれたの**」という有名な句があって、それを読んだのが僕が俳句を続けようと思ったきっかけです。だから、僕は当日、池田さ

＊17 以後、原則毎回「5人目枠」を用意するようになる。
＊18 のち「大東京マッハ」の題になる「窓からの家出を花のせいにする」（255頁）。

んの句集を持っていって、サインとその句を書いてもらいました。

長嶋　僕はかなり古書価格の高いの持っていますよ。

米光　何だ、その池田澄子自慢。

千野　僕もそうです。買ったとき5800円だった。

長嶋　僕だって澄子さんに取られた句あるよ。「**サンダルで走るの大変夏の星**」。

千野　ああ。もう、池田澄子モテモテ話ですみません。

米光　飲み会でやれという話ですよ。

千野　すみません、本当に。

長嶋　俳句、今日のこのイベントで興味持った人は、池田澄子さんの句集とかから入るのが……。

千野　僕は絶対いいと思います。

米光　いいですね。

長嶋　口語的で、例えば「**ピーマン切って中を明るくしてあげた**」とかね。読みやすいし。

千野　しかも技巧的にすごいトップレベル。

誰かに挨拶をする句「挨拶句」

千野　2点句いきましょうか。2人が選んだ句です。1番。いかがでしょう。

1　つりしのぶ暮れて厨の音色かな　　長嶋○　千野○

長嶋　俳句っぽくてさ（笑）。

千野　そうそう。「俳句っぽい」という言葉が特殊だと思うんだけど、五七五を見て、漠然といい悪いというジャッジがまずある。俳句をやり続けていると、俳句という輪郭からずれるずれないというジャッジも出てくる。俳句らしいかどうかという評価。

長嶋　そういうことにとらわれ過ぎてはいけない気もしつつ、でもなにかある輪郭を守らなきゃいけないという気もして。俳句っぽさに逆らいたくて作ったり、俳句っぽさというものをちゃんと評価したいという気持ちもあったりね。28番「**てんと虫本の天より天空へ**」

の句もそうで「う」の字があるないもなんとなく俳句っぽさの範疇でいいかなと思ったりしたんだけど、「つりしのぶ」の句も俳句っぽい俳句の中で、いい句だと。

千野　僕もそう思う。俳句っぽいというのは、悪口にも使えるじゃないですか。「俳句らしくしやがってこいつ」みたいな。それこそさっきの僕の逆選なんかそうだけど、本当に俳句っぽくしやがってみたいなのがあるんだけど、これはそういう嫌みな感じがない。

長嶋　あと「厨の音色」、厨というのが辞書を引いたら台所とあるんだけど、台所というのはいわゆるメロディーが流れる場所じゃないんだけれども、たくさん音がしますよね。ご飯が炊ける音だったり、包丁を使う音とか、食器がぶつかっている。そこの作業を映像ではなく音で感受しているというのがすごくかっこいいとらえ方じゃないかなと。いまは厨なんていう言い方しないよ、台所だよ、みたいなけちはつけなくていいだろう。そこは逆に俳句っぽくていい。

千野　自然に読めるのに情報量がすごく多くて、まず季語があるでしょう、「つりしのぶ」。「のきしのぶ」とも言いますけれども。例えば苔玉だったりとか、そういうやつが吊してあって。まずこれがかっこいい。ここで切れて[*19]、「暮れて」ということは、これは時間帯でしょう。

長嶋　そうですね。夕餉(ゆうげ)前。

千野　晩ご飯の支度。そして「音色かな」と言っているということは、この人は台所にはいないですね。

長嶋　何も手伝ってないんです。

千野　視点人物は、つりしのぶを見ていて。

長嶋　「ほほお」とか。

千野　そうそう、妻が何かやっているのを「ほほお」とか言って。いい気なもんですね。うらやましいというか……。

長嶋　なんで俳句なんか詠んでいるんだよっていう。

＊19　「切れ」は一句中の話題転換をさすこともあれば、構文上の切れ目をさすこともある。多くの場合、その両方を兼ねている。

千野　そうそう。みんな「俺の人生と交換してくれ」と思うくらいの、いい感じの句ですよね。

長嶋　俳句ってそこも面白いね。そんなことを俳句を詠んでいるというメタ性が必ずおかしさになっていて。

千野　こんなこと句にしやがってこいつ、みたいな。

長嶋　これは妻にしてみればもう。

千野　手伝いなさいよ、テーブル拭くぐらいしなさいよみたいなね。

長嶋　でも、その寸前までは何か俳味という俳句っぽさの成分が抽出されていて、その直後にはこの人は全然、手伝っているかもしれないんだけどね、情景を切り取る瞬間がきれいというね。

千野　すごく幸せになったんです、これ読んで。本当にいいなと。

長嶋　そんな褒めるのに、「全長52メートル」を特選にしたの？

千野　そうです。そこがバランス感覚ってやつです。僕、乗馬をやってますからバランス感覚はすごく大事にしています。

長嶋　そこが俳句っぽさと俳句っぽさじゃないものの価値の両方を考えることになっていますね。

千野　両方を追究したいです。どちらも好きなんですよね。初めての方には馴染みがないかもしれないけど、例えば若手のいわゆる伝統系じゃないという人たちばっかりで句会をやっていると時々飽きてくる。それはオルタナティヴばっかりやろうとしているからで、実はオルタナティヴというのはポエムと接していて、すごくポエマーっぽくなっちゃう。それは嫌なんですよね。俳句って「かな」という切れ字できゅっと締めるみたいな、ポエムから遠ざかるみたいなところがあって、そこが好きですね。

長嶋　そうですね。

千野　作者はどなたでしょう。

堀本　裕樹です。

千野　やっぱりね。これは実力ですよ。

堀本　一言言わせていただいていいですか。先ほどおっしゃったように、マッハ、音速で、「音」という題を出したんですけれども、俳句には挨拶というのがあるんです。山本健吉（やまもとけんきち）は、俳句は[*20]「挨拶」「滑稽」「即興」の3つだと言ったんですけどね。

千野　山本健吉が言った。

堀本　ひとつ、挨拶句を作ってやろうと。「つりしのぶ暮れて」で夕方ちょうど日が暮れてマッハが始まるので、それを「つりしのぶ暮れて」。

米光　いまこのとき?

堀本　そうですね。それから始まると、「厨」というのも、このメンバー4人の台所ですよね。台所で俳句を作っている。

長嶋　これがいまの状態ね。

堀本　それでさまざまな音色を奏でている。

長嶋　……挨拶が高級。

米光　すごい。

千野　すみません、ちょっともう。

米光　選んでないのはぼくが無知だからだな。そもそも「厨」って何?ってレベルだから。

堀本　挨拶句というのがまずあるということから説明した方がいいんじゃないですか。

千野　そもそも俳句というのは連句とか連歌から始まっているんですよ。例えば、連句なら1句目を五七五で誰かが作って、七七を付けて、また五七五を作ってというふうにずれていく。ずれていって絵巻物みたいになっていく。1句目のトップバッターの人は発句（ほっく）と言って、季節のことを入れるので、ここで季語が制度化された。挨拶句というのは、句会をやる場所とか呼んでくれた人に挨拶をするという意味で。

堀本　その人の名前を織り込んだり。

千野　そう。今回でいうなら……。

米光　作品名を織り込んだり。

千野　東京マッハだから音というお題を出していただいて、そして見事な挨拶句を作っていただいて、あり

---

*20　「挨拶と滑稽」『俳句の世界』（講談社文芸文庫）所収。

がとうございます。実に粋なことをやっていただきました。

長嶋　ここが厨、台所ですよって、そうかと。

千野　これは思い付かなかったな。

長嶋　我々は「52メートル」で盛り上がっていて（笑）。

千野　何か「52メートル」をつぶそう、つぶそうと（笑）。

長嶋　僕は25番のサイドカーの句を選んでいます。というのも、「サイドカーに犬」[*21]という小説を書いていているからで、「サイドカー」という言葉を入れて詠んでくれた人がこの中にいるということは。

米光　挨拶句ですね。

長嶋　挨拶句だから点数を入れなきゃいけないわけじゃないけど。

千野　素直にやっぱり取りたくなる。

長嶋　座の文芸という言い方に沿って言えば、「その場所にその人たちがいるから創作行為をするのである」という意味が、句会での「挨拶」という概念なわけです。

議論を交わす４人。

完璧な挨拶句

千野　じゃ、その挨拶句、25番いきましょう。

25　薫風を左に乗せてサイドカー

長嶋　○

長嶋「サイドカー」から。これはそういう挨拶だなと。「つりしのぶ」に比べたらストレート。「左に乗せて」というのはサイドカーが無人であるという意味でしょう。

千野 風だけが乗っているという。

長嶋 サイドカーの片方という。サイドカーが無人であるということを、無人であるという言い方をしないで、ちょっとかっこよく言ってみせた。しかもサイドカーが走行中であるということも。風で分かるという。気持ちよくね。1点しか入らなかったけど、これはいい句だよね。

千野 実は、これは取りたかったぐらい好きです。すごく気持ちいいの。自分も風に吹かれているような感じが。

長嶋 この句がいいのは、サイドカーってあんまりスピードが出せない。あんまりハングオンとかができない。

千野 ハングオン、できないよね、物理的に。

長嶋 ということで、「薫風」くらいが似合う。サイドカーを詠んだ句として、挨拶を抜きにしても普通にいい句ではないかというので取りました。

千野 どなたでしょう。

堀本 裕樹です。挨拶句を。

長嶋 さすが堀本さん。

千野 堀本裕樹すごい。

堀本 いや、本当に米光さんと長嶋さん、お2人に初めてお会いするので、やっぱり挨拶句をと。

千野 かっこいい。

米光 姿勢が違いますね。

長嶋 違う、違う。

米光 大反省。挨拶しておこうか、せめて。初めまして。

堀本 初めまして。

＊21　長嶋有は「サイドカーに犬」で2001年に文學界新人賞を受賞して小説家デビュー。『猛スピードで母は』（文春文庫）所収。根岸吉太郎監督、竹内結子主演で映画化。

長嶋　こっちは自分の手押しポンプの句のために、一生懸命に、印刷したりしていてな……。
米光　自分の手柄をたくさん取ることばっかり考えて挨拶という礼儀すら忘れている我々はいかん。
千野　挨拶は原点ですよ、俳句の。
堀本　まず挨拶という考えは俳句独特のもので、連句からきているんです。ちょっと解説させてもらうと、サイドカーって、左カーと右カーがあるんですよ。
長嶋　両方、どっちも付けられるんですね。
米光　どっちにも付けられるの？
堀本　はい。日本は左車線だから、左カーの方が安全だということで。
長嶋　じゃあ、これは国内なんだ。
堀本　国内です。国内の山道走っている情景で、「薫風」としたのは「サイドカーに犬」の長嶋さんの小説に「薫（かおる）」という少女が。
長嶋　ああ！
千野　ああ、あった。
長嶋　主人公の名前だ。
千野　薫ちゃんやんか——！
米光　私達、何で、というぐらいに気付かない。
堀本　まあ、そういう。
長嶋　……何でこれを誰も特選にしなかったの？
千野　俺も「52メートル」じゃなくてこっちだったかも。薫ちゃんか。
長嶋　何てこった。
千野　しかもちゃんと「薫風」は夏の季語ですからね。完璧じゃん。
堀本　挨拶はもう、僕が挨拶すればいいだけであって。
長嶋　そんな、またいい台詞を。
米光　校長先生と生徒みたいになってきましたね。
堀本　いい子ぶっているわけじゃないです。
千野　堀本さん俺のこと捨てないでね本当に。
堀本　捨てないですよ。
長嶋　今日、俳句を好きになった人、たくさんいると思うな。

千野　そうだよ。
長嶋　堀本さんの名前は絶対みんな覚えた。
千野　俺らは昭和の話しかしてないし。ウルトラマンタロウとかさ、本当ひどいよね、俺ら。
長嶋　点、入れていて、なお低かった。ましてや、それ、自分は入れてないんだよ。
堀本　何で入らなかったんでしょうね（笑）。
千野　気が付かなかったというか、作者も薫ちゃんに気が付かなかった（笑）。参ったな、これ。
堀本　これ、小説の登場人物の薫ちゃんだなと思った人、いました？（会場からわらわらと手が挙がり）あらーっ。
千野　意外と客席は句を読んでいたというね。
米光　ちゃんと気付いているというね。
長嶋　そうですね。びっくりしたな。
千野　私たちの節穴ぶりがすごい。
長嶋　だってサイドカーなんて一目で分かるからね、あ、サイドカーだって。
米光　挨拶句ねと思って、油断しちゃったな。
千野　しくったな。

季語が威張っちゃいけない

千野　23番。これ、2点入ってます。

23　よりによって花火の晩にそれ言うか　　堀本〇　米光〇

千野　まず堀本さんから。
堀本　面白い句だなと思いましたね。「花火」という季語が自然に入っているんですよね。よく角川春樹さんが、「季語が威張っちゃいけない」という言い方をするんですね。
長嶋　主張が。
堀本　ええ。一句の中で季語が威張り過ぎないと。そういうことを考えると、口語俳句の中に「花火」という季語が自然に入っていますよね。「よりによって」というこの出だし、「上五の勢い」みたいなことを言いますけれども、そこも非常に良くて、これはいったい何を言ったんだろう、何を言われたんだろうと、その辺の膨らみというか物語性があって、面白い句だなと思いましたね。

千野　米光さんは。

米光　最初、選ばなかったんだけど。というのは「よりによって何とかの晩にそれ言うか」って、花火の晩よりもっと例えば暮れの忙しいときにそれ言うかとか、正月にそれ言うみたいな方がぴったりする。花火の晩だったら何か言ってもいいじゃないか、と。でも、そういう実利的な困惑じゃない微妙な何かなんだって想像し始めると、得も言えぬ、繊細なことを言われた状況を想像して、面白さがじわじわきて、後から慌ててほかのをやめてこっちにした。

堀本　確かに、ほかの晩よりも艶っぽさは出ますよね。「花火の晩」ということでね。

米光　面白い情景なんですね。

千野　ちょっとドラマ性みたいな。

長嶋　リア充っぽいですよね。花火に行けるんだもん、この人は。花火に行く相手もいる。

千野　確かにリア充っぽい。

米光　あと、長嶋さんの短編で花火[*22]を見にいくやつが。

長嶋　ああ、これも挨拶句なのか。

米光　あれをちょっと連想しちゃいました。

長嶋　あった、あった。そうか。僕はこういう、さっきの「全員って何人だよ」みたいな、それって何言ったんだよという句が取れないんです。そのことを言わない面白さが僕にはあまりよく分からなくてね。だって結局、作中の人たちだけじゃん、その妙の中にいるのは。だから、何でこっちが面白がってやらなきゃいけないのかって。でもいま、説明を聞いていると、技巧的にも確かに。でも、リア充だから、ちょっと。

千野　はい、私が作りました。ありがとうございます。

長嶋「それ言うか」が口語的にいいんだね。
堀本　そうですね。
千野　悩んだんです。「それ言うか」にするか「言うかそれ」にするかですごい悩んで。
長嶋「それ言うか」かな。
千野　悩んで「それ言うか」にしました。証拠としてぺらっと見せる紙がないんですけど、本当は、そう。
長嶋　それ「よりによって」も、よく考えると現代の我々が言う言葉だし、「花火の晩」もそうで、全部実はせりふのようになって。
千野　そうです。ほっとくと口語でばっかり作っちゃうんです。
長嶋　僕もそうだけど。
千野　だから、かなり頑張って文語句も作ろうみたいにバランスを取ろうとしていますけど、これは素直に作りました。
長嶋　これだけ口語的なのに俳句として受け止められるという感じだね。
堀本　そうですね。

かっこいいと言っていい

千野　２点句、あと一句あります。27番。

27　ポンプからポンプへ旅をする水母　**堀本**○　**千野**○

千野　これ、「千堀」が取っています。堀本さん、いかがでしょう。
堀本　はい。何か紛れ込んだんでしょうね。何かのポンプに水母が紛れ込んで、それを「ポンプからポンプへ」というふうに旅をするという。こういう景色は見えないわけですよね。でもこれは、一つの想像力で

＊22「穴場で」『祝福』（河出文庫）所収。

作っているわけですよ。それがまずすごい。「ポンプからポンプへ」と、やっぱりここの音律のよさですよね。ポンプ、ポンプ、ポンプと重ねているところ、このリフレインがまさに「あ、旅をしているな」という感じが出ていて、最後体言で「水母」というふうに止めているうまさ。そこに非常に惹かれました。

千野 僕もこれは取りまして、「旅をする」のところに関しては異論があるかもしれないなと思ったんです。つまり、少しちょっと隙を見せているというか。

米光 「ポンプからポンプへ」で、もう旅をすると分かっちゃう。

千野 うん。でも、水母って一応形はあるんだけど、すごく自由な形のものじゃないですか。そうすると管の中とか何か通りそうな感じもするし。論理的にはおかしいんですよ、ポンプからポンプへ。「ポンプから」だったらポンプから外へなんですよね。だけど、ということは頑張ってまたポンプに入ろうとしている、そんなところがかわいいなと。

長嶋 かわいい、かわいい。

千野 それって本当に水母？　水母そっくりの危ない宇宙生物じゃないのみたいなところもありながら、そもそも本当にも何も本当じゃないわけですから。

堀本 なるほど。

千野 あと、水母という季語は僕はわりと好きなんです。他にも「海月」とか書き方が何通りかありますけど、ここはこの書き方がいいかな。不定型な感じが出る。

長嶋 そうか、水母ってすごい小さいのがいるからね。ファンタジーだと僕は思ったけど、でも別にあり得ないことでもないと。

千野 海水生物だから、あんまりポンプではないような気もしますけど。でも、空想句としてすてきな絵柄だと。

長嶋 そうですね。

千野 作者、どなたでしょうか。

米光 はい。

千野 いい句です。

米光　「旅をする」が本当に甘いなみたいなことは思っていて。

長嶋　そうなの。僕、そういう甘いとかがよく分からない。

米光　「ポンプからポンプへ」で、もう旅。だから、何か別のこと言いたい。「溶けてしまう水母」とか。でも、溶けてしまうだと、池田澄子さんの「**想像の水母がどうしても溶ける**」とかあるから。

千野　それ言ったら、だって僕のさっきの「花火」だって普通晩じゃんみたいなことになります。

長嶋　「昼花火」という季語もありますけど。

千野　「昼花火」というのがあるということは、普通に花火と言えば晩なんですよね。

長嶋　そんなこと言ったら、ポンプの影はかっこいいに決まっているから。

千野　ははは。いやいや、それは違う。それは違うでしょう。

米光　それは視点だと思います。それは人によっていろいろ。

千野　そう。人によって違う。

長嶋　だったら、かっこいいと言っていいんだ。

千野　言っていいんです。全然いい。

観客の人気投票結果

千野　ここでフロアの人気投票の結果を発表します？

長嶋　いままで散々名解釈を聞いた後で、みんなの選句眼がここで明らかになる。

千野　会場の皆さん、結果を発表する前に、聞きたいことがあれば。

米光　「なんでお前たちはこれを選ばないのか」とかでも。

――11番の「全裸」は絶対逆選で取り上げるだろうと思ったのですが。

11　右端の全裸の者が専務です

千野　みなさんの投票を見ると、逆選王が5句ぐらいあるんですけど、その一つがこれです。

長嶋　結構ぶっちぎり。一番逆選の多いのは2番「全員が全長52メートル」だけど。

千野　そうなんですよね。これは……。

長嶋　これは、何かいかにも逆選狙いっぽいという。

米光「逆選に選ぶこともない」みたいな。急に厳しいことを言っていますが。

千野　ああ、厳しい。厳しいですね。俺の句なんですけど。

長嶋　そうなんだ。

米光　面白過ぎるというか、面白な感じがちょっとね。

千野　狙い過ぎたかもしれないですね。

長嶋　なにか、ちょっとカンに障るようなフックがないと逆選ってならないから。あ、そうかと思って。僕、この全裸の人と名刺交換できるもん（場内笑）。そこです。

千野　ははは。そこか。

米光　何も表情変えず。

長嶋　絶対全裸には触れずにやり遂げる自信がある。

千野　なるほどね。そうか、俺、やり遂げられる自信ないからな。

長嶋　え、二度見とかしちゃうの？

千野　そうそう。

長嶋　いや、「右端の全裸の者が」と説明されたら、二度見しないと思う。「こちらが専務です」だと、全裸だったら「えっ」となるけど。

米光　前提としてある。みんな全裸であることを認識しているから。

千野　オフィスでも渾名が「裸」みたいな、「裸専務」。

長嶋　むしろこの「専務です」と告げてくれた人は、全裸であることの異様さを分かっている。

千野　確かに。

長嶋　あなたは驚くだろうなというのがこの俳句の中にあって。

千野 ああ、それが驚きを殺していますね。

長嶋 真の全裸の驚きが。

千野 確かにそうです。

堀本 でもこれ、僕、予選で取っていて。面白い句だなと思って。「裸」というのは季語、夏の季語なんですよね。季語という視点で見ると、あ、面白いなと。裸という季語をこういうふうに使うんだと。こんな句見たことないから。

千野 僕も見たことないです。

長嶋 こんな句ばっかりの句会は行かない方がいい。

堀本 たまにはこういうのも面白いです。

千野 ありがとうございます。

長嶋 これ、クールビズなんだよ。

堀本 なるほど、究極のクールビズですね。

千野 え？　いやあ、考えなかったな、それ。

米光 時事ネタ[*23]ですね。

堀本 節電に備えています。

千野 じゃあ、これは川柳だったんじゃないですか、実は。

長嶋 「朝日川柳」で、寸評が「クールビズ行き過ぎ」とか。

千野 「専務やり過ぎ」。

長嶋 僕も「全」というお題は、まず最初に「全部」という言葉で詠もうとして、「全部」で挫折し次は「全裸」だった。「全部」でだめなら「全裸」で詠もうと。でも、「全裸」も挫折したんです。

米光 「全」って難しかったですね。

長嶋 難しかった。「全」ってたくさん言葉に含まれているのに。

千野 「完全」とか、「全然」とか。

長嶋 票が伸びたのもそうないんじゃない。「全」、まだ開いてない（＝句評・作者の名乗りが済んでいない）句が多いもん。

千野 「全」、確かに難しいですね。開いてない句、多い

＊23　東日本大震災の事故による電力危機で、都市部を中心に節電が実施されていた。

です。すみません、難しいお題を出しちゃったのが僕で。点数の発表前になにか皆さんからご意見あれば、どうぞ。

実は絵付け？

――16番なんですけど、「さかづきに金魚」という、口紅か何かを金魚に例えたんじゃないかなと思ったりして。

16　さかづきに金魚といふ名の肉を放つ

米光〇　長嶋×

米光　あ、赤いから。
長嶋　紅が杯に付くみたいなこと。
米光　色としてその情景は美しいかもしれないですね。解釈としてはきれいですね。
千野　解釈として、ありですね。
堀本　うん。美しい解釈。
米光　もっと妖艶な感じになりますね。
長嶋　さらにリア充だしね。
千野　さらにリア充。ありがとうございます。
米光　リア充どころじゃないですよね。
千野　作った本人はまったく考えてない状態。じゃあ、この杯も高そう。
――絵付けをしているんじゃないですか、杯に。
長嶋　え、どういうことですか。
千野　ああ、絵付けを。
米光　ああ、それもかっこいい。赤江瀑[*24]の世界。
千野　全然考えてなかったですね、作ってる側は。本当に金魚を放っている感じで作ったので。
米光　かっこいいな。赤江瀑に書いてほしいですね、その題材でね。
堀本　いいですね。

千野　それも肉という感じしますよね。おとといが締め切りだったじゃないですか。5句まで作って残り2句がなかなかできなくて、「あと2句だ」「あと2句だ」と言ったら細君が、「じゃあ、肉で作ればいいじゃん」って。それでできた句です。

長嶋　杯に絵付けをするというのはいい解釈ですね。

米光　かっこいい。

千野　参りましたね。

長嶋　大勢の言葉に助けられていますね。

千野　大勢いるといいですね。作者よりも読んでくれる人の方が偉い。絵付けは4人いて全然出なかった解釈でした。本当にありがたい。

ギルバートを殴る道具の変遷

――21番の「ipadで殴ってしまうギルバート」。これはなんでしょう?

21　ipadで殴ってしまうギルバート

長嶋　これは『赤毛のアン』ですね。赤毛をからかわれたアンが石板でギルバートを殴る。石板で殴る。いまはiPadなんだ。

千野　石版って、文字を記すものですよね。そのあと紙の時代を挟んで、これからはiPad。なにかそういう出版の歴史がぎゅっとね。

米光　本の歴史がぎゅっと1句の中に詰まった。

千野　そうそう、詰まって。でも僕は、この「p」が小文字なのがちょっと。

長嶋　ああ、なるほど。ちゃんとオリジナルの商品名の。

＊24　赤江瀑(あかえ・ばく)　小説家(1933―2012)。『海峡』『八雲が殺した』で泉鏡花文学賞。

千野　そう。固有名なので間違えてはいけないな。
米光　そうか。「P」は大文字なんですね。
長嶋　校正で入りますもんね。「P」は大文字なんだって。こういう時事的な単語を入れて俳句を作るのは難しいですよね。
堀本　難しいですね。
長嶋　その部分以外も口語的だったとしても、俳句という形式の中で、時事的な単語が浮いて見えちゃう。
堀本　そうですね。よっぽどうまく使わないと、俳句では難しいかな。
長嶋　古くさくなっちゃわないようにという工夫をするんだけれども、僕は19番「**かなぶんやコントローラー置けば闇**」の方は、このコントローラーというものがしっくりと五七五で俳句という輪郭の中に入るのに、21番の「ipad」はちょっと面白さの方が勝って、「石板がいまの時代ならiPadだ」という、いまの時代ならという部分がやや理に落ちる。
千野　川柳っぽい。

観客から毎回質問を受けつける。

長嶋　iPadとか携帯電話とか、そういったいろいろは日常には根付いているから、俳句を詠む人はみんな挑戦してみるけどなかなかうまくいかない。
米光　なじませるのが難しい。
千野　難しい。じゃあ、21番（ipadで殴ってしまうギルバート）、どなたでしょう。

米光　はい。

千野　やっぱり。そして19番（かなぶんやコントローラー置けば闇）は。

堀本　これは僕です。

千野　堀本さん。

長嶋　僕、すごい「片思い」という。堀本さんに。

千野　俺には1点も入れないのにな。

長嶋　そういうの覚えるよね。

千野　あの人は俺に点くれない人というふうに覚えます。

堀本　そんな……選句時は名前が分からないんですから。

観客の人気投票・逆選

千野　じゃあ、皆さんの人気投票の結果を見ていきましょう。まず逆選が一番多かったのは、さっきの「**全員が全長52メートル**」、11個、11点逆選。

長嶋　でも特選が1個ありますね。

千野　そう、特選が1個ある。その次を追っているのが、僕の全裸専務が逆選10点です。

米光　「僕の全裸専務」っていいですね。

長嶋　わりと皆さん逆選の使い方を説明をしないうちから分かっていますね。「ここはフルボッコにした方がウケる」みたいな。

千野　以下、次も僕なんですが、「侍ジャポン」が逆選6点ですね。

観客の人気投票・特選

千野　じゃあ、特選を2点、並選を1点とした場合の数字でいきますと、トップはなんと私のですか。23番の「**よりによって花火の晩にそれ言うか**」。皆さん、ありがとうございました。

長嶋　おお。これ、42点って結構ぶっちぎり。

千野　そうですね。特選が5つ入っていますね。特選5つは、でもほかにもありますね。

長嶋　あ、そうですね。

千野　はい。10番「**夏シャツや大きな本は置いて読む**」。「**右端の全裸の者が専務です**」も実は特選5つ。

米光　「全裸」5つも入っている。

千野　そうなんですよ。「全裸」も実は特選5つも入っているんですよ。

長嶋　すごい、こんな入らないと思った。

千野　さっきまで「クールビズだ」とか言ってたのに……。

米光　入れた人、どこでこれだと思ったの。

千野　ねえ。どこをこれだと思ったんでしょう。不思議でしょうがない。

長嶋　「『真ん中の全裸』だったら取らなかったけど」みたいなね。(場内笑)

千野　右端がいい。なるほど。

米光　「うちの専務のことだ」みたいな。全裸専務がいるところが5社ぐらいはある。

千野　5社ぐらいはね。あるいはその5人が同じ会社から来ている。

米光　その人たちは特選に入れた。

千野　日経BPですかね。あるいはNHK出版か。あと、16番「**さかづきに金魚といふ名の肉を放つ**」も特選5つ入っているんです。

長嶋　つまり、逆選が入る句でも、特選にもなるというのは、個性がちゃんとある。

千野　ありますね。あと、27番の「**ポンプからポンプへ旅をする水母**」、これも特選5つなんですね。

長嶋　これはやっぱり物語的なよさがあるんですかね。

千野　ぼちぼち8時になりました。長丁場で皆さんも本当に大変だったですけれども、今回一緒に句会をやれて本当によかったです。通常だったら……。

米光　お客さんを入れて句会はやらないです。

長嶋「俺らの俳句、見ろ」とね。

千野　感覚的には僕らがカラオケで歌っているのを皆さんが1ドリンクで見ているみたいな、しかも拍手やだめ出しまでしてもらっているみたいな感じなんですよね。本当にありがとうございました。句会というのは相手に恵まれたときは本当に楽しい。今日は最強に恵まれました。やっぱりしゃれが通じる人と句会をやるのが一番。

長嶋　そうです。

堀本　そうですね。

米光　お金もそんなに掛からないし、手軽にできるからみんなやるといいよね。

千野　今日はどうもありがとうございました。みなさん、帰りに是非、飲みながら句会をやってみて下さい。

終演後、楽屋でのメンバー。以降「東京マッハ」は４人のパーマネントグループに。

vol.1「水撒いてすいか畑にて四人」

No	選	句	作者	選
1		つりしのぶ暮れて厨の音色かな	堀本裕樹	長◯ 千◯
2		全員が全長52メートル	米光一成	千◎ 堀×
3		夏服や切手買えたと女の子	長嶋有	
4		花びらのしおりでひらく嵐が丘	米光一成	堀◯
5		ポンプポンプ音符ポンプの四重奏	米光一成	千×
6		急すぎる石段なれど祭髪	千野帽子	堀◯
7		薫風よ吹け犬の眼に全体に	長嶋有	米◯
8		全速力坂道疾走小銭も	米光一成	長◯
9		夕虹や安全ピンのしづくせり	堀本裕樹	長◯
10		夏シャツや大きな本は置いて読む	長嶋有	米◯ 千◯
11		右端の全裸の者が専務です	千野帽子	
12		太宰忌やジンに染みゆく灯蛾の音	堀本裕樹	
13		手押しポンプの影かっこいい夏休み	長嶋有	堀◎米◎千◯
14		帽子あらば帽子をふらん夏の子に	長嶋有	堀◯ 千◯

No.		句	作者	評
15		侍ジャポンプライドばかり雲の峰	千野帽子	米×
16		さかづきに金魚といふ名の肉を放つ	千野帽子	長× 米◯
17		縁側ですぐ音でなくなるのです	米光一成	千◯
18		鏡音レンは胡桃の花が好きかしら	千野帽子	
19		かなぶんやコントローラー置けば闇	堀本裕樹	長◯
20		風船に飛ぶ音のなし夏野原	長嶋有	米◯
21		ipadで殴ってしまうギルバート	米光一成	
22		ほととぎす護符貼られたるポンプあり	堀本裕樹	長◯ 米◯
23	♛(客)	よりによって花火の晩にそれ言うか	千野帽子	堀◯ 米◯
24		ふらここや似てない物真似を許す	長嶋有	堀◯
25		薫風を左に乗せてサイドカー	堀本裕樹	長◯
26		マコンドの豪雨ページを溢れ出る	千野帽子	
27		ポンプからポンプへ旅をする水母	米光一成	堀◯ 千◯
28		てんと虫本の天より天空へ	堀本裕樹	長◎

♛は壇上トップ、♛(客)は客席トップの句。

vol.4「帰したくなくて夜店の燃えさうな」

@ロフトプラスワン（2012年7月8日）
ゲスト＝池田澄子、川上弘美

初の6人体制。vol. 2とvol. 3の5人目枠（ゲスト）揃い踏みのせいか、登壇者はどこか最終回っぽさを感じていた。このあと、集英社を勧進元とする「ジョジョ句会」や京都・札幌巡業と、開催形態が多様化する。

句会では写真を撮ったほうがいい

千野　はい。みなさんこんばんは。東京マッハ4回目になりました。では、出演者をさっそく紹介していこうと思います。堀本裕樹、長嶋有、米光一成。そして、ゲストは俳人の池田澄子さん、作家の川上弘美さんです。6人になるとすごいぎゅうぎゅう詰めですね。

長嶋　ねえ。

千野　串カツ屋のカウンターみたいな感じに。

池田澄子　あははははは。

千野　実は昨日、長嶋さんとプライベートで句会やってました、私。

長嶋　そうですね。今回、東京マッハ4回目なんだけど、1回目やってから久しぶりに俳句熱がつきまして、Twitter上で呼びかけて句会をやってたんですよ。で、Twitterではなく、会ってやる句会を。

千野「アッテスル句会」。

長嶋　そうそう。僕の句会の名前はカタカナで「アッテスル句会」。ふつう会ってするのが当たり前なんだけどね。Twitterで始まっちゃったから、会ってするのが特別なことになってしまった（笑）。

千野　将来角川が『俳文学大辞典』の第二版を出すときに、「長嶋有」の項の中に、「千野帽子によって俳句を再開」っていう一文が入る予定なので。

長嶋　句会やったらみなさん絶対記念写真を撮ったほうがいいっていうのも、今日言いたい。全員で最後、そろって撮って。それが将来、誰かの句集とか全集とかに入るから。（場内笑）だからね、写真はその都度撮ったほうがいいですよ。そんなアドバイスとかばっかりするイベントなんですよ。もうすでに東京マッハ何回か来てる人は、いかに俳句と無関係のアドバイスが多いかっていうのもご存知と思うんですが。

千野　じゃあ恒例の乾杯から参ろうと思います。東京マッハ4回目、楽しくいきましょう、かんぱーい。

一同　かんぱーい。

米光　よろしくお願いしまーす。

千野　お腹空いてる人は注文してもらうことにして。
米光「高橋名人の水餃子」。なんでこれ高橋名人なの？
長嶋　へー。ほんとだ。「高橋名人の水餃子」って書いてますね。
堀本　僕はね、おでん盛り合せ。
千野　夏なのに。季が違う。
堀本　たしかに季節が違いますねえ。
千野「おでん」は冬の季語。点盛り行こうと思います。今回は1人5句つくってもらいました。では、私からまいろうと思います。
長嶋　最初に名前言って、「なんとか選」って言うのがかっこいいんですよ！（場内笑）
千野　必殺技を言うというか、「アムロ行きまーす」的な感じですよね。

ゲストに池田澄子と川上弘美を迎え、6人で登壇。

vol.4「帰したくなくて夜店の燃えさうな」

No	選		作者
1		梅雨寒や鼠の寝息きこえる気	
2		襟あしを掠める源氏螢かな	
3		と、たん！とべとぶとびばこの舌動く	
4		亀飼って十七年や入梅す	
5		溶け残るざらめは舌の下夕立	
6		お堀にアヤメ人に本来勇気あり	
7		指鉄砲撃って先輩あとずさる	
8		炎昼にファンファーレぽい何か聞く	
9		サイダーや雨やむまへの鳥のこゑ	
10		微炭酸？俺が？初めて言われたよ…	
11		蜘蛛というより蜘蛛の都合をみておりぬ	
12		蟇ヨロヅヒキウケ灯りをる	
13		長生きの島に悲話有り海紅豆	
14		舌の根の干る間を青葉湧きやまず	
15		短夜や六人ゐる！と驚ける	

一旦ストップ！　次のページから披講が始まります。
ページをめくる前に必ず選句をしましょう！！

みなさんも特選（ベスト1）1句に◎、並選（好きな句）6句に○、逆選（文句をつけてやりたい句）1句に×。「選」欄にご記入ください。

番号	選	句	選
16		米炊けて光りぬ浅蜊舌出しぬ	
17		未使用のストロー軽し夏の暮	
18		見てをりぬ夏氷すきとほりゆくを	
19		架空のブランドねまちゅかねまちゅか	
20		千思万考ついに野を飛ぶ夏帽子	
21		ぬばたまの闇ほころびて河鹿笛	
22		金魚屋のメモに★形・波・十字	
23		半夏生ポケットにある腕時計	
24		向日葵の中に仏が多すぎる	
25		敦忌や舌戦もせず職を辞す	
26		螢うきうき川上のひろき闇	
27		はつ夏の汚れた土に汚れつつ	
28		炎昼の舌太く怒れる男	
29		桑の実を転校生に採ってあげる	
30		肝油ドロップの罐にはじまる夏の川	

千野帽子選

並選

5　溶け残るざらめは舌の下夕立
6　お堀にアヤメ人に本来勇気あり
9　サイダーや雨やむまへの鳥のこゑ
15　短夜（みじかよ）や六人ゐる！と驚ける
20　千思万考（せんしばんこう）ついに野を飛ぶ夏帽子
24　向日葵の中に仏が多すぎる

特選

11　蜘蛛というより蜘蛛の都合をみておりぬ

逆選

3　と、たん！とべとぶとびばこの舌動く

千野　5番ね、「ゆだち」と読むか、「ゆうだち」と読むかもちょっと悩んでるんですが。以上、千野帽子選でした。

米光一成選

並選

4　亀飼って十七年や入梅す
5　溶け残るざらめは舌の下夕立
7　指鉄砲撃って先輩あとずさる
20　千思万考ついに野を飛ぶ夏帽子
23　半夏生（はんげしょう）ポケットにある腕時計
25　敦忌（あつしき）や舌戦もせず職を辞す

特選

14　舌の根の干る間を青葉湧きやまず

逆選

10　微炭酸？俺が？初めて言われたよ…

千野　ははは。
米光　「微炭酸？俺が？初めて言われたよ…」。
千野　音で聞くと、もう（笑）。
堀本　はははははは。

米光　これ、逆選に取って読んでるのに、俺が言ったみたいになってる。違うの、違うの。

千野　米光さんが言ってスベったみたいになってる。

米光　やめてー。逆選でも選ぶんじゃなかった！

千野　罰ゲームっぽい感じになったよね。

長嶋　そうですね。

池田　口にしたくなかった？

米光　ふふふ。はい。です。

池田澄子選

並選

3　と、たん！とべとぶとびばこの舌動く
11　蜘蛛というより蜘蛛の都合をみておりぬ
15　短夜や六人ゐる！と驚ける
17　未使用のストロー軽し夏の暮
24　向日葵の中に仏が多すぎる
28　炎昼の舌太く怒れる男

特選

29　桑の実を転校生に採つてあげる

逆選

2　襟あしを掠(かす)める源氏蛍かな

池田　嫌な逆選。

米光　嫌な？

池田　逆選嫌いなんですよ。

米光　ああ、その嫌な、ね。いま、「イヤ〜なものを選びましたよ」っていう意味かと。

長嶋　相当だぞと。あ、違うの。

池田　ちょっと違う（笑）。はい、以上です。

川上弘美選

並選

5　溶け残るざらめは舌の下夕立
6　お堀にアヤメ人に本来勇気あり
7　指鉄砲撃って先輩あとずさる
11　蜘蛛というより蜘蛛の都合をみておりぬ

20　千思万考ついに野を飛ぶ夏帽子
23　半夏生ポケットにある腕時計

特選

27　はつ夏の汚れた土に汚れつつ

逆選

13　長生きの島に悲話有り海紅豆（かいこうず）

長嶋有選

並選

3　と、たん！とべとぶとびばこの舌動く
7　指鉄砲撃って先輩あとずさる
8　炎昼にファンファーレぽい何か聞く
9　サイダーや雨やむまへの鳥のこゑ
15　短夜や六人ゐる！と驚ける
26　螢うきうき川上のひろき闇

特選

22　金魚屋のメモに★形・波・十字

逆選

2　襟あしを掠める源氏螢かな

堀本裕樹選

並選

5　溶け残るざらめは舌の下夕立
8　炎昼にファンファーレぽい何か聞く
12　蟇（ひきがえる）ヨロヅヒキウケ灯りをる
23　半夏生ポケットにある腕時計
24　向日葵の中に仏が多すぎる
26　螢うきうき川上のひろき闇

特選

11　蜘蛛というより蜘蛛の都合をみておりぬ

逆選

19　架空のブランドねまちゅかねまちゅか

堀本　「架空のブランドね？　まちゅかね、まちゅか？」

（場内笑）

千野　切り方が分かんない。

川上弘美　読み方が（笑）。

堀本　なんて読んでいいか分かんないんだよ（笑）。

千野　これも罰ゲームっぽいよね。

堀本　うん。なかなかね。

長嶋　「ねまちゅかね、まちゅか」じゃないの？

「というより」？「じゃなく」？「よりも」？

千野　今回はダントツな句が出ましたね、珍しく。11番。

11　蜘蛛というより蜘蛛の都合をみておりぬ

千野◎　堀本◎　池田○　川上○

長嶋　いつも割れるんですよね。

千野　6人いると、やっぱ集中するとこがやっと出る感じですね。では2人の特選が出てます、11番。僕から行きますが……そうなんですよね。

長嶋　「そうなんですよね」？（笑）。

千野　もうこの句に対して、「そうなんです」って言っちゃうんだけど、蜘蛛いるなーって思う時って、いつもいなくなるのかな、とかそういうの見てるんですよ。はやくどっか行ってほしいんだけど、自分ですげなくするのは、ちょっと引っかかるなみたいなときの、御都合うかがい、な感じかなあと思って面白いと思いました。僕が書いた『俳句いきなり入門』の中で、「文語の句で現代仮名遣いっていうのは不利なこともあるよ」なんてことも書いちゃったんですけど、この句はそんなに気にならないですね。句の形がきれいだったらそうでもないかなっていうふうに思っていて。人によってはね、文語で新仮名遣いだと、長谷川櫂[*1]さんの『決定版 一億人の俳句入門』（講談社現代新書）なんか「まる

＊1　23頁注＊9参照。

で靴で畳の上を歩いてるみたいだ」みたいなことを書いてあるんですけど。

長嶋　この場合は、「みておりぬ」の部分のことを言ってるんだね？

千野　そうですね。堀本さんも特選。

堀本　はい。千野さんが、ご都合うかがいっていうふうな感じで言いましたけど、もしくはちょっと蜘蛛を恐れてる人なのかなあと。蜘蛛がこう巣を張ってますよね。で、どんな動きをするのか恐いなあと蜘蛛を見ているんだけれども、その都合っていうふうに思いました。

千野　そっか、巣のほうかー。壁だとばっか思っちゃったけど、巣もあるねえ。

堀本　そうなんです。巣が見えてきた感じなんですよね。それで、怯えながら蜘蛛の都合をね、おうかがいするような感じで。はい、おでん来ました。

長嶋　やった。

堀本　やっぱり「都合」っていうのがうまいですね。なかなか俳句で「都合」っていう言葉を活かすのは難しいと思うんですけども。あと、「蜘蛛」のリフレイン。これも非常にこの句のリズムになっていていいなあと。ちなみに「蜘蛛」は、夏の季語ですね。いや、いい句ですね。

千野　弘美さんもお取りですね。

川上　私は、池田さんの句だと思って取ったら、池田さんが〇つけてらしてショックでした。

千野　ははは。

川上　とすると、池田さんの雰囲気がすごくあるから、池田さんのフリして誰か作ったのかな？

長嶋　この、むくつけき野郎どもの中の、誰かが。（場内笑）

川上　昔、長嶋さんが文学賞を最初に取ったときに、作者が性別不明の「長嶋有」で繊細な表現の作品だったので、編集者が「ぼくが担当する」「俺が担当する」争って、編集部に来たら長嶋くんだった。（場内笑）

長嶋　そうだね、思い出した。

川上　この表現を、この人が‼という驚き。誰しもの中にあるバイアスを思い知らされます（笑）。

長嶋　あーはいはい。最終選考残ったとき電話があったんだけど、「はい長嶋です」って、言ったら、一瞬向こう黙ったんだよ。で「長嶋有さんいますか？」って言われて。携帯電話だから、長嶋有さんが出るに決まってんのに。（場内笑）

堀本　そんなに疑われた？

長嶋　うん。でもそこで「じゃあいいです」って電話切られなかったから、文學界新人賞はいい賞だなって思ったよ（笑）。川上さんそれほどのショックを。

川上　はい。

堀本　それほどのショック（笑）。

川上　堀本さんおっしゃったように、蜘蛛の動きが見えるし、巣の張りかたも見えるし、周りの飛んできて引っかかってる虫も見えたりするような気がして。とぼけた面白さの中に、深いものがある。これは特選にしようかどうしようか迷った句だったんですけど。でも池田さんじゃなかったんだ……。

長嶋　なら並でいいかな（笑）。

川上　いやいや、作者が違ったショックは克服します……。

千野　澄子さんもお取りです。

池田　はい。みなさんお褒めになったあとだから、ちょっとけなします。あのね、「蜘蛛というより」ってちょっと理屈っぽいですよねえ。ほんとは。

千野　なるほど。

池田　蜘蛛の姿形を見てるんじゃなくって、蜘蛛の動きというか、これからどっかへこう下りていきたいとか、いなくなるとか、いつまでもじーっとしてるとか、そういうものを見てるんだなっていうことは面白いんですが。それは「蜘蛛というより」って言ってるからそれがよく分かるんですけれども、やっぱ俳句としては、「というより」っていうのは、理屈だなあーって、ちょっともったいないなあと。

堀本　ああ。ちょっと説明的になってる。

池田　ええ。でも、蜘蛛の都合を見てるんだっていう、この中身、主題ですか、それはすごく好きですね。ちょっともらいたい。ふふ。

千野　でもたとえばね、音数は合うけども、「蜘蛛でなく」って言っちゃうと、たぶん強すぎるでしょ、否定が。

米光　うんうん。

長嶋　そうですね。

池田　いやいや、「でなく」ではないんですよ。蜘蛛を見なくちゃ蜘蛛の都合も見れないんだから。

千野　だから、どう直すっていうのはすごく難しい。

池田　ちょっと難しいですねえー。

川上　「蜘蛛じゃなく」じゃダメ?「蜘蛛でなく」じゃなくて「**蜘蛛じゃなく蜘蛛の都合をみておりぬ**」。

——「蜘蛛よりも」?

池田　そう。どっちかっていうとあたし、「よりも」だと思う。これがいいかどうか分からないけど、「という」までに、ちょっと線が引いてあるんです。

長嶋　「蜘蛛よりも」だと、なにか、都合を見てるんだっていう、言いたさが増しちゃう気もするんだよ。

米光　ああー。

長嶋　「蜘蛛っていうか」は?

堀本　いきなり軽くなりましたね（笑）

長嶋　変なことすると特選を減らされるかもしんないね。でも、いろいろ考えさせられますね。

千野　うん。こうやっていじりたくなるっていうのもまたね、俳句の楽しさの一つだし。

池田　そうね。そそられるっていうかね。

米光　この発見はすごい、面白い。

千野　ということで、作者どなたでしょうか。

長嶋　はい。

千野　おめでとうございまーす。東京マッハ4回やって初めて、ダントツって点数が出たね。

長嶋　なるほどなるほど。すごい、参考になりました。ほんとに。

千野　素晴らしい。

長嶋　実際高得点になったとき、何人も喋ってくると、だんだん褒める言葉って出尽くすから、むしろね、いいというのは認めた上で、言ってもらったほうが。

千野　改善点をね。

長嶋　選句って、順番に喋ってくから、最初は。だんだん大勢で好きに喋るけど、そういうふうに言ってったほうが、より俳句にもいい感じがしますよね。

「ゆだち」か、「ゆうだち」か

千野　次、5番ですね。

5　溶け残るざらめは舌の下夕立

千野○　**米光**○　**川上**○　**堀本**○

千野　たぶん「舌の下」で切れてると思いましたね。ざらめがベロの下のとこで溶け残ってると。で、舌の下に入れて長い時間かけて溶かす、喉の薬なんかありますよね。飲み込んじゃうと効き目がないから、ゆっくり。

長嶋　あ、そういう理由なんだ、あれ。

千野　いや、そういう理由かどうかは分からないけど、この人は長いことざらめを口の中に入れている。その「溶け残る」っていうことで、小さくはなってるんだけど、たぶん味にはもう飽きてきてるんですよ。で、俄然、形のほうが気になってくるというか。時間の経過みたいなものって俳句ではすごく表現しづらいじゃないですか。だけど、これはそれを感じて、面白いと思いましたね。で、「夕立」に関しては、俳句的に定型に入れようとすると、俳句的な「ゆだち」っていう読み方があるんだけれども、あえて僕は、下五は6音にして。

長嶋　「う」をいれんの？

千野　俺の好きなタイプってやつですね。下五が6音になってちょっと色っぽいって思っちゃうっていう。そういうふうに、あえて字余りで読みました。

長嶋　五七五じゃなく、「ゆうだち」として「五七六」というか、字余り。

千野　で、今回お題が「舌」なんですね。

長嶋　そうですね。東京マッハは、お題が出るんですよ。全員、今回は「舌」という言葉を入れて、一句詠むと。

千野　そう。出題者は前回トップの米光さん。米光さん前回「口」って出して、今回も「舌」って出して、ねえ。

米光　どんだけ口に興味が。

千野　米光さんもお取りですね。

米光　時間経過みたいなのがすごく見える。だから、「夕立」っていうのも、ここは合ってるなーと。夕方になったたっていうのもふくめて面白かったのと、最初「下夕立」っていう、季語かなんかあるのかなーと思っちゃって、調べるけどなくって、なに？　意味わかんねーとか思って、素直に読んでみると、あ、舌の下なんだってことが分かった。ぎゅっとなってるものを自分の中で二転三転した感じもちょっと面白くて。

長嶋　嘘季語と思ってもよかったよね。「下夕立」。

米光　なんかありそうな言葉だよね、「下夕立」。

長嶋　「……それを下夕立と言う」。

米光　「山から降りたときの夕立のことを下夕立と言う」。

長嶋　「一層風光明媚なものである」とか。

千野　これ、弘美さんも取ってます。

川上　はい。んー、ちょっと気持ちの悪い句だなと思って。それは内容じゃなくて、「舌の下」っていうのって、いやじゃないですか、なんか。「舌」と「下」が同じ音で、ぎりぎりですが多少のあざとさがある。それから「舌の下夕立」っていう、最後に季語、「なんとかなんとか秋」とか、「なんとかなんとか夏」とかいうのもあるけど、それもちょっと寸詰まりみたいな感じがあって、私は自分では作っちゃうんだけど、人が作ると「ちっ」とか思っちゃいますね。（場内笑）

千野　あるあるある。自分にだけ許す技ってあるよ。

川上　ねえ。「溶け残る」「ざらめ」っていう言葉も、ざらっていう語感があって。その3つぐらいが重なった上に、「ざらめは舌の下夕立」ってものすごい情報量が多くて。その情報量の多さも気持ちが悪い。でも、それ全体でもって、面白い句になってるなーって思ったんですね。あと、舌の下になにか溶け残っているものがあるのと、急に雨が降ってくるという組み合わせも、合ってると思ったんです。だから気持ち悪さもふくめて面白い句だなーと思っていただきました。

千野　分かるなーそれ。堀やんも取ってますね。

堀本　やっぱり音でも面白いんですよね。韻律の楽しさがある。弘美さんがおっしゃったように、「舌の下夕立」でしょ。「た」が、たったたったとこう、続くわけですよ。し「た」の、し「た」、ゆ「だ」ち、でしょ。

長嶋　ゆだちの「だ」もってことですね。

堀本　そうそう。音の畳み掛け方が、夕立が急に降ってきた感じまで伝えてくれるというか。夕立の音も聞こえてくるんだけども、もし外で夕立を受けてるんだったらば、句のリズムが服と肌を打つ雨のような感じもありますね。そういう非常に感覚に訴えてくるようなところがあって。面白いですね。

千野　さっさと開けちゃいましょうか。作者どなたでしょうか？

長嶋　申し訳ない（と挙手）。

千野　素晴らしい！

堀本　おおー。ほんとすごいですねー。

米光　うーぬ。

長嶋　すいません、ありがとうございます。

千野　今日の晩、飲みは奢りだよね？

長嶋　あ、僕がなの？

米光　うん。ホールインワン賞的な。

川上　そういうもんです。

長嶋　そういうもんなんだ（笑）。

千野　いま思いついたルールなんだけど。

長嶋　せっかくだから澄子さんに取らざるの弁を聞きたいな。お願いできますか。

池田　いやあの、とくに、取らざる弁っていうことは、あんまりないんです。取りたかったことは取りたかったんですよ。あの、「ざらめ」でしょ？

長嶋 はい。

池田 どういうときに「ざらめ」が「舌の下」に残るかなあーって思ったときに、それが、あんまりピンと来なかったのね。どういうざらめ？　わざわざざらめをこうやって食べて、溶け残ってるわけじゃないから。たとえばケーキみたいのに、ざらめがまぶしてあって、それでケーキ飲んじゃって、それでざらめが残ってるとか。

長嶋 あんまり嚙まなかったんでしょうね（笑）。カステラをあんま嚙まなかったんでしょう。

池田 カステラの下っ側のね。ま、そんなことを、うーん、うん。そこはっきりピーンと来なかったっていうか。で、「ゆだち」っていうのは、あんまり好きじゃないんですよ。自然に「ゆうだち」って読みたいからねえ。

千野 読みたいです。

池田「ゆだち」ってなんか、俳句の古臭い感じが。

長嶋 そうですね。

千野 俳句でしか僕は見たことがない読み方なので。あ、これがね、「大夕立（おおゆだち）」とかになると、もういっそそこ狙って作ってるなっていう感じがあるので。螢のことをのばして「ほうたる」とか、牡丹を「ぼうたん」って呼ぶのもあって。「や切れ」[*2]に使うために無理矢理言ったりするんですね。「ほうたるや」とか言うの、あんまり好きじゃなかったりします。

川上 いや、私大好きー。

千野 大好きなんだ。

川上 大好き！　私は俳句では「思ふ」「匂ひ」のような、歴史的かなづかいを使ってるんですけど、それと一緒かな。ふだん絶対使わないでしょ、散文の中では。だからそういうの使えて楽しい。

長嶋 俳句のときは、「よし使える」。

川上 うん。まあ、ふだんの身についたかなづかいや言葉ではないので、なんちゃって的な使用なんですが。せっかくそういう言葉が日本語にあるから使ってみたいなって思う。
千野 でもねー、他の言葉では思うんだけど、なぜかね、螢と牡丹はねー。
米光 まあでも、どう使うかですよね。
千野 そう。どう使うかなんで、絶対にダメってことではなくて。
米光 それが「これ、使ったからいい感じでしょ」に据え置かれると、ちょっと、いやらしい感じになっちゃうけど。
池田 「これ、素敵でしょ?」っていう場合は、まだいいと思うのよ。そうじゃなくって、ここ3音残ってるから「ゆだち」なんてのはね。
米光 ああー。
池田 「なになにや」で5音にしたいから「ぼうたんや」とかね、それはいやだなって思って。
長嶋 あてがった感じがしちゃう。
池田 都合で。
千野 音数の都合で。
川上 都合か自然か、どうやって見破るの?
池田 うふふふ。
千野 逆に言えばどうやればバレないかってことですよね。
米光 あ、そうですなー。
千野 うん、それは知りたいねー。

転校した経験に引き寄せられる

千野 特選が入ってる一句開けようかなーと思います。29番。

29　桑の実を転校生に採つてあげる　**池田◎**

＊2　や切れ　切れ字「や」をつけて切ること。上五で「や切れ」をするためには、その前の語が4音である必要がある。

千野　僕も予選で取ってて、どうしようかって悩んだ句で、これ澄子さんに特選の弁をいただきたいと思います。

長嶋　ひとりだけ特選って、すごい突出したなにかがありそうな気がしますよね。

千野　そう。うん、その人にがっと刺さってるはずだから。お願いします。

池田　あのね、この句が、特選じゃなくてもいいと思うんですね。（場内爆笑）

米光　ええー。

堀本　ええー。

池田　違うの違うの違うの。違うのよー。

長嶋　両サイドから、米光・堀本のブーイングが。

池田　聞きなさい（笑）。はははは。

米光　はい、聞きます。

池田　あのね、ここに並んでる、わたくし以外の５人の方が、特選じゃなくてもいいんだけれども、入れてもいいんじゃないかなあって思って。ふつうの並選でも入ってないっていうのは、とても不思議な感じがするんですよ。とっても素直で、読み方も絶対間違えませんよね。

千野「ねまちゅかねまちゅか」みたいなことがないですね。

池田　これを読み違えることはできないっていうところが弱いって言えば弱いのかな。読む人にとって。私はいいと思いますけれど。だから、そうとうこの選者は好みが偏ってるんだなって（笑）。

米光　予選では選んでたんですが、「転校生」とか「少年」とか入ってると選びがちなので、好みが偏ってる自覚があってそういうものに厳しくなっちゃう。

池田　あ、じゃあ目はあったんですね。

米光　はい。

池田　はあはあ。なるほど。私もね、小学校のときに、何回か転校を経験してるんですよ。転校生ってすっごいさみしいのよね。だけどね、転校生に最初にすごく優しくする子っていうのがいるんですよ、だいたい。

その子とすごく仲良くなるかどうか分かんないんだけど、そんな感じがあって。で、「桑の実を採つてあげる」んだから、都会の学校の校庭に桑の実がまあ植えてあってもいいけれども、ちょっと山の中とか野道にあるわけでしょ。

米光 ちょっとジブリっぽい風景。

池田 そうね。だからね、転校生が来たっていうのが、ちょっと田舎っぽい学校。そして都会の子が転校してきたのかなーみたいな、そんなことも考えさせてくれて、好きですね。

千野 澄子さんこれ、いくつぐらいの子で想定されました？　年齢的には。

池田 小学校の高学年かな。中学生になったら別に採ってあげなくてもいいと思うから。

長嶋 まあね。

米光 まあだから、取れなかったのは、やっぱりすごくいい感じの句を、まあまあ、こんな汚れた人間が選ぶのまずいなーっていうぐらい、いい感じ。

長嶋 そんなに？

米光 よすぎる。俺が選ぶにはよすぎる世界なので。

長嶋 そんなに汚れてんの？

堀本 ははは。

米光 もうね。徐々に汚れていきますよ。

長嶋 米光さん、長い付き合いだけど知らなかった。

千野 はい、作者どなたでしょうか。

堀本 裕樹です。ありがとうございます。

千野 うれしいねえ。

堀本 いやーうれしいですね。澄子さんの評を、拝聴して本当にそのとおりというか。僕も転校したことがあるのでその経験と、あとこの間、神奈川県の藤野っていうところに行ってきたんですよ。そこに都会から藤野という田舎に引っ越してきた三姉妹がいたんですよね。で、その三姉妹が桑の実をね、採ってたんですよ。それを見て詠みました。

長嶋 ジブリ！

千野 いい話だねえ。

米光　ねえ。さよなら！

堀本　さよならってなんですか（笑）。あとこれ、ちょっとね、僕は千野さんに向けて作ったとこもあるんですよ。下五の字余り、この色気。「採つてあげる」でしょう？

千野　そうだね、ほんとだわー。ああー。

堀本　そうそう。

千野　実はね、正直この「採つてあげる」っていう字余り、俺が作りそうって思ったの。

長嶋　あ、それで。

千野　それで、実は俺が作りそうっていうか、作ったことあるかもーみたいな、のがあって。やばいね。なんかそういうの。

堀本　いえいえいえ。

長嶋　え、「下五の字余りが好き」とかって、僕も聞いてる？

千野　毎回たぶん言ってる。

長嶋　その都度忘れてる！（場内笑）

堀本　はははは。

千野　毎回新鮮に聞いてもらってる。

池田　「採つてあげる」は、この6音が効いてますねえ。

堀本　ありがとうございます。

池田　採ってあげるのに、ちょっと屈託がある。簡単に採ってあげるんじゃなくて、ちょっと。

米光　あげるほうもちょっとね、ドキドキしながら。

池田　うん。あげるほうも意識しながら。「採つてあげる」だから。

千野　決して無心ではない。ちょっとどうかなー、みたいな気持ちが。

「汚れた土」とは？

千野　特選が入ってる2点句から。27番。

27　はつ夏の汚れた土に汚れつつ　　川上◎

千野　弘美さんが特選です。いかがでしょう。

川上　これは、原発の放射性物質に汚れた土だと読みました。そういうふうに読む必要はないんですけれども、あえてそうだと思って取りました。汚染という言葉を使わず、「汚れた土に汚れつつ」という表現が、非常にシンプルなんですけれども、迫ってくるものがあって特選にいただきました。あと、「はつ夏」がいいなと思って。「はつ夏」って夏の気持ちのいい季語で。その落差や、淡々とした表現が、かえって迫力を増している。

千野　僕、ふつうに通り過ぎちゃって、汚染のことはまったく考えなかったんですね。なんか2回目ぐらいに、やっぱり、その、手足であるとか、服だとかに土がついてれば、「土に汚れた」って言うんだけど、その土自体が汚れてるって言ってるのは、これはひょっとしてその土自体が特殊な土なのかなっていうふうに考えましたね。

長嶋　なるほど。

千野　繰り返しの句って、たとえばさっきの「蜘蛛というより蜘蛛の都合をみておりぬ」とか、ありますよね。これも、「汚れ」「汚れ」っていうふうにあるんだけど、1回目の汚れと2回目の汚れの意味合いが微妙に違うのもあって、面白いって言っていいのかどうか分からないんですけど。

長嶋　ドキッとしますよね。でも僕は、いま、川上さんが言うまで、汚れた土ってなんだろうな～みたいに思ってた（笑）。根がのんきすぎて。土が汚れてるなんてやだな～みたいにさ。（場内笑）完全に俳句より格が下で取れなかった。

川上　いやでも、ぜんぜん放射性物質による汚染と関係なくて、単純に「汚れた土」というものに手や足が「汚れてる」だったとして、「はつ夏」という季語によって句全体がとてもすがすがしくなっている。両方の意味を含みうるのを作者は知りつつ作ったのでは。

長嶋　なるほど。

池田　あのー、うるさいこと言っていいですか？　あのね、私もこれはすごく引っ張られたんですねえ。で、気になったのは、この……。うるさいこと言うのはまずいのかな？

米光　いやいや、ぜんぜん。

長嶋　ぜひ！　ぜひ！

池田　そこが俳人の「堅いとこ」なんて言われそうな感じがするんだけれども、切れがないんですねえ。

米光　切れ。

池田　それがねえ、すごく気になって、もったいなくて。だけど、「汚れけり」とかやったらまたこれつまらないし、どうなもんかなあーと。

米光　「はつ夏や」とかやっちゃダメ？

池田　うんうん。やっぱり「はつ夏の汚れた土」っていいですよねえ。

長嶋　汚染だとしたら、ずーっと続くから、切れちゃダメなのかもっていうのもね。

池田　あるんです、それもあるんです。あるんだけども、いちおうその切れがないのが、ちょっと気にはなってたんですよ。

米光　「はつ夏」って、なんか、ひらがなで書いて漢字で書くかっこよさみたいなのは、どうなんですかね。

長嶋　なんかいまチンピラの子分が、ご注進したみたいだね(笑)。「どうなんすか？」

米光　いやいや(笑)、でも、池田さんの「**はつ夏の空からお嫁さんのピアノ**」っていうのでも。

池田　あれもひらがなと漢字。

米光　真似じゃーんっていう。

池田　あのほら、「初夏」って、もう一回読み直せば「はつなつ」ってこう、語呂の上で、「はつなつ」って読まなきゃいけなくなるんだけど、見た瞬間、「初夏（しょか）」って文字が頭に入りますよね。それが邪魔なんじゃないですか。

米光　あー。そっかー。

川上　あと、「はつ夏」の「つ」と汚れつつの「つ」が。

米光　そっか、平仮名にすることで、ちゃんと響く。

川上　うん。面白いような、微妙なようなだけど、でも、私はこれはいいと思いました。これはたぶん、東京でも詠める句だと思うんですね。震災の俳句はいっぱい詠まれてるけれども、福島と、それから被災地と距離のあるところでどう詠むかってすごく難しくて。それをこう詠んでみたんじゃないかなあと思ったんですね。

池田　いまは、どうしても震災に引っ張られるでしょう。読み手が。これが50年経ってから読んだときに、震災が引っ張るかっていうと、そうではないから、そうじゃなくても通じるような句になってないとね。

川上　そうですね、うん。

千野　作者どなたでしょう。

米光　はい。米光です。

長嶋　かっこい〜。かぁーっこい。

米光　取手に行って、半農半芸って、農業と芸術活動やってる人たちのところに遊びに行かせてもらって、そこで、除染で土を、すごく運んでいて。それを見たまんま詠みました。

長嶋　あ、「はつ夏」の部分は、池田さんをパクったわけですね。

米光　パクった。あれかっこいーとずっと思ってたから、使いたかったの！

長嶋　なるほどね。

千野　見栄えって大事で、俳句って見た目がすごく重要だったりしますよね。

長嶋　これも漢字の入り方と、ひらがなの漢字の混じり方がなんかね、印象に残る。

観客の人気投票

千野　どんどん行きましょう。客席の集計出まして。一番人気の句がね、澄子さんだけがお取りの17番なんですね。

17　未使用のストロー軽し夏の暮　　池田〇

千野　しかもね、人気の句には逆選もつくっていうもんなのに、珍しいことに一番人気なのに逆選がゼロなんですよ。

米光　すごい。この人数で。

千野　これ澄子さん、ぜひコメントを。

池田　別に使用したからってね、ストローはね、まあちょっと濡れるけども、そんな重くなるわけではないんですよね。だから、ちょっとした感覚なんだと思うんですね。「夏の暮」ってのも、いいかげんにつけたような季語なんだけど、「夏の暮」でいいよなーっていう感じがして。でも、こういう句は逆選が入りやすい句だと私は思ったんですよ?

千野　なんてことないじゃん、っていって逆選つける人もいますよね。

池田　ええ。で、これが逆選がなくって、いちばん高点句?

千野　そうです。

池田　みなさん目がありますねえー。

長嶋　おお、みなさん褒められましたよ。

池田　いちばん俳句的でしょう?　使ってないストロー軽いって言ったって、世の中になんの関係もないじゃない?

堀本　はははは。

千野　この力の抜け具合はすごい魅力的だと思いますねー。

米光　うん。気持ちいいよね。

池田　で、他のちょっと強い季語を入れると、いかにもね、面白いでしょう? みたいになっちゃうのよね。だから、これが高点句になるっていうのは、なんか、とてもこの場の方たちの。

長嶋　スジがいい。池田さんにそんなふうに言われたいよねえ。

堀本　ねえ。言われたいですねえ。

長嶋　さっき言われてたけど。
池田　ふふふ。
千野　はい、作者どなたでしょうか？
長嶋　あ、ありがとうございます（と挙手）。
米光　うむ！
池田　どうしたの？　今日は〜。
堀本　すごいなー。
千野　舞台上でダントツで、客席でも1位。
長嶋　ありがとうございます。いまの、いまの澄子さんの褒め方が、すごい嬉しかった。「夏の暮もいいかげんにつけたようで」って、そうそうそう！みたいな。
堀本　はははははは。そうなんだ。
長嶋　5分で作った、みたいな。

池田の挨拶句探し

千野　3点句行きましょうかねえ。どうしようかなー。明らかに僕への挨拶句がある。
長嶋　司会だから、せっかくだからね。
千野　20番です。

20　千思万考ついに野を飛ぶ夏帽子

千野○　**米光**○　**川上**○

千野　挨拶句ね。僕、俳号が「帽子」ですから、「夏帽子」と「冬帽子」もあるんで、挨拶句作りやすい人なんですよ。
長嶋　そうだ。ペンネームの帽子っていうのは、俳句の俳号、ネームとしてつけたんですよね。
千野　そうです。はい。（高浜）虚子、（水原）秋桜子（しゅうおうし）、帽子、みたいな感じで作りました。
長嶋　あ、並んだんだ。

川上　ははははは。

堀本　すごい並びだ。

千野　で、これねー、挨拶句作られたから取っちゃうのはよくないなと思ったんですけど、取っちゃいました。「ついに」ってね、大袈裟ですよね。この大袈裟さがいい。

米光　千思万考って。

千野　そう。考えすぎちゃってね、帽子が飛ぶぐらい考えてるわけですよ（笑）。

堀本　ははははは。

千野　これはえらい考えかたですよ？「トムとジェリー」のような表現ですよ。もう、頭沸騰しちゃってさ、ぽーん！と。

堀本　なに考えてたんでしょうね、これ。

千野　なにを考えたんだろうと。ギャラの配分かなあ。なんか、それで取りましたね。

長嶋　これ、アダムスキー型のＵＦＯみたいなことを思ったんだよね。

千野　ああー。そうだね。

長嶋　つまり帽子型のＵＦＯを単純に思ったんですけど。

米光　ええー意味が分かんない。え？

長嶋　いや、ＵＦＯを目撃したっていうだけなんだよ。それを「夏帽子」に見立てた。

川上　「千思万考」は？

長嶋　「千思万考」はまあフィーリングでつけたんだと思うんですけど。

池田　ははは。

堀本　それ長嶋さんの作り方（笑）。

長嶋　もう堀本さんにもバレている。

米光　あと、ぼくが取ってて。全然ね、挨拶句だって、いま言われるまで気付いてなかった。でも、挨拶句も気付くと取っちゃいけない感じが、ちょっとない？

川上　ある。

米光　ひそやかに挨拶してーみたいな、変な。でもぼくはこんだけ露骨にやってるのに分かんない。

千野　露骨。だってね、字の順番（千・野・帽子）が、ぜんぜん変わってないんだもん。

米光　でも、そこに思い至る前に、映像が浮かんじゃったんですよ。やっぱ、「夏帽子」が飛ぶっていうのは、やっぱり映像的に強いし。

千野　弘美さんもこれ取っています。

川上　はい。実は、私も挨拶句だって気付いてなくて。前回は、[*3]私も4人への挨拶句を作ったので、挨拶句挨拶句って思ってて気付いたんですけど、今回、私への挨拶句もあったみたいなんですが、それも気付かず、すみません。

千野　スルーして。

川上　でもこの句、挨拶句と関係なく、いい句だと思います。ほんと面白いと思う。

長嶋　うん。「ついに野を飛ぶ」って面白い。

千野　作者どなたでしょうか。

池田　はい、澄子。

千野　ありがとうございます。とてもうれしいです。

池田　考えてました。

千野　うれしいなー。

池田　今日わたしね、全部挨拶句なんです。

長嶋　え？

米光　おおー？

千野　ちょっと待て。

堀本　ちょっとー。

米光　まずいなーそれ。

千野　今回ね、5句だから、1人に1句作ったら挨拶句できるなーとか思ったりもしながら。

長嶋　みなさんも、選句用紙見て、誰かの名前が織り込んであったら。

川上　これじゃない？　これ。

長嶋　あ、でもね、それを探る楽しみも。

千野　ありますねえ。判じ物みたいになってきました

＊3　vol.3「新宿は濡れてるほうが東口」＠ロフトプラスワン（2012年4月1日）。川上は連続でゲストだった。

ね。澄子さんほんとありがとうございます。うれしいです。

6人いて驚くシチュエーション

長嶋　これもこの場に6人いることをふまえた挨拶句ですね。15番。

15　短夜や六人ゐる！と驚ける

千野○　池田○　長嶋○

池田　ちょっとどうしようかな？とも思ったんですよね。

千野　うん、ストレートですよね。

池田　で、まあ、今日の場合は6人いるのは分かってるわけだし、驚かないでしょ。どういうときに6人いたらびっくりするのかなあーって、色々想像しながら。その想像させるところが面白いのかなあって。たとえばですよ、もしお客さんがいらして、お菓子を5人分用意してあって、え、6人!?っていう（笑）。

長嶋　ピンチですな。

千野　長嶋さんも取ってますね。

長嶋　たしかにこの、今日のね、6人揃うことをふまえた挨拶句だろうと思ったけれども、その挨拶を抜きにしても、なにか面白みがあってほしいと思ってて。いまおっしゃったように、用意してたお菓子が足りないとか、そのときにほんとに、多いときにやっぱ、「6人いる！」って言いますね。これは、萩尾望都さんの、有名な漫画で『11人いる！』っていうのがあって、僕は『11人いる！』っていう題名もすごい好きで。萩尾さんはすごい漫画を描く人だけど、題名もすごいと思ってて。それをうまくというかね、今日の挨拶というものに転用して、オリジナルの面白さにもなってる。なんか面白い、この6人いる状況は。

千野　いろんなこと考えますよね。いま考えたのは、若い子が初期のＳＭＡＰ[*4]の映像を観て、びっくりする。

長嶋「６人いる！」って。あ、まだ、森君脱退前の。

川上　それはいいですね。

米光　それ驚くねー。

長嶋　いいですね、夏の短い夜にね、ＳＭＡＰ見て。

千野　作者どなたでしょう？

堀本　裕樹です。

長嶋　これはＳＭＡＰ？

堀本　いや（笑）。違うんですけど、長嶋さんのおっしゃったように『11人いる！』をたまたま読んで、あの状況が面白かったんですよね。

長嶋　11人いるんですよね（笑）。

堀本　そうなんですよ、宇宙大学っていうのがあって、その最終選考で10人が宇宙船に乗り込むんですよね。

長嶋　試験を受けなきゃいけない。

堀本　でも、見渡してみると11人いるんですよ。で、疑心暗鬼になって、あと１人は誰だっていうことになって、その11人で宇宙船の中で色んなことを乗り越えていくんだけども、試練があるんですね。ほんとに、面白かったんですよ。

長嶋　古典的名作だよね。

川上　私、リアルタイムで雑誌で読んだんだよ。古い人間でございます。

長嶋　あーすごい。

川上　だから、前後編で、後編が待ち遠しくてたいへんでした。

米光　たしかにあれは、謎が。

長嶋　気になるからね。

米光　だからこの状況だと、「７人いる！」だと同じ。

川上　そうそうそう。

堀本　僕は、みなさん一人一人にすでに挨拶句[*5]をお贈

＊4　ＳＭＡＰ　１９８８年６人で結成、１９９６年に５人編成となり、２０１６年に解散。

＊5　池田はvol.2のゲスト、川上はvol.3のゲストとしてすでに東京マッハに出演していた。

りしたんで、今日の状況を踏まえてまとめて詠んでみました。

句は好きだけど恋はしない

千野　7番ですね。

7　指鉄砲撃って先輩あとずさる

米光○　川上○　長嶋○

千野　これ3人お取りです。米光さんどうでしょう。

米光　ぼく「先輩」とか「転校生」とか好きだから、選んじゃダメだ、ダメだって思いながら、この情景には勝てん！　キュンキュンしちゃって。この状況はねー経験したかった。いまから14歳に戻ったら、絶対やるって決意をするぐらいの。

長嶋　いまやってもらえばいいじゃん、誰かにさ。

米光　先輩に？

千野　誰か先輩に。会社時代の先輩とか。

米光　ふふ。やってって言いに行くんだ（笑）。

千野　「撃ってあとずさって」って。で、実際に見て「ときめかねー」みたいな。

長嶋　あ、これ恋の意味合いがあるの？

米光　いや、恋の意味合いなくてもいい。なくても、やられた瞬間に恋に落ちるぐらいな。

長嶋　え、恋の句なの？　それいま疑問形なんですけど。

川上　分からないねー。

千野　どっちもありだと。どっちもあり。

池田　これ、撃ったのは誰なんですか？

川上　先輩じゃないかな？

池田　先輩が撃ったの？　先輩が撃ったのね。

長嶋　自分で撃って自分があとずさったんだ。

池田　そうね。

千野　銃の反動みたいなやつ？

長嶋　そうですそうです。あれ、なんか、客席から「え？」って声が。

川上　私の解釈では、あの、指鉄砲って絶対反動ないじゃない？　それを、反動であとずさるっていうすごいヘボいことをする先輩なんです。この先輩いい奴だけど、恋愛はなかなか難しそう。

長嶋　ふはははは。

川上　私もきっとこの先輩に恋はしないけど、すごく好き。

千野　弘美さんは恋しないけど、句は好きっていうことですね。

川上　うん。この先輩とは恋はしないけど。

米光　いやいーじゃーん。

長嶋　いま、「恋しない」って3回言いましたね。

米光　えーなんでダメなんですか？　その先輩。

川上　いや、だって、何かを意識しすぎだよ、この先輩……。

米光　そう言われちゃうとねー……。

長嶋　「○はつけるけど、恋はしないよ！」

川上　でも、そう言われると、するのもアリかも？

米光　でしょう？

川上　あれー？　分かんなくなってきました。

長嶋　「○をつけるか、恋するか」っていうの、両方の記入欄が欲しいな！（場内笑）

千野　そうね。句はいいけど恋には落ちない。

長嶋　それ、帰り道もずっと暗いじゃん。

千野　逆にあるかもね。恋はするけど句はダメ、みたいなね。

長嶋　「逆選！　でも好き……」とかね。

池田　これ、恋をしてるのは、作者のほうじゃなくて、先輩のほうじゃないの？

長嶋　先輩のほうか。だからあとずさるの？

千野　え、じゃあ撃たれたってこと？　先輩は。

池田　ううん。

千野　あ、撃ってる？

米光　先輩が撃って。

川上　どっちが撃たれてるかに関しては、すごい素直に、「撃って」だから、やっぱり、先輩が撃った。

千野　そこ、ディテールを詰めていくと、ミリタリーオタクな中3……。

米光　いやいや、撃った反動で下がるのは、そんなにミリタリーオタクじゃない。

千野　オタクじゃないかもしれないけど、なんていうの、そういうディテール……。

米光　先輩をひどく言わないで！

川上　長嶋さんは？

長嶋　いや、うん、まあだいたい言われた感じがあるんだけどね、でもこの句は、季語がないのが気にならないタイプの、どうして気にならないか、気になるかが、自分でもまだ説明できないんだけど、まずそれが気にならなかった。なんか、夏っぽい、とさえ思った。

池田　それ、水鉄砲(夏の季語)がぴって頭に来たんじゃない？

長嶋　かもね。そういう遊びをするのが、活発な季節だから、っていうのもあると思うんだけど。

川上　あと、恋の気分があるから？

長嶋　恋の気分も、途中から「あ！」って思ったんだけど。で、どっちが撃ったか、私が撃って、それに先輩が乗ってくれた。撃たれたふりをしてくれただと、やっぱちょっとつまんないかな。だからそれが分裂するから欠点だとは思う。でも、鉄砲を撃つって、現実でできないことで、鉄砲で起こる出来事は嫌なことが多いけど、なんか鉄砲撃ちたい気持ちってのがあってね。それを俳句で、なんか撃てたみたいな。この俳句を見ることで、なんか撃ったみたいな気持ちになれるのが、俳句が役立ってるというか。って思いました。

米光　爽やかさとか、気持ちがもう夏だっていう感じがするのもいいですよね。季語ないけど。

千野　客席もわりと人気高くて、6位ぐらいには入ってますね。作者は私です。

長嶋　すごーい。

千野　ありがとうございます。これ、澄子さんのお師匠さんの三橋敏雄（みつはしとしお）に、戦火想望というか、第二次世界大戦中に戦争報道に刺激を受けて作った句で、「**そらを撃ち野砲砲身あとずさる**」っていう句があって。その構文をいただきました。

長嶋　本句取り。

千野　そうです。かっこいい句なので。あれも無季だし。珍しく自句自解をしてしまいました。

句柄が大きい

千野　はい。逆選がついてる13番。

13　長生きの島に悲話有り海紅豆　**川上×**

千野　弘美さんの逆選。

川上　これ、長嶋さんへの挨拶句だったのね……。

池田　あははは ー。

川上　ごめんなさいー……。

長嶋　いま、Twitterを見てたら、参加したみなさんのね。

米光　#東京マッハで。

長嶋　呟いてくださってるんですけど、澄子さんの挨拶句当てが始まってました。13番は、僕も全然気付かずにぼーっとしてた。

川上　「長生きの島」が分からなくて。そうか、長生きの人たちがたくさん住んでる島なのか。

池田　沖縄ですねー。

川上　ああ！

千野　「海紅豆」はでいごの花。

川上　でもやっぱり、少し乱暴じゃないかな、「長生きの島」って言っちゃうのは。

長嶋　僕もそれだったな。長生きの人が多い島なんだろうけどなって、こっちが思ってあげないといけない。

「海紅豆」というのを調べて、ああ、沖縄によくあるものなんだってなったけど、島自体が長生きするっていうふうにも、まあ、そういうファンタジーな感じにね、思っちゃうこともちょっとあるし。

川上　なんかでも、こう、島で「悲話」で、「海紅豆」っていうのが、全体にできすぎかなあという気がして。

池田　うんうん。

川上「悲話」がもっと具体的だったら取ったと思うの。

池田　そうだよね。

米光　ああ。そっか、「悲話」って、でかい言葉ですよね。

川上　うんうん。新聞記事で読んだことのような印象になっちゃうので。もっと、小さいことでもいいから具体的な景色がみえたら、反対に取っていたと思います。

堀本「長生きの島」っていう、たしかに長寿の人がたくさんいる沖縄かもしれないけど、そこに「悲話」がある。やっぱり戦争の死を思わせますよね。僕は、すごい大きな句として取れるんじゃないかとは思うんですよね。

長嶋「句柄が大きい」ってやつですね。

千野　たしかに、時間のスパンもそうだし、たぶん島っていうことで、島全体を指すのもちょっと大きい感じしますよね。

川上　でも、長嶋さんへの挨拶句じゃなきゃ、「沖縄」って言っただろうし、そうしたらもっと細部がみえる句になった。

池田　うふふふふ。

長嶋　僕のせいなの？　そうだねえ、すんません、こんな名前で。（場内笑）

千野　作者、どなたでしょう。

池田　はい、澄子。

長嶋　うれしいです。ありがとうございます。ほんとに、挨拶句って、僕、分からないんだよ。毎回ぜんぜん。

米光　毎回、忘れちゃう。挨拶句の存在を。

川上　みんなも思ったろうけど、好意を示されたと気がつかないでのがすタイプ。

池田　ああー（笑）。

長嶋　そうなの。そうなの！　それ、このあと相談に乗ってください（切実そうに）。（場内笑）

使い古された言葉をどう使うか

千野　2番が二つ逆選ついてる。

2　襟あしを掠める源氏螢かな　　**池田×　長嶋×**

千野　まず澄子さんの逆選から。

池田　いやー、ごめんなさいねえ？　句としては非常によくできてますよね。うーん、できすぎ！

長嶋　そうですね。俳句っぽいなーと。褒め言葉じゃなく。でもなにか、読み逃しがあるのかなって思っちゃうぐらい、なんか、うん。

池田　この世界がまた、「襟あし」って来てるでしょう？　「掠める」でしょう？　で、「螢」でしょう？　この、ここ線です〜みたいな。はは。ひょっとしたら、わたしは、特選と×をおんなじ人につけたのかなあ〜なんて。違うかしら。

川上　これ、私、思ったのは、「襟あしを掠める」のを自分が見てるのか、自分の襟あしなのかが分かったら、もっとずっと見える句になったような気が。

長嶋　どっちかが分からない。

川上　焦点結ばないのが惜しい。

長嶋　俳句ってね、たとえば指鉄砲撃ったのは、その人なのか先輩なのかみたいに、俳句そのものから、どっちが？っていうのが分からなくなるときがありますよね。それが分かったらいいのになっていうときが。

堀本　「掠める」は、これ、千野さんに怒られそうな。

千野　そうですね。わりと、ポエム動詞[*6]なんじゃない

＊6　ポエム動詞　『俳句いきなり入門』（ＮＨＫ出版新書）２０６頁参照。

かっていうふうに僕思いますねー。

川上 その、千野さんのポエム動詞に関して、ちょっと、私、言いたいことがあるんですけど。

千野 どうぞ。

川上 初心者のころに行った句会で、そこの指導者に「地蔵を詠んではいけない」って言われたの。ポエム動詞はいけない、と聞くと、いつもそのことを思い出しちゃうんです。

千野 あのね、いけないってことはないんだけど、好まれるんですよね、なんか初心の方々、「浮かぶ」とか「滲む」とかねー。

川上 でも、最初からそれ言っちゃうと、作れなくなっちゃう、私なら。

米光 うんうん。

千野 そうかー。

川上 プレッシャーや禁止に弱いから。

千野 未来の川上弘美を扼殺してしまったわけですね、僕が。

川上 っていうか、いまもよく使うし。「浮かぶ」。すいません(笑)。

千野 それはもう、だって、あれですよ、手のひら返しますよ。

米光 ええー?

千野 いくらでも。

川上 えー、それじゃダメだよー。

千野 足の裏だって返しちゃう。

長嶋 ははは。なにそれ。

川上 いやー、千野さんは断固としてポエム動詞を否定しつづけてください。でも、私個人は、使い古されたと思われる言葉を大事にしてあげないと、言葉がかわいそうな気がして。

堀本 ああ、なるほど。

池田 だって、要は使い方だから。

千野 要は使い方です。絶対にダメってつもりではないです。

池田 だからそれは分かって、千野さんは面白くしてるのね。

川上　まあ分かって言ってるのは分かる。

千野　やっぱり萎縮するかなあ。

川上　えっと、すごいそれ難しくて、初心者じゃない人にはいいと思うんだ。

千野　やらしたほうがいいですか？

川上　なんにも考えないで作ったほうがいい。たぶん、ポエムだ、と思って作ってないよ。たとえば、実生活でその言葉をいつも使うから作ったり。

長嶋　掠めるようなこととかが。

川上　でも、作っていくうちに、「この言葉はふんわりしすぎ」って思ったら、私は使わなくなったりする、自分の文章でも。

長嶋　なるほどね。

米光　言葉として、じゃあ気をつけて使おう、みたいなふうに、いけばいいんじゃないかな。いかにもな感じを出すために言葉を使ってるなって気付けるといいよね。

長嶋　そうだね。

米光「待つ」とか使うなって言われても、「待つ」は使うよ！

千野　待つねー。

米光　待ってるもん。

長嶋　千野さんは、毎月毎日何百句も、いろんな俳句の投稿を見て、その中で、「掠める」みたいな言葉が安直に使われてる例を多く見ちゃってるせいで、気をつけてっていう言葉になったんだろうね。「ポエマー」みたいな強い定義づけをしちゃうのが危険なのかも。

千野　たしかに誤解は生みますね。

川上　私、あまのじゃくなんですよきっと。そういうふうに、使っちゃいけないものを指定されると、俺が使ってすごい句作ってやるーって（笑）。そうだ、それをみなさんにもすすめたい。

千野（ホッとして乗っかる）そうです、それを狙ったんです！

川上　うんうん。千野さんの鼻を明かすように、みんなも頑張るといいと思う。私も頑張る。

長嶋　ははは。ねえ。うん。
千野　作者どなたでしょうか。
堀本　はい。裕樹です。これはですね、長嶋さんへの。
長嶋　え？　え？　え？
堀本　リア充トラップとして仕掛けてたんですけど、見事に逆選を取っていただいて（笑）。
長嶋　あ、これは狙ったの？　逆選を。
堀本　うん。もう絶対これ長嶋さんが、逆選取ってくれると。
米光　なんの？　なんの狙いだよー。
川上　そこ？
長嶋　欲望がおかしいじゃん。
千野　逆選の!?
堀本　これできた瞬間、なんかほくそ笑んじゃって。これはねー、絶対出してやろうと思って。
千野　長嶋さん、手のひらの上で踊らされちゃって。
堀本「襟あし」みたいな、そんなねえ、しかも「源氏蛍」なんかを飛ばせて。
長嶋　より高級なほうのね。高いほうの。
堀本　そうそう。このリア充がー！みたいな。
長嶋　ぜんぜんそこまで思わなかったなー。あーそうなんだ。
堀本　だから、リア充っていう言葉が長嶋さんから出てこなかったから、ちょっとあれ？って思ったんだけど。
長嶋　そうなのか。いやー、僕こういうときねー「襟あし」とかで女性とか、あんま思わないんだよね。
堀本　あーそっか。
長嶋　ぼーっとしてるから。
堀本　そこまで読めなかったですね。
長嶋　そこも、二次会で相談で（笑）。さっきの「好意に気付かない問題」。

話題をかっさらった一句

長嶋　じゃあ、19番ねまちゅか。

19　架空のブランドねまちゅかねまちゅか　**堀本×**

長嶋　これ、ブランドなのかな？

米光　これもう、どうせ分かってるから明かしてもいい？

長嶋　あ、はい（笑）。

米光　ぼく、なんですけど。

池田　あはははははは。

米光　もちろん、ぼくなんですけど、「架空のブランドねまちゅかねまちゅか」です。はい。ミナペルホネン[*7]のペルホネン、みたいな感じで。

――えぇー？

米光　えぇー？　なんで。ミナペルホネンっていう、すごいおしゃれ。

千野　ミナペルホネンはさ、フィンランド語だよ？　ねまちゅかねまちゅかとは違うんじゃないかな。

米光　ねまちゅかねまちゅかもフィンランド語だよー？（場内笑）

長嶋　ほんとー？

堀本　ねまちゅかねまちゅかは、違うんじゃない？

米光　でもまあ、ミナとは違うから。来年ぐらいに立ち上げますので。

千野　じゃあ白金台[*8]に一号店？

米光　一号店。ああ、まあぼくんちで一号店で。

長嶋　自宅販売だ。そうなんだ。これ「架空」って言ったのがつまんないって思ったけど。

米光　違う違う、「架空のブランドねまちゅかねまちゅか」っていうブランド名です。

＊7　minä perhonen（ミナペルホネン）　デザイナー皆川明が立ち上げたファッションブランド。「minä」は「私」、「perhonen」は「ちょうちょ」を意味するフィンランドの言葉。手描きの図案やテキスタイルを使用している。

＊8　ミナペルホネン一号店は白金台に置かれた。

千野　えぇー!?「架空のブランド」っていう部分も。

米光　そうそうそう。分かんない？　まあ、来年立ち上げるんで、それで分かると思いますので。もう、これ気付いた瞬間に、興奮して3日ぐらい喋ってうざがられちゃって。

長嶋　なに、「気付いた」って何を気付いたの？

米光「架空のブランドねまちゅかねまちゅか」の存在に。（場内笑）

川上　存在してるんだ？

米光　だから、来年になるとみんなも気付くから。あの、帰っても着替えずに寝れるような。

長嶋　あ、「ねまちゅか？　ねまちゅか」。

米光　うん。

長嶋　バカだねー！

米光　そういうコンセプトブランド。欲しくなったでしょ！

千野　欲しくなった。

米光　来年がんばって作るんで、よろしくお願いします。宣伝か！（場内笑）

長嶋　そんな、そんな飛び道具アリの句会だったんだ。

堀本　むちゃくちゃになってきましたね。

長嶋　真面目にトップ取ったのに、ぜんぶ食われちゃったじゃん！

川上の句当て

長嶋　そろそろ客席にも意見を聞きたいな。

千野　これ言ってやりたいとか、お前らなんてこれでもくらえ、みたいなコメントがあれば。どうでしょう。

長嶋　あるいは池田さんや川上さんのまだ気になる句とかも、

千野　そうそう。点入れてる句もあるしね。どうですか？　質問とかでも。

川上　なんか、私の句が一個も開いてないので、川上の句当てとかどうです？

米光　あぁー。ほんとだ、一句も開いてない。

川上　逆選にも入ってないってすごいよね。薄い、私。

千野　ちょっと待て待て。

米光　じゃあ、当ててもらいましょう。みんなに。すごい状態になってきた（笑）。

――もしもし、いいですか？

長嶋　ちょっとストップ！

――あははは。

長嶋　お前が喋っていいとは、まだ、俺は許可してない。

千野　来た、東京マッハ名物、無駄な対立軸。

長嶋　ここで初めてね、東京マッハに来た人のために軽く説明をしますと、いま、「ちょっといいっすか」と全然いいって言ってないのに勝手に喋りやがった人は、佐藤文香さんという、新進気鋭の俳人で。

佐藤文香　まあ、無駄な対立軸として。

長嶋　僕と佐藤文香[*9]さんは、この席を競っていつも戦っている（笑）。

佐藤　いつも負けてるわけじゃないです。

千野　アングルですアングル。

長嶋　そういう、プロレス的な場外から声をかけられて言い返す、みたいなね。

米光　ままあ、もう、なに？　さっさと進めろよ、と。

長嶋　佐藤さん、お願いします。

佐藤　今日、長嶋さんが高得点取っちゃって、むかつくなーと思ってたんですけど、

長嶋　しょうがないじゃん（余裕のある顔で）。

佐藤　弘美さんの句当てとしてですね、有さんと千野さんが取っている、9番。これは、文語で書かれてますよね。

9　サイダーや雨やむまへの鳥のこゑ　**千野○　長嶋○**

＊9　佐藤文香（さとう・あやか）　俳人（１９８６―）。『海藻標本』（ふらんす堂）で芝不器男俳句新人賞対馬康子審査員奨励賞。この翌年、vol.7「五反田の五とvol.7の七」のゲストとなる。

千野　そうね、や切れだもんね。
佐藤　だから、堀本さんか川上さんかじゃないかと。堀本さんの句は何句か出てる。このなんていうか、「雨やむまへの鳥のこゑ」っていううっすらした感覚と、「サイダーの泡」っていうのを取り合わせてるこの感じは川上さんの上手さじゃないのかなーと思って、当てていってみます。
長嶋　これ当たったら、ドトールでコーヒー奢るよ。
川上　ドトールかあ。
堀本　安い。
千野「やむまへ」ってのがいいよね。鳥の声が聞こえて、あ、止んだんだじゃなくてね。
長嶋　雨が降ってるときも、そういえば鳥鳴くなーっていうのを、そう言われなかったことを言われたっていう。あと「サイダー」っていうものと雨も近いんだけど、液体同士だしね。でもその、室内と室外の対比もほどよいし、もっと点伸びるかなと。
千野　俺はこれ大好きなんだけど。
長嶋　好きな句でした。じゃあ、佐藤さんにね、ドトールのコーヒーを奢れるか、（サイズ）Sだけどね。（場内笑）はい。作者は？
川上　はい。私です。佐藤さんに奢ってあげてください。
千野　おめでとう、よかったね、Sだよー。
川上　開けてくれてありがとうございます。ところで、いま思ったのは、米光さんって後半に来るとすごいよね。このまま、もうあと1人で1時間ぐらいまわせそう。
米光　やれる？
川上　やれる気がする。
米光　なんでひとりぼっちになんの？　なんで1人にされるの？
長嶋　あ、スロースターターなんだ。ね。
川上　マッハの4人のこの組み合わせ、秀逸です。うん。

観客からの質問

――あと池田さんの挨拶句が、6番「**お堀にアヤメ人に本来勇気あり**」、16番「**米炊けて光りぬ浅蜊舌出しぬ**」と26番「**螢うきうき川上のひろき闇**」だと思うんです。それともう一つ、ごめんなさい、いいですか？　ここまでの挨拶句、全員フルネームが入っているんですが、16番「**米炊けて光りぬ浅蜊舌出しぬ**」だけが、下の名前が入っていないように見えるんです。それ正解ですか？　そこちょっとコメントをいただければと。

16　米炊けて光りぬ浅蜊(あさり)舌出しぬ

池田　あのねー。

米光　なんで？（場内笑）

堀本　ちょっと怒ってますよ。

長嶋　怒ってますね。

池田　違うの、あのね、挨拶句ぜんぶにしようと思ったわけですよ。5人で5句だから。そしたらね、「舌」が入らないのよー。

千野　ああー。お題＋挨拶句が。

米光　「舌」とかお題出すから。

池田　出すから。

堀本　そうだ。自分に返ってきちゃった。

米光　「光る」とかにしとけばよかったね。そっかー。

池田　だから、もう舌を出した人に責任を持たせて。

長嶋　それは米光さんが悪いなあー。

米光　俺が悪い？

千野　いまの指摘がすごかったー。ありがとうございます。まるでなんか、ほんとにミステリー小説のような。

佐藤　米光さん、俳号を「浅蜊」にしたらいいんじゃないですか。

米光　米光浅蜊で。そうしまーす。

千野　米光浅蜊の、「架空のブランドねまちゅかねまちゅか」よろしくお願いいたします。

長嶋　可愛いねー。

「螢」は池田

長嶋　で、26番いきますか。

26　螢うきうき川上のひろき闇　　　　長嶋○　堀本○

池田　これは見えすぎでちょっとね。

長嶋　これ、「川上」が「ひろき闇」っていうのがまた、挨拶をなしにしても、すごいの。川下が明るくて、川上っていうのは、川が細くなってくから、夜見ると暗闇が多くなるんだよ。川下は、光る水が多いけど、川上は狭くなるから闇が広くなるっていう、その気付きが。

川上　うん。いい句。

長嶋　ね。いい句だよね。川上ってなにげないというか、多い苗字だけども、ほんとに、川下ではない川の上流っていう、意味がある言葉だから。

池田　で、明るくないところですよね。また自分で言っちゃった(笑)。

長嶋　うん。すごくいい。

池田　そう、それで、「螢」は私なんですよ。で、うきうきなんですよ。今日一緒ですから。

長嶋　そうですね。螢の句を持つ池田さんと(じゃんけんで負けて螢に生まれたの)。

川上　そっかあー。

長嶋　「螢うきうき」っていうのも、螢ってもっと「襟あしを掠める」みたいな、リア充の感じだけど、螢がいることが、「うきうき」ぐらいの軽い受け止めもできる。でも、「川上」はそういう自分たちのうきうきと別に「闇」になってるっていう、すごく広いことを言ってる。

川上　うん、いい句ですねー。

千野　これ、だって「螢」が澄子さんだとすると、弘美さんと一緒に句座を囲めて、とてもうきうきしてるっていうのが。

長嶋　気持ちも。うん。挨拶句としても。

堀本　いいですよ。

米光　すごいなー。

池田　失礼いたしました。

「ぬ」二つは珍しい？

長嶋　そういえば、東京マッハでは毎回、豊﨑由美さんからも言葉をもらっているから。何か気になるものを。

豊﨑由美　はい。私はいつも、わ、米光さんだなあーと思いながら、必ず米光さんに特選なんですよ。

米光　ねまちゅかねまちゅか？

豊﨑　いや！　いや（笑）。

長嶋　ねまちゅかねまちゅかにねー、客席で1人、特選を入れてる人がいるんです。

米光　えらい！　見る目あるなあー。

豊﨑　あ、質問なんですけど、池田先生の「**米炊けて光りぬ浅蜊舌出しぬ**」ってありましたよね。で、これ二つにはっきり分かれちゃうんですよね。この、「ぬ」、「ぬ」っていうのは、俳句において、そんな珍しいことじゃないんですか？　こういうことって。

堀本　うん、形としては珍しいかもしれない。

長嶋「形としては珍しいね（囁く）」。（場内笑）。

千野　ただね、めちゃくちゃ強い切れではないから。あの、ふわっとしてる。

堀本　完了の「ぬ」ですね。

池田　ちょっと意識したんですよね。あのね、ふつうで考えると、「**米炊けて光りぬ浅蜊舌出して**」とかね。なんかそういうふうにすれば、当たり障りないんですけど、それよりも、「ぬ」かなあって。あの、二つの事柄が、こう同時に。

千野　等価でね。同じ価値でね。

堀本　料理をしてる感じが出てますよね。「ぬ」の重なりでね。

池田　いいか悪いかは、もう読む方のね、あれなんで。

千野　好みがあると思いますね。
豊﨑　いえ、好きなんです。あ、蟇ってどなたですか？

12　蟇ヨロヅヒキウケ灯りをる　　堀本○

千野　これ、堀本さん取ってる。じつは僕も予選で取ってる。
豊﨑　予選で取ってる（笑）。
米光　ははは。
豊﨑　予選で全句に○をつけてから外していくんですか？
千野　ぜんぶ○つけたら意味ないじゃないですか、さすがに。
長嶋　でも「予選で取ってる」が多いんだね、言葉がね。
米光　多いから、みんな取ってんじゃねーの疑惑。
堀本　これ、面白いじゃないですか。「蟇」は夏の季語なんだけども、「ヨロヅヒキウケ」これをカタカナにして。何でも屋ですよね？
千野　看板ぽいよね。昔のね。
堀本　看板っぽいところを、カタカナで表記してて、それがこうぽっと灯ってると。で、蟇がそこの主みたいにも見えてきて、滑稽な面白い句だなーと思っていました。
豊﨑　灯篭ってあるじゃないですか。あそこにいるのかなーと思ったんですけど。「ヨロヅヒキウケ」っていう灯りが灯ってるんじゃなくて、灯篭があって、その下に陶器の、なんか蟇みたいなのがいたりするんですよ。もしかしたら、その蟇も、ほら、蚊取り線香のあれみたいに、ろうそくかなんかが中で灯るようなものなのかなーとか。勝手に、そういうものがあったら欲しいな、買いたいなーと思って。カエル好きだから。
千野　それもねまちゅかねまちゅかで作りましょう。
長嶋　それも？
豊﨑　ぜひ。作ってください。
米光　がんばりまーす。それも作れる技術がない。
長嶋　「通販生活」でね。はいはいはい。いいねー。僕は堀本さんの読みだったけどな。看板に、古いからカタカナで。

池田 私もそうだった。

千野 レトロな感じね。楽しい句。俺好きこれ。

長嶋 作者は？

川上 はい、私なんですけど、あの、通販ねまちゅかねまちゅかに、短編小説書きたいです。

米光 うあーなに？　おっきくなりすぎている！

川上 ぜひ。蟇を販売してください。

米光 まじでやんなきゃいけないな。東京マッハ全面バックアップしてもらって。ああー！　もうどうしよう！

千野 レイアウトとか名久井直子[*11]さんにやってもらって。

長嶋 名久井さんに。装丁家のね。

米光 来年、ぼくぜんぶ仕事断って、これ一つで。ねまちゅか一つで。

千野 あと、じつは客席のどっかに隠れてらっしゃるんですが、今日マチ子[*11]さんにもイラスト描いてもらってね？

長嶋 もらってねえ。ああー俺を仲間はずれにされてるー。僕もなんかしたい。

米光 長嶋さんには服着てもらって、ぼくがデザインした服を。

長嶋 そうする。それ。堀本さんと2トップでね。

米光 夢が広がるなあー。

堀本 ぜひ。

長嶋 乗り気なんだ。

堀本 乗り気ですよー。

長嶋 じゃあそれで行きましょ。

＊10　名久井直子（なくい・なおこ）　装丁家。のちvol.9「さっきから好意の「う」の字なくて雪」@アツコバルー（渋谷）（２０１４年1月27日）のゲストとして登壇。本書の装丁を担当。

＊11　今日マチ子（きょう・まちこ）　漫画家。『センネン画報』（のち太田出版から書籍化）などが文化庁メディア芸術祭審査委員会推薦作品となる。『いちご戦争』（河出書房新社）で日本漫画家協会賞大賞。

vol.4「帰したくなくて夜店の燃えさうな」

No	選		作者	選
1		梅雨寒や鼠の寝息きこえる気	長嶋有	
2		襟あしを掠める源氏螢かな	堀本裕樹	池× 長×
3		と、たん！とべとぶとびばこの舌動く	米光一成	池○長○千×
4		亀飼って十七年や入梅す	川上弘美	米○
5		溶け残るざらめは舌の下夕立	長嶋有	千○米○川○堀○
6		お堀にアヤメ人に本来勇気あり	池田澄子	千○ 川○
7		指鉄砲撃って先輩あとずさる	千野帽子	米○川○長○
8		炎昼にファンファーレぽい何か聞く	米光一成	長○ 堀○
9		サイダーや雨やむまへの鳥のこゑ	川上弘美	千○ 長○
10		微炭酸？俺が？初めて言われたよ…	千野帽子	米×
11	♛	蜘蛛というより蜘蛛の都合をみておりぬ	長嶋有	千◎堀◎池○川○
12		蟇ヨロヅヒキウケ灯りをる	川上弘美	堀○
13		長生きの島に悲話有り海紅豆	池田澄子	川×
14		舌の根の干る間を青葉湧きやまず	千野帽子	米◎
15		短夜や六人ゐる！と驚ける	堀本裕樹	千○池○長○

No.		句	作者	評価
16		米炊けて光りぬ浅蜊舌出しぬ	池田澄子	
17	♛(客)	未使用のストロー軽し夏の暮	長嶋有	池◯
18		見てをりぬ夏氷すきとほりゆくを	川上弘美	
19		架空のブランドねまちゅかねまちゅか	米光一成	堀×
20		千思万考ついに野を飛ぶ夏帽子	池田澄子	千◯米◯川◯
21		ぬばたまの闇ほころびて河鹿笛	堀本裕樹	
22		金魚屋のメモに★形・波・十字	千野帽子	長◎
23		半夏生ポケットにある腕時計	長嶋有	米◯川◯堀◯
24		向日葵の中に仏が多すぎる	米光一成	千◯池◯堀◯
25		敦忌や舌戦もせず職を辞す	堀本裕樹	米◯
26		螢うきうき川上のひろき闇	池田澄子	長◯ 堀◯
27		はつ夏の汚れた土に汚れつつ	米光一成	川◎
28		炎昼の舌太く怒れる男	川上弘美	池◯
29		桑の実を転校生に採つてあげる	堀本裕樹	池◎
30		肝油ドロップの罐にはじまる夏の川	千野帽子	

♛は壇上トップ、♛(客)は客席トップの句。

vol.10「君と僕と新宿春の俳句まつり」

@風林会館（2014年4月13日）

ゲスト＝西加奈子

元キャバレーのイベント会場で開催され、衣裳や小道具も用いた、もっともショウアップされた回。長嶋有の第一句集『春のお辞儀』の刊行記念イベントでもあり、のちのちメンバー内でも語り草となる。

歌舞伎町でマッハ

千野　みなさんこんにちは。「君と僕と新宿春の俳句祭り」にようこそ。東京マッハ、フロアマネージャー[*1]の千野と申します。今回10回目ということで、こういう昭和の香りのする素敵な場所で興行できることになりました。では、メンバーを紹介します。まず、堀本裕樹、長嶋有、米光一成。毎回ゲストをお招きしていますが、今回のゲストをお呼びします。作家の西加奈子さんです。

西加奈子　よろしくお願いします。

米光　すごい真っ赤。レッド。

長嶋　上下真っ赤で。

西　そやな。

長嶋　すごい、満員ですね。

千野　ちょっと乾杯から、例によって恒例の。乾杯から始めようと思います。

米光　長嶋さん、なんで飴舐めてるの？

長嶋　ヤクザは飴舐めているような気がして。

米光　そうお？

千野　では皆さんお手元に飲み物を。もしなにもなければエアで。

長嶋　乾杯、何度もさせますからね。

千野　そういうお店なんです。

長嶋　わりとアコギなんで、はい、ひとまず10回を記念して。

千野　まずはマッハの10回を祝してかんぱーい。

一同　かんぱーい。

長嶋　どうもありがとうございまーす。

西　お願いしまーす。（場内拍手）

千野　はい。ありがとうございます。座りましょう。

句会は楽しい

長嶋　西さん、俺見るたびに笑うのやめてもらってい

い？（笑）

西　おもろいなあ。

長嶋　おもろいなあじゃないよ。ほんとはエナメルの靴にしたかったんだけどね。

西　ああ、せやなあ。なんか裏でめっちゃ盛り上がっているからなにかなあと思ったら、これやったんや。

長嶋　でもこれ私服なんだよ。

西　ああ、そうやんな。私もこれ私服やで。

長嶋　ああ、すげー。それはなに、モジモジくん[*2]みたいな時に着るの。

西　違う。けっこうふつうに着ているねんけど、これ。

長嶋　素敵、素敵。飴どっか置きたいな。

千野　どっか置いたら。置くところある？

長嶋　ある。選句用紙の上に置く。

米光　選句用紙の上に飴？

長嶋　句会やる時、飴を舐めていたらみなさん選句用紙の上に置いてくださいね。そういう句会トリビアを取り混ぜて。それはともかくとして、10回目。

千野　こんな感じで、ゲストを迎えて、5人ないしは6人で句会をやっています。

長嶋　西さん、たとえばね。千野さん、米光さん、堀本さんが◯をつけて、僕と西さんが◯をつけなかったら、作者どっちかじゃないですか。で、自分の句の時も自分じゃないふりをする、なんでこんな句に◯を付けるのみたいに言って、むしろしらを切る。

西　ああ、なるほど。褒めてもいいの？

米光　褒めたら、なんで◯付けてないのってなるから。

西　ああ、なるほど。そうかそうか。

米光　微妙なね。人狼ゲーム的なミスが出ちゃうから。

西　うわあ、むずっ。

千野　しかも、この衆人環視（しゅうじんかんし）の中でしらを切り通さな

＊1　この日の会場である新宿・風林会館は元キャバレーの照明・ソファ・ステージをそのまま残したスペースだった。

＊2　モジモジくん　フジテレビ系列で放送されていた番組「とんねるずのみなさんのおかげでした」内の企画。全身タイツ姿の出演者たちでお題の人文字を完成させる。

いといけないんだよね。ふつうの句会じゃなくて。

長嶋　自分の句ってだいたい好きだから褒めそうになるんだよ。

西　そやんなあ。言い訳しちゃいそうやなあ。なるほど。わかりました。有さんうまいんですか。しらを切るの。

長嶋　いや、そうでもないかな。むずむずしている、顔が。褒められたくて。

千野　それがうまい人ってあまりいないと思う。だいたいバレているよね。

長嶋　堀本さんはだいたいいつもクールかな。

堀本　句会の回数を重ねているんで、とぼける回数も多いかな。

千野　月10回以上は句会やっている?

堀本　10回はやっています。

長嶋　堀本さんはふだんから句会を主宰されて。

千野　ほとんどが自分で司会をしているという大変な。

長嶋　今日も堀本さんの「いるか句会」の方がたくさんお見えになっていますね。

堀本　はい。ありがとうございます。

長嶋　なので、俳句プロパーも、多くいる。じつは。

西　ええー、こええーなー。

堀本　大丈夫。

長嶋　和やかそうだよ。さすがに、突然ビール瓶を割り出すようなやつはいない。

千野　こういう会場だから、若い衆が守ってくれるので大丈夫。そういう時は若い人間を盾にするということでね。

長嶋　東京マッハは句会を啓蒙したいイベントで。俳句を啓蒙したいんじゃなくて。

米光　句会が面白いよという話。

長嶋　句会という、こういうことをみんなでやってほしいなという ね。

千野　だから、終わって会場出たら、すぐカラオケとかあるので。

米光　句会をね。

千野　句会をやっていただきたい。

長嶋　ほんとに紙とコンビニのコピー機とかあればすぐに句会ができます。

堀本　できます。

米光　安上がり。

長嶋　だから、句会って楽しいなと思っていただけたら。

千野　それをわかって帰っていただけたら、すごくうれしい。ということで、これからですね、みなさん、すでに選句とかして、けっこうへとへとなんですけど、まだみなさんのお仕事は残っていまして、壇上の誰がどの句をどの点をつけたかみたいなのをメモしていくと。ああ、あいつがこれを取ったんだみたいなのがわかってきて、面白いということで。

長嶋　ぼんやりしないほうがいいですね。

千野　もうちょっと酒が入っていますからね。

西　へへへ。

長嶋　僕は飴買ったの失敗だったなあ。なんか冷徹な殺し屋が飴とか舐めているようなイメージがあった。

米光　それは伝わってこない。おいてきたら？

長嶋　飴をね？

米光　若い子の手のひらに乗せる、とか。

長嶋　飴置き係。あ、飴、置くね。

千野　ちゃんと若い衆、いるんだね。

長嶋　「傍点」[*3]という同人の精鋭です。じゃ、選句[*4]いきますか。

＊3　「傍点」　長嶋有が２０１４年に結成した俳句同人（千野も幽霊同人として在籍）。２０２１年に創刊号を刊行。同時に長嶋は脱退。

＊4　正しくは「披講」だが、長嶋は選んだ句を読みあげることも「選句」と言っている。

vol.10「君と僕と新宿春の俳句まつり」

No	選		作者
1		卒業歌ダチとマブだけいればいい	
2		白線の内側にいて春を蹴る	
3		停学の太郎の屋根に花ふりつむ	
4		標準にもボンタンにも吹けよ薫風	
5		花冷や言葉のやうな貝拾ふ	
6		浮かれ猫床を磨くと妻が吐く	
7		さくらちる発電の音立てながら	
8		吹かれゆく紙食器追ふ新社員	
9		ラー油垂らす程の決意や春暑し	
10		しらす丼長嶋有の目がきれい	
11		ゆく春をただいまるすにしています	
12		鳥交るパーティ帰りのあえて鬱	
13		ルーペ覗きたいだけ春もうららなれば	
14		つばくらや日を掬ひつつこぼしつつ	
15		老親の早口聞き返せず桜	

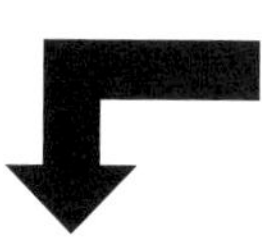

一旦ストップ！　次のページから披講が始まります。
ページをめくる前に必ず選句をしましょう！！

16		おい、小池！花見するから来い早く	
17		円卓へ蒼い雫の桜降る	
18		啄木忌出るとこに出るマヨネーズ	
19		落花かなチワワ震えて腋の下	
20		警察官人形真顔花菜雨	
21		襟足の長き父子ゐて磯遊び	
22		コーヒーの泡くちびるにあり遅日	
23		人去って戸袋残る暮春かな	
24		猿の絵を描いて渡せぬ菜種梅雨	
25		臥しており「花見は疲れる」と歳時記も	
26		早退の空ひろびろと啄木忌	
27		山笑う叔父のひたいがM字型	
28		春炬燵予告で早くも号泣す	
29		いない人の話ばっかり昭和の日	
30		早稲田大学生はシマシマ鬱金香	

みなさんも特選（ベスト1）1句に◎、並選（好きな句）6句に○、逆選（文句をつけてやりたい句）1句に×。「選」欄にご記入ください。

披講はじまり

千野　では、選んだ句を読み上げます。僕であれば、千野帽子選といって、特選何番といって、句を読みます。なんとこの場で、西加奈子さんにもそれをお伝えしている状況です。

西　そうですね。いま聞きました。漢字読めないやつがあるんですけど。

米光　もにょもにょって言って。千野さんがお手本を示してくれるので、それを真似る。

長嶋　西さんが読み上げる前に2人が運良くその句を選ぶかもしれない。そしたら、知っていたような顔をして。

西　そやな。お得意の。

長嶋　そうそうお得意の(笑)。

千野　並選が最初で、そのあと特選、逆選といきます。

長嶋　並選というのは好きな句で、特選はそれより上のベスト1、並、特、逆の順に読むんですよ。そうすると盛り上がるんです。

西　こええー。

長嶋　占いカウントダウンね、テレビのね。

千野　2位から11位までを発表したあと。

長嶋　そのあと1位を発表すると、すごくドキドキするので、特選を二番目、逆選を最後ですね。

西　逆選って怖いですね。

長嶋　怖いですよ。

堀本　面白いですよ。

長嶋　堀本さん、鬼になりますよ。

西　めっちゃいやや。ほんまいやや。

長嶋　そんなことない。

堀本　たまになりますよ。

西　あー、すげえこわい。

長嶋　けっこう、にべもない時がある。

堀本　そうですね。

長嶋　いつも穏やかなのに。

千野帽子選

千野　では、千野帽子選です。ゆっくりまいります。

並選

9　ラー油垂らす程の決意や春暑し
13　ルーペ覗きたいだけ春もうららなれば
18　啄木忌出るとこに出るマヨネーズ
19　落花かなチワワ震えて脇の下
20　警察官人形真顔花菜雨（はななあめ）
24　猿の絵を描いて渡せぬ菜種梅雨

特選

22　コーヒーの泡くちびるにあり遅日（ちじつ）

逆選

14　つばくらや日を掬（すく）ひつつこぼしつつ

千野　以上、千野帽子選でした。
西　なんかこええ。これいややわあ。
米光　ちょっと予想外だったなあ。
西　これ、みなさんは、たとえば「千野さんっぽいなこの句」とかわかりながらやっているんですか。ぜんぜんわからないんですか。
堀本　わからないですね。
米光　ぽいなあと思って違うこともよくある。
長嶋　10回もやっていると、倦怠期みたいなもので、また米光さん～とか思いながら……ということもあります。
米光　また千野さん、と思ったのを千野さんが選んでいたのでちょっと意外だった。うん、無意識というか、ふとそう思うことはあるけど、いちいちそれは考えてないかな。

米光一成選

千野　じゃあ、米光さん、お願いします。
長嶋　読むとき二回くり返すとプロっぽいよ。
西　なるほどね。
千野　二回目のとき、中七の最後の1音を上げるともっとプロっぽくなる。「ほにゃららら、ほにゃらららら(↑)、ほにゃららら」。

西　オッケーです。

千野　二回目はそれです。一回目はふつうに読む。

西　一回目はふつうに読む。わかりました。

長嶋　最初の五文字をね、二度目はちょっと下げるんだよ。

米光　言わないで。言うと意識するから。自然に読めばいいと思う。いきます。

並選

8　吹かれゆく紙食器追ふ新社員
19　落花かなチワワ震えて脇の下
20　警察官人形真顔花菜雨
25　臥しており「花見は疲れる」と歳時記も
26　早退の空ひろびろと啄木忌
29　いない人の話ばっかり昭和の日

特選

23　人去つて戸袋残る暮春（ぼしゅん）かな

逆選

24　猿の絵を描いて渡せぬ菜種梅雨

千野　おお。

堀本　割れた。

長嶋　喧嘩だ、喧嘩だ！

米光　もう言いたくて仕方ない。

千野　いまちょっと食い気味だったね。

長嶋　ドス持ってきちゃった。西さん、感心してますね。

西　なるほどな。

千野　米光さん、広島県人だからちょっと怖いんだよね。

米光　それは偏見じゃけん。

西加奈子選

千野　では、西さん。

長嶋　初選句？

西　うん。もう人生初です。では、西加奈子選。

並選

2　白線の内側にいて春を蹴る

5　花冷や言葉のやうな貝拾ふ

15　老親（ろうしん）の早口聞き返せず桜

21　襟足の長き父子ゐて磯遊び

27　山笑う叔父のひたいがM字型

29　いない人の話ばっかり昭和の日

特選

4　標準にもボンタンにも吹けよ薫風

逆選

30　早稲田大学生はシマシマ鬱金香

長嶋　西さん、読むのうまいね。

千野　最初からできている。

米光　悔しいわ。

長嶋有選

長嶋　はい。じゃあ、長嶋有選。

並選

7　さくらちる発電の音立てながら

8　吹かれゆく紙食器追ふ新社員

18　啄木忌出るとこに出るマヨネーズ

22　コーヒーの泡くちびるにあり遅日

23　人去って戸袋残る暮春かな

24　猿の絵を描いて渡せぬ菜種梅雨

特選

26　早退の空ひろびろと啄木忌

逆選

12　鳥交（さか）るパーティ帰りのあえて鬱

長嶋　はい、以上です。抗争ですよ。

千野　抗争だね。

長嶋　地域ごとの勢力図が出てきた。

西　かぶんねんな、やはり。おもしろい。

堀本裕樹選

千野　では、最後、堀本さん。

長嶋　声がいいんだよ。

堀本　堀本裕樹選。

並選

2　白線の内側にいて春を蹴る
4　標準にもボンタンにも吹けよ薫風
7　さくらちる発電の音立てながら
9　ラー油垂らす程の決意や春暑し
15　老親の早口聞き返せず桜
23　人去つて戸袋残る暮春かな

特選

10　しらす丼長嶋有の目がきれい

逆選

25　臥しており「花見は疲れる」と歳時記も

西　めちゃいい。ぜんぜん違いますやん！　圧倒的にいいですねえ。

長嶋　いいマイク使っているんじゃないの？

堀本　いやいや、同じです。

西　言葉言葉がどわーっと。堀本さんは切れていない。

堀本　めっちゃ恥ずかしくなる。

長嶋　逆選の時さあ、なんか低くなって暗い声だったね。それはそうと今回は、堀西でなにか派閥というか、なんつーか同盟が組めそう。西堀組ですよ。でね、米堀組。

千野　米光さんは、俺と長嶋さんと抗争状態。

長嶋　今回はばらけましたねえ。

米光　ばらけたねえ。

オモチャの拳銃が届く

長嶋　あ、いま拳銃（オモチャ）が届いた。

堀本　チャカが飛んできました。

長嶋　僕、実は事前に銃を買っていたんですよ。絶対今日はこの会場だから、銃も持ってこようと。それで花輪和一[*5]さんが刑務所に入る前に直していたコルトガバメントにしようと思って、絶対にガバだと思ってさあ、忘れてきたの。そうしたら、ふらんす堂の人が「買ってきましょう、買ってきましょう」と。この会場だったら、絶対銃があったほうがいいからと。

千野　出版社や編集者の発言じゃないですよねえ。

長嶋　そうですよねえ。でも、花輪[*6]をもらう俳人もいないし、銃を買ってきてもらう俳人もいないから。

千野　誰か撃たれてもいいように、胸に歳時記とか入れているんじゃないの。

長嶋　すみません。邪魔しちゃった。最高点句からいきましょうかね。

千野　5人でやっていていつも思うのは、ばらけるとばらけるで2点句、3点句が並んでしまったり、あとは逆にばらけなかったら今度は最初からバレちゃったりする。やはり7、8人いるといいかなという感じがしますね。

長嶋　句会の適正人数ということですね。みなさん、これから句会を友達とやろうという時、なんとなく7、8人いるといい。

千野　7、8人友達が集まってくるというのはかなりリア充な感じがします。

米光　まあまあ。そこは心配しても。

長嶋　でも人狼ゲームとかいま流行っていて、10人く

＊5　花輪和一（はなわ・かずいち）　漫画家（1947—）。「月刊漫画ガロ」でデビュー。銃好きが高じ改造モデルガンや故障した拳銃を所持していたことが発覚し、1994年銃刀法違反容疑で逮捕。懲役3年の実刑判決をうける。自身の服役経験を描いた漫画に『刑務所の中』がある。

＊6　花輪をもらう俳人　当日、「傍点」一同から会場にパチンコ屋開店時のような花が贈られ、歌舞伎町のキャバレー的なうさんくさげなムードを倍加させていた。151頁掲載写真の右にみえるのがそれ。

らい集まるじゃないですか。だから、そういう時に句会をこんな感じでやっていいんじゃないですか。

千野　そうね。人狼に似てるしね。黙ってなきゃいけないところが。

戸袋ってどこ？

千野　では、最高点句の23番。

23　人去つて戸袋残る暮春かな　**米光◎**　**長嶋○**　**堀本○**

千野　これ、米光さんが特選です。

長嶋　選評が始まりましたね。

西　じゃあ、これはうちか千野さんの句ということやね。

長嶋　早くもしらを切っているっぽさが。

米光　春が果てようとしている時と、お客さんが帰って、そのお客さんの荷物を入れていた戸袋が意識としてクローズアップされているところ、カメラの焦点の当て方がよくて。詰み込まれていた荷物がなくなった感じみたいなところをしみじみと「暮春かな」とかけあわせていることが、ずっと心に残りそうだなと思って特選にしました。なんでもない小さきものを大きく響かせている部分は、俳句のもつすごいパワーだと思う。それがちゃんとある句だなあ、と。

長嶋　これは季語が「暮春」というのは、堀本さん、「春の暮れ」と違って、「暮れの春」だから、春の終わり頃ですよね。

堀本　そうですね。春の果てですよね。終わり頃ですね。

千野　ゴールデンウィーク前くらい？

堀本　まあ、そうですね。5月6日頃が立夏ですからね。

長嶋　「戸袋残る」というのが米光さんのいうのと似て

いるけど、なんか僕は実は家から誰もいなくなったみたいな、家がもぬけの殻になったような印象を受けたんです。だから、残ったのは家全部なんだけど、使っていたところがからっぽになったことがよりクローズアップされているような気がして、そのことと「暮春」というものの響きがよかったという感じです。堀本さんは？

堀本　僕も長嶋さんの意見とほとんど同じですけど、戸袋というふうにわざわざ雨戸をしまうところをピックアップして言ったところが面白いなと思ったし、戸袋というのは雨戸をしまうところですよね。あの細い空間ですよね。

長嶋　ガラガラっと。

米光　あ、そうなんだ！

堀本　そうですそうです。

米光　え、雨戸をしまうところってどういうこと。なんで雨戸をしまうの？

堀本　雨戸が引き戸になっているでしょ。

長嶋　雨戸が雨ざらしにならないように、ふだんしまっておくんだよ。

米光　俺、雨戸がなにというところまで行き着いてしまった。雨戸って、雨降ったときにするやつだよね。

長嶋　荷物を置いているというのは、僕の家は雨戸の前によく荷物を積み上げているから。

米光　え、戸袋って、こんな小さい、よくお客さんがいると、ここしかなくてごめんねって荷物入れるところじゃないの？

堀本　違う違う違う。

米光　あ、そう。思い浮かんでいたイメージがぜんぜん違う。え、雨戸をしまうってどこ。うちないよ。

長嶋　あるって。あります。

西　雨戸あけて、雨戸ががらがらって開けたら、もうそこが戸袋。開けて雨戸が詰まっているところ。

千野　だから戸袋って、ほんとに戸袋という物が取り出せるわけじゃないんだよ。ただの空間でしょ。

米光　雨戸が入るところなの？　雨戸を外してしまい

ますじゃないんだ。

長嶋　違う違う違う。

米光　じゃあこんな細いところじゃん。荷物なんか入らない？

長嶋　そうだよ。だから、よく雨戸を閉じている家は、軒先に荷物を置いているなと思って、いい読みだと思っていたの。

千野　俺もそう思ってた。

米光　そういうことにしておいてー。

堀本　特選にしているんですもんね。

長嶋　そうだね。「納戸残る暮春」だったんだ。

米光　イメージ、納戸も合っているかどうか知らないけど、よく、ちっこい、お客さん来たらここしかなくてごめんねって荷物入れるところって、あったじゃん。俺だけ？　ごめん。

堀本　ぜんぜん句の解釈、違ってますね。

西　こういう時どうするんですか。それは撤回しないんですか。

米光　しない。読んだ時、いい句だったもん。いま解釈聞いて、混乱していますけど！

千野　逆に戸袋というのは雨戸をそこに押し込むわけじゃない。だから、戸袋が使われている時は戸袋という空間がない。

米光　え。戸袋という空間はあるでしょ。

西　使こてる時は、あるけど、使こてない時はないんじゃないですか。逆？

千野　わけのわからない謎々が。「使ってる時はなくて、使ってない時はあるもの、なーんだ」。

米光　戸袋ー。

西　たぶんそやと思う。

堀本　あと、芝不器男[*7]の句でなんか似たようなものがあった。それを下敷きにしたのかなと思いました。ちょっとすみません。いますぐ出てこないんですけど。

千野　あ、日経BPの山中浩之さんが検索してくれました。僕と堀本さんを会わせてくれた人。

長嶋　もしかして戸袋の動画を？

千野　違う違う。「人入つて門のこりたる暮春かな」。
堀本　ああ、芝不器男の句をね。
米光　戸袋の動画見たいなあ。誰か。誰か帰ったら戸袋撮ってあげておいて。俺、検索するから。
堀本　だからこの句は、「人入つて」じゃなくて。
米光「人去つて」になっていて。
堀本　ちょっと芝不器男の暮春の句をオマージュしているみたいで惹かれましたね。
長嶋（西の方を向いて）「誰それの俳句に似ている」というとプロっぽいんですよ。
西　わかれへんもんなあ。そやなあ。なるほどなあ。
長嶋　いきなり戸袋問題でこんなに。ふつうの句会ではないよね。こんな勘違い。
千野　あと、一般の句会で人の勘違いをしているのを見たら、スルーしたりするケースがわりと多い。
西　ああ、そうなんや。
千野　ここでは容赦ない。
堀本　ここまで突っ込むことはないですね。

千野　しかもかなり時間たってから。
長嶋　次。
米光　違うよ！　作者は？だよ。
長嶋　これはさあ、千野さんか、西さんか、どちらかじゃん。だから、2人にちょっとしらを切ってもらおうじゃないですか。
千野　いや、俺が取らなかった理由は、激似じゃん。パクリじゃん。
堀本　知ってたんだ。
千野　もちろん。
長嶋　西さんはなぜ取らなかったの。
西　わからへんかった。なんかでも、これ、うち今回、句を全部飲み会のメンバーとたとえて、考えて。
米光　飲み会のメンバー？
西　たとえば、この子、目立つ子、面白そうやなとか。この子、天然やなとか、そういう感じで、見た。

＊7　芝不器男（しば・ふきお）　俳人（1903―1930）。

米光　じゃあ、23番の子は？

西　この子はたぶん飲み会の時、一言も喋れへんかったという感じがする。あとからそういえば、あの子ちょっと気になったなあという感じ。ファーストインプレッションでは私はわからなかった。こうやってみんなの話を聞いて、あの子おもろかったよなとか聞くと、は、そうなんやみたいな感じ。

千野　いまのはまさに句会の面白さを言い当てられた感じ。

西　ああ、そうなんや、みたいな。

長嶋　だから、あとから俺もそう思ったみたいな意見をはさむ。

西　ああ、なるほどな。実は、と思っていたけど。お得意の。

長嶋　このしらの切り方だと、なんとなくあやしい人は1人という気もするが、じゃあ、作者は。

千野　私です。

長嶋　おおー。

千野　ちなみに、芝不器男の句はいま知りました。

堀本　ああ、そうですか。いや、そういうことはありますね。

西　じゃ、いまのコメント、嘘やったんですか。

千野　もちろん。そりゃ、そういう時には芝不器男、ああ、あれね、たしかにそうだよねって、知ってたふりする。

西　そこまでやっていいんですか。

千野　やっていいんです。

西　ああ、そうなんや。それ面白い！

飲み会的に喋りたい子

千野　ありがとうございました。3点句はたくさんあるんですけど、特選が入っているので順番に4番。

4　標準にもボンタンにも吹けよ薫風　西◎　堀本○

千野　これ、加奈子さん、特選です。

長嶋　これは飲み会的にどんな子なんですか。

西　喋りたい。

千野　ははは。

西　この子が、私が最初にばーって一度全部見た中で、この子が一番喋りたい子と思いました。あとなんか句を詠んでも、なんだろう、景色が浮かんだ。めっちゃ「ボンタン」とその「標準」の足だけ見えて、ふわーってなんか風吹いているところがちょっと浮かんだから、そうですね。これを詠んだ人は絶対若くないなという感じがしました。思い出で言っている感じ。

長嶋　現役ではない。

千野　むしろ校長先生くらいかもね。

西　そうそう。そういう感じがします。ちょっともう学生からは遠く離れた人が言っている感じがすごくする。

長嶋　僕は「薫風」が大袈裟だったかなあ。でも、「標準」と言ったのは面白いなと。制服の標準ということですよね。標準服というか、いわゆるカンコー学生服みたいなものでしょ。

千野　とくにカスタマイズしていない、ストレートですね。

西　うんうんうん。

千野　みなさん実は気がつかれているかもしれない。ちょっとこれっぽい感じのキーワードが散見されています。お題というのがありましてね。このお題は前回トップだった人から一つございます。それからゲストからも一つ出してもらいます。ということで、これはゲストの西加奈子さんが出してくれたお題ですね。「不良」という。

長嶋　「不良」縛りという。だから、5人全員、一句ずつは不良っぽいキーワードが入っている。

西　そう。歌舞伎町やから、そういう縛りにしました。

長嶋　でもさあ、これからディスカッションしていくけど、そんなに不良不良した句が見当たらなくてさ。
堀本　意外に静かな感じ。
千野　僕はこれ、「標準」が面白かった。「標準」ってよく出してきたなと思って。
長嶋　でも取ってないね。
千野　取ってないねえ。うん、「この子とはあとで話そう」みたいな。
長嶋　米光さんは？　黙りがちですが。
米光　まあ、面白いんじゃない、くらい。「薫風」とかかっこいい言葉を使われると、もうちょっとかっこよく作ってほしいと思っちゃう。「吹けよ」も「薫風」かっこいいのに、まあ、「標準」でいいかみたいな。
長嶋　米光さん、広島ではどっちだったの。
米光　ガチ標準。ワンタック。ここでボンタンとか穿いていた人いる？
千野　標準です。堀本さんこの中ではちょっと怪しい。
堀本　いやいや、標準ですよ。
千野　だって和歌山でしょう。
堀本　はい。和歌山、ヤンキー多いですよ。
千野　標準じゃ生きていけないでしょう。
堀本　いやいや、なんとか生き抜きました。
長嶋　オール標準なんだ。西さんの学校は？
西　私の学校、そろそろボンタンださいみたいになってたよ。モッズがめちゃ流行って、その変形にするのにも、逆にズボンを細くするんですよ。細くしてここになんていうの、ビートルズっぽいやつとかつけたりして、ヤンキーみたいなのはめちゃバカにされてたよ。
長嶋　ああ、そうなんだ。人によってちがうよね。
千野　はい、作者はどなたでしょう。
長嶋　はい、ありがとうございます。
西　私、米光さんやったらどうしようと思いました。あれが演技やったら。
長嶋　これさ、標準というか、みんなボンタンのことは、不良じゃなくてもボンタンと呼ぶけど、不良たちがそうじゃないお利口さんな学生のことを「あいつは標準」って呼び合っているという、ボンタンを穿く側の人がいう言葉なの。自分たちのズボンのことを言わないんだよ。それを言いたかったんです。

千野　やっぱりそこが面白いんだと思います。改造車のことを改造車というけど、改造していない車はなんていうの、という問題だから。

不良と石川啄木

千野　えーと、26番。

26　早退の空ひろびろと啄木忌　　**長嶋**◎　**米光**○

千野　これも特選入ってます。長嶋さん、特選。

長嶋　はい。この句は、さっき「不良」縛りというね、お題が実は隠れているというのが発表されましたが、毎回、二つお題が出ます。もう一個のお題は前回の最高得点の句を作った人が出したお題、それが「早」。これは早いという字が入っている句ですね。それで、僕もまず「早口」とかね、早くという言葉で考えるけれども、それはかぶりそうだから、ちょっとズレた言葉と思った時に「早退」って思ったんです。早退の気分をうまく五七五にできないかと、早退ってうれしいことだけれども、なんか事情もあるとか、あるいは嘘をついているとか、いろいろなニュアンスがあることでしょう。で、いろいろとっかえひっかえやって、早退でできなかったのね。だから、そういう自分がトライした言葉で、実にうまく早退の気分をシンプルにやってもらったというので、自分が作者じゃなくても嬉しいという。

千野　あるよね。トライしてできなかった時に、人がうまいことをやっているのを見るとなんか代わりに作ってくれたみたいなね。

長嶋　はい。だから、この早退の句は、後ろめたさはない早退なんだろう。事情があるとしても、その事情の用事の一個を片付ければ案外、早い時間に買い物したりできるというか、ちょっとうれしいことも多いというかね。早退を告げて帰る時には心配されたりね、早退する学校なり会社からはシリアスな感じで見送られるんだけど、やったあみたいなうれしさがあるに決まっている。それを僕はすごく詰め込んでやろうとしすぎて失敗したんだけれども、もう空ひろびろでいいんだと思って。でも、「啄木忌」という忌日、誰かが死んだ日の季語をつけることでちょっとの後ろめたさに近い気持ちのことも、なんかここでうまくインクルーディングできているなと思って、名・早退句として。まあ、つねに早退したいですからね。つねに人は早退したい(笑)。というわけで、特選です。みなさん、句会の時、特選の句はものすごい褒めたほうがいいですよ。

米光　特選に選んでいるんだからね。

千野　ちょっとぐらつきがあったとしても、自信をもって。

長嶋　戸袋を間違えていても、なお。

米光　むしろ間違えているからこそいい。俺のミス、すごいってことだからね。

長嶋　米光さんはこれどう?

米光　これは長嶋さんがもう十全に言ってくれた感じもあるんですが、「啄木忌」というのを調べたら4月13日で、今日なんですよ。これやっているいまが啄木忌。いまのことを言われると、すごいと思って。

長嶋　石川啄木がわりといい加減なやつというかさ。

千野　借金踏み倒したりとか、そんなことばかりしていて。

米光　枡野浩一[*8]さんの『石川くん』という名著もあります。

長嶋　わりと突っ込みどころの多い人生を送っている人で、だからちょっとこういうズル……。まあ、ズルかどうかわからないけどね。すごいシリアスな早退もあるから。

米光　でもまあ、それと同時にいろいろな社会的な問題に立ち向かった人でもあるでしょ、啄木って。そういうシリアスなところもあり、みたいなところが両方ちゃんと早退という言葉に表現されていて、しかも、空ひろびろで気持ちいい、なので素晴らしいなあと思ったけど、今日、日曜日だから早退なんかしなくていいじゃんとちょっと思った。休みじゃん。

長嶋 たまたま今年はね。

千野 しまった。取りゃよかったよ。

長嶋 しらを切ってもらおうかなあ。じゃあ、順番にね。

千野 俺はいま話を聞いて、取らなかったことを後悔しています。

長嶋「取り逃した！」

千野 そう、取り逃した。まいりました。

西 かっこええやつやなあ。

長嶋 西さんに事前に教えた、句会では一番いいタイミングで「取り逃した」というと、一番かっこよく見えるっていう。もう千野さんに使われてしまったけどね。

千野 そのカード、切ってしまいました。

長嶋 西さんはなぜ取らなかったの？

西 ほんまでも、みんな、賢いなあと、すごいセンスある人たちやなあという気がする。みんな、わかってました？　そんなん、ぜんぜんわからへんかった。そうなんやと思って。ほんまこのまま読んだというか、私は早退する時めっちゃ後ろめたいから、そんな空はひろびろとしてへんなあと思ったくらいで、「啄木忌」がちょっとやましさがあるとか。

長嶋 まあ、こじつけなんだよ。

西 いやでも、それはすごいなあと思いました。だから、みんなの話を聞いて、なんかええ句やなあといま思ってます。

長嶋 でも、早退に対してやはり後ろめたさが強いから、とれなかったんでしょうね。

＊8　枡野浩一（ますの・こういち）　歌人（1968―）。vol.15「ぽかと口開けて忘年会に出る」の客席に来場。

西　早退で「空ひろびろと」になれへん気がする。私は無遅刻、無欠席やったんで。

長嶋　無遅刻、無欠席ではとれない。

米光　これはちょっと不良句なんだよね、同時に。

西　これ、不良なんや。

米光　本宮ひろ志[*9]っぽいじゃない。早退して空見てるみたいな感じが。

長嶋　本宮なんだ。これそうか。そんなになんだ。悪いんだ。

千野『俺の空』的な広さ？

西　でも早退って。

米光　朝ちょっと来るじゃん。俺、いるぜみたいな。

千野　血圧が下がっちゃって、わーっとなって、貧血になって出て行った感じがして、あまり本宮感がなかった。

西　不良は「啄木忌」知ってるかなぁ。

長嶋　うんうんうん。堀本さん、これなぜ取らずに？

堀本　いや、早退と不良、両方かかっているなあと思って、はっきりしたほうがいいんじゃないかなと思って。どっちにも読めてしまう。

長嶋　でもべつにルールとしてはいいんでしょ。

堀本　重なってもいいの？

千野　ぜんぜん考えたことない。

長嶋「裏拳の早い不良や啄木忌」でもいいんでしょ。

千野　うん、ぜんぜんいい。それはちょっとハロルド作石[*10]っぽくて好きだ。「ゴリラーマン」っぽくて。

長嶋　でも堀本さんはダメなんだ、そこは。

堀本　ダメじゃないんですけど、なんか詠み手の態度として、はっきりしたほうがいいんじゃないかなと。

長嶋　あれ、今回も、僕作者わからないなあ。

西　私、わかったで。

千野　じゃあ、作者、誰？

堀本　はい。ありがとうございます。

西　すげえな、やっぱり。

長嶋　これどっちの題のつもりだったの。両方。

堀本「早い」の方で、なぜ早いを出したかというと。

長嶋　出題されたんですもんね。

堀本　マッハ10回目ということで、「俳句は速い」[*11]と、千野さんの名言がありますが、「はやい」って両方漢字がありますね。速度のほうと。「速」だと、ちょっと広がりがないなあと思ったんですよ。この「早」のほうが言葉としていろいろ広がって、こっちの方がいいなと思って、この漢字にしたんです。

長嶋　そこで、全員中二病みたいな句を詠みましたね。

堀本　ちょっと下敷きにしたのは、啄木の短歌で、「教室の窓より遁げてただ一人かの城址（しろあと）に寝に行きしかな」というのがあるんです。

千野　本宮っぽいじゃん！

長嶋　本宮っぽいね。ちょっとね。城ってとこが。

堀本　しかも「城址」ですからね、もうなにもない。そこに寝に行ったというのが青春でやるせなくていいじゃないですか。で、今日たまたまね、啄木忌だったので。

長嶋　ちゃんとした俳人だよ。（場内笑）

西　いやー、すげーすげー。めちゃくちゃ深いんですね。

長嶋　そうかあ、知らんかったあ。

西　すごいなー。

千野　すごいねー。どうですか、西さん、だんだん句会という感じ、摑めて。

西　うち、めっちゃ帰りたいです。

千野　早退はちょっと待ってね。

西　なんかもうほんまセンスの、なんかセンスの出し合いですよね。ちょっとこわなってきた。でも、こういう雰囲気、ちょっとすげえ覚えあるからもういいんですけど。みんなすげえセンスある人たちの集まりにうっかり参加する時の感じというか。

＊9　本宮ひろ志（もとみや・ひろし）　漫画家（1947―）。代表作に『俺の空』『サラリーマン金太郎』など。

＊10　ハロルド作石（はろるど・さくいし）　漫画家（1969―）。代表作に『ゴリラーマン』『BECK』など。

＊11　「俳句は速い」　『俳句いきなり入門』（NHK出版新書）より。「東京マッハ」の語源。

長嶋　ぶつかり合いですわ。

西　みんな、すごい。その解釈がかっこいい。

長嶋　でも、この後、休憩するわけですけど、◯と×がぶつかり合う、燃える新宿。

西　それ、おもろいなあ。

長嶋　ただではすまない。

経験者4人、初参加1人というメンバーの時はどうする?

千野　じゃあ、2点句で特選が入っているやつがあります。10番です。

10　しらす丼長嶋有の目がきれい　　**堀本◎**

長嶋　これね、句会で特選一個だけ入るのを「満月」と呼ぶんだと、「傍点」の同人に嘘を教えてね。◎が一個だけきれいについたのをお前ら、これ、句会では満月と言うんだよと。それでみんな、満月、満月って言い出したんだけど、嘘なの(笑)。会場のみなさんも、句会を主宰して、ちょっと先輩だと、嘘の句会のルールとか教えるとみんな簡単に信じますから。(場内笑)ええと、これは堀本さんの満月ですね。

西　私も信じたよ。

千野　これはひとりで句を弁護する。しかも特選だと。

西　ええなあ。堀本さんに褒められたいですよねえ。なんかそうじゃない?　プロの方やし。一番なんかいけてる感じが。

米光　一番信用できそうな。

西　みなさんそうやけど。これ堀木さんだけというのが渋ない?

長嶋　……客が内心思っていて、言わなかったことをいま西さんが。

西　ごめんごめん。ちゃう。みんな、すごい!　みんなすごいけど。

長嶋　内心ではほんとは思っていたの。

西　これって今日、4対1じゃないですか。センス、センス、センス、センス対一やけど、逆にセンス一、うちみたいな4人の句会をしたときに、たとえばなんやろ、戸袋のよさとかをわからない時とかあるじゃないですか。そういう時、やっぱりこいつらーってなるんですか。

千野　かなり深い質問。

長嶋　まわりがぜんぜんわからない可能性がある。

西　たぶん素人には素人に受けるやつがあるじゃないですか。でも正直、たとえば、うち「**早退の空ひろびろと啄木忌**」とかも、言われてうわーと思うけど、やはりわかれへん。今日はそれをわかってくれる人がいたからよかったじゃないですか。そうじゃない場合は。

米光　でも半分くらい言ってる人の嘘だよ。嘘というとおかしいけど、褒めた結果、作者もそんなこと思っていないことはよくある。それぞれみんな、自分が選んでいる句を頑張って褒めればいいんです。

西　これ、なぐさめられてますか。

米光　ぜんぜん。俺も戸袋がわからなくても褒めるという。それでぜんぜんＯＫ。もしかすると、バカじゃないのと思っているかもしれないけど、それはこの場はわりとＯＫになっているんだよね。そう思って、俺は来ているよ。

長嶋　俳句、句会に慣れてきて、言葉をみることに慣れてくると、なんとなくこういう「空ひろびろと」とかで広げて読んでしまうんだけど、いきなり句会に初めて参加しましたとなると、たしかにそういうふうには読めない。でも、それはそういうふうに読めるようになることがいいことだとは限らない。

千野　そうそう。むしろ新鮮な目でみるほうが。マッハが常にゲストを呼んでいるのも、僕らだけでやっていたらたぶん場が飽きちゃう。違う人がいるというのが絶対大事。

長嶋　俳句慣れしていくって、必ずしも上達していいとは思ってはいないの。だから、西さんのように率直に言ってもらっていいし。なんかね、すらすらと自動的に俳句を褒められるようになるというのは、危ないことのように思うの。

西　へぇー。

千野　自分の言葉が自動的に出てきているなという時があったのね。２００２年に一度俳句をやめる直前くらいに。これやってたらちょっとどんどんつまらなくなるかもと。

西　やはりそれがわかるというのもすごいですね。

長嶋　でもね、堀本さんがね、いろんな場で俳句をプロとしてやっている中で、「5時に夢中！」というテレビ番組で堀本さんが俳句を選句するコーナーに、ゲストというか先生で出たの。俳句を作った側が北斗晶さんとか、あと誰でしたっけ。

堀本　あの、はっちゃけた女の人、いましたね。

長嶋　はっちゃけた女の人（笑）。岡本夏生さんですね。そのときの堀本さんの甲斐のなさよ。

堀本　あれはほんとに怖かったですよ。いろいろな意味で。

西　それは悪くないんですよね、どっちも。

長嶋　そうですね。別に向こうはテレビの企画で、いきなり俳句を詠めと言われたから、自分が俳句だと思うようなものを。

堀本　あれはふかわりょうさんが、北斗晶さんの俳句をちょっとけなしただけで、「てめー、このやろう」って、こうやって首を絞めて、これは下手なことは言えないなと。もちろん冗談というか、テレビ的な演出だと思うけど、そういう意味でちょっと怖かったです。

長嶋　だから、仕方なく褒めているのがありありなの。堀本さんが。

堀本　時間も短いし、生だし。なんかもう巻いて巻いてみたいな。

長嶋　テレビを作る側が俳句というものの楽しみ方をちゃんと理解してくれていない中で、短時間でカジュアルに、もっともらしい先生としてだけ呼ばれたという感じで、僕は不幸な瞬間を夕方に見てしまったな。

堀本　やはりね、じっくりと俳句について言いたかったですね。

長嶋　その俳句が下手だとしても、どこが、というのをほんとは丁寧に言いたい。そういう瞬間というのももちろんあったんだけどもうまくいかず。堀やん、最低限、嘘を言わないというルールにしたなと思った。

堀本　だからどういうメンバーで句会をするかというのは本当に重要だと思うし、それによって座の雰囲気がぜんぜん違いますから。

米光　違うよね。この場ならこれが一番だけど、別の場に出すとぜんぜん違うのが一番になったりするというのはよくあると思うから、それは人間関係と一緒で、どこ行ってもいい奴というのはあまりいないみたいなのがあるから、センスでもないかもしれないね。

長嶋　これは堀本さんのまさに特選、満月。……嘘で言ってたけど、だんだん実は「満月」気に入っていて。

米光　満月っていうようにしようよ。２００年後にはみんな言ってるみたいなね。

堀本　この句はけっこう迷わず特選にしたんですけど、まず「しらす丼」と「長嶋有の目がきれい」というこの「取り合わせ」ですね。俳句でいうところの。「しらす丼」と「長嶋有の目」というのは本来関係ないじゃないですか。でも、一句の中で取り合わせているんですよ。すごい真面目に言ってますけど。長嶋有の目がきれいって、よくまあ、でもそこを発見したなと思った。そう言われてみれば、ホントにきれいなんですよ。

米光　きれいなの。

堀本　ようく見ろと。

長嶋　僕メガネを外した方が目がでかく見えると言われるんだよね。

米光・西　はずして。

千野　少女漫画のような展開に。

長嶋　いつもさあ、堀本さんは僕と隣同士で座ることが多いから……（堀本さん）そう思ってたんだ。

米光　バックにいろいろな花が咲いている感じ。

堀本　思っていてもこんなに句にできないじゃないですか。なかなかねえ。すごいストレートじゃないですか。長嶋有の目がきれいというのは。

米光　バカなんじゃない、こいつ。

長嶋　ちょっと待ってよ。（場内笑）

堀本　いや、バカじゃないですよ（笑）。で、「しらす丼」って、ようはしらすがたくさんいるわけでしょ。しらすってちっちゃいけど、よく見ると、目がきれいなんですよ。

米光　うそお。黒いだけじゃん。

堀本　黒いだけなんだけど、あのつぶらな目というか。響いているんですよ、これ。

長嶋　そうかそうか。

米光　いっぱいあるしね、目が。

西　それも。でもそうかあ。しらす丼。でも、こういうのもありなの。長嶋有を知っている人でやっているからいいけど、知らん人の名前でもいいいですか。

長嶋　いいですいいです。

千野　知らないというのは、名前だけ知っている人ですか。それとも、まったく聞いたことのない人？

西　たとえばうちの友達とか。

千野　面白かったら。言葉に喚起力があったら入れてもいい。

長嶋　でも、もちろんあれですよ。それが点数を得るかどうかは別。変な話、たとえばなんだろうなあ、鈴木太郎みたいな名前をね、句にしたとしても、鈴という字はとか、音の感じはみたいなことを言うんだよ、誰かが。

西　なるほどなるほど。それはおもろいな、作った人は。

長嶋　これさあ、つまり、堀本さんも目がきれいだと思ったし、もう1人この中に3人のうち1人は長嶋有の目がきれいだと。これさあ、僕の俳句だったらひどいよね。

米光　可能性はあるからね。

堀本　僕が特選をとったのはもう一つ、お祝いの句だと思ったんですよ。ようするに今日。

千野　俺もそう思った。

米光　ああ、句集がね。出たからね（『春のお辞儀』長嶋有）。

堀本　前も言いましたけど、祝句（しゅくく）といってね、お祝いのために一句をこしらえて、長嶋さんに贈ったんだなあと思って、そういう作者の気持ちもあるのかな。だから、これが長嶋さんの句だったらえーっと。

長嶋　銃、置いておきます（笑）。これ僕の句だったら相当ですよね。

西　さっきなんか控え室で、言ってらっしゃったけど、これ長嶋さんが言われたことをそのままやっている可能性もありますよと。「長嶋有の目がきれい」と言われたことを書いている可能性。

長嶋　しらす丼。

堀本　しらすが春の季語で、江ノ島のね、生しらす丼とかおいしいですから。

米光　生しらす丼はおいしいよね。ネギ、青じそ置いて、醤油かけて、凍らせたしらすを熱々の白いご飯に乗っけて、ちょっとルイベ風にしてかっこむ。これが。

長嶋　そこまで言っているのに「長嶋有の目がきれい」のせいで点を入れなかったのね。

米光　ふふん。

長嶋　じゃあ、「しらす丼」だけの5字だったら。

米光　そっちの方がいい。しらす丼だったら。

長嶋　もう俳句じゃねえよ。お品書きじゃん。

米光　「しらす丼」。簡素にして良。

長嶋　景が浮かぶ。

米光　「長嶋有の目がきれい」でちょっと濁りはじめる。景色がちょっと濁っちゃった。

千野　そうかあ。

堀本　いい句ですよ。

長嶋　ありがとうって俺の側から言うのは。

千野　言われたらいい句だね。作者、誰でしょう。

米光　はい。

長嶋　ありがとうございます。

千野　やはりお祝いの。

米光　お祝いの。はい。
長嶋　でも米光さんも目がきれいだよ。
米光　ありがとうございます。
長嶋　米光さんの目はね、なんかつぶらなのよ。
米光　でもね、長嶋さんの目はきれいというのもあるんだけど、すごい印象に残るのよ。なんか。ある種、ちょっとしらすっぽい感じも。動物っぽい。
堀本　あ、やっぱりちょっと似てます？
米光　ちょっと似てる。
長嶋　しらすとね。これ、いい句なのかあ。
米光　いい句なんだよ。長嶋有のよさをあまさず表現した句なのに。
千野　長嶋有はとってないね。
長嶋　僕ちょっと自分できれいと思っているからとれなかった（笑）。
千野　ああ、当たり前のことを句にするなと。
米光　句にするなと。
長嶋　わりと自覚あり。

なぜ「猿」の絵？

千野　2点句はいっぱいあるんでね。割れているやつにしよう。24番。

24　猿の絵を描いて渡せぬ菜種梅雨

千野○　長嶋○　米光×

長嶋　そうですね。ここで抗争ですよ。ここで「仁義なき戦い」のジングルが入るぐらいでないと。
西　それくらい、すごい喧嘩するの？
長嶋　まあ、場合によっては。
千野　去年、五反田[*12]でやった時にここ（千野と米光）がすごい抗争になったことがある。なんの句だったか忘れちゃったけど。
長嶋　そのとき、ゲストの佐藤文香さんと堀本さんと僕と3人、放り出されてマンガ読んでたもんね。
西　でも、それ人のためにですもんね。人のために喧嘩する。
長嶋　点を入れているということは、自分は作者ではないから。
千野　オレは認めるオレは認めないみたいな。
長嶋　俳句バカですね。
米光　ちょっとベーグル食って、英気を養うよ。
千野　俺もビール飲んで。
長嶋　ああ、これ僕も入れてた。やだなあ。
米光　ごめんごめん、俺、×つけてるけど、イヤってんじゃなくて、よくわからなかったからちょっと聞きたいなと思ったの。
長嶋　猿の絵、描いたんだよ。渡せないんだよ。菜種梅雨の。
米光　なんで猿の絵を渡そうとしているのか。
長嶋　猿の絵、描くじゃん。で、渡せないのよ。で、菜種梅雨なのよ。
米光　読んだだけじゃん！　それこそ、季語が動くとか動かないとか言うでしょ、よく。なんで猿の絵なのというのが腑に落ちなくて聞こうと思って。聞きたいから×をつけた。
西　猿じゃなくてええやんということですか。
長嶋　菜種梅雨じゃなくてもいいと。
千野　絵じゃなくてもいい。
米光　でも、絵を渡せないという情景はもしかしたらいいのかもしれないけど、なんで猿を描いて、しかもそれを人に渡そうとしているのか。
長嶋　そこがいいんじゃん。
米光　どういいの？　もうちょっと説明してよ。
長嶋「菜種梅雨」は、菜の花の咲く頃降る雨。
堀本　歳時記からですね。
長嶋　もともとは3、4月頃に吹く春の東南の風のことだが。
米光　しかも、なんか説明されるとあっ、そうかとい

＊12　vol.7「五反田の五とvol.7の七」@ゲンロンカフェ（2013年7月21日）。

うのがありそうな気もして、それで聞きたいと思ったの。

千野 俺、あんまりない気がして。あるかもしれないけど、ないままで読んでもなんかこの時期っぽいなと思ったんだよ。

長嶋 なんか絵を描いて渡せないというのがとくにそうかな。

千野 そう。なんか、中途半端な感じなのね。描いたんだけど、渡したくない出来だったのかもしれない。

米光 というか、なんで猿の絵を渡そうとしていたのかが、不思議なんだよね。仕事なの？

長嶋 猿ってさ、チンパンジーとかゴリラとかあるじゃん。だから、違く見えるみたいなことで、もう一回、リテイクを自分で。

米光 そんなに現実的な句なんだ、これ。菜種梅雨みたいな雰囲気ないじゃん。

長嶋 描いたけど渡せないんだよ。

米光 だからその説明、読んでるだけ。

千野 いやいやでも、これうまく言えないんだけど、季語との組み合わせが本当いい感じというのはある。

米光 そのへんは不思議。

長嶋 春の長雨って歳時記には載っていますが、その雰囲気と、そこはもちろん主観なんだけど——なんか合っているとか合ってないというのはね。ともかく、わざわざ絵を描いたのに渡せないのね。そこはたしかに鳥でも象でもいいんだけど、動物の絵であることはかわいいなあと。

米光 たとえば鳥とかだと、そんなにひっかからない。いや、逆にいうと、俺ひっかかっているから、この句と対話したいのかもしれないとすらいま思い出したけど。

西 この句と対話？

千野 飲み会でいえばもう絡んでる感じだよね。

米光 なんか気になる。鳥だったら気にならなかった。逆選にもしなかったと思うけど。あ、いい句だなくらいだけど、猿ってなんか、なんでこの人、猿にしたんだろうとすごく考える。

堀本 けっこう謎があるからいろいろ想像できますよね。なんで猿の絵を描いたのか、誰に渡すのか、誰が書いたのか。そういうところがすごく省略されているから、いろいろ読めてしまうんですね。

長嶋 それが散漫でとれない人はとれないし、猿が響いた人は……。

千野 逆選の使い方はいまのでもぜんぜんありなんですよね。「気に食わない句」という言い方ではなく、「文句つけてやりたい句」と言っているのはそれで、ちょっとやっぱり語りたいから。というふうにカードを切ることもできます。ちょっとワイルドカード的に使えますすね、逆選。

長嶋 なんかさあ、猿の絵のさ、元ネタがあるんじゃないの。なんかさ。原典があるんだよ。知らないけどさ。トルーマン・カポーティ[*13]かなにかにさ。

西 おしゃれ。

千野 雪舟[*14]じゃなくて。

長嶋 雪舟か。涙のネズミの図。そうか、涙の猿だから渡せないんだよ。

千野 あぁっ。

長嶋 足で猿を描いたけど、渡せない。

千野 そりゃあ渡せないよね。乾いちゃうもんね。

米光 ふーん。

千野 作者、誰でしょう。

西 私です。

一同 おー!

西 おーっちゃうやん。ぜんぜんわかっていたやろ。

米光 これなんで猿なんですか。

西 えー、これ。(場内拍手)ちょっと接待されてる。

長嶋 ちょっと猿がひっかかったんだけど。なんかも

＊13　トルーマン・カポーティ　アメリカの小説家(1924―1984)。代表作に『ティファニーで朝食を』『冷血』。

＊14　雪舟(せっしゅう)　室町時代に活動した水墨画家・禅僧。「絵が好きな少年が修行をしない罰として柱に縛られる。住職が少年の足元にいるネズミを追い払おうとすると、それは本物のネズミではなく、少年が涙で床に描いたネズミだった」という逸話が幼少期の話として広く知られている。

うちょっとサジェスチョンを下さいよ。
西　これ、ホンマになんも考えてへん。なにかイメージで、千野さんの本を読んで、とにかくメッセージを込めるなと書かれていた気がして。
長嶋　千野さんの『俳句いきなり入門』を読んで。それでメッセージを込めるなと。
西　そう。とにかく見たままというか、感じたままかもわからんけど、そのまま置けという。いろいろごちゃごちゃせんと思ってやったんですけど。これは私の中ではすごい好きな男の子がいて、女の子が思いあまって、気持ちを。すっごい大きい猿の絵を描いて、めっちゃでかいから渡されへんし、でかいし雨降っているから。
米光　女の子は思いあまって猿の絵描くの？
西　うーん。なんか。
米光　そういう経験があるの⁉
西　自分の一番なんか、渡す中で一番思い余った感じ。気持ち大きい猿の絵を描いて、渡したいけど。
米光　それ、渡されても困惑するよね。
西　描いたでーといって持ってくる感じ。
米光　猿の絵？みたいな。
長嶋　堀本さん、それこそこれは筋がいい句なんじゃないですか。猿のところで散漫にはなっているとはいうものの、思いの込め方とか、菜種梅雨という取り合わせはすごくいいんじゃない。
堀本　なんか独特ですね。
千野　それこそセンスがいいと思っちゃったんですよ。
堀本　そうですね。
西　ちゃうちゃうちゃう。難しいけど、でも、この、そのままホント完全にイメージしながらやって、雨が降っていて、橋とか渡りながら今日も猿の絵渡されへんかったなあと思っている。
長嶋　家にあるんだね。
堀本　絵が濡れるから渡せないというの、ちょっと可愛いじゃないですか。
西　猿ってまた濡れたらめちゃ怖なりそうやしなあと

か。

長嶋　色が垂れ落ちる。

西　なんか雨の日やなあと思って描いた。

長嶋　西さんはご自身で絵もお描きになって、著作の表紙はだいたい西さん自身の絵で、すごい、猿の絵、貰いたいもん。西さんの家にお花見で遊びに行った時に、まさにいま発売中の『舞台』っていう新刊の単行本の絵がそのまま壁にかかっていて。

千野　超有名な絵じゃん。

米光　これ、西さんが描いたやつ？

西　ああ、そうですそうです。ありがとうございます。

長嶋　そう、この絵がそのまま壁にかかっていて、すごくいい絵なんですよ。いつか僕は西さんに表紙をやってほしいんだけれども。

西　うれしい。そんなん言うてもらって。

長嶋　西さんの絵に見合う小説を書かないといけないから。

西　でも、こんな感じででっかい猿の絵がある。

千野　ああ、いいですねえ。

長嶋　もうねえ、猿の絵をもらいたいよね。

千野　猿はそんなに好きな動物じゃないんだけど、西さんの描いた猿の絵はもらいたい感じ。

西　ホンマですか。ありがとうございます。

長嶋　なるほど。でも、盛り上がりましたね。

西　ありがとうございます。よかったです。

長嶋　僕なんかが言うのもなんですが、筋がいい。

堀本　いい句だと思います。

西　でも堀本さん、入れてくれてはれへん。

長嶋　僕がいるじゃないですか（笑）。

西　うれしいうれしい。めっちゃうれしい。[*15]

＊15　西は２０１６年に『まく子』（福音館書店）のカバーで猿の絵を描いている。

読んでいる側が面白ければいい

長嶋　俳句を始めてね、最後になんとなく季語を置いてそれらしくするというのはそれがベストとか、ベターとかっていうのはその場では受けるけど、ほんとうに「啄木忌」がベストかどうかというのは、数式のような正解ではないから。

米光　千野さんの本に書いてあるけど、服のコーディネート、上と下、この組み合わせでいいのみたいなのがある。それなしだよというのが実はでもいい、とか言われたりするようなことだから、あまり正解があるわけじゃない。

千野　「ロンドンハーツ」かなにかの番組で、よく益若つばささんとかが「敢えてのこれがちょっと上級コーデ」みたいに言うのもあるから。

米光　だからとんでもない組み合わせをしている人、これすごいねというと、ホントにすごい感じがしてくる時があるから。

西　じゃあ、敢えずに。

千野　守りで作るということね。

西　そんなになにも考えずに作ってもアリということなんですよね。

千野　もちろんもちろん。作者の意図はべつにどうでもよくて。

西　どうでもいいんや。

千野　読んでいる側がそれで酒が飲めて面白くお話ができたらなにより。

長嶋　そうです。知ったかぶりでもなんとかなるとさっき言いましたけど、西さん、そこを立ち止まらずに疑問に思い続けていいというか。10年やっていても、なんか適当に季語を最後にそれっぽいものをつけて一句出したりするんだけれども、ずっと疑問は思っている。それがベストかなみたいな。あるいはそれが敢えてみたいに言ってもらえて、やった、セーフ！みたいに思うけど、ホントにそれで通るからいいということではなくてね、実は。

西　これたとえば私とか北斗晶さんって、こういうの「**ラー油垂らす程の決意や春暑し**」たとえば詠めますかねえ。一発目で。

長嶋　北斗さんのことをそんなにわからないものねえ。

西　ほんとのほんとになになにもわからずに詠むこと、これ、無理ですよね。きっと。

堀本　北斗さん、無理ですね。

米光　即答。言い切った。

西　それはある程度、きちんとした技術がないと、ビギナーズラックで急に、「**ラー油垂らす程の決意や春暑し**」は詠めない。

堀本　これはやっぱりちょっと俳句知ってますよね。

西　しらす丼も？

長嶋　しらす丼もね。

堀本　なんか句の形とかリズムとかでだいたい判断つくような気もしますね。僕もはっきりとそんなに見分けはつかないけれども。

西　面白いな、でも。

長嶋　でもそのことは、慣れなくていいとも言えるというか。

千野　慣れるのは怖い。

長嶋　でもなんか、ぴったりだねみたいに、たしかに俳句をやっていると、そう思えてくることもたしかで。

西「春暑し」にしてよかったとか。

長嶋　みたいなのが思えてくる自分もいるの。

西　それってやっぱり数なの。

長嶋　うーん、どうなんだろ。

堀本　どうなんですかねー。

米光　でも、ぴったりだと思って出しても、ぴったりだと言われないことあるから。やっているうちになんかちょっと試行錯誤がしやすくなるみたいなのはもしかするとあるかもしれない。

長嶋　習い事みたいにその先生が言ったからみたいなふうに「春暑し」じゃなくて、おのずと「春暑し」なんだなあみたいな。覚えることではないというか。

西　それがだからよけい難しいよね。

堀本　難しいですね。ホントに答えがないんです。
長嶋　でも、なんか西さん呼んでよかったな。
千野　ほんとすごい。
西　でも、これ「ラー油垂らす程の決意や春暑し」会場ではめっちゃ人気あるし、52人。
米光　ほんとだ。
堀本　そうですよね。
西　みんなめっちゃわかってはる。
米光　でも、この場だからというのもあるよね。
西　なるほど。
長嶋　何度もこの句会に来てくださっている人もいる。
西　初めての人も多かったですね。
千野　だいたいいつも4割くらい初めての人。
西　へえー。すごいなー。面白い。

観客とのやりとり

千野　えーと、最終ラウンド、ちょっともう時間がけっこう時間がなくなってきているので、早めに。
西　3時間ありますね。長いな。
長嶋　そうなの。けっこう長丁場なの。
千野　フロアにちょっと聞いてみよう。この句について、ちょっといじってほしいのがあれば、手を挙げて、ぜひ。
米光　なぜこれについて語らないのだ。
千野　お前らの目は節穴かという、そういうお叱りの言葉をいつもいただいておりますが。どうでしょう。どうでしょう。

猫もゲロを吐いている？

千野　今日、豊﨑由美さん、静かだな。
長嶋　東京マッハといえば豊﨑由美さん。ぜひ豊﨑さんからもなにか。
千野　読み巧者なのよ。東京マッハを全回見ていただいている。
豊﨑由美　ただひとりのコンプリート客。
千野　ジョジョ句会[*16]まで見てくれている。
豊﨑　えっと、6番「**浮かれ猫床を磨くと妻が吐く**」ってあるじゃないですか。猫を飼っている人だとわかるんですけど、猫ってよく吐きますよね。

6　浮かれ猫床を磨くと妻が吐く

豊﨑　だから、猫が吐くのはわかるんだけど、浮かれ猫、またも浮かれ猫が散らかしたんでしょうね、そしてもしかしたら浮かれ猫がゲロを吐いたのかもしれない。興奮のあまり。で床を磨いていたら、これは連れゲロなのかなあって。
長嶋　連れゲロ。ああ。
豊﨑　猫のもらいゲロをしてしまった妻の話なのかなあって。
西　ははは。
豊﨑　私は並選付けているんですけど、猫飼っているから、ちょっとユニークな視点だなと思って。人のゲロに連れゲロになる人はいるけど、猫のゲロにつられる人はあまりいないだろうから。そのへんはどうなのか、作者が知りたいです。
千野　僕も予選ではちょっと印をつけてました。
長嶋　僕もだ。僕も印つけてた。
堀本　僕も印つけていて、不思議な。
長嶋　なんかさあ、俳句とかいうツールで、「吐く」と

＊16　vol.5「ジョジョ句会」＠カヤバ珈琲（千駄木）（２０１２年５月）ゲスト＝柴崎友香。一般非公開。「JOJOmenon」（集英社）に記事が掲載された。

かトライしたいということですよ。結局、取れなかった理由は、床を磨いたらきれいになるから、妻はもらいゲロしないだろうという理屈を思ったの。

千野　吐かないように頑張っちゃうわけね。

長嶋　そうそう。床を磨いているんだから、むしろ。いやなものを見せないようにしているんじゃん。

豊﨑　そうなのかあ。吐いちゃう人がいるかもしれないって句だと思うんだけど。

長嶋　あ、この妻が床を磨いているんだ。

豊﨑　そうそう。もちろん。後片付けをしている感じ。猫が吐いたものを後片付けしていたら、自分もうぇっとなったという絵を浮かべたんだけど、作者の人はどうなのかな。

長嶋　そうかそうか。僕はなんか俳句の詠み手が、妻と言っているから妻じゃない人が俳句の詠み手としていて。だから、その人が磨いているのよ。しかも、磨くというのはそうとうですよね。まあいいや。これ「浮かれ猫」という言い方で季語になっているんですかね。

堀本　これは「恋猫」ですね。恋に取りつかれて浮かれ歩いている。

長嶋　恋の猫のことを「浮かれ猫」ともいう。

千野　繁殖期の猫ね。

豊﨑　あ！　じゃあ、おしっこなのかも。

千野　マーキングでしょ。盛りの付いたオスの。家の中ではキツいわ。

米光　それを磨いていて気分悪くなった。

堀本　この浮かれ猫は僕は外にいるのかなと思ったんですけど、内側にいるんですかね。ま、どっちでもとれるっちゃとれるんですけど。

長嶋　それこそ切れているというね。浮かれ猫は浮かれ猫で外にいて、床を磨いて妻が吐いたということが取り合わせになっているという解釈。

米光　すると、妻は妊娠しているのか。

西　ああー。

長嶋　あのね、最低ですよ、この夫は。

米光　えー！

西　なんで？

長嶋　俳句になんかしているというのが。

西　ははは。

長嶋　俳句にする前に妻の前に駆け寄って。

米光　大丈夫かと。

長嶋　そうそうそう。いい俳句ってしばしばそういうことがあって。

西　ひでえな。

長嶋　妻が吐いてるのにね。でも妻が吐いているのを俳句に詠みたい気持ちもわかる。一方で。

豊﨑　吐き捨てるという言葉で、ゲロじゃなくて、つまり、吐き捨てるという言葉を。

千野　妻が「床を磨く」という言葉を吐き捨てた？　すごい命令してんじゃん。

長嶋　読みがいろいろあって、面白いとも言えるし、読みがいろいろ出てしまって、うまく結ばないともいえる。

千野　作者誰でしょう。

西　私です。

長嶋　これはなに。どうしたの。

西　これは、またさっきの猿と一緒やねんけど、情景としてなんかデヴィッド・リンチの映画みたいなんですけど、なんか春すっごい猫鳴くじゃないですか、あぁあああー！って、赤ちゃんの泣き声みたいな声で盛（さか）っていて。

長嶋　いまの猫の声、うまかったね。

西　この妻は、やっぱり妊娠しているんですよ。だから、赤ちゃんの声みたいなのが聞こえてもうて、夫がワックスで床を磨くと、それを合図のようにすぐ妻が吐くという、その情景を。

米光　いいねぇ。リンチっぽいね。

西　すごい猫の声とずっと吐いているという感じを思い浮かべた。

米光　カーテンは赤ね、じゃあね。

長嶋　リンチで伝わったんだね。

千野　面白いですね。

堀本　面白いねえ。

長嶋　なんか西さんちょっと筋書き的なのがあるんだ。

堀本　なんかドラマがねえ。

西　だから自分のことではないかもしれないんですね。

西への挨拶句

千野　ほかに一句くらいどうですか。最後なので、これだけはちょっと聞いておきたい、夜も眠れない、聞いておかないと。

長嶋　そうですね。

——17番の句が西さんへの挨拶句じゃないかと思うんですが。

17　円卓へ蒼い雫（しずく）の桜降る

西　あっ！！！！

米光　すごいリアクションした。

西　え、これ、誰ですか！（場内笑）

千野　いやいやいや、誰ですかじゃなくて、まずは（笑）。まずはまずは。

西　めっちゃ無視した、私、すみません。

長嶋　いやいや、ディスカッション。

西　私じゃないってわかるもんね。これで。すみません。

千野　いや、別にいいんですけど。

西　これ、誰ですか！（場内笑）

長嶋　お客さんの中にいるみたいな言い方。

西　すごい。これ、これ、これ。言っていいですか。私の小説のタイトルなんです。全部。『円卓』『あおい』『しずく』『さくら』『ふる』。

長嶋　じゃあ、何作入っているの？

西　5個入っている。

長嶋　短い題名が多いね。

西　多いねん多いねん。私、隣の「おい、小池！」(16 おい、小池！　花見するから来い早く）でもう目くらましになってねん。(場内笑)

米光　それどころじゃなくなっている。

長嶋　選句用紙上で隣にいるやつが「わーっ」って。

西　そー大きな声で「西さーん！」って呼ばれて隣の子に気付けなかった。うわ。これうれしい。誰？

千野　隣にいるやつがうるさい。

西「マヨネーズ」(18 啄木忌出るとこに出るマヨネーズ）もやし、個性強いやつが。

千野　両側にすんげえでかいやつがいるから。

長嶋　なるほどなるほど。

西　わあ、これすごい、これ。

長嶋　それを聞くと、佇まいがよけいよく見えてくる。ちゃんと意味が通る句だよね、実はね。

西　ホンマや。誰これ。

千野　挨拶句ってやつですね。

西　なんて粋な！　ゲストの方に挨拶をこめてということですか。

長嶋　そうです。

西　ええ、すげえ。これ、並べたん誰ですか。小池と(笑)

長嶋　16番と18番の間にね。

千野　若い衆ですよ。

西　これすげえ。「おい、小池！」誰ですか。

長嶋　ホントだよ。「おい、小池！」の作者も明かそうよ。

千野　俺だよ！(場内笑)

米光　千野がうるさいからねー。千野がわあわあ言うからね。

西「おい、小池！」めっちゃ好きですけど。

長嶋　そうか。じゃあ、「へ」と「の」を書けばぜんぶ小説が入ったことになるね。

西　すごい。うれしい。ありがとうございます。

長嶋　作者は誰でしょうか。

堀本　はい。

米光　堀本裕樹です。

西　堀本さあん！　すげー。むっちゃうれしい、これ。千野さん、すごい好きなんですよ、「おい、小池！」も。

千野　これはもうちょっとごめん（笑）。

西「おい、小池！」も迷ったんですけど。こんな句があるんだ。わあ、すごい、ありがとうございます。いままでもこういうことはあったんですか。

長嶋　毎回ねえ、実は堀本さんは。

米光　挨拶のプロフェッショナル。

西　じゃあ、言ってはった方は経験者の方ですか。

長嶋　まあ、挨拶句のね。あの方が指摘してくれなければ。

西　本も知ってもらってないとダメですよね。これ気付かんかったらめっちゃ失礼でしたね。

堀本　いやいやいや。

長嶋　握手させてあげる。

米光　させてあげるじゃなくて。マネージャーみたいな。

西　よかった。言ってくださってありがとうございます。

堀本　いままでたくさん挨拶句作ってきましたけど、タイトルを全部入れたの、全部というか助詞以外、入れたのは初めてです。

西　うわあ。すごい。

堀本「桜降る」はまあ、『ふる』という西さんの小説の題名を入れたかったのでそのように表現したんですが、ほんとは俳句的には「桜散る」としたかったんですけど。

千野　季語なら「桜散る」か「桜蘂（しべ）降る」かだよね。

堀本　そのほうが季語としては成熟しているんですが、『ふる』と同音の「降る」をどうしても使いたかった。

西　わー、ありがとうございます。すげえ！　いまホンマ、いまぐわーって血糖値が。

米光　インスリンを！

堀本　いやあ、うれしいです。

長嶋　こんなに喜んでもらえることはないからねえ。

堀本　ほんとうれしいですねえ。

長嶋　第一回の東京マッハは、ゲストはいなくて、男

４人だった。で、堀本さんは僕ら３人の挨拶句を作ってくれたのに、「あっ、そう」みたいな。

米光　「ありがとう」。

長嶋　「サンキュー」、みたいな。気付きさえしないのもあった。

西　でも私も気付かんかった。すごーい。

堀本　いや、うれしいです。ほんと。

米光　挨拶句っていいね。

千野　今日はすごいいいリアクション。

米光　俺も長嶋有挨拶句だったんだよ。

西　目がきれい？

長嶋　ああ、これかあ。しらす丼。そうな。

西　すごい。手品や。

長嶋　今度やろう。そんなウケるなら、俺も挨拶句詠もう。

千野　やっぱり盛り上がるよね。

西　すごい。

米光　詠んでいこう。

長嶋　しかもこの句は言葉の流れに無理がないのもすごい。

西　だから気付かんかったのかも。不自然やと気付いたかもしれないけど、自然やったから。

長嶋　「おい、小池！」がよくないよ。

西　ははは。「おい、小池！」も大好き。面白いですよ。

長嶋　最後の最後によかった。

左から千野帽子、米光一成、西加奈子、長嶋有、堀本裕樹。

vol.10「君と僕と新宿春の俳句まつり」

No	選	句	作者	選
1		卒業歌ダチとマブだけいればいい	西加奈子	
2	👑客	白線の内側にいて春を蹴る	米光一成	西◯ 堀◯
3		停学の太郎の屋根に花ふりつむ	千野帽子	
4		標準にもボンタンにも吹けよ薫風	長嶋有	西◎ 堀◯
5		花冷や言葉のやうな貝拾ふ	堀本裕樹	西◯
6		浮かれ猫床を磨くと妻が吐く	西加奈子	
7		さくらちる発電の音立てながら	千野帽子	長◯ 堀◯
8		吹かれゆく紙食器追ふ新社員	堀本裕樹	米◯ 長◯
9		ラー油垂らす程の決意や春暑し	長嶋有	千◯ 堀◯
10		しらす丼長嶋有の目がきれい	米光一成	堀◎
11		ゆく春をただいまるすにしています	千野帽子	
12		鳥交るパーティ帰りのあえて鬱	西加奈子	長×
13		ルーペ覗きたいだけ春もうららなれば	長嶋有	千◯
14		つばくらや日を掬ひつつこぼしつつ	堀本裕樹	千×
15		老親の早口聞き返せず桜	米光一成	西◯ 堀◯

16		おい、小池！ 花見するから来い早く	千野帽子	
17		円卓へ蒼い雫の桜降る	堀本裕樹	
18		啄木忌出るとこに出るマヨネーズ	米光一成	千◯ 長◯
19		落花かなチワワ震えて腋の下	西加奈子	千◯ 米◯
20		警察官人形真顔花菜雨	長嶋有	千◯ 米◯
21		襟足の長き父子ゐて磯遊び	堀本裕樹	西◯
22		コーヒーの泡くちびるにあり遅日	米光一成	千◎ 長◯
23	♛	人去って戸袋残る暮春かな	千野帽子	米◎長◯堀◯
24		猿の絵を描いて渡せぬ菜種梅雨	西加奈子	千◯長◯米×
25		臥しており「花見は疲れる」と歳時記も	長嶋有	米◯ 堀×
26		早退の空ひろびろと啄木忌	堀本裕樹	長◎ 米◯
27		山笑う叔父のひたいがM字型	米光一成	西◯
28		春炬燵予告で早くも号泣す	西加奈子	
29		いない人の話ばっかり昭和の日	千野帽子	米◯ 西◯
30		早稲田大学生はシマシマ鬱金香	長嶋有	西×

♛は壇上トップ、♛(客)は客席トップの句。

vol.12「0012 女王陛下の飛騨マッハ」

@高山市民文化会館（2014年10月12日）

ゲスト＝藤野可織

地方巡業の日はなぜか晴れない。初回の京都はしっとりとした初冬の雨だったが、二度目の札幌と三度目のこの飛騨高山は台風が直撃した。そのため「嵐を呼ぶ句会」とまで呼ばれた。それとも自称したのだったか。

吟行にうってつけ、飛騨

千野　東京マッハです。そして本日のゲスト、作家の藤野可織さんです。

藤野可織　よろしくお願いします。

千野　なに、藤野さん1人だけすごい椅子。

藤野　すごい沈む。

長嶋　後ろの人、藤野さん、見えなくないですか。これ、この市民文化会館で一番いい椅子。でもね、寝そうだ。

堀本　椅子いいですね。

長嶋　今日は「On Her Majesty's」、女王陛下の飛騨マッハというね。ふつうの椅子のほうがやりやすい？

藤野　大丈夫です。

千野　毎回聞いているんですが、句会というものに行ったことがあるという方はちょっと手を挙げてください。

藤野　ああ、すごい、多い。

堀本　かなりの確率ですね。

長嶋　俳句を長年やっていらっしゃるようなムードの方もいらっしゃるようで。

千野　実は嫌な汗がすでに出てました。こんな色物みたいなことをやっているので。

長嶋　途中で憤然と席を立たれても、傷つかないようにしようね。（場内笑）

千野　ちょっとハートを強く持って。

米光　頑張るよ。

長嶋　がんばろ（笑）。

千野　あとはそこで本を売っておりますので、ぜひ。

長嶋　休憩中、サインできたらします。もう、面白ブックばっかり。

米光　面白ブックという総称でいいの？　長嶋さんの句集とかもね。

長嶋　僕の句集『春のお辞儀』読むと、俳句初めての人はこれでいいなら自分も俳句やろうと思えるから。

千野　僕の入門書『俳句いきなり入門』もそうですね。俺程度で入門書書けてしまうから。たいていの人は書こうかなと思っちゃうと思う。

米光　今日はみんな自虐的だねえ。ちょっと緊張しているの？　みんなが俺たちのハードル下げてっていうオーラ、出し過ぎてない？　もうちょっと頑張ろうよ。

千野　お手柔らかにという。

米光　これだけ入っていただいたんだから。そんなに自虐的にならなくてもいいような気がしてきたよ。

長嶋　ホントだ。堂々といこう。

米光　堂々といきましょう。本もいまバカスカ売れますから、休憩時間に。ぜひ、パンとコーヒーと一緒に。

長嶋　この地方のパン屋さん。

米光　近所のパン屋さんで、「ブルーペンギンベーカリー」という、ペンギンマークで、パンを背負っているマークが可愛い。

藤野　あとで私、買います。飛騨コーヒーおいしかった。

千野　この中で飛騨高山に来たことがあるのは僕だけですかね。僕は昔、俳句を始めた頃に、職場の俳句仲間と下呂温泉で俳句合宿をやって、帰りに高山の旧市街を観て、そこでまた「吟行（ぎんこう）」といって俳句取材ですね。ネタ探しに行って、それで帰ったという思い出の地です。なので、ここで句会をやれることがすごく不思議。

長嶋　季節もいいんだろうけど、すごく吟行向きという気がしましたね。僕今日、東京から車で朝早く来たんですけど、一五八号線かな、ぐねぐねの峠道を朝通ってきたけど、すごい俳句っぽい。

米光　景色がね。

長嶋　そうですそうです。自然もあるし、ダムもある。これ真面目に吟行していいんじゃんと思った。

堀本　すごく素材があると思います。俳句詠むのに。

長嶋　だから今日初めて俳句にふれるという人も、句会の楽しさを知ってほしい。俳句の楽しさじゃなくて。

千野　句会をする。俳句という作品よりもまずみんなで句を作ってそれについてああだこうだ言い合って、最後に作者が「俺が犯人だ」と名乗って、という楽しさをわかってほしいな。

vol.12「0012 女王陛下の飛騨マッハ」

No	選		作者
1		マッハが行くよ台風は一過二過	
2		肋骨に沿うて秋思の去りにけり	
3		なにこの本?なにこの檸檬?色は許す	
4		念写した耳の形や秋の雲	
5		フィンランドの切手つるつる冷まじき	
6		寝かさずにスプレー缶や秋の虹	
7		へこむのは明日にしよう夕月夜	
8		かまきりはきらい小顔がとれそうで	
9		耳聡き夜学教師の見る廊下	
10		月蝕やベトナムコーヒーの甘さ	
11		冬支度ブックカバーを手洗いす	
12		台風がそれず僕らはここまで来た	
13		すがすがし飛騨の蜻蛉に追ひ抜かれ	
14		長き夜や耳それなりにアシンメトリー	
15		ひのきのぼう拾って寂し秋の道	

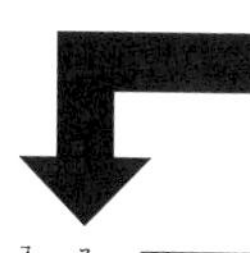

一旦ストップ！　次のページから披講が始まります。
ページをめくる前に必ず選句をしましょう！！

番号		句	
16		吸殻のしばらく浮かぶ桃の汁	
17		秋の物好きたちの句会が始まるよ	
18		香港へ傘を掲げよ鳥渡る	
19		（触れればある）耳は秋思の邪魔をせず	
20		犯人とノートおそろい夕花野	
21		フランス装のための刃物や鳳仙花	
22		足の爪やすりゆっくり居待ち月	
23		佐村河内守の耳や穴まどい	
24		ゆかりなき把手の数や秋の暮	
25		令嬢に耳か茸か生えている	
26		その裏に無音ひろがる虫の闇	
27		意思なくて秋思黄色な印度カリー	
28		台風で書店に変な虫のいる	
29		夜の鍋かぶって嬉しこどもらと	
30		長月の海全力のうねりかな	

みなさんも特選（ベスト1）1句に◎、並選（好きな句）6句に○、逆選（文句をつけてやりたい句）1句に×。「選」欄にご記入ください。

千野帽子選

並選

2 肋骨に沿うて秋思（しゅうし）の去りにけり

5 フィンランドの切手つるつる冷（すさ）まじき

6 寝かさずにスプレー缶や秋の虹

14 長き夜や耳それなりにアシンメトリー

18 香港へ傘を掲げよ鳥渡る

21 フランス装のための刃物や鳳仙花

特選

20 犯人とノートおそろい夕花野（ゆうはなの）

逆選

9 耳聡き夜学教師の見る廊下

千野　以上です。二回言うとそれっぽいよね。

長嶋　ＮＨＫ俳句は最近、それやらないんだよ。最近、一回だよ。

藤野　一回でした。

千野　そういえばそうだった。出た時そうだったかも。

長嶋　ＮＨＫ俳句って生放送ではないんだけど、一発撮りなんです。

千野　ノー編集。

米光　一切しないの？

長嶋　ほぼしない。

千野　テロップを入れるくらい。

長嶋　だから後半、アナウンサー、司会進行の人がもう巻いて巻いてみたいな焦ったムードになった時がしばしばありますね。

千野　しかもリハーサル後に一発撮りでやりますから、30分かけてリハーサルして、30分かけて本番で、リハーサルの方が出来がいいなと思ってしまったりする時がある。

長嶋　ありますね。

米光　リハーサルはやるんだ。

長嶋　米光さんはまだＮＨＫ俳句出てないんだ。

米光　ねえ。早く呼べよと。

藤野　私出た。

米光　あれ、じゃあ、俺以外はみんな出てるの。
堀本　僕出てないですよ。[*1]
藤野　あれー。
米光　いやいやいや、これでいかに見る目がないかね、NHK。[*2]
長嶋　なにそれ、僕は色物担当として呼ばれているの？　うっすらとは分かっていたんだ。

米光一成選

並選

5　フィンランドの切手つるつる冷まじき
6　寝かさずにスプレー缶や秋の虹
11　冬支度ブックカバーを手洗いす
19　（触れればある）耳は秋思の邪魔をせず
28　台風で書店に変な虫のいる
30　長月の海全力のうねりかな

特選

9　耳聡き夜学教師の見る廊下

逆選

7　へこむのは明日にしよう夕月夜

長嶋　おおっ。喧嘩だ喧嘩。

藤野可織選

千野　では続きまして、藤野さん、お願いします。
藤野　ええと、藤野可織選。ちょっとその前にすみません。やっぱりこの椅子ちょっと。
長嶋　ですよね。違う違う。
米光　じゃあ僕と椅子替えて。ちょっと高いけど。藤野さんだと大丈夫だと思う。
藤野　すみません。ちょっと低くて、なんか。
長嶋　別の椅子があれば、一個。なんかごめんごめん。
米光　椅子の座り心地で話し方、変わったりするもん

＊1　堀本はのちに2016年度「NHK俳句」の選者を担当する。
＊2　米光はのちに（2016年6月12日）ゲストで出演する。

ね。

藤野　じゃあ、私ちょっと高いところにいて。藤野可織選いきます。並選から。

並選

2　肋骨に沿うて秋思の去りにけり
10　月蝕（げっしょく）やベトナムコーヒーの甘さ
16　吸殻のしばらく浮かぶ桃の汁
21　フランス装のための刃物や鳳仙花
24　ゆかりなき把手（とって）の数や秋の暮
29　夜の鍋かぶって嬉しこどもらと

特選

25　令嬢に耳か茸か生えている

逆選

7　へこむのは明日にしよう夕月夜

長嶋　最後あかんやつや。

藤野　はい。これはあかんやつですね。

長嶋　ありがとうございました。

長嶋有選

並選

13　すがすがし飛騨の蜻蛉に追ひ抜かれ
15　ひのきのぼう拾って寂し秋の道
20　犯人とノートおそろい夕花野
22　足の爪やすりゆっくり居待ち月
24　ゆかりなき把手の数や秋の暮
26　その裏に無音ひろがる虫の闇

特選

5　フィンランドの切手つるつる冷まじき

逆選

28　台風で書店に変な虫のいる

長嶋　5番、最初に読んでいたら「ひやまじき」と読んで恥かくところだったわ。あぶなかった。（場内笑）はい。何年俳句やっているんだという話です。句集の帯に句歴20年って書いてある。

千野　句歴って書いてある帯も珍しいよね。

長嶋　喧嘩。喧嘩がふたつあります、いまのところね。

堀本裕樹選

並選

4　念写した耳の形や秋の雲

5　フィンランドの切手つるつる冷まじき

8　かまきりはきらい小顔がとれそうで

14　長き夜や耳それなりにアシンメトリー

20　犯人とノートおそろい夕花野

21　フランス装のための刃物や鳳仙花

特選

11　冬支度ブックカバーを手洗いす

逆選

17　秋の物好きたちの句会が始まるよ

長嶋　いい声だなあ。

藤野　うん。すごい。お腹から声が出ています。すごいですね。読み方、教えてもらわなあきませんね。

米光　ちょっとレッスンを受けて。

堀本　あまり褒められるとね。読みづらい。

千野　毎回ね。

群を抜いた一句

千野　点がすごい散っている中で、しかし一句。

長嶋　群を抜いたのがあります。

千野　作者がわかるのがあります。藤野さんに拍手ですね。

藤野　ありがとうございます。

長嶋　これはクイーンの「We Are The Champions」を流したかったね。

千野　過去、みんなが同点で同率で1位だったことはある。ですが、東京マッハ始まって以来、ゲストが単独トップは初めて。

藤野　お。ありがとうございます。

写真中央、米光と交換する前の椅子に深く座る藤野可織。

千野　東京マッハは毎回お題が出るんですけど、そのお題はゲストの方と、だから今回藤野さんと、それと前回トップの句を作った人、僕なんですけれども、が一題ずつ出す。なので、次回は僕らの中からお題を出す人が初めていない東京マッハになります。ちょっと面白いです。

藤野　それは名誉なことです。

フィンランドの切手を想像する

千野　では、5番。

5　フィンランドの切手つるつる冷まじき

長嶋◎　千野○　米光○　堀本○

千野　これまず有さん、特選。特選の弁を。

長嶋　ええとですね、通常の句会ですと、30句で特選を入れて合計7個○をつけるというのはちょっと多いと思うんですよ。これはイベントなので盛り上げる意味もあって、通常より○を多くして、選んでいるんです。だから、今回、突出して特選だ、みたいな句がない。みんな平均点以上に○と思ってつけたけど、ちょっとそういう意味で特選、悩んだんですよ。その中でこれが一番最初にとりあえず○以上はつくという○をつけた。予選といって、なんとなく○になるかならないかというのに印を打っていくんですけど、この句はなにか言わんとするところに読みの分裂とかもないし、そのあと国の名前がなんでもよさそうでいて、すごく似合っているような気がしたんですよ。外国の切手ってコートされている、マットじゃない。日本の切手はマット気味だと思うんです。とくに普通の切手はね。

千野　つや消しな感じですね。

長嶋　そうそうそう。だから、切手集めをすると、まず外国の切手のつるつるにまずワーってなるんですよ。そのうちだんだんシンガポールのすごいなんか派手な切手とか見て、すげーみたいな。

堀本　ありますね。

千野　平気で金（きん）とか使っていたり。

長嶋　そうそうそう。で、このフィンランドの切手ってね、なんかつるつるだけど、華美じゃないだろうというか勝手にフィンランドという国のイメージね、その……マリメッコ的な。

千野　デザイン立国か。

長嶋　そうそうそう。そのマリメッコ感がですね、俳句のよさにちゃんとなっているような。俳句っていう短い言葉でなにか感覚を手渡すというね、俳句という手段に向いていることを言ったなと。フィンランドが北欧だから、「冷まじき」って冷えていることと、ちょっとイメージが近いのが気になったんですけど、それでも切手って言っているからいいかなと。いろいろなことを言おうとしてくるんじゃない手つきで、案外、本当にフィンランドの切手の質感を正しく手渡してもらったという意味で、文句ないという◎です。

千野　僕も実は「フィンランド」が「冷まじき」という

のは、たぶん俳句を初めて最初の一年目とかだったら、いわゆる「近い」「ついてる」というやつかと思っちゃうわけです。「冷まじき」というのは冷えてきている時期の季語で、フィンランドだって暑い時期は暑いんだろうけど、やっぱり僕らの中では北極圏にかかっている寒い国だというイメージがある。俳句に馴染んでいらっしゃる方はよくわかると思うんだけど、季語とそれ以外の部分が。

長嶋 米光さん、寝てる？

米光 （ふかふかの椅子から身を起こし）起ーきてるよおー（笑）。

長嶋 ごめんごめん。腰を折ってすみません。（場内笑）

千野 いや、大丈夫です。それで、これは敢えてのという感じが。

長嶋 つまりフィンランドの北のイメージと「冷まじき」という冷えと冷えのイメージの近さは、敢えてだろうと。

千野 氷が張ったような表面のつるつる感も思い出させて、ここでも同じもので押してきたから逆に、これはなかなか細い道を通って成功するに至った俳句なんじゃないかと思って。それこそ長嶋さんが言っているような切手の質感の具体性みたいなのが来るので、いいなと思いましたね。

長嶋 切手ってピンセットで取り扱ったりして、小さいものにしては、愛好する者にとってね、すごく繊細に扱うものじゃないですか。で、見るべきポイントもすごく細かい小さいものだからね。だから、ここでの「つるつる」みたいなこととか、フィンランドの切手であるということと、他の国ではないことの良さみたいなものが嬉しい気持ちが、「つるつる」というのが嬉しいと書いてないくせになんか伝わってくる。

千野 すごい喜んでいる感じがちょっとあるよね。

長嶋 はい。つまり既成のフィンランドのイメージにわれわれは引き寄せられた。

千野 そうそうそう。それはちょっとある。

長嶋 ちょっと2人で言い過ぎたから。

堀本 もうだいたい言われてしまいました。僕は「つるつる冷まじき」というふうにこの連なりがやっぱり面白かったですね。つるつるという感覚が冷まじきにつながっていく調べが心地よい感じがありました。「冷まじき」っていうのは、秋が深くなった寒さですよね。

長嶋　ああ、「冷え」って書いてあるけど、これは冬の季語ではなく、秋の季語。

堀本　晩秋の季語ですよね。上五の「フィンランドの」という字余りも含めて、「つるつる冷まじき」の韻律もそうですけど、ほんとにリズムの気持ち良さがあってすんなり僕の中に入ってきました。今回、「国」縛りですよね。

千野　はい。実は僕の出題が「国名」縛りです。

堀本　ですからフィンランドの国名をうまく切手という物を取り入れて活かしてね、作っていますよね。お題のこなし方も非常に惹かれたところがありました。

長嶋　洒落てますよね。

千野　米光さん、どうですか。

米光　みなさんと同じような感触も持ち、同時に「冷まじき」という言葉が、フィンランドの寒さと近いというのもあるんだけど、荒廃した、ちょっと荒れ果てた感じのイメージもあって。

長嶋　いわゆる「すさまじい」という音だけ聞いた時の日本語の意味はそれですよね。

米光　海外ってけっこう紙安い感じの切手が多くて。フィンランドの切手もそういうつるつるしている安っぽい紙のイメージがあるなあ。実際、フィンランドの切手いま見たわけじゃないから違ったらあれだけど。

長嶋　見てがっかりかもしれないよね。

米光　派手な切手だったらがっくり。ミニマムみたいな感じがすごく伝わってくるので、ちょっと選んじゃった句ですね。つきすぎなんじゃないかなと思いつつ、いや、これならいい。

堀本　つるつるって触覚的なものだけど、なにか琺瑯（ほうろう）のような艶というか光沢というかそういうふうにも見えてきて美しいですよね。

長嶋　あ、ちょっと硬い感じだ。

堀本　そうそうそう。それが「冷まじき」とつながったのが非常に自然で、よかったたな。

長嶋　堀本さんが「つるつる冷まじき」というたびによくなってきた。（場内笑）

堀本　そうですか。

千野　はい。ということで、もう一度、藤野可織さんに大きな拍手を。（場内拍手）

藤野　ありがとうございます。

長嶋　これは、過去11回やってきているの見ている常連の人はおわかりの通り、いつもわりとゲストにひどいですからね。ひどいというか、つまり。

千野　うち、接待ぜんぜんないですから。

米光　できないからね。無記名なので。基本。

長嶋　それなのに、ホントにぶっちぎりましたね。

藤野　うれしいですね。来てよかったです。もう帰ろうかな。

長嶋　このあとのディスカッションはもういいと。

藤野　もういいと。

長嶋　たしかに最高点取ったらもういいよね。でもまだ総合点争いがありますから。

千野　そんなんあるの？

長嶋　総合点というのは6句で1点ずつとれば、トータル6点じゃん。俺の句がぜんぶ1点だったとしてもだよ。小銭をかき集めて。

千野　今回1点の句ってそんなにないよ。

長嶋　そうかあ。

藤野　その場合、逆選はどうするんですか。マイナス1？

千野　絶対値というルールを長嶋さんは持っている。

長嶋　僕がふだんやっている句会では、逆選はマイナス1点です。でも、そうするとたとえば、この例でいうと、9番の句なんかは、米光さんの2点入って、千野さんのをマイナス1とするからこれは9番は1点という扱い。でも、絶対値という考え方もあって、それは逆選もプラス1票と数えて、絶対値は3点。同点の時は絶対値が上の人を上位とするみたいなペナントレースみたいな細かいルールがあって。

千野　東京マッハでも一度だけ、同点トップが2人いた時に、お題を出す人を決めるために、絶対値が上の人の方にお題を出してもらったこともあるので、意外とこの考え方はよくて。逆選ってたんにダメな句に出すと限らなくて、どこかひっかかるから、なにか言いたいことがあるわけで、他の句よりも注目はしてしまうという。

藤野　そうですよね。

千野　その意味で、絡んでいきたくなるのは好きの一バリエーションだなというふうに。

米光　逆選もなにもつかないと、ちょっと寂しいし。

藤野　逆選ついた時、うれしいですね。

想像を掻き立てる句

千野　では、続きまして、4点句ですね。20番です。

20　犯人とノートおそろい夕花野

千野◎　長嶋○　堀本○

長嶋　これはつまり、藤野さんと米光さんのどちらが作者かわからないので。

千野　そういう時は、しらを切る。しらを切って、お互い自分がね、作ってない顔をする。あるいは逆に滅多にないけど、自分が作者だという顔をするケースも。

長嶋　人狼ゲーム。池田澄子さんは自分の句じゃないふりするの、うまいんだよなあ。

千野　うまいねえ。

長嶋　自分の句が褒められている時に、澄子さんが意見を問われた時、さりげなくとらなかった理由を言うわけじゃないですか。その時にね、ここはよくないということを言いつつ、どうしたらいいと思う的な議論が出るように促す。それでしめしめみたいにメモを取っているんだよ(笑)。なので、お2人の作者がまだどちらかわからないけど、そういうところが問われますよね。

千野　これ、なぜ犯人を知っているかというと、おそらくこれはテレビで報道されるような大事件で、犯人のプロフィール自体にワイドショー的な興味が集まっているのかなと。そういう時にしばしば日本のワイドショーでは、犯人の卒業文集を出してきたり、ウェブ上の書き込みを出して来たりする。そういうのの一環として、たとえば取っていたノートですね、犯行直前のものなのか、それとも学生時代につけたものなのか、それはわからないけれども、そのノートが出てきたという時に、ワイドショーなんかだと、ちょっと黒いところに置いてみて斜めから光を当てたり。

長嶋　ああ、やりますね。

千野　おお、このノートは俺が持ってるやつと同じじゃん！みたいな、その感じかなと思いました。季語が「夕花野(ゆうはなの)」という季語、最初僕は軽く笑ってしまったんですよ。ずいぶん抒情的な季語をこういうシチュエーションに持ってきたなと思って。だけど読み直してみると、哀愁もあるし、なんか人間の悲しさというと大袈裟ですけど、誰しもこういうことってあるかもしれないと。

長嶋　そんなことないよ。

千野　でも、そこまで持って行けるような含みのあるコーディネートだと。やはり俳句は多くの場合は、季語と季語以外の部分とを合わせるコーディネートですね、取り合わせというので。これは一見、すごく冒険しているように見えるし、実際、冒険なんだけども、僕はそれを。

長嶋　よしとした。

千野　では、有さん。

長嶋　えーとね、「犯人と」て、なんの犯人だか言わない言い方って、なんだかこっちに委ねすぎていて、場合によっては取れないんですけれども。その後に続く言葉の面白さでちょっとまあ、いいかなと思っちゃったんですね。僕はこれはCampusって書いているノートだと思う。（場内笑）つまり、お揃いだからって、大した、なんか……。

千野　マニアックなものではない。むしろどこにでもあるもので、高確率でお揃いの可能性がありうるということね。

長嶋　そうねえ。いまでも大学生さ、「Campus!」って書いてあるノートを。

千野　言い方。べつに「！」はついてない。

長嶋　あ、そうか。ついてないついてない。つまり、変哲のないものに、それこそ千野さんのいうワイドショー的なニュースの映像で見たのか、そういうことでないと、知ることはないですよね。なんか「おそろい」みたいな言葉の可愛さが犯人という言葉から――当然犯罪があるわけなんだけど――その犯罪からこの人は安全圏に間違いなくいて、おそろいであることなんかに拘泥（こうでい）しているということの面白さがある。これがだから「秋の暮」とかだったら、ほんとに茶の間でニュースを見ていただけになるじゃないですか。「犯人とノートおそろい秋の暮」だと無難だし、景も浮かぶけども、最後に「夕花野」で、急に犯罪と遠いところにいるはずのこの人のことをわからなくなった。ちょっとこの人にも謎が出て、それはなんか小手先でやったテクニックかもしれないんだけど、乗ってあげてもいいというと偉そうだけど、面白さだから。面白みが出ているのはここが「夕花野」だからだよね。ということで、特選まではなんとなく自信がなくていけなかったんだけど。

千野　おそろいとか、お下がりとか、なんて言えばいいのか、やや子供の世界的な。

長嶋　まあ、「ノートおそろい」で、それこそ学校で「あなたもCampus」。言わないよ。

千野　ピカチュウとかだったら言うかもしれない。Campusではあまり言わない。

長嶋　学校というシチュエーションからもちょっと離れるのが不思議だし、だから選に自信が持ちきれなくもあるし、でも、「秋の暮」とするよりは面白い。ということです。

千野　堀本さん。

堀本　長嶋さんからでっち上げという言葉が出ましたけど、僕はもっと違う意味ででっち上げた句かなと思ったんですよ。僕はすごく実質的な風景に見えちゃって。たとえば、人質が誘拐犯かなんかに山奥に連れていかれるんですよ。犯人と人質がその場にいると思ったんです。

長嶋　あ、ホントのドラマだ。

堀本　そう。実際のドラマと見たんですよ。だから、犯人がリュックみたいなところから犯行ノートみたいなものを出してきて。

千野　犯行ノート！

長嶋　すごいね犯行ノート。犯行する側、される側という緊迫感の中に一瞬、「あ、同じノートだ」と。

堀本　ほんとにそんな情景が浮かんできたんですよ。

千野　それはすごい句だ。

長嶋　そう解釈もできるよね。視覚がないからね、ここに。

千野　被害者目線なのね、これね。

堀本　そうですよ。だから、人質もランドセルを背負っていて、その中にもノートが入っていたんです。

千野　そこから小説が始まってしまうよね。

堀本　それで犯人が犯行ノートを出してきて、なにかを確認したり、書き始めたと。人質はですね、ちょっと縛られているから。

長嶋　あ、縛られているの。

藤野　縛られているんですか。すごい。

堀本　その犯行ノートを横目に見ながらランドセルに同じノートが入っていると気付くわけですね。それで、夕花野が前に実際に広がっている。実景として。

長嶋　そうかそうか。縛られているんだ。

堀本　だから、これ作者よく帰ってきたなと。

千野　でもこれダイイングメッセージかもしれない。
藤野　おっ。
長嶋　なるほど。
藤野　おそろいのノートを持っているやつが犯人だ。
米光　ダイイングメッセージに「夕花野」とか書いている。
堀本　優雅ですね。
長嶋　俳句詠んでいる場合か。
藤野　辞世の句ですね。
堀本　そういうふうに実景として読んでいくと、すごく面白い句だなと思って。
長嶋　誘拐された子供のそばで吟行して詠んでいたらひどいな。
千野　まったく関係ない人がね。写生をしていた。
堀本　しかも「夕花野」という季語知っていましたからね。なかなか俳句をやっている人だ。
藤野　通報してほしいですよね。
長嶋　誘拐俳句ですね。これはね。
堀本　すみません。そういうふうに解釈しちゃいました。
長嶋　僕は銀行強盗吟行という連作を作ったことがあって、吟行という言葉があるじゃないですか、俳句を作りにいく。だから吟行するなら銀行でちゃんと洒落でやらないとダメだろうと思って、銀行強盗吟行という。最後、「**捕まってゆっくり歩く秋暑し**」で終わっている。それは句集『春のお辞儀』に載っている。
藤野　あれ、いいです。大好きです。
長嶋　ありがとうございます。これも連作にしたらいいじゃないですか。
千野　そうね。誘拐のシリーズね。さらわれて、という。
長嶋「**電話逆探知のなか待てという刑事**」。
千野　これはたしかにいいね。
長嶋　これ夕暮れがいいんですね。
堀本　うん。そうですね。
長嶋　これ、どうします。2人にちょっとしらを切ってもらいます？

米光　候補には入っていたんだけど、小説っぽいとちょっと思っちゃった。それこそ長嶋さんの小説の中で、ホントに誘拐された子がふとそう思うということってありそうなことだなとか思って、小説になっている方がきっと読んだ時にぴんと来た。

長嶋　なるほど。俳句がベストの手段かと。

米光　いまみなさんが想像をたくましくして、いろいろ喋れることが俳句として是なのか。それは俳句なのか。と問うていきたいわけですよ。なんか物語がすごくありすぎていて、「夕花野」とかもちょっとドラマチックになっているので、うーんとなって、候補から外した感じです。

長嶋　そうですね。こういう俳句もあっていいということは思うけど、こういう俳句を突き詰めていくと、壁がありそうだよね。

千野　でも、まだ掘っていない方向性かなとも思う。

長嶋　はい。藤野さんはなぜとらなかったの？

藤野　私も千野さんと一緒で、なにかニュースのワイドショーとかで、犯人が犯行計画とか、世の中クソだみたいなことを書いたノートが発見されて、それが斜めからライトが当てられたやつが映って、それを茶の間で見てはるんやと思ったんですよ。でもね、ノートってそんな種類ないから。私ノート大好きなんで、ノートにはこだわりがあるんですけど、でもどうせCampusやろと、所詮そんなことをするやつはCampusノートやろと。

米光　いまノート、いろいろあるよ。つばめノートとか。

藤野　あるんですけど。でも、つばめかキャンパスかで犯人のタイプがちょっとわかるんですけど。

米光　無印。

藤野　あ、無印かあ。でも、Campusかつばめか、そんなんやろ。

長嶋　「ノートおそろい」で、逆にノートがつまらなくなった。

藤野　なんかね、だいたいノートっておそろいじゃないですか。だって、そんな、みんなだいたい同じようなノートを使っているし。

米光　フィンランドのノートかもしれないよ。

藤野　それめちゃくちゃこだわりがある。

千野　さあ、みなさん、どっちが犯人。

長嶋　いまのでね。米光さんが作者だと思う方は？

千野　ちょっと手を挙げてください。藤野可織が犯人だと思う方は？

長嶋　藤野可織の方がやや多い。僕は藤野さんかなあ。

千野　じゃあ、米光さんで。

長嶋　じゃあ、今夜の飛騨牛の肉を賭けて。

千野　ええー、そういう「ぐるナイ」みたいな。どなたでしょう。

藤野　はい。（場内どよめき）

長嶋　え、圧勝じゃん。

藤野　私が一番飛騨牛食べても。

千野　今日はちょっと陛下って呼ばないとまずい。ホントに。

長嶋　すげえ。

堀本　すごいすごい。

長嶋　でも、この句もいい句ですよ。

堀本　両方取ってますねえ。

長嶋　なんか通販の番組みたいになってきた。「すごいわあ」みたいな。

千野　こういう流れもあるんだよなあ。

藤野　さっき「もう帰ってもええ」って言うてたんですけど、ホントはこれも嬉しいから、帰らんとこと思ってました。

ブックカバーを手洗いするのは ていねいか、アホか

千野　11番、3点で、特選が入っていますね。

11　冬支度ブックカバーを手洗いす　　堀本◎　米光○

千野　これ堀やんが特選かな。

堀本　はい。だいたい冬支度というと、たとえば薪を割ったり冬着を出してきたりですね、ほんともう冬が来るぞという厳しい季節に備えることが多いんですが、「ブックカバーを手洗いす」っていう、これも冬支度のひとつにこの作者は入れるんだなと思って、その視点が面白かったですね。で、ブックカバーって布製のもあるし、革のものもあるし、いろいろあるんですが、手洗いするんだから、ちょっと布っぽいのかなと。それを冬が来る前に洗うというね。「冬支度」は冬という言葉が入っていますけど、もちろん秋の季語ですね。冬に備えるという晩秋の季語。

長嶋　ひっかけ問題ですね。

堀本　そうですね。季語としてはね。

千野　冬になって冬支度しているのは泥縄ですね。

堀本　遅いですよね。だから、冬支度に「ブックカバーを手洗いする」ということの、この小さな場面というか、あまり実際的な冬支度とは関係のないような生活のシーンを持って来たところが面白いなと思いました。

長嶋　この句はつまり二物ではなく、季語をさらに……。

千野　反映しているというかね。

堀本　冬支度で軽く切れるという考え方もありますけど。

千野　話題を大きく変えているわけではなくて、冬支度のひとつとしてこういうのもあるよとそういうことなんですね。なるほど。そうかそうか。では、米光さん。

米光　はい。「ブックカバーを手洗いす」というのがしたことないので、おおーっと、するという生活を選ぶということもありなのだと思って。

長嶋　そんなんで点を入れるの？

米光　いや。その情景がちょっといいじゃないですか。

長嶋　情景がいい。はーい。

米光　憧れる的なものもあり。さっき冬支度だと言っていたけど、僕ももうちょっと切れる感じで読んでいて、冬支度というほどのことでもないじゃないですか。ブックカバーを手洗いするよって。ちょっと切れている感。でもやっぱり冬支度と言ってもいいかもしれないから、その微妙な切れ感というのが面白いなあ。実際、冬支度ってここからここまで冬支度、じゃない。なんとなくいろいろなことをやっている。その総称として、冬支度をしている、その日だったなあみたいなことで、ブックカバーも洗ったなあということがふと入ってくる日々の生活のね、ちょっといい感じ。

藤野 米光さん。そんな言葉が出て来るとは、すごいクウネル感[*3]が激しいですね。

米光 今度からこの句を生活の目標に。

長嶋 ブックカバー買うところからね。

米光 買わないと。そもそも手洗いできるブックカバーをつけたことないから。

長嶋 あと、冬支度は秋にしないといけないのかなあ。

千野 そうそう。もうあまり時間ないよね。

米光 頑張る。

長嶋 切れの話をちょっと。俳句初めての人もいるので軽く教わってもいいですかね。そのたとえば、10番の「**月蝕やベトナムコーヒーの甘さ**」という句がたまたま隣にあるけど、これ「月蝕」というのが季語というか、いまの季節と考えていいですね。それと「ベトナムコーヒーが甘い」ということは、直接の関係はない。

千野 「や」でばっさりと切っている。

長嶋 切れている。

堀本 取り合わせている。

長嶋 さっきの取り合わせという言葉が。

千野 「ノート」と「夕花野」とかね。

＊3 「ku:nel（クウネル）」 マガジンハウスより発売されている雑誌のこと。美的な「ていねいな暮らし」の溢れる日常に光をあてた雑誌としてとして根強い人気があったが、２０１６年に大幅にリニューアルされ、旧クウネルの愛読者たちが残したAmazon レビューが話題になった。ここでいうクウネルはリニューアル前のクウネルのこと。

長嶋　あるいは「フィンランドの切手がつるつるであること」と、「冷まじき」というふうに二つの要素が取り合わせてある。でも、この11番の句は、じつは取り合わせの、「月蝕」と「ベトナムコーヒー」ほど離れているわけではない。

堀本　だから米光さんの言ったように、どっちでも解釈できてしまうんですよね。

藤野　私はこれそのまま切れてないと思って。取らへんかったのは、なんか冬になったら寒いからコートとか着るじゃないですか。だから本も可哀想やし、ブックカバー洗って着せたるからなということかなと。わりとアホかと思いますね。（場内笑）

千野　厳しいなあ。

藤野　そのクウネル度はどうやねん。

長嶋　僕は「支度する」ということと「手洗いする」っていうことがどっちも「動作」でかぶっているんです。だから、切れていると思った時に、それこそ「フィンランド」と「冷まじき」がイメージが近いというのに似て、近い感じがしてもったいないなと。

千野　その冬支度という季語の面白いところでもあるし、難しいところでもあるの。冬支度は人間のひとつの行為なんですよね。その下に人間の別の行為を持ってくると、作者はこれを冬支度の一種として言っているのか、それとも二物の取り合わせとして言っているのかと、迷いがどうしても生じてしまう。そうすると、今度は「冬支度」という季語をどういうふうに使っているのか、結局、歳時記とかで冬支度がどういう使われ方をしているのかと、気になってしまいますね。ほかにどういう言葉を取り合わせているのだろうかとか。

長嶋　そうですね。

堀本　あの、僕の手元の歳時記を見たら、だいたいね、薪を割るとか、柿の皮を干すとか、なんかそういうまさに厳しい冬がやってくるという句が多い。

千野　じゃあやっぱり冬支度の一種として、なにかを提示している句が多いということね。

堀本　そうですね。

長嶋「水道管に電熱線巻く」とかなかった？

千野　豪雪地でやるやつね。

堀本　たとえば「**柿の皮干すも山家の冬用意　小峰恭子**」、「冬用意（ふゆようい）」というのは「冬支度」の傍題[*4]です。だから、これもそのまま行為をつなげていますよね。

千野　つまり「冬支度」というのは概念的で、あまり具体性はないので、なにか具体的なディテールを放り込んで、一種類を提示するという使い方がわりとポピュラーだということですね。それこそまったく違うたとえば、「**犯人とノートをそろえ冬支度**」だったらちょっとまずい。

藤野　はははは。

長嶋「**犯人とノートをそろえ冬支度**」、面白いね。

藤野　いいと思います。

長嶋「犯人がCampusだから俺もCampus〜」。

千野　冬の何に備えているのかわからない。

堀本　ぜんぜんわからないよ、それは。

長嶋　なるほど、「冬支度」という季語は取り合わせにならなくなるんじゃないけど。

千野　人間の行為を持ってくると、それが「冬支度」の一事例として提示されて見えちゃう。ある種、抽象性のある季語なのね。

堀本　もうひとつ言いましょうか、「**寮生の薪割つて冬支度かな　堤信彦**」。

米光　藤野さんがアホかというのは正しいんだよね。そんな厳しい冬みたいなのがいままで詠まれてきた中で、こうちょっとオシャレな。いまの我々の生きる姿として描かれてる。

長嶋　いま詠まれる俳句はこうだと。あまり薪割りはしないからね。

藤野　甘いですよね。

米光　そんな厳しい冬を迎えているんですか、藤野さん。

堀本　なんかでも冷たい水がすごい嫌な人なんじゃない。

＊4　傍題（ぼうだい）　歳時記では見出しになる季語（見出し季語）に傍題（別称や発展形）が併記される。例えば、「雪」の傍題に「雪景色」など。

いですか。冬になると、どんどん水が冷たくなるから。

長嶋　だからいまのうちに。

藤野　でもお湯で洗っているかもしれん。（場内笑）

米光　だんだんブックカバー洗う生活への憧れが減ってきたな。

長嶋　でも、さすが堀本さん、特選だけあって、ちゃんと頑張りますね。句会のディスカッションで大事なのは、特選は頑張る。

米光　長嶋さんが意外と頑張らない。

長嶋　僕さっきフィンランドの時、ぜんぜんしけてたね、特選なのに。

藤野　そうですよ。褒めてもらえると期待してたのに。せっかく受賞したのに意外と褒めてもらえてなかった文学賞の選評みたいで、じゃっかん遺憾です。

長嶋　そうだね。村上龍さんみたいなね（笑）。すいませんでした。だからいま堀本さんの歳時記を参照しての頑張りにはちょっと心打たれた。

堀本　歳時記を見ていると、やっぱりこの句の中七、下五は新しいところを狙っているんだなということが、伝わってきた。

長嶋　モダンなところをね。それもあまり奇をてらった新しいものではなく、なにげないところで。でも、そこがクウネル的に見えるところも。

千野　人によってはそこが許せない。

長嶋　俳句って豊かなものを詠む感じになっちゃうからね。

千野　ああ、それはどうしてもね。どうしてもそうなっちゃう。クウネル、クウネルって、実は客席にマガジンハウスの元社員もいるんですけど。

堀本　会場にも。

藤野　クウネル、大好きです。クウネル、ホントは好きです。

長嶋　いいよねー。

藤野　大好きでーす。

千野　作者、誰でしょう。

藤野　はい。

一同　ほーっ。（場内拍手）

千野　陛下。

長嶋　陛下。

米光　ぜんぶ開けたらぜんぶ藤野さん。

千野　ホントは30句出したんじゃない。

長嶋　すげえな。

堀本　三句も取ってますよ。

藤野　もう堀本さんを落としたなと思いましたね、私。

長嶋　僕も特選に取っているし。すごいなあ。このイベントの始まる前に、飛騨の新聞に告知の記事が載ったんだけど、藤野さんの写真だけデカいの。（場内笑）

千野　別枠なの。

長嶋　男連中4人丸囲みで、完全に内山田洋[*5]とクール・ファイブのクール・ファイブ側だったよね。藤野可織と東京マッハ。でも、今日、そうじゃん。

千野　見事にね。これは地元メディアが睨んだ通りにという感じですね。

＊5　内山田洋とクール・ファイブ　1967年結成の歌謡グループ（もとはバンドだった）。ただしリーダー内山田はリードヴォーカルではなくコーラス側。リードヴォーカルは前川清。

俳句の公開式句会「飛騨マッハ」
芥川賞作家らが作品を公開など

著名な小説家らが出演することもあって、俳句に馴染みのない若者にも人気という「公開式句会・東京マッハ」が、十月十二日昼一時半から高山市民文化会館で「飛騨マッハ」として開かれる。

イベントを運営する平岩壮悟さん（東京・24）が西之一色町出身で「高山の人に楽しみながら俳句に興味を持ってもらうとともに、他県からも来場者が来るので観光振興にも一役買えれば」との思いから開催を決めたという。

出演はレギュラーメンバーの文筆家・千野帽子、俳人・堀本裕樹、芥川賞作家・長嶋有、ゲーム作家・米光一成の皆さんと、ゲストとして芥川賞作家・藤野可織さん（上写真）も。

一般的な句会は作品を持ち寄り、作者を伏せた状態で参加者が評価・批評するものだが、東京マッハはこれを公開式にしたもので、当日は出演者五人が一人六点の作品を公開し、それを評価・批評しながら軽快なトークを繰り広げるという。

二千五百円のチケット（当日500円増）は同会館で販売中。

惜春会九月句会

曼珠沙華肩を寄せ合ひ墓参
山城のありし山の端小望月
竜渕に潜む水場の一円玉
ホテル八階虫の声の間無音
吾亦紅看取るもしばしと結
雨意濃くて踊中止の沙汰廻
だらだら坂の向ふ新町ねこ
鬼やんまふたりの前で水叩
秋彼岸果たせず仕舞の京ま
母と住みし窓広き家鵙の声
秋彼岸声よく透る子の読経
海を往く雲か秋日のうらお

飛騨の里で地元民話
市民グループが朗読など

昔ながらの風景の中で飛騨の民話を楽しんでも

「高山市民時報」に掲載された東京マッハ開催の告知記事（2014年9月24日号）。長嶋の記憶と異なり、男連中はその姿さえ載っていなかった。

藤野可織台風が吹き荒れ

長嶋 藤野可織台風が吹き荒れ。（椅子をチェンジして）この[*6]椅子、座り心地いいわあ。
米光 この椅子、いい椅子だね。
藤野 私の座らせていただいている椅子もレトロで可愛いなと思っているんです。
長嶋 さっきの椅子は悪いんじゃなくて。
藤野 あれはむっちゃいいんです。良すぎてね、喧嘩する気が起こらないんです。
千野 安心しきって。
米光 リラックスするにはさっきの椅子はベストだね。

マッハ勢の句が開く

千野 3点句がまだあります。21番。

21　フランス装のための刃物や鳳仙花
千野○　藤野○　堀本○

千野 やっぱり、これは僕の出した「国名」というお題。フランス装の本というのは皆さんご存知かもしれませんが、8ページごとに固まってますよね。ペーパーナイフで切りながら、開けていく。
長嶋 昔のフランスの本というか。
米光 諸説ある。フランスなの？　みたいな。
長嶋「♪フランスベッドのホームケア（歌って）」とか言うけど日本製じゃんみたいな。
米光 でも、あまり見ることないよね、日本でフランス装の本て。
千野 洋書の古本なんか買うと、途中まで切ってあったり。「ああ、ここで挫折したんだ」とか、あるいは「つまんない」と思って。
長嶋 読むのをやめたり。

千野　あるいは読者が殺されたかですね。

米光　それこそ泡坂妻夫[*7]さんの。

千野　こないだ（2014年）復刊したやつ。『生者と死者／酩探偵ヨギ ガンジーの透視術』（新潮文庫）。

米光　これはフランス装めいた装丁の本。

千野　泡坂さんのやつがすごいのは、切らないで読んでいくと、短いお話になる。だけど、切って読んでいくと、まったく違うミステリーになる。

長嶋　復刊したの？

千野　やっぱり赤字覚悟でないと作れない本で、めったに増刷しないから、僕はあれを切ったやつと切ってないやつと両方持ってる。

米光　2冊買った。マニア。

長嶋　これはつまりさ、「フランス装」という言葉が嬉しくて取っちゃっただけじゃないの。

千野　いやいやそんなことない。

堀本　簡単にまとめますね。

千野「刃物」というのはペーパーナイフですよ。で、僕はこれと「鳳仙花」の取り合わせにすごく文化を、カルチャーを感じました。鳳仙花はなんていうんですか、弾（はじ）けるんですね。

堀本　弾けますね。

千野　つかず離れずなので、人によってはつきすぎと言うかもしれないけれど、切ってなんぼの本と、弾けることによって種子を撒く植物。しかもどちらも乾いた印象ですね。乾いて弾けるので、そういう乾いた感じが夏の湿気が終わって冷えていく時期の感じにすごく合っている。シックな句だなと思ったんです。はい、藤野さん。

長嶋　藤野さんが他人を褒めるの、初めてだよ。

藤野　そうですね。今日初めて他人を褒めます。はい。

＊6　この椅子　飛騨高山は家具が特産。この日は地元の家具メーカー「飛騨産業」のさまざまな椅子が用意されていた。

＊7　泡坂妻夫（あわさか・つまお）　小説家（1933―2009）。家業の紋章上絵師の仕事をするかたわら推理小説を書き、1976年「DL2号機事件」で第一回幻影城新人賞に佳作入賞しデビューした。1990年『蔭桔梗』で直木賞受賞。

私も「フランス装」という言葉に惹かれて取ったんですよ。でも、それだけじゃないんですよ。「刃物」と「フランス装」と「鳳仙花」という三つのものが私はなんとなくいいなと思ったんですけど、千野さんのおっしゃる通り、鳳仙花の弾けることと、フランス装のページをペーパーナイフみたいなやつですかね、それで切るということのイメージがいい意味でオーバーラップするというか、近くていいなと思いました。近くてあかんなと思うこともあるんですけど、これは近くていいなと思いました。で、その鳳仙花の赤い感じとそれから刃物にまつわる赤いものを連想する感じもいいなと思いました。

長嶋　そうか。

藤野　これを読んでいたら、鳳仙花の花のような細かな細工をされたキレイな刃物なんやろなと思って、ええなと。

長嶋　この刃物もいいものだろうと。そこまでね。果物ナイフじゃないぞと。

藤野　そうそうそう。「フランス装のための刃物」ですよ。そんな果物切ったベタベタしたやつじゃなくて。

長嶋　そうですね。ペーパーナイフって散々言っているのにね。

藤野　長嶋さんはもしかしたら果物ナイフで切らはるのかもしれない。

長嶋　オルファカッター。

藤野　ええやつじゃないですか。

長嶋　刃のないほうで。ふつうにカッターで「ＦＬＡＳＨ」[*8]の袋とじとか開けると失敗するの。（場内笑）

藤野　ああ、そうですね。

米光　げたげたっと。

長嶋　途中で横に行ってしまうんですよ。ぜんぜんフランス装じゃないけど。

藤野　そうですね。

長嶋　うち毎週光文社から「ＦＬＡＳＨ」が届くんですよ。ひょんなことから。まあいいや。それでだから袋とじの開け方には一家言ありまして、クレジットカード的なものが一番いいですね。

一同　ああー。

長嶋　堀本さんが点入れてるのもやっぱり「ＦＬＡＳＨ」が毎週届くから？（場内笑）

堀本　いやいやそうじゃなくて、僕はなにか上品な一句だと思ったんですよね。で、千野さんがおっしゃったように「鳳仙花」、これは中七の「や」でここで切れて、「鳳仙花」は植物の秋の季語だけれども、この取り合わせも上品さが滲み出ていますね。上五が字余りの句なんですよね。

千野　七七五。

長嶋　「フランス装の」が七。

堀本　うん。だから二音余るわけですよね。

長嶋　そうですね。「ための刃物や」は七で、「鳳仙花」は五だけども。

堀本　それが読んでいるとあまり気にならないリズムで読めてしまうと。そこがこの句のリズムの良さ、字余りだけれども、それを調べの心地よさにつなげているうまさがあって。そういうところにも惹かれましたし、あと鳳仙花って原産地は東南アジアなんですよね。だから、「フランス装のための刃物」をイメージしていると、なんかその背景にちょっとベトナムとか、そういう国が見えてきたんですよね。もわっとしたベトナムの熱気というか。

藤野　フランス領みたいな。

堀本　僕はそういう雰囲気も感じましたね。

千野　言われるとちょっとコロニアルな感じがあるかもしれない。

長嶋　これは「ふ」「は」「ほ」でね、フランスの「ふ」と刃物の「は」と鳳仙花の「ほ」で、ハ行を揃えているのも面白い。

千野　なるほどね。

堀本　それがまたこの句の持つ柔らかさにつながって

＊8　ＦＬＡＳＨ　光文社刊行の週刊誌。ゴシップ記事のほか、袋とじのグラビア、ヌードページがある。

いますよね。

千野　たしかにかっちり五七五でないところの、といって、つっかかるようなリズムでもなく、いい具合の、滑らかな字余りになってますね。

堀本　そうですね。

長嶋　米光さんはなぜ取らなかった？

米光　うーん。いい句だとは思うんですが、五七五のほうがいいような気が、シャープなイメージを受けたのに、「のための」っていうところで逆にもたもたした「フランス装」「刃物」「鳳仙花」でシャッキっとしたのができそうな気がすごくしちゃったので。

長嶋　作者はどっちでしょうね。これは予想してもらいましょうか。客席にね。米光さんだと思う人？

藤野　お、少ない。

千野　長嶋有だと思う人？

藤野　はい、私挙げちゃった。

長嶋　はい。ありがとうございます。（場内拍手）やっとね、バックバンドが。

千野　やっとマッハ陣が出た。

長嶋　でも、つまり、男性4人束になってかかっても、3点が最高点で。

米光　なんで束になってるの。束になったつもりはない。（場内笑）

千野VS米光

千野　割れているやつがありますね。9番。

9　耳聡き夜学教師の見る廊下　　米光◎　千野×

千野　こっちを先に開けてみようかなと思います。米光さん、特選。

長嶋　で、千野さんが×。なるほど。ときどきこのイベント、米光さんと千野さんが2人で対決する時あるよね。

千野 多いかもしれない。

長嶋 こっち3人で別のことをし始める。

千野 僕がいいと言って米光さんがダメだろうって言って。

米光 ぼくのほうがいいでしょう。

藤野 始まった始まった。

千野 俺の逆選はダメなのが逆選かどうか、まだわからないよ。

米光 ああ、そうね。この句はまずかっこいい。ぼくかっこいい句がとくに好き。ぜんぜんいまなんの説得にもなってないか。

長嶋 まだちょっとさあ、かっこよさがわからないよ。

米光 なにも言わなくてもかっこいいと言えば、みんな共感してくれると思っていたから。

長嶋 そうお?

藤野 いや、私もあんまり。

千野 まず「夜学」というのが実は季語なんだよね。

──へぇ〜。

米光 ああ、そうなんだ。

長嶋 会場の反応がいいですね。

藤野 ねえ。

千野 今日、バラエティ番組や情報番組の編集時に入れる「えーっ」みたいなのが入ってるよね。

堀本 「夜長」も秋の季語ですね。「灯火親しむ」という季語もありますけど、仕事しやすい季節ですよね。勉強は年中しますけど、秋は一番しやすい季節だということかもしれない。

長嶋 夏、さぼったということだよね。

堀本 はっはっは。そうとも言えますけどね。

米光 夜学ぶとかならまだわかるけど。「夜学」ってずっとあるじゃん。

千野 秋は「夜業」という季語もあるよね。夜、作業していること。不思議なものが季語だったりする。

米光 秋は夜が長い感じ。

堀本 夜長だから、その分勉学に静かに費やせるという。

米光　ぼくはかっこいいなと思ったのと、「耳聡き」で、耳、音みたいなところが来て、そのあとに「見る」という視覚的なものも来て、「廊下」という空間をすごく感じさせるものが来て、「夜学」で。光もこう照っているだろうとか、夜のいろいろな体験がこの中に入っていて、空間とか音とか視覚とかあらゆる感覚を総動員して、ぽんと情景が手渡される。すごい刺激的な句だなと思って選びました。全員が選んでいるくらいの感覚で、これって思って。

千野　そしたら全員が選んだのと違ったと。

米光　しかも千野さんは×だし。

千野　題材の取り合わせとして、言われたらたしかにかっこいいなといま聞いてて思えてきたんですけど、この句を発話している人が夜学教師であるふうにはちょっと取りづらい。やはりどうしても夜学教師という登場人物がいると。その三人称の夜学教師が見ている。小説的というか、物語的な捉え方で、さっきの犯人のノートが物語的というのとは違って、こっちの夜学教師が廊下を見ているというのは、視点人物の内面に入り込んでいるところが小説っぽい、あるいはマンガっぽいと思うんです。小説だったら当然ＯＫだし、絵柄としてもかっこいいんだけれども、俳句だと僕はちょっと、あくまでも僕の好みなんだけど、「作っちゃった」感というか。嘘はいいんだけど、嘘くさいなと。貧乏はいいけど、貧乏くさいのはダメ、という感じで。

長嶋　山田詠美さんの言葉だ。

米光　「夜学教師」というのがべつに個人の夜学教師ではなく、夜学教師的な存在っていうか、そういうタイプの人が見る。

千野　そういうタイプってなんだ。

米光　タイプって別に性格が夜学教師っていうわけじゃなくて、夜学教師な存在が廊下にいて、必然的に情景が夜の学校で、情報を聞きつけるのが早くて、っていうことが相互に影響して景を定めていく、夜学教師的ななにかの強さ。

長嶋 ちょっと（と2人に）どっちを応援しようか。

藤野 えーっ。

堀本 どっちを応援しますかね。

千野 どうでもいいと思ってるんだよどうせ。早く飛騨牛食いに行こうぜって。

長嶋 とくに藤野さんにしてみりゃね。終わった。撤収ムード。

藤野 正直、牛のことしか考えてない。

長嶋 「夜学教師的ななにか」っていったい？

米光 牛の見た世界と人の見た世界は違うわけじゃないですか。

千野 君まで飛騨牛のことを考えている。

米光 いやいや。いろんな人が見る世界はいろいろ違っていて、夜学教師ならではの世界を手渡してくれている気はするんですよね。

千野 でもその摑み方自体がずいぶん概念的というか。

長嶋 そうだ。そうか。

千野 同じ特徴を僕らはいいとか悪いとか言っている。

長嶋 女王が発言されます。

藤野 私、「夜学教師」じゃなくて、「耳聡き夜学」で一回切れて、「教師の見る廊下」かと思っていたんですよ

長嶋 はー。

千野 夜学が耳聡いとは？

藤野 そこが意味わからんなと思って。でも、わかるような気もするんですよね。なんかこう豊聡耳皇子[*9]な、よく聞こえていて賢い的なものと、そういう夜学で人が耳聡く学んでいる中で、なぜか一人ぽつんと廊下にいる教師みたいな。こっちが教室でこっちが廊下みたいな感じかなと思ったんですけど。

千野 だから、どうしてもその「三人称の登場人物の内面に入っている」感じがちょっと。

長嶋 もうちょっと要素が少ない方がいいような気も

＊9　豊聡耳皇子（とよとみみおうじ）　聖徳太子の幼名。厩戸豊聡耳（うまやどのとよとみみ）皇子のこと。

します。「耳聡き」は辞書的な意味が二つあるような気がする。なんつーの、人の話をよく聞く聡明な人みたいな意味と、噂話の地獄耳的な事情通的な「耳聡き」とで、残りの言葉でどちらかの意味にこの句が絞らせてくれないと、辞書のどっちの意味かっていうのは判明しないままで。事情通だとするとさあ、なんかやじゃん。

千野　生徒の誰と誰が付き合ってるとかさ。

長嶋　そうそう。なに見ているんだみたいなことじゃん。でも、だから、そういうふうに取らないべきなんだろうけど。ここの「耳聡き」は賢い人であるというふうに取るべきなんだろうけどね。

藤野　勉強頑張っている人というイメージだったんですけど。

堀本　僕が取らなかったのは、夜間中学校を舞台にした「学校」という映画があったじゃないですか。

長嶋　山田洋次の。

堀本　ちょっと西田敏行が浮かんできたんですよね。教師役の。

長嶋　そうそうそう。あのね、あの西田敏行がひどいんですよ。田中邦衛に対して。

堀本　そういうなんか余計な映像が重なってきて、選べなかったかな。

千野　たしかに有名な夜学教師の話ですね。

長嶋　「耳聡き」と言っちゃうと、なんかキャッチフレーズじゃないけどさ、なんかその先生の、キャラクターの説明っぽさが、俳句のようなテンポのいいこういう場所に落とし込んだ時に、フレーズ感が増しちゃってさあ。「耳聡き」という言葉がするっと普通に受け取められないという気もするんだよね。

千野　作者はどなたでしょう。

堀本　はい。裕樹でした。

千野　なるほど、割れましたね。ちなみに、これ藤野可織さんが出してくれたお題に答えている句ですね。

堀本　なんの題でしょうか。

藤野　言っていいんですか。「耳」です。

長嶋　つまり、この中に耳の句が6句ある。

堀本　たくさんありますよね。

千野　お題にも二つあって、一つはこのように字を入れてくださいというお題（詠みこみ）と、さっきの僕みたいに国名縛りで特定の題材を使ってくださいというパターン（縛り）と。

長嶋　あとふつうに季語を題にする場合も多いです。

千野　僕らは基本的に季語があってもなくてもいいんですけど。季語を入れること自体、季節縛りをやっているというふうに考えればいいと思います。

長嶋　さすがにここでね、真夏の句を詠んでいる人いませんもんね。

観客とのやりとり

千野　地元の方で、これどう、いじってもらえませんか、みたいなのはないですか。

長嶋　あとついでに明日のランチ、おいしい店があったら教えてほしい。（場内笑）

千野　手が挙がってます！

——16番お願いします。

16　吸殻のしばらく浮かぶ桃の汁　　　　藤野〇

こういう人大嫌いだけど、俳句ならいい

長嶋　これ僕わからなかったなあ。

——私は食べ物と煙草というのは、けっこうバッティングしてしまったので、これを取った方の意見を。

長嶋　女王です。

藤野　はい、私が取りました。

長嶋　ではちょっと聞いてみましょう。

藤野　はい。これはたぶん桃缶が置いてあって、食べた後の汁が溜まっているじゃないですか。で、灰皿代わりに。

――あー。

藤野　煙草をじゅっと消してそのまま置いておいたんだと思うんですね。私、そういうことをやるやつ大嫌いなんですよ。（場内笑）

藤野　その桃の汁、誰かが飲むかもしれないし。

米光　無神経な感じ。

藤野　そういう雑な行動を取る人は実際は嫌いなんですけど、本の中で出てきたり、俳句の中で描かれるのは好きなんです。で、これたぶん吸殻しばらく浮かんでいて、それで沈むじゃないですか。知らんやつ飲もうとするやろな。

長嶋　まあね。これ、缶詰って思い浮かばなかったな。でも、言われてみると、「桃の汁」で缶詰を思ってもよかったんだ。

米光　昔、親戚集まると、おっちゃんこういうことやっていたわ。情景は思い浮かぶ。ぼくはやはり嫌いで、それで取れなかった。いま「嫌いだけど、詠まれるのはいい」というのを聞いて、ちょっと反省しました。

長嶋　そっちの方がかっこいい人みたいだよね。

藤野　おっ。

米光　その方がぜんぜんいいよね。

千野　俳句にしては珍しく時間の経過を入れていて、俳句で時間の経過を入れると緩くなっちゃうんだけど、この句はそんなに緩くない。

米光　うん。景色っぽく捉えられるから。

長嶋　「しばらく」という言葉がいるかなあ。うーん。それでもなお、写真のシャッター速度で、もっと早く、時間の経過がないほうがいいような気もするんだけど。

米光　ちょっと「桃の汁」感も出ている気がするな。

千野　「桃の汁」はある種の、なんていうの、厚みが。

長嶋　とろっとしている。そうか。そんなやさぐれたハードボイルドさがあるわけね。

千野　はい。作者誰でしょう。

堀本　はい。裕樹でした。まさに僕は和歌山の田舎生まれなので、そういうおっちゃん的な感じがね。
藤野　雑なおっちゃんが。
堀本　いますよね、たまに。

この人は反省していない

豊﨑由美（客席から）×二つもやってください。7番。

7　へこむのは明日にしよう夕月夜　　米光×　藤野×

長嶋　はい、じゃあ、最後フルボッコで。
藤野　フルボッコで。お前はなにを言っているのかと。
長嶋　お前はなにを言っているのか。
藤野　お前はなにを言っているんだ、まず思いましたよ。
米光　ねえ。これは無理だね。
千野　これはフロアはお目が高いですね、これと17番「秋の物好きたちの句会が始まるよ」が逆選のツートップ。
堀本　あー。17番は僕も逆選だ。
藤野　これはみんな「お前はなにを言っているんだ」と思う句ですね。
千野　そんなだからお前はへこむような目に遭うんだよ。ちゃんと受けとめろと。
米光　というか、明日にできたらするけど、できないもんね。だからあまりへこんだことのない人だと思う。へこんだ人はこんなこと言えない。
藤野　ポーズですよ。
米光　そうそう。ポーズね。いるいる。
藤野「へこむわあ」とか言って。
米光　明日にして頑張ろうって。へこんでないぜ。
藤野　ちょっとおいしいぐらいの。
長嶋「夕月夜」もなあ。なんかキレイなのよ。

米光　そうだね。まだ余裕がある。

千野　ちょっと絵手紙チックだよね。

長嶋「へこむ」という言葉も。「明日にしよう」もなあ。ぜんぶダメ。

藤野　なんか嫌ですよね。

長嶋　なになにを明日にするがまず嫌なんじゃないかな。

米光　でも、明日にできるようなことだったらいいよ。

藤野　そうです。

長嶋　いや、実際には明日にするんだよ、いろいろなことを。

藤野　でも、明日忘れてますよ、この人。

長嶋　そうだね。こういう人はね。

堀本　いやでも、優しいつぶやきですよ、これ。

米光　優しいの、これ。

藤野　え?

米光　へこんでいる人を前にして、「へこむのは明日にしよう」と。

藤野　ああ、自分で言っているんじゃなくて、へこんでいる友だちに明日にしたらええんや、と。

堀本　会話調でね、相手に向かって語りかけている感じもある。

藤野　でも、それやったらね、明日にしたらええやんって言って、でももう夕月夜なんでしょ。明日すぐですよ。(場内笑)

長嶋　もう夕暮れだもんね。

堀本　秋は夜長ですから。時間ありますから。

千野　明日っていうのは、24時で明日って考えると、えらい近い。

藤野　そうなんですよ。私は24時。

米光　あと2時間くらいで。

長嶋　フリーで仕事しているとな。「今日中に原稿ください」と言われると、23時59分だと思うよね。

藤野　思います。でももっと言えば、翌朝、編集者さん来はるまでかなと思います。

長嶋　ただ、これをいま堀本さんも庇いましたけど、観客席の並選、特選もけっこう入っているんですよ。だからなにかフレーズとして、励まされる人ももちろんいるだろうなという気はする。

千野　ただ俳句をやっているとどうしても擦れてきちゃって、こういう素朴な感じのやつは不利だよね。どうしても。

長嶋　なんか、フレーズっぽすぎるのかな。

千野　これきっとね、病院の待合室とかに。

長嶋　それで絵手紙って言ったの?

千野　そうそうそう。ちょっと励ましてくれる。

藤野　なんかこう、みつををみたいな感じ。

長嶋　ああ、「へこむのは明日にしよう　みつを」ならいいよ。

千野　「みつを」が季語?

長嶋　いやもうもう、そうしたら文句言えない。

堀本　「夕みつを」。(場内爆笑)

千野　時間帯があるの?　指定で「朝みつを」「昼みつを」……。

堀本　そう、みつををタイム。

米光　「夕みつを」、いいね。

千野　時間帯があるというのも珍しいし、それが季語というのも。

長嶋　そうですね。

千野　ちょっと、だから、あれだ、標語チックな感じはあるよね。

長嶋　そうだね。

千野　標語っぽくするんだったら、「へこむのは」ですこしスペースをとって、「明日にしよう」でまたスペースをとるとますます標語っぽくなる。

藤野　「夕みつを」はなかなかいい。

米光　「夕みつを」にしましょう。

長嶋　はい。作者は。

千野　作者は俺です。

長嶋　いろんなタイプの句を作るね。

藤野　ねえ。

千野　いろいろやりますね。かつての自分が唾棄しそうなことを敢えてやってみたい。そういう年頃なんです。

長嶋　でも、そういうふうにチャレンジするのもありですね。

千野　ここだと本当にいろんな意見を聞けるから、なんか一句一句変えたいというのはすごくある。

長嶋　だから句会というのはそういうふうにトライをする場というか、ヘンテコな挑戦とかね。

千野　あえてすごいトラッドな句を作ってみるとか、いろいろできる。10句もあればほんとにいろいろなことができるので、「いつもの俺」みたいなやつから「こんな俺もあるんだぜ」までいろいろできる。

堀本　バリエーションですね。

千野　ほんというと、少人数の句会のいいところは1人がたくさん出せるということ。

長嶋　あとそうか、句会やっているといかにも米光さんっぽい句だなとか、匿名でもだんだん同じメンツでやっていると、だんだん傾向がね、わかってきちゃうから。

千野　今度はその裏をかく。

米光　わかったと思ったら違ったとか。

長嶋　とかね。俳句じゃなくて句会を勧めるというのはそういう楽しみ方も含めてですよね。

千野　そうです。句会のやり方は後ろで売っている『俳句いきなり入門』で書いていますので。

長嶋　いや、堀本さんも『十七音の海』（後に『俳句の図書室』と改題、文庫化）とか千野さんも、俳句の入門書を出していますけども、とりあえずさしあたって始めるなら、お2人の本がね、いいよね。

藤野　そうですね。面白いですよね。

堀本　ありがとうございます。

千野　で、句集を読むなら、『春のお辞儀』（長嶋有著）。

長嶋　そうですね。名言を読むなら『男の鳥肌名言集』（米光一成著）。

米光　ありがとうございます。

千野　はい。今日、最後にまだ開いてない句がたくさんあるんですけれども、米光さん開いてないじゃん。

米光 あら、開いてないねえ。やけ酒だわ。やけ牛とか。

長嶋 牛肉今日食えると思ってんの？

藤野 今日は私がぜんぶ食べます。

千野 今日は陛下に牛肉を捧げる日だね。

長嶋 点数×１００グラムだよ。

米光 ええーなにその新ルール！

千野 絶対値でいこうよ。だったら俺もそこそこ食える。

長嶋 後で話そう。そのことはあとで。

堀本 米光さんまじでへこんでます。

長嶋 肉が食えなくてずいぶん元気が。

米光 今日、へこむ。

藤野 私のお肉を恵んであげます。

米光 やった。

長嶋 今日はまさに女王陛下のマッハでしたね。

堀本 ほんとですね。

この回の藤野可織が史上初のゲスト単独トップとなり、句会の副題「0012女王陛下の東京マッハ」にかけて長嶋が漫画家・オカヤイヅミに王冠を発注した。vol.13「神楽坂新春スタア俳句ショー」@神楽坂la kagū（2015年1月12日　ゲスト＝衿沢世衣子）の冒頭に、藤野は王冠を被った女王ルックで動画出演した。

vol.12「0012 女王陛下の飛騨マッハ」

No	選	句	作者	選
1		マッハが行くよ台風は一過二過	長嶋有	
2		肋骨に沿うて秋思の去りにけり	堀本裕樹	千〇 藤〇
3		なにこの本？なにこの檸檬？色は許す	千野帽子	
4		念写した耳の形や秋の雲	米光一成	堀〇
5	♛	フィンランドの切手つるつる冷まじき	藤野可織	長◎千〇米〇堀〇
6		寝かさずにスプレー缶や秋の虹	長嶋有	千〇 米〇
7		へこむのは明日にしよう夕月夜	千野帽子	米× 藤×
8		かまきりはきらい小顔がとれそうで	藤野可織	堀〇
9		耳聡き夜学教師の見る廊下	堀本裕樹	米◎ 千×
10		月蝕やベトナムコーヒーの甘さ	米光一成	藤〇
11		冬支度ブックカバーを手洗いす	藤野可織	堀◎ 米〇
12		台風がそれず僕らはここまで来た	千野帽子	
13		すがすがし飛騨の蜻蛉に追ひ抜かれ	堀本裕樹	長〇
14		長き夜や耳それなりにアシンメトリー	藤野可織	千〇 堀〇
15		ひのきのぼう拾って寂し秋の道	米光一成	長〇

No.		句	作者	評
16		吸殻のしばらく浮かぶ桃の汁	堀本裕樹	藤◯
17		秋の物好きたちの句会が始まるよ	長嶋有	堀×
18		香港へ傘を掲げよ鳥渡る	米光一成	千◯
19		（触れればある）耳は秋思の邪魔をせず	長嶋有	米◯
20		犯人とノートおそろい夕花野	藤野可織	千◎ 長◯ 堀◯
21		フランス装のための刃物や鳳仙花	長嶋有	千◯ 藤◯ 堀◯
22		足の爪やすりゆっくり居待ち月	米光一成	長◯
23		佐村河内守の耳や穴まどい	長嶋有	
24		ゆかりなき把手の数や秋の暮	堀本裕樹	藤◯ 長◯
25		令嬢に耳か茸か生えている	千野帽子	藤◎
26	♛客	その裏に無音ひろがる虫の闇	堀本裕樹	長◯
27		意思なくて秋思黄色な印度カリー	千野帽子	
28		台風で書店に変な虫のいる	藤野可織	米◯ 長×
29		夜の鍋かぶって嬉しこどもらと	米光一成	藤◯
30		長月の海全力のうねりかな	千野帽子	米◯

♛は壇上トップ、♛客は客席トップの句。

vol.14「そして夏そして浅草男祭」

@浅草東洋館（2015年6月7日）

ゲスト＝穂村弘

発足4周年、14回目にして初の男性ゲスト、そしていまのところ唯一の歌人ゲストを迎えた。浅草の演芸場での開催だったこともあり、東京マッハの演芸っぽさが強く出た、かどうかは客席から見ていないので不明。

面倒くさいベクトルが5つ

千野　14回目ということで、今回は浅草東洋館という歴史ある会場で東京マッハをやらせていただくことになりました。入ってきたらいきなりたけしさんと井上ひさしさんの写真がありまして、ほんとにえらいところに来てしまいました。お腹が減ってらっしゃる方は、召し上がりながら、見てください。3時間弱けっこう長丁場ですので。今週で東京マッハ4周年になります。（拍手）ありがとうございます。ここまで続けられたのもみなさんのおかげです。ではいつもの愉快な仲間たちをご紹介したいと思います。米光一成、長嶋有、堀本裕樹。そしてこちらマッハ5人目枠の初の男子ゲストをご紹介します。歌人の穂村弘さんです。選曲は有さんにやっていただきました。

長嶋　初の男だけマッハということで、出囃子に「トラック野郎」[*1]を。いま出方よかったね、堀本さん。

堀本　ちょっと考えました。

千野　和歌山県人の感じが出ていてよかったです。

長嶋　ほんとは今日、入り口でも売っていた『芸人と俳人』の教授の格好で来てほしかったんだけどね。

堀本　いやいやいや。

米光　（本の表紙を見せて）これかっこいいよね。

堀本　ありがとうございます。貸衣装なんですよ。

長嶋　この機会にさ、トレードマークみたいになるから、一通り揃えたほうがいいな。

堀本　なかなか売ってなさそうじゃない。

『芸人と俳人』又吉直樹、堀本裕樹（集英社）。
現在、同社より文庫化されている。

千野　撮影の時、買い取ればよかったのに。
堀本　いい物なんですよ。
米光　もう印税で。重版するらしいですから。
長嶋　買える買える。
千野　もうぜんぜん買える。
堀本　なんだか嫌な言い方されている。そんなに印税ないですよ。
千野　ほんと嫌な言い方だよね。
堀本　ほんとうにもう……。
千野　ええと、恒例の乾杯から入ろうと思います。で、ここは神聖な師匠方の舞台なので、乾杯してもいいんですかと聞いたら、こぼさなければいいですと言われました。僕と長嶋さんは一回ずつこぼした過去があるので、ちょっと慎重に。
長嶋　穂村さん、まだちゃんと喋ってないんだけど。
穂村弘　穂村弘です。（場内歓声）
千野　乾杯からいきましょうか。では皆さん、お手元に飲み物、あるいはエア飲み物を用意して、それでは乾杯！
一同　かんぱーい。
米光　場所がいいねえ。
千野　今日は天気もよくて、でも暑すぎないくらいの感じで最高ですね。
米光　浅草来ただけでちょっと上がるもんね。ちょっと行ったところに「捕鯨船」という、「浅草キッド」[*2]の歌詞に出てくるお店があって。煮込みしかないくじら屋。
長嶋　マイク持っていいですよ。つねに持って、あの、入ろうよ（穂村に）。
米光　やる気ないの、やる気。
長嶋　あ、いちいち振らないから、喋ってくださいって。
穂村　短歌でもね、公開歌会ってあるんだけど、こんなふうに盛り上がらないのね。（場内笑）

＊1　「トラック野郎」　この時実際にかけたのは映画の主題歌「一番星ブルース」。「トラック野郎」主演の菅原文太（すがわらぶんた）、愛川欽也（あいかわきんや）による歌唱。
＊2　「浅草キッド」（１９８６）　ビートたけし作詞・作曲・歌唱。

千野　どんなテンションなの？

長嶋　入場曲はなんなの？（場内笑）

穂村　東京マッハにそれを学んで帰ろうと思ったけど、なんかもう、わかった感じがする（笑）。違いがわかった。

長嶋　公開歌会はもっと粛々とやる感じですかね。

穂村　もっとね、みんな、メモとかとる。

米光　とってる、とってるよ。

千野　歌会ではツイートするの？

穂村　ツイートＯＫなんだ。

千野　そうダダ漏れなの。

米光　＃東京マッハで。

穂村　短歌の会だとね、だいたいマイク、２人か３人に１本しかないから。

長嶋　あ、そうか、基本５本あるのが珍しいんだ。人数分あるというのが。

穂村　全員が握ってこの体制でやるというのが、初めて。

長嶋　むしろ、恥ずかしい。

米光　ガツガツしすぎ。

長嶋　俺のマイクはないの、みたいなことでしょ。だからセンターに置いたでしょ。（場内笑）

穂村　いつもの東京マッハだとさあ、いろいろな方向にちょっとずつ面倒くさい男性が４人いて、真ん中に紅一点のゲストがずばんといるという、それが見ていてなんか面白いなあと思ってたから、今日は僕すごく心配で。さらに面倒くさいベクトルが一個増えるだけで（笑）、全体が相殺されてしまうんじゃないか。

長嶋　いや、堀本さんは別に面倒くさくはないですよ。……だんだん感化されてきた感じはあるが（笑）。

堀本　いい感化を受けていますよ。

長嶋　堀本さんはご意見番というかなんというか、冷静な、一服の清涼剤だったんですよ。これが気付いたらねえ、あんな白い服を着て（『芸人と俳人』表紙を指して）。

千野　誰よりもすごいことになっている。これ恥ずかしかった？

堀本　恥ずかしかったですよ。一回着て、これヤクザに見えないかって、みんなに聞いてまわって、又吉さんが「堀木さん、大丈夫ですよ」と言ってくれてホッとした。

米光　ちょっと見えるけどね。

長嶋　またこの本の話もおいおい。東京マッハは句会イベントということで。

千野　いまから各自の点数をつけた句を発表していきます。

長嶋　会場のみなさんと同じようにわれわれも楽屋で点数をつけた。

千野　今日はたぶん開場して10分、20分くらい経ってから選句を始めたので、みなさんよりもこの清記を見るのは遅かったと思います。

米光　あわあわと。選句しながらそういういろいろなことをし(笑)。

千野　そうなんです。東京マッハ14回やっているんですけど、うち7回は彼が。

米光　運営の平岩(壮悟)くんが、場所とかね。いろいろセッティングとか。最近、東京マッハの場所が面白いのはそのせい。

千野　もうね、半分、50パーセント、7回は彼がやってくれているので、彼のイベントみたいなものです。

長嶋　間(ギャラを)抜かれているんじゃないかな。

平岩壮悟　抜いてないです。

堀本　彼は抜かないです。

千野「彼は」って、僕はいま堀本さんが抜いているのかと思った。

長嶋　俺が抜いているんだよ、はっは、みたいな。

vol.14「そして夏そして浅草男祭」

No	選		作者
1		子供から暗号もらう青嵐	
2		短夜をわれらカピバラ輾転す	
3		朱色ではない印影や梅雨の闇	
4		白靴や渥美清がゐた六区	
5		噴水の鍵噴水に濡れてゐる	
6		まっすぐに人は立てない桜桃忌	
7		リンカーン・コンチネンタル夏至の夜を右折	
8		熱帯夜りすぢゃなかつたぐりとぐら	
9		風紋のごとく守宮のくねりゆく	
10		ソーダ水クラスのみんなには内緒	
11		飼ひ猫に赤紙届く夏の朝	
12		マーガレットやっと逢えたと二回言う	
13		逃げさうな豆より摘む豆ごはん	
14		遠雷や怒った猫に追い抜かれ	
15		箱のようバターココナツ梅雨の晴	

一旦ストップ！　次のページから披講が始まります。
ページをめくる前に必ず選句をしましょう！！

番号		句	
16		江戸切子また平成の女の子	
17		ジョバンニの味する夜の氷菓かな	
18		茅花流しまだ骨組みの海の家	
19		青嵐まっすぐ立って広瀬すず	
20		３Ｄメガネ右目が青や夏の君	
21		母のいてハンカチ振って呼ばれけり	
22		炎天や自慰のおかずに選ぶ死者	
23		火取虫火屑となりて落ちにけり	
24		速そうだ苦そうだテントウムシダマシ	
25		緑さす小鳥も小鳥指ゆびも	
26		虹が出るまで待っててね・ｃｏｍ	
27		雲の峰ぽえむぱろうるよみがへる	
28		人妻の下着盗んで捨てる滝	
29		手提げ金庫の把手小さく入梅す	
30		新緑は夜こそ美貌すみだ川	

みなさんも特選（ベスト１）１句に◎、並選（好きな句）６句に○、逆選（文句をつけてやりたい句）１句に×。「選」欄にご記入ください。

披講はじまり

長嶋　選句[*3]しよ。

千野　はい。では僕から行きます。みなさんは、誰がなにに点をつけたかを記録していただけるといいですね。

長嶋　東京マッハ常連の人はここで書き込むから、バインダーみたいなのを持ってきているんだよね。下敷きっぽいの。でも膝の上で、書くの大変。事前に言っておけばよかった。ま、各自なんとかしてください。

千野帽子選

並選

4　白靴や渥美清（あつみきよし）がゐた六区
11　飼ひ猫に赤紙届く夏の朝
17　ジョバンニの味する夜の氷菓かな
25　緑さす小鳥も小鳥指すゆびも
27　雲の峰ぽえむぱろうるよみがへる
29　手提げ金庫の把手小さく入梅（にゅうばい）す

特選

5　噴水の鍵噴水に濡れてゐる

逆選

10　ソーダ水クラスのみんなには内緒

米光一成選

並選

3　朱色ではない印影や梅雨の闇
4　白靴や渥美清がゐた六区
5　噴水の鍵噴水に濡れてゐる
9　風紋のごとく守宮（いもり）のくねりゆく
18　茅花（つばな）流しまだ骨組の海の家
24　速そうだ苦そうだテントウムシダマシ

特選

7　リンカーン・コンチネンタル夏至の夜を右折

逆選

11　飼ひ猫に赤紙届く夏の朝

千野　あいかわらずここ（千野と米光）は評価割れるんだよね。

米光　そうね。

堀本　喧嘩ですね。

穂村弘選

千野　はい。じゃ、穂村さん、お願いします。

長嶋　ひらがなの「ほ」とかですかね。

穂村　じゃ、「ほ」で。穂村弘選。

並選

7　リンカーン・コンチネンタル夏至の夜を右折
10　ソーダ水クラスのみんなには内緒
16　江戸切子また平成の女の子
20　3Dメガネ右目が青や夏の君
24　速そうだ苦そうだテントウムシダマシ
29　手提げ金庫の把手小さく入梅す

特選

28　人妻の下着盗んで捨てる滝

逆選

3　朱色ではない印影や梅雨の闇

千野　喧嘩ですね。

長嶋　特選でざわつきましたね。

長嶋有選

並選

10　ソーダ水クラスのみんなには内緒
13　逃げさうな豆より摘む豆ごはん
14　遠雷や怒った猫に追い抜かれ
16　江戸切子また平成の女の子
18　茅花流しまだ骨組の海の家
25　緑さす小鳥も小鳥指すゆびも

特選

＊3　113頁注＊4参照。

5　噴水の鍵噴水に濡れてゐる

逆選

28　人妻の下着盗んで捨てる滝

千野　おお、5番抜けましたね。

長嶋　抜けましたねえ。

千野　そして割れましたねえ。今日、あちこちで割れているね。

堀本裕樹選

並選

1　子供から暗号もらう青嵐（あおあらし）

5　噴水の鍵噴水に濡れてゐる

14　遠雷や怒った猫に追い抜かれ

20　3Dメガネ右目が青や夏の君

28　人妻の下着盗んで捨てる滝

29　手提げ金庫の把手小さく入梅す

特選

3　朱色ではない印影や梅雨の闇

逆選

24　速そうだ苦そうだテントウムシダマシ

長嶋　いい声。もう14回もやっているのにね。僕いつも堀本さんと席が近いからね。

千野　マイク通さない声で聞こえるからね。毎回、このくだりがある。

長嶋　毎回眠たい声が四つ続いたあと、そうなる。

千野　おいおい一句。作者わかってしまったよ。

長嶋　ちょっと平岩君、王冠の用意を。

千野　割れてるなあ。

長嶋　面白いくらいに割れましたね。

千野　逆選が全部割れてるんだね。

長嶋　割れて、投げ銭が入って、バトルの形になっている。

穂村　面白い。

作者が割れる

千野　じゃ、まず5番ですね。

5　噴水の鍵噴水に濡れてゐる

千野◎　**長嶋**◎　**米光**○　**堀本**○

千野　穂村さんおめでとうございます。

長嶋　ああ、王冠が来ました。前回から王のために王冠が設けられまして、シャッターチャンスじゃないですか。これは藤野可織さんが王になった時[*4]から生まれたものなんですよ。

（穂村、王冠をかぶる）

堀本　いいですね。

米光　似合うなあ。

長嶋　すんなりしている。かぶせられているじゃなくて、かぶっている。王になると、次回出題を。

穂村　こんな句会を外から見たいよ、どうなっているのか。

米光　自分で見えてないから。

王冠をかぶる穂村とそれを見るマッハメンバー。

＊4　藤野可織さんが王になった時　２０１頁参照。王冠を作ったオカヤイヅミはのちvol. 22「春一番俳句は入門できるのだ」@東京カルチャーカルチャー（２０２０年2月11日）にゲストとして登壇。

千野　Twitterとかに上がりますから大丈夫。
長嶋　すごい似合っている。これは、漫画家のオカヤイヅミさんが作ってくださったもので。
千野　よくできてる、ほんとに。
米光　あ、オカヤさん後ろに。ありがとうございます。
長嶋　別に頭がむず痒かったらかぶるのをやめても。
千野　でもまんざらでもなさそう。
長嶋　王子キャラ的な自覚があるね。ディスカッションしないと。
千野　これは僕と有さんが特選です。
長嶋　作者は自分の句に点数を入れないというルールがあるので、４人入ったらもう全員。
米光　満票。
長嶋　作者を当てる楽しみがなくなるということですね。
千野　でも、今回は逆選を入れて、３人が選んでいる句が多いので、その時のしらの切りっぷりもちょっと見物ですね。
長嶋　それはすごい楽しみですね。では、千野さんの特選の弁。なにしろ特選ですから。
千野　これは文句なかった。くり返しの句ですよね。25番「**緑さす小鳥も小鳥指すゆびも**」もですけど。同じ言葉をくり返す。
長嶋　はい。25番の場合は「小鳥」「さす」という言葉がリフレインしている。
千野　二つとも取るのどうかなと思ったんだけど、やはり両方取ろうと。で、どっちがいいかなと思った時に噴水のほうがよりキレイだったので、取りました。「噴水の鍵」といってもよくわからないけど、おそらくは噴水を作動させるための鍵かと思ったんですよね。そういうものがあるかどうか知らないんですけど。それが噴水の水に濡れている。噴水は夏の季語です。非常に涼しげで、今日みたいな晴れて空気が乾燥した日の雰囲気もよく出ていていいですね。それに金属が水に濡れるというのもキラキラしていているし、ヒンヤリした感じで気持ちいい。くり返しの句の魅力というのは、やはり17音しかないのに同じ言葉をくり返す贅沢さですよね。他の言葉を切り詰めるので、けっこうテクニックを要する。噴水にも出っぱなしとか、こう高さか変わったり向きが変わったりするやつとかいろいろあって、ある種のリズム感みたいなものがこのくり返しで出てるかなと思った。

長嶋　噴水自体の作動している噴水のリズム感がこの句にもある。

千野　そう思いました。有さんはいかがでしょう。

長嶋　いや、なんか楽しそう。ゲームっぽいところがよかった。テレビゲームとかの中で、噴水の中に鍵があったりするんですよ。「噴水の鍵」という言葉は、噴水そのものを作動させる鍵かもしれないけど、そこに隠しておいた鍵みたいなふうにも思えるんですよ。で、なんか見つけたという時点では、噴水が作動しているわけだから、なんかキラッと光ったのか、もう錆びているのかわからないんだけど、なんかストーリーのようなものがここにひとつある。あと、句またがりもすごく心地いいなと。「噴水の」が五ですよね。「鍵噴水に」が七で、「濡れてゐる」が五だから。

千野　中七の途中で切れている。

長嶋　そうですね。「噴水の」で5文字で切れてないというのも、ミステリアスというと言い過ぎなんだけども、ゲーム的な物語を思わせる、時間の経過にかかわるしリズムにもかかわっている。そういう感じがよかったんですね。濡れるという言葉もなんかそのまま湿り気の通りに思わないで済むというか、キレイな感じで、特選にしました。

千野　せっかくなので並選のお2人もちょっとコメントを。

堀本　そうですね。もうほとんど2人に言われたんですけれども、本当にリフレインが心地良くて。鍵そのものを示しているだけなんですよね。そのシンプルさがすごく美しくて。

長嶋　物語って僕は言ったけど、僕が勝手に言っただけで、鍵があくわけじゃないですもんね。

堀本　そうそう。でもその鍵があるだけで、長嶋さんが言ったようにいろいろな物語へと広がっていくんですよね。そういう意味ですごく膨らみのある句ですね。この鍵は僕は銀色を想像したんですけど、噴水の雫に濡れていてすごく美しいなと思って、心に残る一句でした。

長嶋　せっかくだから特選にしなかった理由をあえて。

千野　なんかディスってもらいたい的な。

長嶋　だってさあ、ゲストにいきなり来られて、いきなりトップ取られて。お追従じゃん。

米光　わからず選んでいるからね。お追従じゃないんだよ。

長嶋「さすがでございますな」、でなくて。

千野　べつに接待じゃないんですから。

米光　なっちゃってるからしょうがない。ぼくもう、言葉のくり返しを選ぶまいとすら思っていたの。だって、多いじゃん。

長嶋　多い多い。そういう句がね。

米光　くり返すと俳句っぽくなるっていうのもあるから、そういう安易なのは選ばないぞと思って、小鳥のほうは選べなかった。こっちは噴水がくり返されているのだが、最初にくるのは「噴水の鍵」だから鍵をイメージして、そのあとに水を噴射する噴水が出てくる。噴水が二度でてくるけれど位相が違っている。くり返す必然性がある。くり返すこと自体に発見がある。あと、ぼくも噴水を作動させる鍵があるイメージで、でも実際には噴水の中にあると鍵を使うたびに濡れちゃうから不合理なんだけどね。でも、そこにあったほうがいい気がするのが素敵で。

千野　その鍵は噴水本体に固定されているということ？

米光　固定されている、その鍵をかちゃっとやると、中の歯車がガタンガタン動いて、噴水が出るという江戸川乱歩の『幽霊塔』[*5]みたいなイメージをして。

長嶋「噴水の鍵」が噴水の外にあるとも思ったよ、僕は。なんか横着で。

千野　ぽいっと置いちゃった。車のキーみたいに差し込むんだけど。

米光　ぼくはぶくぶくって潜っていって。

千野　えー、そんなに。

米光　歯車が、がしゃんがしゃーんって。妄想妄想。いろいろなことを考えて。

穂村　一票も入らない悪夢を見たので、ものすごいほっとしました。えっと、先週或る句会の席題[*6]というんですか、その場で作るのなんていうんですか。

千野　ああ、席題。

穂村　席題「噴水」で作った句があって。それは「**噴水の鍵をあげるとささやかれ**」で、たまたま僕以外女性だったんだけど、人気があったの。で、それをそのまま持ってこようかと思ったんだけど、今日のメンバーの顔をひとりひとり思い浮かべて、「**噴水の鍵をあげるとささやかれ**」ってすごい逆選が入りそうと。（場内笑）

長嶋　いやいやいや（怒気をはらんだ声音）。

千野　なにを根拠に。

穂村　直観というか、その句は嫌われるという確信があったのね。

米光　こやつらにはおしゃれすぎるだろう。

穂村　それで作り変えて、作戦大成功でした。

千野　すごいなあ。

長嶋　たしかに「ささやかれ」では◯はしなかったなあ。

米光　かもしれない。

千野　僕も。切れてないから川柳っぽい。言い切りがないので、五七五の後に七七に続くのかなと思っちゃって。

長嶋　なんかいま、表立って、われわれ穂村さんに挑発的なことを言われましたね（笑）。

千野　お前らの好みなんか見えてるよという。

＊5　『幽霊塔』　アリス・マリエル・ウィリアムソンの『灰色の女』（1898）を黒岩涙香が『幽霊塔』（1900）として翻案、さらに江戸川乱歩が翻案したもの（1937）。宮崎駿がカラーイラストをつけた本があり（岩波書店）、米光はそれをイメージしている。

＊6　席題（せきだい）　句会でお題が出て、その場で制限時間以内に句を作るのが「席題」、前もってお題が出て、それで作って句会に提出するのが「兼題」。東京マッハのお題は兼題。

穂村　好みはわからないけど、嫌うのはわかる。
千野　お前らの嫌いそうなのはわかる。
穂村「鍵を君にあげるとささやく」というシチュエーションが好かれないだろうということは。
千野　長嶋さんはちょっとリア充な俳句嫌いだけどね。
長嶋　そうだね。毎回それで。
米光「噴水の鍵をあげる」でリア充かなあ。ちょっと中二くさい気もするなあ。
千野　いまちょっと軽くディスってたじゃないか。うまいなあ。はい。おめでとうございます。

どんな書類に印鑑を押しているのか

千野　さて、特選が入っているやつでいこうか。3番。

3　朱色ではない印影や梅雨の闇

堀本◎　米光○　穂村×

千野　これは堀本さん、特選。
堀本　すごく色で見せてくる句だなと思ったんですね。「朱色ではない印影」っていうのは押した時に朱肉の色にもよるんだろうけど、紙の種類とかでも、たぶん押した時の色って変わると思うんですね。それと「梅雨の闇」っていう暗い色を取り合わせているんですけど。
長嶋　色のイメージを。
堀本　そうですね。色のイメージと同時に、梅雨という季語だけでもとても暗いんだけれども、それに畳みかけるように「の闇」とつけて、これはどういうシチュエーションでその紙があって、印影があったんだろうと考えさせられたんですね。室内だとしたら、明かりはついてないのかなとか。そうするとこの紙はなんだったんだ。ものすごく謎が含まれていて、そこに惹かれたんですよね。

千野　これ、米光さんも。

米光　はい。イメージがすごくぴったり浮かんだというか、印影ってたしかに押したてだったら朱だけど、古い昔の書類とか出すと、何色っていうの、あれ。くすんだ黒でもない、赤でもないなんか変な色になっているのが、ぼんやりと浮かんだ後に梅雨の闇でぴたっと色が固定するみたいなところの強さ。まざまざとその書類の印影の感じが浮かぶのがかっこいいなと思って選びました。

千野　ここはどっちか（千野か長嶋）が作者なので、作者じゃない体（てい）でお互いいなきゃいけないところなんですが。

長嶋　僕は「印影」の影ということと、「梅雨の闇」の闇という言葉がね、印影とちょっとイメージが近いし、ダークな、単純にいうとね。暗さに深みを感じとっているということに、やや与しなかった。なんかたんに汚れたスタンプ台の朱とか使っちゃったんじゃないのみたいな。

米光　いやいやいや。

千野　湿気ってやっぱりさ、こういう印影なんかにも影響を与えるんじゃないかなとかね。根拠はないんだけど。なんか湿気っぽいとちょっと暗く出ちゃうとかそういうふうに思ってしまって。で、ちょっと通り過ぎてしまった。で、穂村さんが逆選。

穂村　朱色ではないというのに、感心するか、思わせぶりだと思うかで、僕は後者だった。なにか深さを読むように言われているような圧をちょっと感じてしまって。

長嶋　「朱色ではない」というの、言いだしだからね。強くなる。

米光　印影ってまあ、朱色だという前提があるから。ほのめかしではなく、驚きとして言ってる。「印影って朱色なんだ」という気付きの裏返しな感じもちょっとしたけどなあ。

堀本　先に「朱色」を見せておいて、「ではない」という否定がなされていますよね。その屈折がいい。これはシュールな捉え方かもしれないけれど、もちろん紙に押しているというのはわかるんだけど、なんか梅雨の闇にね、その印影が押されたような感じにもちょっと見えてきたりして。

長嶋　言葉の通りにとるのね。

千野　ちょっとドラマっぽいね。

長嶋　それでも、「梅雨の闇」が、なんかかっこよぎるかなあという感じはする。

千野　やっぱり朱があって、影があって、闇があるっていうところで、意外とてんこ盛り。で、しかも、一直線に押しているよね。だから、そこが勝負に出ていていいという意見もあるだろうし、そこで逆に単調に感じるという意見も、これは両方あるなあと思って。聞けば聞くほど迷うね。

堀本　色が変転していくんですよね。最初に朱色が出てきて、ではないで暗くなって、最後、さらに闇で暗くなるから、明、暗、暗っていうふうにめまぐるしく色がこう17音の中で変わっていくんですよ。

米光　かなり犬神家的な書類ですよ（笑）。おじいさん、亡くなられた？みたいな。簞笥と黒い印鑑で。

千野　遺産で今後がわかるみたいな。

穂村　いや、そう読めばいい句に見えるけど。作者はたぶん犬神家だとは思ってなくて、もっと自然に深みを感じろと思っているんじゃないかな。

千野　でも、作者がどう考えたかはどうでもいいんじゃないですかね。

穂村　そうね。勝手に僕が頭の中で「深みを感じろ」と思ってしまった。

千野　僕らもバレたけど、穂村さんもどういう人が嫌いなのか、これでわかった。作者、誰ですか。

長嶋　ありがとうございます。

千野　面白いね。意見がこうやっていろいろな角度から。

長嶋　これ先週ね。女性ばかりの句会に出た時（場内笑）、「**朱色のハンコをあげるとささやかれ**」って作って大人気でね、でも、そのまま出したらメンバーに嫌われ

ちゃうと思ってさ。（場内爆笑）

堀本 うまいですねえ。

千野 そりゃあそうだよなあ。

長嶋 さっきの穂村さんは、これくらいのことを言ったんです！

千野 28番も同様に割れています。

穂村VS長嶋！

28　人妻の下着盗んで捨てる滝

穂村◎　堀本○　長嶋×

千野 穂村さんの特選なんですね。

長嶋 今度、逆の展開だね。

穂村 うん。最後の一文字を見るまでは逆選に値する流れですよね。で、「滝」で驚く。最初すごい嫌だなと思いながら読んで、最後にやられると逆により好きになってしまう。わざわざ滝まで行って捨てるなら、という。その労力というんですか。最寄りの滝とか言わないですよね。（場内笑）

千野 あまりないですよね。

穂村 その感覚ですよね。

千野 言ってる内容はわからないが、どういう読み方をしたかはわかった。最初は嫌だったものの、振り切って「滝」の一文字で逆転したという。

穂村 なんかめくるめくような感じというんですかね。ちょっと呟き気味なところが。

長嶋 作者は実際に盗んだということね。

千野 そうは言ってないよ。そうは言ってない。

長嶋 それなら話は別だけど。

千野 なるほど。堀やんも並選。

堀本 結局、最後で捨てるんかい！と思ったけれども、やっぱり「滝」ですよね。夏の季語なんですけど、最後

「滝」で落としてくるかみたいな。まあ、季語を下五に無理やり入れている感じも若干あるんだけどね。この「滝」の用い方はやっぱり面白いなと思って。新しい滝の一句として見たんですよ。

千野　まあねえ、季語が滝だからねえ。

堀本　歳時記には載ってないですよね、こういう句は。滝でこんなの作るんだと思って、そういう意味では新鮮味がありました。で、「人妻」ってけっこう俳句で使われたりするんですけど、でも、「人妻の下着」はさすがに見たことないなと。

長嶋　ああ、句の中でね。はいはいはいはい。

穂村　俳句は犯罪書いてもいいんですか。

長嶋　短歌はどうなんですか。

穂村　短歌は、新聞の選歌欄とかやっているでしょ。お母さんが自転車の前後にちっちゃい子を乗せて走って行ったみたいな短歌を載せると、いい歌でも、投書が来て、「それは犯罪です」って。

千野　ああ、それは短歌だからじゃなくて新聞だからじゃないですかね。

長嶋　新聞か。

穂村　これは新聞だととれない句？

米光　それは犯罪ですと言われる。

堀本　犯罪の句でも別にいいでしょう。俳句だったら。

千野　別にいいと思うけど。

米光　ＴＰＯなの？

穂村　こないだマッハで、探偵縛りみたいなの、やりましたよね。なに縛りだったかな。

長嶋　誘拐？

米光　縛りじゃなくて、誘拐みたいな句があったね。

千野　あったね、飛騨[*7]の時に。「犯人とノートおそろい夕花野」というやつ。

長嶋　銀行強盗の句とか。

米光　なんか誘拐とか銀行強盗まで行くとなんとなく受け入れられるけど、犯罪でも生々しさがあると。

千野　長嶋さんはこれ逆選。

長嶋　これ滝の句だと読んだと、巧妙な褒めが出まし

たけど、この句は滝の句ではなくて、「人妻の下着盗み句」ですよ！（場内笑）

堀本　それ言い方じゃないですか。

長嶋　いやいやいや。成分の量をみてください。

堀本　文字量の多さだけでしょう、それ。

長嶋　でも、最後に滝があって、移動したというのはなるほどと思いましたよ。たしかに。でもさあ、なおさら捨てるなよ！と（笑）。せっかくの人妻の下着をだよ、法を犯して盗んだのにさ、なんで捨てるんだよ。

千野　なんで捨てるんだろうねえ。

長嶋　そうそう。いや、「かぶる滝」ならまだしも。（場内笑）

米光　ああ、滝でかぶっている。

長嶋　とにかく「捨てる」がよくなかったなあ、行為としてね。シーンが滝に移ること自体は、堀本さんのおっしゃる通りで、わざわざ行っているという面白みがあるけど。

千野　盗んで捨てるというのが。

穂村　それ俳句として読んでなくない？

米光　そうだよ。たんに倫理観で読んでる。

穂村　たんに捨てることがいやだと言ってるに過ぎなくて、俳句的にはこれは捨てないと……。

長嶋　うるさいな、もう。（場内笑）

米光　どんなキレ方だよ、ゲストに。

長嶋　うるさいな（笑）。ガチな人だわ。

米光　いつもそうやって誤魔化してきたけど、今日はできないわ。

長嶋　いままでみんなちょっと優しかったけど……（憎々しげに）そのレッドブル[*8]飲むよ！（場内笑）ま、でも、車谷長吉（くるまたにちょうきつ）さんの『赤目四十八瀧心中未遂』（文春文庫）というのがあって、読み返していないんだけど、なん

＊7　vol.12「0012女王陛下の飛騨マッハ」＠高山市民文化会館（2014年10月12日）　ゲスト＝藤野可織。173頁参照。

＊8　レッドブル　オーストリア発の缶入り清涼飲料。強い滋養強壮効果を謳っている。穂村はこのときドリンクのおかわりでレッドブルを頼んでおり、缶が長嶋のそばにあった。

か、こういうシーンがあったのかしらというのは思った。追悼句なのかな。でもあれに出てくるの人妻ではなかったよねえ。

千野　主人公が焼き鳥屋で具を串に刺す仕事とかやっている時だっけ。

穂村　滝ってもうすこしデカい、それこそ、人妻本体だって捨てられるわけじゃない。

千野　ああー。

米光　可能性としては。

穂村　それに対して、よく知らないけど、下着はすごくふわふわで、軽くて。それをなんかひらひらーみたいに。

米光　いったん沈んでも上がってくるよね、絶対ね。

穂村　圧倒的な自然と人工の極致ですよね。（場内笑）

千野　極致ですか。

穂村　下着は文明の原点だから。人工と自然の対比感があるんですよ。

長嶋　けっこう華厳の滝的な滝なんだ。

穂村　これはやはりちっさい滝ではない。立派な滝で。

長嶋　那智の滝かあ。

千野　そうなんだ。怒られるよそんなところにものを捨てたら。でも、長嶋さんが言ってたのはなんとなくわかる。盗んで捨てるというのを俳句の中で見たときに、なんか盗んでから捨てるまで早い感じがするんだよね。間が空いてない。まるで捨てるために盗んだかのように。

米光　マッハだからね。一句の中に、瞬間なのに。盗んでは捨て、盗んでは捨てして。

千野　複数枚か。

米光　もう滝を見に行っている人妻のを盗んでは捨て、盗んでは捨て。

長嶋　たしかにね、添削みたいになっちゃうけど、盗んだのが捨てただと、また一回だけ捨てたみたいに見える。

千野　なんかワンクッションがない感じで、ものすごく慌ただしく捨てているよね。

長嶋　でも、だからいろいろ不思議で面白い。
穂村　いや、楽しんでから飽きて捨てたんだったらなんか面白いと思って、その滝への捧げ物として。
堀本　滝って女神ですよね。だいたいね。
米光　そうなんだ。女神なんだ。
堀本　男滝、女滝って言い方もあるけど。
米光　じゃあ、男滝ならいいんだ。
堀本　いいというか……こんなに深く読むんだ。
米光　どうでもよくなってきたね。だんだんね。
千野　作者誰でしょう。
米光　はい。（場内拍手）ありがとうございます。
千野　やはり割れると面白いね。
長嶋　このあともね、割れ割れですから。
米光　最後に言っていい？　俺、やってないからね（笑）。一応、言っておかないとね。

俳句と短歌の違い

長嶋　穂村さん、ここまでどうでしたか。普通の歌会と？
穂村　いやあ、真似をするのは無理だと。このメンバーでやってくれないかな、短歌バージョンで。
千野　僕らがね。
長嶋　はいはいはい。乗り込みだ。首とったるー。短歌だけにね、一首と書くからね。（場内笑）
米光　うまいことを。
千野　ちょっと変化もいいかもね。東京マッハなんだけど、歌会をやるという。
長嶋　初の歌会。
千野　面白そうですね。
穂村　でもやっぱりやめよう。
米光　乗り気になると急に。
穂村　いままで十何回もこんなに盛り上がっているのに、そこでダメだったら嫌だもん。

千野　大丈夫大丈夫。安請け合いだけど。

米光　根拠なく。歌会ってルール的には一緒なんですか。なにかちょっと違っている？

穂村　ルールはほとんど近いんだけど、なにかが決定的に違う。

長嶋　そうなんだよ。

千野　さっきちょっと楽屋でも話してたんだけど、これは短歌と俳句の違いなのか、それともそういう違いじゃないのかという。

穂村　人の違いなのか、ジャンルの違いなのか。

長嶋　僕何度か穂村さんも参加する歌会に参加したことはあるんですよ。これと同じようなルールです。俳句か短歌かというだけで。匿名でね。それで僕の句にもある程度点数が入ったり、逆選みたいなのも入って、匿名のままディスカッションになるんだけど、必ず「この歌は前半はいいけど、最後の七七はいらないね」という。必ず言われるの。

一同　ああー。

長嶋　最初はそういう議論じゃないのに、みんなでいろいろあーだこーだ言っていくうちに、「ってことは、五七五でよくない？」みたいになって、作者は、はいみたいな。

米光　息切れしちゃうんだ。

長嶋　なのかね。七七がなんだかとってつけたような。だから、無理やり五七五と次の七の間を句またがりにしてみるのに、議論するとだんだん解体されていって、議論が進むと、この歌は五七五が面白くてとなっちゃうんだ。

千野　うわー、怖いなー。

穂村　あと、けなされた時に傷つくんだよね。短歌のほうは。

長嶋　だってさあ、けっこう人格否定とかするじゃん。

千野　そう聞こえちゃうってことなのか。

米光　短歌のほうが人格が入るということ？

穂村　そう思います。

長嶋　「そんな歌詠んでいたら先はない」みたいに言わ

ない？（場内笑）

千野　そんなこと言うの？　その人の将来まで巻き込んで批評するの？　それ言われたの？

長嶋　ただ僕は五七五だけでいいと。

千野　それこそ堀本さんは別に穂村さんとの連載[*9]を新潮社「波」で。

穂村　2人が同じテーマで堀本さんが俳句作って、僕は短歌を作ってというのをやっているんです。

堀本　そうですね。誰かに題をいただいて創作し合うかたちです。

長嶋　同じテーマでもやはり変わりますよね。アプローチがね。

堀本　僕と穂村さんでは全然違いますね。アプローチの仕方が。

千野　東京マッハも「こんな句作ってるやつは……」的な発言が出るよね実は。でも、全面的な人格否定ではないね。人格は全力で否定しようとはしているんだけれども、誰にも刺さってないという。

長嶋　だってやっぱ「人妻の下着盗んで捨てる滝」見ても、米光さん下着盗んでいるとは思わないからなあ。

千野　そうそう。

穂村　ぜんぜん愛されているよね。

長い単語を入れる贅沢さ

千野　はい、7番。

7　リンカーン・コンチネンタル夏至の夜を右折

米光◎　**穂村○**

千野　米光さん、特選です。これは実は米光さんの読み方と僕の読み方が違っていたので、ここで披講はし

＊9　『短歌と俳句の五十番勝負』（新潮社）として書籍化。

ないんですけど。

米光　うん。夜。

長嶋　夜を「よる」と読むか「よ」と読むか。

米光　かっこいい。この情景がかっこいい。なんかね、長い言葉の句ってあると惹かれちゃうんです。「リンカーン・コンチネンタル」みたいなのが句の中にわざわざ入っていて、しかもそれを省略することなく、しっかり言うというのが、さっきのくり返しが贅沢だとするなら、こちらも贅沢だ。「クイックルワイパー」で詠みたいとずっと考えてるんだけど、詠めなくて。

長嶋　クイックルワイパーだけならともかく「縛り」は嫌だなあ。

米光　まあでも、「リンカーン・コンチネンタル」をしっかり言うみたいなところも好きだし、浅草に合っている。銀座とかそういうところだとちょっと嫌味だけど、浅草くらいなところにアメ車がわーっと来る。しかも夏至だから、昼が長いのかな。昼間は明るくて楽しい場所なのに、夜はダークになっているとこに「リンカーン・コンチネンタル」。たけしの「アウトレイジ」的な景も見えるし、浅草にぴったり。やはりここの場所の力をここに来て感じたから、そういうのとシンクロするのはついつい、4番の渥美清（白靴や渥美清がゐた六区）も。やっぱり入れちゃうなみたいな感じがありましたね。

長嶋　場所への挨拶を感じると。

米光　挨拶というか、いまの気分と、俺と合っているみたいな、その力はやはり侮ってはいけないなと反省すらした感じで、いい句ですなあ。

穂村　これはわざと字余りにしているんですよね。「リンカーン・コンチネンタル」という車が実際にすごく長い車だから、その長さをあらわすためにわざわざ五七五からはみ出させて、かつ、左折ではなく右折なのは、左折より右折のほうが難しいから。曲がりにくそうに曲がる長い車をこの音数で表現して、かつ夏至の夜は一番短い夜だから、その時間的に短いところを空間的に長いものが曲がっていくみたいな凄いテクニカルな句なんじゃないかな。

──おお。

長嶋　穂村さんがいうと、おおってなる。俺らが言うとなーんにもない。（場内笑）

穂村　この会はなんの会？　堀本さん、なんなんですか。

堀本　僕に聞かないで。

千野　いまの穂村さんの読みにのっかると、右折のほうが難しくて、手間がかかるということで、逆にいうと、その解釈はここは日本だからということね。

長嶋　ただ、さあ、リンカーン・コンチネンタルに限っていうと、左折のほうが難しくねえか。

──ああ〜（場内拍手）。

千野　内輪差的な意味で。

米光　ああ。

穂村　これは作者にいって。そうか。回転半径じゃなくて。

長嶋　そうそう、内輪差で。

千野　作者誰？

長嶋　ありがとうございます。（場内拍手）「リンカーン・コンチネンタル」って言いたかったんだよ。

千野　いい句だね。あと、米光さんの言ってた場所の力というのはあって、なんか句会場がこの場所だから選んだとか、今日家を出る時にたまたまあれを見たからとか、下手すりゃ、朝飯があれだったからという理由で選んじゃったりする。

米光　ここに来て、演芸場でなぜ句を作らなかったのかすごい反省した。この場の感じとかね、詠めばみんなの気持ちにぴったり。

長嶋　この場所、面白いからね。景色も面白い。本当は「**リンカーン・コンチネンタル夏の夜**」でいいじゃないですか。五七五にするなら。それを小賢しくするんだと思って。頑張ったんだ。

千野　頑張った甲斐があったじゃない。

「把手小さく」と「入梅」のとりあわせ

千野　29番ですね。

29　手提げ金庫の把手小さく入梅す　　**千野○　穂村○　堀本○**

千野　僕も取ってまして、手提げだから持っては歩けると。その把手が小さいというのもたしかに、意外と小さいと持ちにくかったり、指に食い込んだりするみたいな感じが、よけいにものの重みというか、この場合は物理的に重いというよりは、やはり心理的に重いというのかな。それを感じさせて、で、「く」でふわっと話題転換[*10]（「ゆるふわ切り」）して「入梅す」。

長嶋　小さく。

千野　この感じの軽さもよかった。つまり、意味深意味深でずっと押してくるんじゃなくて、小さいことをぽつんと言う。俳句って下手をすると、小さいことをぽつんと上手に言う比べみたいになっちゃうところがあるんだけど、これはそういう嫌味もなくてよかった。穂村さんはどう思いますか。

穂村　なんか僕のイメージする俳句のいい句という。その把手が、手提げ金庫だから飾りというわけじゃないんだけど、あまり実用性がない感じというのかな。実際には抱えて移動してしまいそう。そこがいいような気がしたし、僕ら素人にはやっぱ季語が難しいでしょう。とってつけたように後から季語を、歳時記をめくって当てはまる季語を探して、こんなの俳句じゃないなと思いながらやったけど、これはもっとナチュラルに、その句全体が「入梅す」とちゃんとつながっているような感じがしました。パズルみたいじゃない季語のようにみえた。

米光　ぼくは逆に季語が動くと思ったから取れなかった。把手小さいって発見はいいなと思ったんだけど、入梅じゃなくていいと思っちゃったんだよなあ。そこは、難しいですね、感覚。

千野　堀本さんは？

堀本　そうですね。季語が動くと言い出したらたいがいの句は動いたり動くように見えたりするんですけど、僕がこの句を選んだのは、まず「手提げ金庫の把手小さく」と「入梅す」ということが、因果関係ないですよね。

長嶋　別にいつだって入梅するものね。すんごいデカい把手でもね。（場内笑）

堀本　そう。大きくても小さくてもね。だから、因果関係ないというところが、すごく自然に読めるなと思ったんですよ。俳句として無理くり季語を当てはめたんじゃなくて、本当かどうかわからないけども、なんかこういう景色ってあるなあ、と思わせるひとつのシーンを切り取ってる。予定調和ではない光景を感じさせて、そこにちょっと惹かれました。あとまあ、手提げ金庫の中に入っているものは、きっとなにか変わらないものだなと思ったんですよ。

長嶋　変わらない？

堀本　いろいろなものが入りますけど、お金だけを入れるわけではないじゃないですか。思い出の品とか、大事な品物を入れると。僕はそういう変わらない大事なものが入っていると思ったんですね。でも、まわりの季節は移り変わっていく。変わらない金庫、もしくはその中身と変わっていく季節がこの一句に存在する。

長嶋　変化しないものと、するものの対比になっていると。

米光　そこで逆に、なんでもじゃんって思ってしまうんだよね。季語を入れれば季節は移り変わるから。入梅でもいいんだけど、じゃなくてもいい。たとえば、「リンカーン・コンチネンタル」だと新しい景色になっているのに、「手提げ金庫の把手小さく」っていうい

＊10　「ゆるふわ切り」　千野は連用形や接続助詞「て」で話題をふわっと転換する（切りながら繋ぐ）ことをこう呼んでいる。

い発見と「入梅す」がこう合わさった時に更なるなにかみたいなのがないから。

堀本 でも、それは句柄によって、飛躍して面白くなる句とそうでない句がありますよね。

米光 うん。飛躍という意味ではなくて、すごく景色がぴたっとハマったみたいな感じが、ぼくは感じなかった。なんかそこが腑に落ちないんだよなあ。一回これ◯をつけて×にして◯つけて、好き嫌い好き嫌いみたいな。すんごい悩んで。

長嶋 それ、好きってことだよ。

堀本 そうですね。

米光 わかった。素直になる。好き。いい。

堀本 「入梅す」、僕いいと思いますけどね。なんか細かな雨が見えてきて、金庫の向こうにしっとりした背景が見えてくるというね。

千野 どんどんいい句になってくね。はい、作者だれでしょう。

長嶋 はい。ありがとうございます。ほんとはさ、TSUTAYAのＤＶＤ１枚だけ借りたときに入れる袋の把手の小ささを詠みたかった。

千野 小さいよね。

長嶋 TSUTAYAでＤＶＤ１枚だけ借りると。

米光 そっちなら「入梅す」でいいんだけど(笑)。

長嶋 あれは指が４本、入るか入らないか、みたいな。

米光 あの小ささは指を入れるための穴じゃないよね入梅す。

長嶋 これだけ褒めてもらったのに、最後、米光さんの説がいいような気が。

観客投票一位

千野 あ、集計が来ました。トップが10番です。喧嘩してるやつ。

10　ソーダ水クラスのみんなには内緒

穂村○　長嶋○　千野×

長嶋　これけっこう票をとって、他も高得点あるけど、ま、競ってますよね、84点取っている。

千野　80点越えはこの句だけですね。特選が9人。えっと、穂村弘さんと長嶋さんが並選、僕が逆選。

長嶋　これもまた面白い。穂村さん、頼むよ。

穂村　子供っぽい感覚。そこがいいのかな。僕たちはもうクラスがないから。

長嶋　いま寂しいことを言ったね。「僕らにはクラスがない」。

穂村　「ソーダ水」というのは、やや古風な感じかな。たいした内緒じゃないよね。なんかあって、1人でこっそり飲んでるかもしれないし、もしかしたら、たとえば先生となんか事情があって2人でとか、2人だけの秘密ねみたいな。高野文子の絵柄かなあ。

長嶋　出たぞ。

千野　ソーダ水[*11]といえばあれっていうくらい。

米光　なにその「出たぞ」っていうの。

長嶋　みんな好きだよ。こういうところに来る人は高野文子が。

米光　そのくくりもちょっとザルすぎない?

穂村　「みんな」とか「内緒」とかぜんぶそうじゃない。やや小学生感があるというか。

堀本　うん。そうですね。

長嶋　ほんとだ。僕はこっちの句のほうが19番「**青嵐まっすぐ立って広瀬すず**」より広瀬すずだと思ったよ。

米光　ああー。

穂村　それも頼った説がある。

長嶋　とにかくね、19番より広瀬すずだと思いましたよ。あとは穂村さんと同じです。

米光　クラスのお友達の言い方になっている。「同じです」。

＊11　ソーダ水　高野文子の漫画「玄関」(『絶対安全剃刀』所収、白泉社)。

長嶋　千野さんはなんなんですか（お友達風の言い方で）。

米光　なんでこれがダメなんですか（同様に）。

千野　こういうのってやっぱり作るんだよね。既視感がすごいあるというか。正直いうと、俺、作ったわ、こういうの。

米光　こういう感じの。

千野　そう。「内緒」的なやつとか何回か作ったんだよね。作った結果、別に悪くはないが、予定したところに落ちるんだなと思った。ぜんぜん嫌いじゃないし、これを作るという気持ちはすごいわかる。その上で、もういいかなというふうには思いました。

長嶋　これさあ、生徒が生徒に言っているの？　それとも先生が生徒に言っているの？

千野　うん、そこで解釈が分かれると思う。

米光　え、先生が生徒に言っているってどういうこと？

長嶋　だから、1人だけ特別扱いされた。

千野　生徒が先生にというのもある。

長嶋　ちょっとズルみたいな。とにかく、最初のカタカナとひらがなの多さがすごい抜けがよくて、ソーダ水のさわやかさがうまく響いている。唯一の漢字である「内緒」は一応ちょっとさ、なにか謎があるというか。

千野　水も漢字だよ。

長嶋　そうか。「ソーダ水」で切れているとも思ったよ。

千野　切れてる切れてる。

長嶋　ソーダ水を飲ませてくれること自体が内緒というのも。

穂村　僕はそう思って読んでいた。前に小澤さんにそう読めと言われた。

長嶋　小澤實[*12]さんに。そう読めと。

穂村　この句でいうと、「ソーダ水」はなんか宇宙的な位置にあって、クラスのみんなに内緒ねというのは、このソーダ水を2人で飲んだことだよと読んじゃダメなんですよねと尋ねたら、それは逆で、俳句的には一つの背景の中にあるものとして詠むべきと言われた。

堀本　たぶん内容によってそれは変わるんでしょうね。

上五をどう捉えるのかはね。

千野　たしかに揺れるよね、解釈はね。

長嶋　そう読むようにした方がいいということなのかな。気になるね。

穂村　でもこれ、宇宙的な位置にあるというのは無理じゃない？　やっぱりソーダ水を飲んだことが、とまでは言わなくても、２人の間には少なくともソーダ水はあって。

米光　直結はしていないという感じのほうがしっくりくるかもしれない。

千野　作者誰でしょう。

米光　はい、米光です。挨拶句です。

千野・長嶋　挨拶句？

米光「クラスのみんなには内緒だよ」という「魔法少女まどか☆マギカ」の有名な名フレーズがあって、これは暁美（あけみ）ほむらちゃんも大好きな鹿目まどかのセリフで、穂村ちゃんへの挨拶句。

穂村　え、そうなの。でも、それわからないよ。見てないし。

長嶋　いまの説明だと穂村さんが「まどか☆マギカ」大好きだったみたいな。

米光　ほむらちゃんというのが言いたかった。穂村さんを前にほむらちゃんって言いたいなと思って作った。

千野　そういう挨拶句ってありなの？

米光　いや、知らない。

穂村　挨拶句ないなあと思って、さみしく思ってた。みんなもらっていたから、ゲストの人が。今日、みんなが僕に挨拶句をくれるんだと。

長嶋　ぜんぜん弘で浮かばなくてさあ。ダメだったんだよ。ごめんね。

穂村　いいよいいよ、別に。

長嶋　いや、違いますよ。堀本さんはいつも仕込んでいる。後半で出てくる。

＊12　小澤實（おざわ・みのる）　俳人（１９５６―）。「澤」主宰。『瞬間』で読売文学賞。vol.4など、東京マッハ客席にも何度か来場。

米光　これから。
千野　気がつかなかったーみたいな。
長嶋　匂わせましたね。
堀本　いやいやいやいや。
千野　ちなみに今回もお題二題ありますよね。まずは5人目枠の方にはかならずお題を出していただくというのと、前回壇上トップの句を作った人、前回は僕なんですけど、それがひとつお題、あるいは縛りを出しているんです。なんだと思います？
——色。
千野　たとえば「朱色ではない」とか、おそらく「白靴」もそうでしょうし。これは僕が出しました。で、もう一つはなんでしょう。穂村さんが出したのは。
——動物。
米光　動物、当たりです。
長嶋　だから5句ずつ、動物の句と色の句があります。
千野　もっとあるかもしれないですけどね。たまたま色が入ってしまうこともありますからね。
長嶋　あと動物自体が季語ですからね。

炎天のプリン遠投競技会

長嶋　たとえば、「切れる」「切れない」とかね、「季語が動く」とか、あまり説明せずにやっちゃっていますが。
米光　これは千野さんの『俳句いきなり入門』を。
長嶋　読んでもらってね。そういうちょっとした用語はくどくど説明しないことにしたという。
米光　でも、なんとなく伝わるんじゃないか説。
千野　それに自信がないしね。本を書いておいて言うのなんだけど、「切れ」はぜんぜんわかった自信がないので。
長嶋　さっきの「入梅す」も何十年やっている人とかと議論したって割れるときは割れる。
千野　入門書とかで、こういうのが「切れ」と書いてあったとしても、たぶん一意見なんですよね。

米光　割れるところがいいところとも思うしね。

千野　そうね。そのふんわりしたところが。

米光　そこで変わっていくみたいな。固定化されない、それこそ「座の文芸」ですよ。

長嶋　いま穂村さんの（持っている）歳時記見てびっくりしたんだけどさ、『今はじめる人のための俳句歳時記』。

（場内笑）いいんだ。

穂村　なんで？

長嶋　さすがにいま始めてないじゃん。

穂村　いや、でも、ほぼ見よう見まねだよ。

長嶋　そうか。でも、逆に勇気づけられるな。穂村さんほどの人でも、いま始める人のでいいんだ。穂村さんとそれこそ20年以上前に句会をやったことがあってね。歌会も。その時に穂村さんが匿名で出した句をいまでも覚えていて、「**炎天のプリン遠投競技会**」という句で。プリン遠投競技会をディスカッションで、これはどう投げるんだ。俳句歴の長い方もそのときいた記憶があるけれども、作者が明かされて、穂村さんにプリン遠投競技会というのはどう投げるわけと尋ねたところ、穂村さんが手をこう砲丸投げのようにして、「こう」って投げたの覚えてる。

穂村　でも、それ以外、なくない？

長嶋　まあまあ。知らないよ（笑）。そんな競技会知らないから。まあ、こう持って、こう。これはいまだにまるごと覚えている。名句ですよ。

千野　いいね。好きそれ。

穂村　その頃は長嶋さんもまだここまで圧倒的なトーク力は持っていなかったので、長い友だちだとびっくりしちゃうよね。

長嶋　僕まだ学生だった。22歳だから。そうか。いやでも、その句のほうが噴水の句よりもいい句だとやっぱり思う。

観客とのやりとり

千野　客席に聞いていこうか。これについてちょっといじってほしいみたいなのがなにかあれば。あ、佐藤文香さん。第7回の時にマッハに来てくれた、俳人の佐藤文香さん。

佐藤文香　私、今日、今日6句プラス特選選んだ後に、取り逃しに気付いた句がありまして、2点入っているんですが、20番「**3Dメガネ右目が青や夏の君**」。3Dメガネと来た時点で、ああこれは映画を観る人の句かみたいなふうに流してしまったんですけど、よく考えたら右目が青ってもっと昔というか、学研の付録レベルの3Dメガネですね。

20　3Dメガネ右目が青や夏の君　**穂村○　堀本○**

長嶋　そうですね。

佐藤　でもたぶんこれを言っている人は大人、もしくはその時代を思い浮かべている人だとすると、そのダサい3Dメガネをかけた君と笑い合っている僕はお金あんまりなさそうだし、一夏の思い出という感じのすごい儚い句で。これはちょっと「君」という言葉が出てくる句が気になる身としては取っておかなきゃいけなかったなと思ったんですよ。

千野　2点入ってる。穂村さん。

穂村　うーん。たぶん「3Dメガネ」を早めに読むんですよね。字余り気味に。「**3Dメガネ右目が青や夏の君**」。ちょっと変なところがよりキュートだっていうことがある。寝ぐせが愛おしいとか、訛りがセクシーとか。本来、長所でないはずのものが、なんかよく見える。これもそれのなにか変化系と思って読んで。変な姿ですよね。3Dメガネ、右目が青で左目が赤なんですよね。

長嶋　昔のね。

穂村　その変さがより可愛いというので、僕はそういう感覚がわりと強くて、歯列矯正をしている人が好きとか、そういうのが。

佐藤　そうだったんですか。歯列矯正をしている人はみんなすごくうれしい。

穂村　一定数いるよね、歯列矯正マニアって。そういうコミュニティーあるもんね。

米光　あるある。ネットとかで写真の集まっているところとかある。

穂村　メガネ好きとかふつうにいるけど、それよりはずっと数は減るけど、歯列矯正好きがいて、それよりもう少し少ないところにたぶん3Dメガネを追いかけているやつが。可愛いよね、やっぱり。

長嶋　普段使いしないからなあ。

千野　人に聞いた話で、穂村さん、女の人が字が下手だとちょっとぐっとくるとか。

穂村　人づてにそんなことが。

米光　すごい穂村さん情報。

穂村　ギャップ萌えのバリエーションですね。

千野　でも、その人はたしか穂村さんに直接それを聞いた時に、「でもそれ美人限定でしょ」って突っ込んだという話が。

穂村　危険なものを感じている。今日のいままでの時間でもっとも危険な空気がしています。

長嶋　あらぬ方向から矢が飛んできたね。

佐藤　俳句の話を。最後に「夏の君」ってあるじゃないですか。これは俳句の季語のつけ方としては、一番強引なタイプ。なんでも夏をつけておけば季語になるだろうというところだと思うんですけど、堀本さんも選んでいて。

堀本　いや、強引なんだけど、これがいいなと思いましたね。穂村さんが言ったようになんか可愛いなと思ってしまって、この句を見た時。

千野　じゃあ、お2人ともこれは「夏の君」が3Dメガネをしているのを、この発話者が外から見ている感じ。発話者がかけているわけではない？

堀本　3Dメガネをかけている君を見て、それが思い出に残っている。こういうことって些細なことだけど、残りそうな気がするんですよね。胸の中に。

千野　このメガネは最近のシネコンで使うやつじゃなくて昭和の、それこそ学研の付録みたいなことを言っていたけど、たしかに昭和っぽい。

長嶋　いまはグラスと言うものね。メガネって。

佐藤　でもメガネであることで、「メガネ」、「右目が」で、M音が畳みかけて。

千野　めが、めが。

長嶋　不協和音の。

堀本　たしかにレトロ感があるよね。

長嶋　僕はね、「バック・トゥ・ザ・フューチャー」の中でね過去に戻ると、悪役のビフっていうのがいるんだけど、そのビフに取り巻きがいてさ。その取り巻きの1人に常に頭の上に3Dメガネをつけていて、それが小物感がある。ビフも醜悪なやつだし、その醜悪なやつの所詮子分みたいなキャラとして、でも、シックスティーズ、その時の流行の象徴でもあって、一目見てその年代だとわかるシンボルとしてもある。それを思い出した。

米光　ぼく、これ君がかけているんじゃなくて、本人がかけていると思って読んで。これも◯つけて×つけたりしたんだけど、本人がかけていて、青と赤だから、こっち閉じると青に見えるみたいな情景かと思って。青の彼女がいるみたいな。こっち閉じると赤の彼女がいるみたいな。いいなあ。可愛い。

千野　ちょっと聞きたいんだけど、その場合、メガネ外しても彼女は立体なのか。

米光　ああー。それはそうじゃなかったらちょっと悲しい句に。それは立体です。

千野　作者は誰でしょう。

長嶋　ありがとうございます。あっ、しまった。俺、荷物を楽屋に置いてきてしまった。3Dメガネを持って来たんだ。

千野　とってきてとってきて。（長嶋退場）久しぶりじゃない？　長嶋有さんのブツを出す[*13]やつ。

堀本　そうですね。

米光　映画館でも昔は3Dメガネ。こっち赤、こっち青で、あまり立体的に見えない。

穂村　うん。変な色に見えるやつ。

（長嶋到着）

千野　これ3Dメガネなの？　ただの変なグラサンじゃなくて。

長嶋　この世のすべての赤青メガネは全世界共有で、右目が青いんです。雑誌の付録とか60年代とか、そういう時代の全3Dメガネ、ユーミンのアルバムにくっついてきた、題名忘れたけど[*14]どあれのメガネも全部右目が青。だから僕この「3Dメガネ右目が青や」というのは（本当）みたいな。（場内笑）せっかくなので、かけてください。

米光　なんでそんなにいっぱい持っているんですか。

長嶋　僕「飛び出すマンガ大全」という本を編集しようとしていてね。おお格好いいよ。格好いい。

千野　なんか未来から来たような。

米光　またシャッターチャンスが。

堀本　不思議に見える。

長嶋　そうでしょ。文香さんに言われたモテなさ、いみじくも一番言われたくない心理を言われてしまった。おっ似合う。

米光　似合うかな。

長嶋　一度は3Dメガネで俳句を作ってみたかったんですよ。3D句集も出したいですよ。

米光　どういうこと。俳句が飛び出るの。

長嶋　そうそうそう。リンカーン・コンチネンタルがぱーっと。

米光　右折してるーみたいな。

長嶋　穂村さん、マイク、置いたね。（場内笑）

千野　ちょっと正直だよね。

＊13　20頁参照。

＊14　荒井由実のベストアルバム『Yuming Brand』（1976）。ジャケットやインナースリーヴは立体視用の版ずれ印刷で、アナログディスクのジャケットを切り取ると赤青セロファンの紙フレームの3Dメガネになっている。

長嶋　「混ざらなくても」って。
穂村　これ、ずっと握り続けるの？
長嶋　そんなことないけどさ。
米光　でも、合図としてはありなので。次いこう次。

白靴は誰に似合うか

千野　あと、今日ちょっと会場にお招きしています、小説家の山内マリコ[*15]さんに一言なにか言っていただければ。こんにちは。
山内マリコ　こんにちは。では、一言。私はちょっと渥美清の句が気になるんですけど、フランス座ですよね。

4　白靴や渥美清がゐた六区　　千野○　米光○

山内　フランス座のことを井上ひさしさんが書いた本があるんですけど、その本を読んで以来、浅草のこのあたりに来ると、ちょっとガラの悪い芸人志望の人たちの若い頃、たけしさんとか、そういういまは大御所になった方の、若い頃の姿が見えるような気がして。たぶんどなたの名前でもハマるじゃないですか。「ビートたけし」でも全然いいのに、「渥美清」という名前の語感の良さと、浮かんでくるキャラクター。あとはやっぱり「白靴」が、私ぜんぜんわからなかったんですけど、白い靴似合いそうだな～みたいな感じで。
千野　これも場所の力がすごいうまく利用しているというか、刺さりましたね。
長嶋　「白靴」が季語なんですね。
米光　「渥美清」がやっぱりいいよね。
千野　たしかに代案で「ビートたけし」でもと言われたら、たぶん「渥美清」の方がここは。
米光　句としてはね。なんかいまの人より。
千野　もう会えない人の方が。
長嶋　「ゐた」の意味合いがね。

千野「ゐた」というのが、NHK「サラメシ」の「あの人が愛した昼メシ」的なアプローチね。それを感じました。

山内 ご当地っていいな。

千野 いいですよね。ありがとうございました。

長嶋 いま、山内さんや千野さんたちがおっしゃったのはよくわかるけど、「ゐた」がなんか素直すぎないかと思ったんだよな。2音しかないとはいえ、なんかもうちょっとできなかったかな。2音だともう「いる」くらいしかないいんだけどさ。でも、「白靴」が効いている気がしますね。

千野 しますね。作者、どなたでしょう。

堀本 はい、裕樹です。渥美清も俳句をやっていたんですよ。

千野 へぇー、そうなんだ。

堀本 俳号がね、「風天」といって、映画「男はつらいよ」の「フーテンの寅」からつけたらしいですね。今回、浅草でマッハをやるということで、その地にゆかりのある渥美清で作ってみたいなと思って、白靴はスニーカーの白とかではなくて、昔の紳士がこう白でびしっと決めるみたいなイメージです。

米光『芸人と俳人』これ。白い靴。

堀本 そういう感じ。

穂村 これは口語句になるんですか。

堀本 そうですね。僕最初、「ゐし」みたいなことを考えていたんですよ。

長嶋「白靴の渥美清がゐし六区」。

堀本 ただなんか落ち着きが悪いなと思ったし、ここは「ゐた」というふうにちょっとぶっきらぼうにしてみた。その方が、かつて浅草にいた渥美清の存在感が際立つかなと思ったんです。

＊15 山内マリコ 小説家（１９８０―）。「十六歳はセックスの齢」（『ここは退屈迎えに来て』所収、幻冬舎文庫）でR-18文学賞読者賞。著者に『アズミ・ハルコは行方不明』（幻冬舎文庫）など。この回の次のvol. 15「ぽかと口あけて忘年会に出る」@新宿グラムシュタイン（２０１５年12月28日）でゲストとして登壇。

千野　僕の解釈では、「や」が入るのは文語と思います。だから、これは文語・口語が混在するハイブリッドかな。

穂村　ああ、じゃあ、切れ字は口語にはないという。

千野「切れ」は口語でも作れるけど、「切れ字」というとたぶん文語ですよね。「けり」とか「かな」とか「たり」とか。もし口語で切れ字だとしたら、「だ」とかじゃない。

穂村　うん、そんなのあった。24番「**苦そうだ速そうだテントウムシダマシ**」。

堀本　こういう句作りって、佐藤文香さんけっこうやられていますよね。「や」で切って。

佐藤「や」はかなり記号的に使っているところが、最近の若い俳人にも多いのではないかと思います。ただ、「けり」とか「たり」とかは、動詞につくので、なかなか口語に混じりにくい。

長嶋　白靴は名詞だしね。

佐藤　そうですね。白靴と取り合わせというか、白靴を先に目立たせるために使った「や」で、そのあとは口語の句ということでいいんじゃないですか。

堀本　そうですね。僕もそういうイメージで作ったんですね。

千野「や」で作る時って、一応一回文語で通したバージョンも作って、口語に変えた時にその方がいいなという時に口語に変えますよね。

堀本　そうですね。うん。その句の内容によって、ちょっと変化させたり。

どよめきが起きた句

千野　ほかいかがでしょうか。

——申し訳ないんですけど、22番。22番をやっぱり聞きたいなと思って。

22　炎天や自慰のおかずに選ぶ死者

千野　22番に特選を入れたお客さんが4人いるので、その4人に手を挙げてもらうというのは。手を挙げなくても立ってもらってもいい。

長嶋　目を瞑るから。

——1人は私なんですけど。

長嶋　じゃあ、すごく気に入ったんですね。

——はい。すごく長い感じがいいなと思って。

千野　これ、どういうなんですかね。すでに死んでしまった人の画像等を利用してということなんですかね。

長嶋　死んでいる人しか、興奮しない。

——フェティッシュみたいな。

千野　そういう性癖？

長嶋　じゃないの？　でも、この5人のうちの誰か、作者なんだよね。特選入れた4人なんかよりも、もっと大変なことじゃん。

米光　ううむ。どうなんだろうね、これ。

千野　これも「や」でね。

長嶋「炎天」と「自慰」と「死者」という熟語三つが強すぎて、自慰みたいな言葉の強さを活かし切れていない。

米光　でも、他の言葉は強いというか格好いいというか、なにかきりっとした感じがあるけど、「おかず」と言われた瞬間に美意識が許さないのね。じゃあ「おかず」と言わなければ許すのかという問題はいろいろあるけれども。句としてね、表現として、「おかず」ってちょっと通俗な感じ、ここだけね。

長嶋　あまりそこ掘り下げないほうがいい。

千野　そうね。語りづらい。

長嶋「死者」もちょっとおかしいよね。

米光　それは趣味だから。

長嶋　これは熱弁振るいにくいよね。

千野　ちょっとねえ、これなんか、語りづらいよ、ほんと。

米光　こっそり2人だけで語り合いたい。さっきの人と別室で。

長嶋　演芸場の楽屋さあ、上のほうに一個だけ、一畳半の個室があって。
米光　個室楽屋。
堀本　怖いよね。
千野　じゃああそこで、別室で語っていただくということで、作者どなたでしょうか。
穂村　はい。（場内どよめき）
長嶋　これはちょっとコメントもらっていいですか。
穂村　これはねえ、イメージとしては、うーんと、お盆とかに死者が帰ってくるというか、死者を呼び返すみたいなものがあるよね。あれのもっと進化したバージョンです。（場内笑）
米光　えーっ。
堀本　お盆も進化するんですね。
穂村　死者をより生々しく呼び返すっていう。
長嶋　あ、呼ぶって言葉があればよかったんだ。でも選びたいか、それ。
穂村　これ、すごいつもりで出してきた（笑）。歳時記に載るんじゃないか、みたいな。
米光　歳時記のなんの項目？「炎天」？
千野　あの、KADOKAWA[*16]の方が会場に来られているので、それは、新しい版が出る時にちょっと入れ込んでください。
長嶋　短歌だと塚本邦雄[*17]はそういうの詠むの？
穂村　もっと格好よく詠む。「おかず」とはやっぱり言わない。
長嶋　そうだろうなあ。でも、その「おかず」が勝負どころだったような気もするね。そう取り扱いたいということでしょ。
穂村　どういうこと？
長嶋　だから、「炎天」だの「死者」みたいな強い言葉を。
穂村「おかず」という言葉を使わずに同じことを表現するのが難しくて。
長嶋　そうだね。「自慰は主賓」違うな（笑）。うん。わかんない。ちょっと次、チャレンジしてください。
穂村　これ季語は変えてもいい？

長嶋　「炎天」好きなんだね。昔からね。「プリン遠投競技会」の時から。

穂村　ああー、そうだね。素人は微妙なの、わからないんだよ。「入梅す」とか、「茅花流し」とか、くっきりしないじゃない、なんか季節として。「炎天」はわかりやすい。やはり真冬と真夏がわかりやすい。

今回の堀本挨拶句は？

千野　堀本さん、挨拶句ってあるの。

堀本　いや。穂村さんとは何回も会っているので、穂村さんへの挨拶句は作らなかったんですね。最初、それを穂村さんに言われて、ああーっと思って、今日なんで求められているのに作らなかったのかと。

米光　俺が作ったのじゃダメなの。ほむらちゃん。「クラスのみんなには内緒だよ」っていうのは本当にね、鹿目まどかがほむらちゃんに言う一番いいセリフなんだよ。アニメ観てくださいよ。観るとわかる。ああ、こんなに俺のことを愛していたんだとわかるから。

堀本　米光さん、初めて？

米光　初[*18]めてですよ。いままで作ったことない。初挨拶句ですよ。

長嶋　あ、でも、まんざらでもなさそうだったよ。

米光　よかった。ほむらちゃんって言えたしね。

長嶋　ひろしとは言えない。まだそこまでじゃない。

米光　うん、ほむらちゃんに仮託した穂村ちゃんしか言えてないからね。

長嶋　なにかスマホゲームにしようか。俺らがバスト

＊16　KADOKAWA内「角川学芸出版」は俳句出版のトップブランドであり、旧「角川書店」時代からの『俳句歳時記』は改訂を重ねつつ70年近く使われ続けている。

＊17　塚本邦雄（つかもと・くにお）　歌人・詩人・小説家（1920―2005）。1997年、勲四等旭日小綬章受章。

＊18　「君と僕と新宿春の俳句まつり」で長嶋有への挨拶句「しらす丼長嶋有の目がきれい」を作ったことを忘れている。134頁参照。

アップで出てくるさ（笑）。

米光　どんな。

長嶋　恋愛ゲームよ。まあ、とにかく課金で儲けるんだけど。

米光　ゲストがプレイヤー。

長嶋　そうそうそう。

千野　なるほどね。いいね。

米光　よくない。

千野　ということで、東京マッハも14回という感じで。

長嶋　穂村さん、さすがです。

堀本　さすがでした。

千野　前回、なんとかレギュラーメンバーが1位を取ったんですけど、またゲストに。

長嶋　王冠それ、壊さないでくださいね。

千野　次はいつになるかわかりませんが、自慰縛りになるかもしれない。

米光　やめて。それつらいわ。

千野　なんか、告知とかあれば。

長嶋　やっぱり堀本さんの、改めてこの本のことをもうちょっと。

米光　『芸人と俳人』。

堀本　ありがとうございます。2年間「すばる」で又吉さんに連続講義という形式で対談を重ねてきたんですが、それがまとまった一冊です。中身は結構俳句のことを本気で話していまして、又吉さんが有季定型の五七五の俳句を学んでいきたいということもあって、本当に基本から色々と話している感じです。僕は先生役なんですけど、そんなに師匠という感じでは話していなくて、仲良く友達に、「俳句って面白いよ」というのを色々伝えたいなあみたいな感じで、ゆっくりとじっくりと時間をかけて対話しています。

米光　読むと又吉さんと一緒に俳句が学べるという感じの構成になっていると。

長嶋　今日初めて来た方にはまさにうってつけ。俳句を面白いと思ったらぜひ。

千野　又吉さんもまたすごいツボを心得た質問なんで

すよね。かゆいところに手が届くというか、初心者が聞きたいことをピシッと言ってくれて、すごくいいですよね。

堀本　ほんとに優秀でしたね、又吉さん。

千野　長丁場でしたけれども、みなさん、最後までお付き合いいいただいてありがとうございました。

長嶋　穂村さんの出題も楽しみに。

千野　自慰になるかどうかはちょっとわかりませんけれども。楽しみに。

穂村　おかずだよおかず。

長嶋　おかずかあ。

千野　では、第15回でまたお目にかかりたいと思います。穂村弘さんでした。（場内拍手）

千野　堀本裕樹。長嶋有。米光一成。司会の千野帽子でした。

vol.14「そして夏そして浅草男祭」

No	選	句	作者	選
1		子供から暗号もらう青嵐	米光一成	堀◯
2		短夜をわれらカピバラ輾転す	千野帽子	
3		朱色ではない印影や梅雨の闇	長嶋有	堀◎ 米◯ 穂×
4		白靴や渥美清がゐた六区	堀本裕樹	千◯ 米◯
5	♛	噴水の鍵噴水に濡れてゐる	穂村弘	千◎ 長◎ 米◯ 堀◯
6		まっすぐに人は立てない桜桃忌	米光一成	
7		リンカーン・コンチネンタル夏至の夜を右折	長嶋有	米◎ 穂◯
8		熱帯夜りすぢゃなかつたぐりとぐら	穂村弘	
9		風紋のごとく守宮のくねりゆく	堀本裕樹	米◯
10	♛（客）	ソーダ水クラスのみんなには内緒	米光一成	穂◯ 長◯ 千×
11		飼ひ猫に赤紙届く夏の朝	穂村弘	千◯ 米×
12		マーガレットやっと逢えたと二回言う	千野帽子	
13		逃げさうな豆より摘む豆ごはん	堀本裕樹	長◯
14		遠雷や怒った猫に追い抜かれ	米光一成	長◯ 堀◯
15		箱のようバターココナツ梅雨の晴	長嶋有	

16		江戸切子また平成の女の子	千野帽子	穂○ 長○
17		ジョバンニの味する夜の氷菓かな	穂村弘	千○
18		茅花流しまだ骨組みの海の家	堀本裕樹	米○ 長○
19		青嵐まっすぐ立って広瀬すず	千野帽子	
20		３Ｄメガネ右目が青や夏の君	長嶋有	穂○ 堀○
21		母のいてハンカチ振って呼ばれけり	米光一成	
22		炎天や自慰のおかずに選ぶ死者	穂村弘	
23		火取虫火屑となりて落ちにけり	堀本裕樹	
24		速そうだ苦そうだテントウムシダマシ	長嶋有	米○穂○堀×
25		緑さす小鳥も小鳥指すゆびも	堀本裕樹	千○ 長○
26		虹が出るまで待っててね・com	千野帽子	
27		雲の峰ぽえむぱろうるよみがへる	穂村弘	千○
28		人妻の下着盗んで捨てる滝	米光一成	穂◎堀○長×
29		手提げ金庫の把手小さく入梅す	長嶋有	千○穂○堀○
30		新緑は夜こそ美貌すみだ川	千野帽子	

👑は壇上トップ、👑(客)は客席トップの句。

vol.17 大東京マッハ「窓からの家出を花のせいにする」

@紀伊國屋サザンシアター(2016年3月6日)
ゲスト=池田澄子、村田沙耶香

久々の6人体制。オフラインでは過去最大の会場での開催となり、集客数もいまのところこの回がいちばん多い。米光、長嶋、平岩壮悟(マネジメント)の大車輪で、オリジナルグッズの物販にも力が入っている。

逆選はあんまり珍しい

千野　本日すてきなお客さまが、二名。
長嶋（流れている音楽に対して）もう「大都会」[*1]いいよ！（場内笑）
千野　作家の村田沙耶香さんです。
堀本　ははは。渋いパートのところでね。
長嶋　なんか、ぐだぐだだ。作家の村田沙耶香さんです。
千野　そして、初めてマッハにゲストに来ていただいたときから、もう、約5年ということで。
長嶋「大都会」止めていいよって！（場内笑）
千野　俳人の池田澄子さんです。ということで、では座りましょう。
米光　座りましょう。
千野　今日は、あのー。
長嶋（広い客席を見渡して）うわあーーー！
千野　こんな大きいところで、ねえ。
米光　気が遠くなりました。この規模の人数でやるのは初めてだし。
堀本　初めてですね。
米光　ね。ちょっと入場も。
千野　時間がかかってしまいまして。
米光　ハードな道のりを皆さん乗り越えて！　ありがとうございます！
千野　ありがとうございました。
米光　句会をやる。昼間っから。
長嶋　俳句を啓蒙するイベントではなく、句会というものを啓蒙している。
千野　そうですね。句会という、このゲーム性のある、この場を皆さんと共有できたらと思ってやっているイベントです。
長嶋　あれ、みんな、いつの間にさ、お茶みたいなの持ってんの？
村田沙耶香　あはは（笑）。
米光　持ってきたよ！
村田　持ってきました。

千野　楽屋にありましたよ。
長嶋　あ、ほんと？　ちょっと取ってきていい？　すいません。ごめんなさいね。
米光　いいけどー、走って！
長嶋　はいはい。
米光　遅れてるんだから、走って！
千野　すっごいゆるゆるですいません。
米光　で、選句用紙を皆さんにお配りし。選句してもらったのかな。大都会でね。
長嶋　逆選っていうのは、ふつうの句会では、澄子さん、あんまり珍しいですかね？　澄子さん。
池田澄子　ん？
長嶋　いま。
池田　あはははははは。
米光　あはは。すごいリラックスしてますね、澄子さん。楽屋の待ち時間が長かったから、もう、のんびりムードになってますね。
長嶋　逆選っていうね、マイナス点をつけるような句会は、あまり珍しいです？
池田　あんまり珍しいですねって、あのー、日本語になってませんね。
長嶋　あ、そう？
米光　お、さっそくそこから攻める。
長嶋　いきなり怒られるんですね。しまった！　すみません。
池田　ええ、やるところもありますよね。でもね、やるのやなのよねえ。はははは。
長嶋　やですね。
池田　やなんです。やりたくない。
長嶋　いろんな句会のやり方があるけれども、東京マッハは、逆選というのをやる。これは議論を盛り上げるためですね？
千野　そうですね、場合によっては、ほんとにいやな

＊1　大都会　クリスタルキングのデビュー曲（1979）。ミリオンセラーを記録した。

句につけるっていうケースもあるし、場合によってはちょっと、ややツンデレ的に、なんていうのかなあ、「もぉーっ」っていう感じでつける。

長嶋 なにそれ(笑)。「もぉーっ」。そんな気持ちだったんだ、千野さんいままで。

千野 そうですね。どうしますかね、エア乾杯だけしますか? ふだんはね、出演者も観客も飲み食いしながらやってるんです。さすがに劇場で飲食物は出せませんので、乾杯を。

米光 心で。

千野 心で乾杯ということで。花見気分でひとつ、ご唱和いただければと思います。乾杯。

一同 かんぱーい。

長嶋 千野さんは、いつも「ぜひ飲み会とかで句会もやってほしい」って言うね。

千野 そうです。はい。

米光 これ終わったあとにね。紙とペンのゲームなので、居酒屋に行って皆さんもやっていただいて。

長嶋 村田さん、最初に、選句してみてどうでした? まあ、これから、選を、実際を聞くけど。

米光 え、村田さんは、初めて?

村田 あ、はい、そうなんです。初めての句会で、初めての選句です。今日はとてもドキドキしています。俳句を詠むこと自体も、初めてなので。千野さんから本を送っていただいて、それを一生懸命読みながらなんとか作りました。

米光 すごい。

長嶋 あ、でも、投句一覧を見る限り、初めて俳句を作った人の句が混じってるとは思えないよね。

米光 そうだね。

堀本 なかなかいいのが揃ってますよね。

千野 そうそう。やっぱりねー。そのあたりがいいですよね。そう。

米光 言語センス!

披講はじまり

千野　はい、ではまいります。えー。ちょっと数合ってるか数えます。
長嶋　だんだん年取るとさー、何句選んだか分かんなくなるよね。
米光　うん。間違ったりしちゃう。
長嶋　あとこないだ、ついに自分の句に入れそうになったの。
堀本　それはやばいねえ。
米光　あー。入れそうで、助かってますね。入れてない。
長嶋　自分が詠んだ句ってこと忘れて、いい句だな〜って。
千野　けっこう忘れちゃうんですよね。俺なら思いついたらこれ作るよなあ、とか思ったりします。
長嶋　だんだんねー、年とともにそういうことありますよねえ。ない？
池田　あのー、あたしがやるとねえ、あのー危ないと思われるでしょ。
長嶋　ははは。はい。気をつけてると。
池田　はい。ほら自分の句は、いちばんよく分かりますからね。書いてないところまで分かりますからねえ。

ゲストの村田沙耶香と池田澄子。

vol.17 大東京マッハ「窓からの家出を花のせいにする」

No	選	句	作者
1		わんたんをめくる鳥雲に入る	
2		ほうと聞く祖父の浮気や春炬燵	
3		ぺつたりと羊羹倒れ日永かな	
4		男と女の間には川&電波	
5		春の風春の風車を回す回す	
6		ネックレススープに入れて夏近し	
7		廃校舎玉音放送いまだ止まず	
8		鳥雲に入るや陽気なジョン・カビラ	
9		すみれ草永六輔の声がした	
10		嫌いな人の睫毛を食べて春嵐	
11		会ひてすぐ幼名呼ばれあたたかし	
12		出来立てのジャムから湯気や花曇	
13		鯉に春とても光が美味しそう	
14		失恋やスタンプ捨てて夏木立	
15		おずおずと触る古楽器雲雀東風	

一旦ストップ！　次のページから披講が始まります。
ページをめくる前に必ず選句をしましょう！！

みなさんも特選（ベスト1）1句に◎、並選（好きな句）6句に○、逆選（文句をつけてやりたい句）1句に×。「選」欄にご記入ください。

No.	選	句	
16		夜の道ささくれ投げて蟻食べる	
17		春宵のあのローソンの白や青	
18		情愛は脳より溢れ初ざくら	
19		アイロンするするアイロン台も春深し	
20		春雨の音や人工授精中	
21		チェロを抱く二度抱く町が霞むから	
22		遅刻したトートバックは春の季語	
23		初蝶来今年も音をたてずに来	
24		晩春の昼やラー油をぽとぽとぽと	
25		歯が燃える夢を何度も春の虹	
26		胸に入る空気春です春ですと	
27		ディスクジョッキー明るく一人きり春灯	
28		たましひの冴返るとき狼落し	
29		生きたまま食う習慣や水の春	
30		伸び縮む毛物を猫と百閒忌	

千野帽子選

並選

12 出来立てのジャムから湯気や花曇(はなぐもり)

19 アイロンするするアイロン台も春深し

23 初蝶(はつちょう)来今年も音を立てずに来

24 晩春の昼やラー油をぽとぽとぽと

27 ディスクジョッキー明るく一人きり春灯(しゅんとう)

29 生きたまま食う習慣や水の春

特選

3 ぺつたりと羊羹(ようかん)倒れ日永(ひなが)かな

逆選

18 情愛は脳より溢れ初ざくら

米光一成選

並選

2 ほうと聞く祖父の浮気や春炬燵(はるごたつ)

3 ぺつたりと羊羹倒れ日永かな

11 会ひてすぐ幼名呼ばれあたたかし

12 出来立てのジャムから湯気や花曇

14 失恋やスタンプ捨てて夏木立(なつこだち)

25 歯が燃える夢を何度も春の虹

特選

27 ディスクジョッキー明るく一人きり春灯

逆選

19 アイロンするするアイロン台も春深し

長嶋　喧嘩だ！　千野さんが○をつけたけど、米光さんは×をつけた。

米光　×あげました。はい。

長嶋　喧嘩と言います、これ。

千野　これが逆選の醍醐味ってやつですね。

長嶋　議論が深まりそうですね！

千野　そうですね。ははは。なんだろうそれ（笑）。

村田沙耶香選

千野　はい、じゃあ、村田沙耶香さんお願いしようかな。

村田　はい。じゃあ、並選から。

並選

2　ほうと聞く祖父の浮気や春炬燵
12　出来立てのジャムから湯気や花曇
13　鯉に春とても光が美味しそう
17　春宵（しゅんしょう）のあのローソンの白や青
20　春雨の音や人工受精中
23　初蝶来今年も音を立てずに来

特選

26　胸に入（い）る空気春です春ですと

逆選

4　男と女の間には川&電波

長嶋　23番これ、「く」なんですね。
村田　「く」ですかね？
長嶋　「き」じゃなくて？
千野　「く」と思いました。
長嶋　「く」で。はい。
村田　逆選はちょっと分からずすごく悩んだんですが、4番、これを選ばせていただきました。

池田澄子選

長嶋　じゃあ、澄子さん、お願いします。
池田　池田澄子選。

並選

9　すみれ草永六輔（えいろくすけ）の声がした
12　出来立てのジャムから湯気や花曇
15　おずおずと触る古楽器雲雀東風（ひばりこち）
27　ディスクジョッキー明るく一人きり春灯
29　生きたまま食う習慣や水の春
30　伸び縮む毛物を猫と百閒忌（ひゃっけんき）

特選

20　春雨の音や人工受精中

逆選

10 嫌いな人の睫毛を食べて春嵐(はるあらし)

池田 いやな逆選。
長嶋 はい。
池田 ……やなのねえ。
長嶋 (笑)
池田 はい、以上です。失礼しました。

長嶋有選

並選

4 男と女の間には川&電波
8 鳥雲に入(い)るや陽気なジョン・カビラ
9 すみれ草永六輔の声がした
16 夜の道さきくれ投げて蟻食べる
20 春雨の音や人工受精中
25 歯が燃える夢を何度も春の虹

特選

6 ネックレススープに入れて夏近し

逆選

17 春宵のあのローソンの白や青

長嶋 4番喧嘩です。でも譲るわ、これは村田さんに。
村田 え? ふふふ。
米光 なに、その投げやりなやり方。
長嶋 すいません。
千野 17番も割れましたよ。
長嶋 村田さんに譲るわ~。
村田 ええええ(笑)。
長嶋 はい。以上です。

堀本裕樹選

並選

2 ほうと聞く祖父の浮気や春炬燵
7 廃校舎玉音放送いまだ止まず
12 出来立てのジャムから湯気や花曇
13 鯉に春とても光が美味しそう

16 夜の道ささくれ投げて蟻食べる
27 ディスクジョッキー明るく一人きり春灯

特選

15 おずおずと触る古楽器雲雀東風

逆選

4 男と女の間には川&電波

千野 おおー。一句作者が分かっちゃった。
米光 うん。
千野 ご機嫌だね。
長嶋 もう飲み行こ。
千野 今日は奢りで。
長嶋 えええええ(笑)。そうなの?
千野 けっこう派手に割れてますねー
長嶋 いい声だね。毎回。
堀本 ありがとうございます。
長嶋 声を褒められた時のいなし方ももう慣れたもんだよね(笑)。

ジャムは苺? りんご?

千野 ということで、作者が割れちゃった、まず、12番有さんの句ですね。

12 出来立てのジャムから湯気や花曇

千野○ 米光○ 村田○ 池田○ 堀本○

長嶋 ありがとうございます。
千野 トップですね。しかも、特選なしでトップです。これ面白い。
米光 ああーほんとだ。
長嶋 そうですね。あのー、ありがとうございます。あのー、そのー、なんだ、なんか言う?
千野 句評しましょう、全員で。せっかくなので。
長嶋 褒めてくださいよ。この12番というね、素晴らしい句を。でも並選ですからね? そういえば。特選ではないから。

千野　いや、でもさ、みんなにやっぱ好かれるって、それはそれで難しいことですよ。

長嶋　あ、そう、うん。なんか人間としてのこと言われてる？　ははははは。

千野　じゃあ僕から行きますけど、「花曇」っていうの、これは花の季節のでも、天気はいまいちな感じですね。

長嶋　季語ですね。「花曇」というのは。この季節の曇り空。

千野　そうです。で、そのときにジャム作ってるわけですよね。ジャムは果物から作りますから、これは何のジャムだろうって考えるんですよね。苺って初夏の季語で、でも、ここ何十年って日本はもう、2月、3月がね、実際には旬と言っていいのかよく分からないけども、早くから出ちゃう。ジャム用の苺なんかも売ってますね、ちっちゃいやついっぱい。勝手にもう、苺って決めつけちゃってるけど、別に林檎でもいいんだろうけど、たぶん苺のほうがいいなーと思うのは、林檎だと季節が前に戻っちゃう感じがして。

長嶋　ああ。厳密ですね。

米光　すごい。詳しいね、ちゃんと。ジャム、作ったことあるの？

千野　いや、僕は自分では作らないです（笑）。

長嶋　すんごい煮沸しなきゃいけないんだよ。

千野　うんうん。そう。その瓶の煮沸はしたことがある。

米光　え、これ、長嶋さん作ってるの？　ちゃんと。

長嶋　いや、僕は見てただけ。（場内笑）

米光　作ってるのを眺めている。

長嶋　そうそうそうそう。煮沸しないとダメなんだって。堀やん作ったことあんの？

堀本　ないです。

長嶋　ない。ないけど、マルだったんだねー。堀やんにも褒めてもらっていい？

米光　んふふ、なにその回し方（笑）。いいけどね。選んでるからね、みんなね。

堀本　はい。なんか、このジャムほんと美味しそうだなってまず思いましたね。で、「ジャムから湯気」っていうのは出来立てなんだけど、そのときに辺りが、曇るじゃないですか。そこに「花曇」という季語を持ってきたのは、「ジャムから湯気」とちょっとついてるっていうところもあるんだけど、でも、その雰囲気がすごくぴったり合うなと思いました。

千野「ついてる」っていうのは、季語と季語以外の要素が、ちょっとキャラが若干かぶり気味なところが。

長嶋 イメージが近いの。

堀本 だから逆に作者はそこを狙ったというか、分かってて。

長嶋 作者は、つまり、「長嶋は」ってことね。

村田 (笑)

堀本 長嶋さんは。

千野 作者が分かって句評するのは、こういうとき以外ないからね。

長嶋 そうだね。

堀本 そう思いましたね。うん。この雰囲気とかがすごく好きでした。はい。

長嶋 合格!(場内笑)

堀本 ありがとうございます。

長嶋 こんな句会ない(笑)。ひどい。ひどいな。

堀本 初めて言われました。合格。

千野 角川春樹にも言われたことがないよね。

堀本 ないない。あははは。

長嶋「堀本くん合格だ!」。すいません。あ、でも、村田さん、澄子さんからも。澄子さんからはむしろ厳しい言葉も出るかもしれない。まず先に村田さんから。

村田 私は、句を読んだときに、本当に自分の肉体で感じているみたいに、光景や湿度まで浮かんできたのと、あと、ジャムって冷えてるイメージだったので、昔絵本で読んだ絵本で、アンパンマンみたいな人が、ジャムを作ってる絵本があって、ジャムを作るって、すごく丁寧にその人の時間を生きている感じがして。

米光 アンパンマンじゃなくてジャムおじさんじゃな

い？　作るの。（場内笑）アンパンマンが作ったら、自分で塗らなくっちゃだよね。

村田　そうですね。私の記憶ではなぜかアンパンマンが作っていました。そういう絵本を読んで、なんか、すごく大切に生きてる大人みたいな風に、アンパンマンに対して思ったのをなんとなく思い出して。そういう、すごく日常を大事に生きてる姿っていう感じがして、素敵だなーと思って、選びました。

長嶋　合格！　超ベター。

千野　澄子さんも合格を目指して。

米光　そんな（笑）。

池田　じゃあ合格を目指して（笑）。これが桜が咲いているということだと、ちょっと邪魔なんですよね。で、「花曇」ですから、家の窓から、桜が見えてなくていいんですよね。そういう季節感でしょ。あの、花が咲いているころの曇り、曇っている今日っていう感じですよね。桜が咲いちゃうと、ちょっとジャムと喧嘩しちゃうかなあと思うので、「花曇」はいい設定なんじゃないかなあと思うんですね。で、いま、さすが、村田さんおっしゃったんですけれども、ジャムっていうのは冷たいものですよね。半端にあったかく部屋の中に置いたら傷んでしまう。それが、出来立てで、そうか出来立ては熱いんだー、みたいなね。で、湯気が立ってるっていう、そこがとてもいいんじゃないですか。なんか名句のような顔してないようだけれども、とてもよくできていて、そして、なんていうのかな、傷のないよい句だと思います。で、苺のジャムにしたいのね？　帽子さん。

千野　いや、したいというわけではないんですが、代案があれば、いくらでも。

長嶋　これはでも苺じゃないよ。

池田　私はなんかね、苺だとね、なんか色が邪魔な感じがするのね。林檎にしたいんだけど。

千野　季節を戻したほうがいいか、少し。

池田　戻るっていうか、この季節でもまだあるでしょう？

千野　まだありますね。

池田　冷蔵庫に入れておいても、どっかちょっとふかふかになってきて、サクッていう林檎じゃなくなってくるの。だからジャムにするの。ね。

長嶋　ああ、ジャムにするって大抵ね、ちょっとよくないとか、酸っぱすぎるとか。

池田　そうそう。それで、この色も林檎のジャムだと、ま、皮を入れるとほんのり赤くはなるけれども、濃い真っ赤っかのあの色気のない苺ジャムよりは林檎がいいと思う。

千野　長嶋さん、合格か不合格か言ってください。

長嶋　そんなこと、澄子さんに……。

池田　ダメですか?

長嶋　合格でございます。

池田　あーありがとうございます。ふふふ。

長嶋　ありがとうございます。ほんと、出来立てのジャムねー、あっっちー!みたいになるの。よってくるとあっちー。

池田　食べない食べない。湯気を見てるの。まだ食べちゃダメ。

長嶋　そうですね。だから食べて失敗したんでしょうね。

千野　米光さんもひとこと。

米光　もう皆さん言ったように。日常を大切に生きてる感みたいなね。リニューアル前の「クウネル」[*2]があったら仕事来る、みたいなね。いいなーと思って。だって、ジャムの作り方とか、俺ほんと知らないから。ちょっと、こういうのを読むと憧れちゃうよね。

長嶋　ものすごい砂糖入れるの。これを食って、塗ってんのか!って思う量の砂糖だよ。

堀本　そんなに入れるんですか。

長嶋　うん。なんじゃこりゃー!って、ね。

村田　ふふふ。

長嶋　そうですよね?

＊2　181頁注＊3参照。

米光 長嶋さんが語ると、なんかその、大切な日常が壊れていく感じが、ちょっとする。

長嶋 作者なのに。「いい句なんだから黙ってて」と。

米光 黙って〜。

長嶋 分かりました（笑）。はい。

千野 ということで、有さんに改めて拍手。

長嶋 ありがとうございます。王冠はないのかな、平岩くん。王冠をね。あ。ありがとうございます。なんか、村田さんとか澄子さんにかぶってほしかったな。でもねー、なんか、なんか微妙な空気に（笑）。誰もシャッターを切らない。（場内笑）

米光 まあね。

長嶋 次行きましょ。次。（王冠外す）

千野 取るんかい。

長嶋 はい。これは、漫画家のオカヤイヅミさんが……ああーー！（落とす）

池田 あははははは。

千野 壊した。

長嶋 しまった。作ってくださった、あの、最高点を取った人にかぶっていただく、トップの王冠です。

村田 かわいい。

千野 去年、神楽坂[*3] la kagū でやったときに作って。まず最初に、ビデオ撮るために、藤野可織さんにかぶってもらって。

米光 ってか、かぶっときなよ。なんで照れてはずしちゃったの？

長嶋 いや、なんかみんな盛り上がってなかったから。

堀本 あはははは。

米光 いやいや、心の中では盛り上がってたの。

長嶋 そうか。「長嶋さんが栄誉もらって嬉しい〜」みたいなムードがなかったの。

米光 何を要求してるの？　ほら。ほらもうかぶんないと。壊しながらかぶんないと（笑）。

長嶋 すんません。じゃあかぶります。

ディスクジョッキーの孤独さ

長嶋　はい、次の句。行きましょう。
千野　同じく5点句。27番。

27　ディスクジョッキー明るく一人きり春灯

米光◎　千野○　池田○　堀本○

千野　米光さんが特選。
米光　はい。今回、特選めちゃめちゃ悩んで。あの、並選に選んだやつぜんぶ特選にしたい感じで迷ったのですが、もう個人の気分で選んじゃおうと思って。NHKの「すっぴん！」というラジオ番組で、長嶋さんとぼくと鴻巣友季子さんと内沼晋太郎さん、4人が、週替わりで本の紹介をするコーナーがあって、それ出るときにね、こういう場で喋るのよりもハードルが高いんですよラジオって。ここだと反応があったりするから、喋ってて安心するんだけど、ラジオに出ると、その向こうにむちゃむちゃたくさんの人が聴いてるのに反応はなくてすごい怖い感じがあって。「すっぴん！」は、MCの川島明さん（麒麟）とアンカーの藤井彩子さんがいてうまく引き出してくれるので喋れるんだけど、ディスクジョッキー1人でやるときの、怖さ。虚空に向かって語りかける闇みたいなことが想像できて。暗くやっちゃダメなので。虚空に向かって、明るくやっているところの一人きりの感じ。でも、そこに、「春灯」ってのが来るのが、虚空に向かって語りかけてるけど、絶望ではなく、伝わってるかもしれないという希望の灯が心にしみたので、特選にさせていただきました。
千野　いまの感じだと、明るくっていうのは、ディスクジョッキーの喋り方とか態度とかそういうことが。
米光　そう、ぼくは。

＊3　vol.13「神楽坂新春スタア俳句ショー」@la kagū（2015年1月12日）ゲスト＝衿沢世衣子。王冠については201頁参照。

長嶋　なるほど。暗いディスクジョッキーあんまいないもんねえ。

米光　そう、ね。ああ、いなくはないと思うんだけど。

千野　ぼくが中学校のころ、山崎ハコのオールナイトニッポンがあって。

長嶋　暗かった？

千野　暗かった。

米光　ぼくも、秋吉久美子さんのラジオ聴いてて明るく振る舞ってなくて好きだった。

長嶋　中島みゆきは案外明るくてさ。

米光　明るいんだよね。

千野　けたたましかった。

長嶋　澄子さんもお取りで。

池田　はい。並選ですけれども、私、どっちにしようかなあーと思ったんですよー。特選と。

千野　20番とね。

池田　うん。二個あってね。で、この明るく一人きりって、うーん、なんかかわいそうでしょう。ねえ。あの、自嘲？　自分を笑う。自嘲じゃないかなあと。だから、本人がディスクジョッキーやってて、で、明るく元気に話してるんでしょ。相手がここにいないのに明るく喋ってる。その、ちょっとした、微妙な、自嘲までいかないんだけども、ちょっとそんな感じもあって。うん、そこの微妙なところがいいなあーと思ったんですよ。

長嶋　堀本さんは？

堀本　そうですね。僕は態度が明るい感じでまず捉えたんですけれども。たしかに、ラジオのブースの中に入ると、結構地味な感じなんですね、ぼくのイメージとしては。そこででも明るくこう、リスナーに向けてふるまっていかないといけない、みたいな。そういう心理もたぶんあると思うんですよね。明るい人はそのまま明るいかもしれないけれど、そうでない人は、テンションのギアを上げて変えますよね。

千野　ラジオのブースって独特だもんね。

堀本　うん。そこで気分を上げていくのかなあと。でも、一人きりであるっていう。まあ、責任を負ってやってるわけですからね。そこが、すごく孤独に見えてくるんですね。

池田　話してる本人っていうふうにね思って読んだんだけれども、そのことにふっと、こう、気がついて。気付いていないときもあるわけでしょ、一生懸命明るく話していて、で、誰もいないとこで、明るく元気に俺、話してるわっていうみたいな、そこに、ふっと気がついたときの。

米光　そうですよね、ラジオがなかったら異様な状態ですもんね。明るく一人で、けっこうね。

堀本　うん。たしかに。

長嶋　ぼく、この句取れなかったのは、なんか、「春灯」が、最後やっぱ、アリバイのように俳句にしましたみたいな気がしたんだけど。

池田　とくに悪くはないでしょ。こっちの明るいは自分が明るく元気にっていう明るさで、そして、そのラジオブースには灯が点いてるわけですよね。

堀本　でね、ぼくたまたま、「ＮＨＫ俳句」の最初の題もね、「春灯」だったんですよ。

長嶋　来月から「ＮＨＫ俳句」という、テレビ、これはラジオじゃなくてテレビ。レギュラー選者で。

堀本　はい。投句の中でこの句がもし出てきたら僕、取りたいなって。

長嶋　うそー。あ、じゃあ。同じのを送る。

千野　ははは。作者もうばれたよな？

長嶋　しまった！　いま、我を忘れてた。（場内笑）

千野　もうね、機嫌がいいときと悪いときと、すっげえ明白にあるから分かるんだよねー。

長嶋　そうね。うん。うれしいけど。いやなんか、すごい、泣きそうですよ（笑）。でもいちおう作者は？って言ってくださいよ。

千野　はい。作者はどなたでしょう。

長嶋　はい、ありがとうございます。

千野　おお！

池田　ええー！（場内拍手）

米光　両トップ、取ったっていうね。すごいね、初でしょ?

千野　うん。すごい。

長嶋　たしかにラジオの仕事があってね、米光さんも行くＮＨＫに行くんだけど、そのブースに入るまでの扉がものものしい。音が漏れないような頑丈な扉になってて、そういう意味でもなにか、あの仕事してる人たちが、隔離されてるみたいな。

千野　シェルターみたいだもんね。

堀本　うん、そんな感じありますね。

長嶋　そのことと、話題の楽しさとのギャップをいつも思うのね。ラジオの仕事があるとね。っていうことですね。はい。ありがとうございます。

この場じゃないと詠まなかった句

千野　休憩前にもう一句行きましょうか。20番ですね。

20　春雨の音や人工受精中　　**池田◎　村田○　長嶋○**

千野　澄子さん特選。どうでしょう、特選の弁をお願いいたします。

池田　そうですね、村田さんの句かなーみたいなの、ちょっと思ったりもしたんですけど、違ったんですね。

村田　はい、違います(笑)。

池田　くわしくないんですけど、人工授精したことないんで。でも、「人工授精中」って、そういう期間あるんだろうなと思ったんですね。授精させて、胎内に入れて、それから、着床するかどうか、待ってなきゃいけないわけだから、その授精「中」っていう時間はあるんだなあーと思ったんですね。一瞬じゃなくってね。で、そのときに、春雨の音を聞いているって、これはめでたいのか悲しいのかよく分からないんですけれども、ちょっとすごい句だなと私は思いますけど。うん。

長嶋　そうですね。

池田　そう。こんなこと思ったことない！

長嶋　なかなかね、俳句に選ばれるような題材でもないし。

池田　ない。で、「人工授精した」とか、「人工授精や」じゃないけど、そういうことだとびっくりしないんですけど、「人工授精中」であるっていう。その「中」、その間の時間は、その女性は、はらはらはらはら待っているわけでしょ。ちゃんと授精してくれるのか、ちゃんと産めるのかってはらはらして。病院で寝てるのかな、よく分からないけど、そういう期間がたしかにあるんだろうなあーって。この句から、私の思ったことのない風景というか、世界を見せつけられた、っていう感じがして感心しました。

千野　では、沙耶香さん、いかがでしょう。

村田　私もやっぱり、「人工授精中」っていう言葉が。もう婦人科で足を開いて、身体の中に器具が入ってきて、人工授精を行っている最中というイメージで。その病院の外で、春雨が降っている。病院の部屋の中は清潔で、クリーンなイメージ。人工授精というと個人的にそういうイメージを持っていたんですが、その部屋の外で、雨が降っている、その音を聞いているっていう生々しさがそこに加わってる。そこもすごく、肉体が感じている光景というように思えて、素敵だなあと思って選びました。

千野　有さんも取ってます。

長嶋　はい。お2人のおっしゃったとおりですよね。その人工授精っていうのは、言語としても、やっぱ人工って言葉の次に授精は、あることなのに、意外な取り合わせなわけじゃないですか。熟語と熟語の並びがね。だからその、不思議な感じっていうのが、字面としてもある。あと、漢字が多いですよね。でも、文字の全体の数は少ないじゃないですか。隣の句とかと比べても。

池田　そうね。うんうん。

長嶋　そのことも、静かな感じがします。

千野　ちょうど両隣（19番と21番）がすごく字の多い句だ

よね。

池田　ほんとね。

長嶋　やっぱお2人も言ったけど、「春雨や」とかもできそうじゃないですか。そうすると、春雨全体が景色に見えることになるけど。

池田　そうそうそう。

長嶋　春雨の音まで絞りこんでいる。その「春雨の音や」で、春雨自体は見えないことにした。そのことで室内であることがより強まって。

池田　そう。うん。「春雨や」だと雨見てますよね。でもこれは雨を見てないですよね。

長嶋　そのことでなにか、そのことに携わる、あるいは、本人なのか分かんないけど、その人の居場所とか、気持ちみたいなものに、深遠なものがあるんじゃないかなと思いました。

池田　ここ、ここ2人（村田と長嶋）違うのよねえ。

長嶋　そうですね。

池田　誰が作ったのかねえ。

村田　ふふふ。

池田　この3人の誰が作ったのかしらねえ。

長嶋　このねえ、男の子3人の。僕ではないわけですよ、そんな、作れるわけないと。

米光　でもマッハ、ずっと見てる人はだいたい、誰っていう、予想が今。

長嶋　じゃあ、千野さんだと思う人。あ、いない。米光さんだと思う人。ほうほうほう。堀やんだと思う人。あれ。そうか。

米光　堀本さんでしょ。

長嶋　ほうほう。じゃあ作者聞いてみましょうか。

千野　はい。作者は？

堀本　裕樹です。

米光　やはり。

長嶋　かあっこいー。（場内拍手）

堀本　ありがとうございます。実はね、挨拶句。

米光　うん。

池田　ですよねえ。

長嶋　挨拶句というね、ものがあるんですよ。

堀本　こんなに早々と挨拶句が開けられるのって、珍しいですよね。

池田　そうね。

堀本　『消滅世界』（河出文庫）。

村田　あ！

堀本　村田さんの作品なんですけれども、これほんとにすごい世界ですよね。人工授精が、ごく当たり前になった世界を描いている。ちょっと戦慄するような世界観だったんですけども、この小説に触発されて作りました。さきほど、春雨の音に触れていただきましたが、ここに出てくる主人公が、「雨音（あまね）」。

池田　あ、そうね。

村田　ああー！

池田　もーね、やられたね！　ははははは。一期一会って言うけれども、今回、村田さんお呼びしてなかったら、作ってませんよ。こういう句。

堀本　ほんとそうですね。

千野　そういうご縁があって作るっていうですね。

池田　うんうん。だからこういう出会いってのもあるんだなあと思って。ねえ、感激するわ。

堀本　うん。句の中で、「人工授精」っていう言葉を入れようとは、なかなか。

池田　思わない思わない。

長嶋　「人工授精入ーれよ」って思わないよねえ。

堀本　ははははは。軽い感じ（笑）。

長嶋　ディスクジョッキーなら100句でも作れるけどねえ。

堀本　はい、ぜひ村田さんの小説をみなさん、お読みください。面白いですよ。

村田　とてもうれしいです。ありがとうございます。

長嶋　そうですよね、物販でも。サイン入れてました。

村田　入れてました。すみません。自分の本を使っていただいて。私これはきっと、挨拶句ってやつだ、私、どなたかに挨拶して頂いてるって思ったんですが、でもそれを飛び越えて、素晴らしい句だなっていう風に思って。

長嶋　たしかに、挨拶句っていうのは、いろいろ要素を入れるから、なんとなく俳句として無理が出ちゃったりとかもしがちなんですよ。

千野　自然に作るよねー。

村田　はい、すごいです。

堀本　いちおう自然に見えるように目指して作っています。

伝説の「ねまちゅかねまちゅか」ついに販売

千野　1回目の休憩をちょっとここで入れようと思います。今回は物販などもございます。これあの、vol.4で池田澄子さんと川上弘美さんを迎えたときに、米光一成が作った句が、「**架空のブランドねまちゅかねまちゅか**」(97頁)という、八八っていうすごい俳句なんですよね。

米光　俳句じゃないよねー。ここの場に出したからね、皆さんが受け止めてくれるから出した。

堀本　僕が逆選にした。

長嶋　あれはいい声で読んでたね。

千野　しかも無理矢理、五七五で、どこで切っていいか分かんない、すごい変な切り方してた。

堀本　読みづらかった。

長嶋　「架空のブランドね／まちゅかね／まちゅか」でもそれが話題になったんですよね。

米光　はい。いじっていただいてね。

千野　で、それは、もう、そんなの作るのは米光一成しかいないと。

米光　うん！

千野　ねえ。そしたら、ほんとに。ねまちゅかねまちゅかの。

米光　現実化！　物販に出してしまったという。

長嶋　寝巻きとして使ってほしいんでしょ？　ほんと

は。

米光　ほんとはね、あのー、寝てもいい着心地のブランドなので。だから、Lをけっこうたくさん作ったので、Lを長めにこう、ゆったりめに着てもらって。

長嶋　なんかほんとに、ファッションデザイナーみたいな発言になったね。

千野　プレスリリースみたいになってる。

米光　プレス、ああ、発表会ね。名久井直子デザインの、今日マチ子イラストでね。

長嶋　鉄板。すごい。

米光　鉄板ですよ。

千野　けっこう無理して昨日作っていただいている。

米光　ほんとに、ねえ、2週間前くらい？　どれぐらいだっけ。1か月？　急遽。

千野　そう。2月14日に、いきなり。

長嶋　やろうぜって。

米光　やろうぜみたいになって。どたばたどたばた。

長嶋　きのう、僕の家でねえ、シルクなんとかを、印刷をアイロンがけして。

米光　みんなで。

長嶋　あ、ぜんぶ僕がアイロンあてました。ほぼぜんぶね。

米光　ぼくもあてたよ。

長嶋　あ、あててた。トートバッグもね。

米光　ああだからこれ、一点物ですから。50個作っ

長嶋邸にて「ねまちゅかトート」にアイロンがけの準備をする米光。

てるけど、微妙にね、出来が違う。にじんだりとか、ちょっと場所が違ったりとか。

長嶋　ぜひ。

千野　あと、みなさまの本もあります。

米光　それぞれの本、サインしてます。

羊羹の独特の倒れ方

千野　はい。じゃあ3番。

3　ぺつたりと羊羹倒れ日永かな　**千野◎　米光○**

米光　千野さん特選。

千野　最初ちょっとね、わざとこれ古く作ってるなと思ったの。レトロな感じっていうか。なんていうのかな。明治のにおいがする。

米光　古い家のにおい、ね。

千野　そうそう。明治時代の俳句みたいに取った。低徊趣味っていうのかな、なんか漱石とかの、余裕のある感じです。

米光　漱石、余裕あったのかな。いいや、そこは。

千野　俳句と写生文だけ余裕があったじゃない。

米光　うん、ああ。

千野　人柄はまったく余裕なかったけど、ＤＶしたりとかね。

長嶋　そうなの？　ＤＶ!?

米光　なんでそこで急に食いついたの？

長嶋　そんな、そんな人？　だって千円札だよ？

堀本　うん。なってますね。

千野　ＤＶをしても千円札になることがあります。

長嶋　そうなんだな。あ、そんな時代のムードに。

千野　漱石の俳句は、その、人生はとりあえず置いといて、ひょっとしたら、なんかそういうのと関係ない余裕のある世界を作りたかったのかなっていうような俳句もけっこう多いと、僕が勝手に感じてるんですね。で、「かな」で終わるっていうのもかなりクラシックな作りで俳句っぽいです。羊羹が倒れるってことは、これ、スライスした羊羹ですよね。

長嶋　でしょうね。

千野　で、それを、たぶんあんまり分厚く切ってない、この人はね。

長嶋　けちだ。

千野　分厚く切ったらさ、どっしりと安定しちゃうじゃない。だけど薄く切ったね、この人は。

池田　お皿の上でね、自分から羊羹が倒れるってことはあまりないのよね。最初は厚かった。最初は厚かったんだけど、食べるときに、減ってくじゃないですか。ね。で、こう（横に）だったらば、こう切れば倒れないんだけど、こう切った（縦に）。ね。

千野　そう切ったんだ。なるほど。

池田　そうそうそう。そしたら羊羹が倒れたんじゃない？　目の前で、おやおや。そうすると、あらって。自分が関わってるわけ、倒れたことに。自分が関わっていると、あ、倒れちゃったって思うじゃないですか。そのほうがいいんじゃないかなーって。取ってないんですけど。

米光　いいですよね。それ、その感じがね。

長嶋　ショートケーキとか食ってても、必ず倒れますよね。

池田　そう、あるよねえ。

米光　ああー。食ってる途中でね、山崩しみたいなのがあってね。羊羹ってたしかにさー、途中で、こう、すくえないからね。

長嶋　必ず、最後、下まで切るしかない。食べるときね。あるいは丸ごと口に入れるしかないじゃないですか。ああこれ、米光さんが取ってる。

米光　うん。ぼくも、あの「羊羹倒れ日永かな」の、取り合わせがすごくいいなとか、やっぱ倒れる羊羹っていうのは、他のなにものに代えがたい倒れ方するなーと思って。

堀本　ははは。

千野　ああ。羊羹にしかできない倒れ方。

米光　できない倒れ方だよね。固いんだか柔らかいんだか分かんない存在といい。あのねえ、倒れ方がもう、ありありと目に浮かんで。それは「日永」だなーと。

千野　そうそう季語がいいんだよ。実は僕言い終わってなかったんだけど。

長嶋　ああ、言いたかったんだ。ごめんごめんごめん。

米光　季語いいよね。

千野「日永」ってのものんきな季語でね。こののんきさがいいなーと思うんですよ。うっかり斜めにナイフ入れちゃうこともあるしさ。そうすると上が分厚くて下が薄いのができちゃって、倒れやすかったりもするし。

池田　それで、あのー、倒れると、簡単に起きないよね（笑）。

千野　起きない！

長嶋　起こそうとしたことがあるんだ。つまり、あの、てこの原理で。

米光　ああ。起こすのね。

長嶋　底のほうにようじをさして、こう、こう起こそうとしたことがあるの？

池田　ええ。

米光　ああ、そういう意味ね。羊羹がみずからの力で起きるのかと、ちょっとイメージしてた。ぐぐぐぐぐって。

池田　で、私は、「羊羹倒れ日永」っていうのは、いいなって思ったんですよ。これはこれでいいなと。思ったんですけど、じゃあ、その倒れたことが「ぺつたり」なあー？　どうかなあーというのが、ちょっとね。これ、まさに羊羹は倒れるとぺつたりですよねって言う気にはならなかったんで、取れなかった。

米光　ぼくもそこは、「ぺつたり」とが、ねえ、なんかもっといいのがありそうな気がして、でもいろいろ考えたけど、思いつかなかったから入れちゃったなー。

千野　僕は、むしろその、「ぺつたり」とをね、抜け抜けとやってる感じがする。俳句はたしかに、意表はもちろん突いてくるんだけど、こういうふうに、逆にちょっと月並みというと変なんだけど、決してこれは悪い意味で言っているのではなくて、ある種ド直球をやる「わざわざ感」というかね。

池田「ぺつたん」とかいうのもありますよね。たとえばですよ。だからそのへんでもうちょっとまだ、考える余地あるかなあーみたいな感じがちょっとしたんです。

堀本 なるほどね。

池田 ただ、羊羹、水っぽくて蜜っぽいでしょ？ だから、倒れるとほんとにぺっっったりしますよね。その感じは出てるなとは思うんですよね。

千野 そうですね、くっつく感じ。

池田 くっつくでしょ。

米光 これで一日終わってほしいね。羊羹倒れたなあー。

千野 今日、日がのぼってる間の唯一の事件が、羊羹が倒れた。

米光 寝る前に思い出すのはそれだけだからね。いい人生だよね。

千野 そういう日を送りたい。作者誰でしょう？

堀本 はい。裕樹です。

池田 わあー。

長嶋 すごーい。

堀本 いやー、これ「ぺつたり」なんですよ。

池田「ぺつたり」なんですね。

堀本「ぺつたり」な感じ、もう、お皿に張りついたときの、羊羹の様子がね。こんなに議論してくれるとはほんとに思わなかった。

長嶋 熱かったですね。

堀本 うれしいですねえ。ありがとうございます。

まさかの制作意図

千野　じゃあ、6番行きましょう。

6　ネックレススープに入れて夏近し　　　長嶋◎

千野　有さん。

長嶋　はい。あ、僕1人の特選。こういう句こそ作者当てが楽しい気がしますね。

池田　うふふふ。

長嶋　ネックレスがスープに入っちゃうことがあるんだろうな、と。ネックレスの長さってどういうふうに決まってるか知らないけどさ、なんか、思いのほか長い、みたいなね。で、その、そういうことになっちゃうのは、なんつうか、よくない状態なんだけど、あまり気にしてない。この作者が。

千野　俳句にしてるぐらいだからね。

長嶋　うん。で、「夏近し」だからね。もうねえ、なんかあれでしょ、冷製スープ的なね。ビシソワーズ的な。そのー、美味しそう！

米光　感想が美味しそう！で終わりなの？　これ、入ってるってことなの？　どういう想定？

長嶋　もうずずーって。

米光　けっこう、覆いかぶさるようにしてずずーっと。実際に起こるかなー、それ？

池田　これ、「入れて」でいいんですか？「入れて」っていうのと、「入りて」いうのとありますよね。

米光　ああー。そうか、自ら入れてる？

長嶋　でも、なんかこれは、入ったじゃない？　ふっと入った。

池田　ふつうは入った、だよね。

長嶋　うん。でも、入れたってことにしたんだと思うんですよ。（場内笑）

米光　ああ、入れて食ってるんだぜ、と。

千野「知らないのー？　これ流行ってるんだけど？」

米光　ワイルドだぜえ、みたいな。どんな人だよ、それ！

長嶋　いや、なんかさー、見られてなければいいじゃん、みたいな。炒め物しててさ、ソーセージがぽろんとか落ちたらさ、誰も見てないから洗わず入れるみたいな。そういうことを誰もがしてるはずなんですよ。

米光　んー、んー、ん？　うん？　はい。

長嶋　そういうね、ちょっとした清潔でない状態みたいなことを俳句に詠んでバカだなあとは思うんだけど。

池田　ふふふふ。

千野　でも見られてない？　ネックレスってふつう人に見られるときにつけるんだよ。

長嶋　ああー。ネックレスはそうだよ？　でも、ネックレスをしてスープを飲んでるときまで人に見られてるわけじゃないじゃん。ちょっとそんな失敗も、なんか肯定する、よしとする。自分で自分を。

米光　かまわぬと。味が出ていい、ぐらいの感じがね。

長嶋　俳句ってなにが面白いっていうことで言うときに、そんなことを俳句にしてるっていうのが。

千野　そうね、メタ性ってやつでね。

長嶋　カッコ書きでくっついてる気がするんですよ。なんか、「流れ行く大根の葉の早さかな」みたいなことを、わざわざ、（高浜）虚子バカだなーみたいなさー（笑）。

池田　いや、あのね、それのわざわざは分かるのよね。

長嶋　え、ネックレスは？

池田　この人ネックレスをスープに入れるとか、そんな、さりげなくないよー、これ。

米光　けっこう、特殊な状況だよね。

長嶋　いやだから、バカだなと思って。なんて人だと。

池田　あ。それを俳句にするのが、「ほう」と思うわけね。

長嶋　蛮勇をふるったなと（笑）。そうですそうです。

池田　これ、大変ですよ？　気分として大変だよねえ。

村田　ネックレス、大事なものなのに。

池田　これ入ったら、いやですよー。

米光　ねえ。服も汚れるしね。そんな気楽なこっちゃないんだもんね。

池田　そう。だって入れっぱなしにできないからね、それを出したら拭かなきゃいけないし。
長嶋　こんな言い合ってるけど、誰かは作者なんです。
池田　あ、そうだね。でも、長嶋さん、これ、あのー、特選でしょう？
長嶋　特選です。
米光　そうね。これ、攻めて、もっと！
堀本　今日の長嶋さんのナンバーワンの句だから、もっとね。
米光　長嶋さん、わりと特選に選んでね、なんかさらっと流すよね。あんまり褒めたりしないよね。
長嶋　あ、口を極めて褒めろと？
米光　だって特選で選んだ句だもの、もうちょっとちゃんと。
長嶋　いやーだってさ、「人工授精中」と同じぐらい、こんな句は見たことないですよ！　新しい句材を。作者はまさに鉱脈を。
米光　ネックレスをスープに入れる。
長嶋　そうそう、掴もうとしている。ネックレススープ入れ俳句の。（場内笑）
米光　うん。ジャンルにしていこうと。
千野　ここに始まるわけね。ネックレススープ俳句の流れが。
長嶋　そうそうそう。
米光　こっから脈々と作られて、季語になっていく。
堀本　いやここで、「夏近し」を感じてるのが、また、楽しそう。
池田　あ、でもね、この「夏近し」はね、なんか、みょうに合いますよねえ。
米光　合うねえ。
堀本　それが不思議なね。
米光　お前、服汚れてんぞっていう。
池田　うん。明るいのかな。
長嶋　そうそう、明るいのよ。
池田　これが冬に入るとか、寒に入るって言われるとなんかね、いやだけど。

千野　不思議なもんで、僕もビシソワーズ考えたんだよね。ビシソワーズは夏。
長嶋　なんかこのねー、力使わないで投げた球がストライクだったみたいな、そういうことに、僕は与するんですよ。
米光　そればっか言ってる。
長嶋　うん。普通はいろいろ技法を凝らしたり。でも、6番の句の人、歳時記めくってないと思うんだよ。
米光　んははは。うん。
長嶋「えーっと、これで」みたいな。
千野　分かる分かる。あれだよね、てきとうに季語選んどきました、みたいなやつ好きだよね有さん。
長嶋　そうね。はい。
千野　作者は誰でしょう。
村田　……はい。
池田　あはははは（拍手）。
村田　すみません（笑）。
長嶋　このネックレスをね？（と、村田のネックレスを指して）
米光　実体験なの？
村田　いえ。
長嶋　ちょっと解説を。
村田　それは、あの、浸るっていうことに、そういえばなってるなーって思いました。あのー。
米光　え？　なってるな？
村田　自分では、自分で入れたっていうつもりだったので。
千野　え、自分でわざわざ？
米光　それはどういうこと？
千野　どうして入れるんだ？
長嶋　誰もその読みはしなかったね。
米光　え、なんで入れたの？
千野　具材として？
池田　えー。あの、もらったネックレス？
村田　人からもらった、宝物のネックレスを。
池田　ああ、なら分かる。
村田　いーらないって。あはは。

池田　ああー。
米光　いやいや、スープに入れなくていいでしょ。
池田　あー、なら分かるー。もうその人は嫌だから。
村田　別れた恋人のネックレスを。
米光　えー。
千野　じゃあこれは冷製じゃなくて、ぐらぐらに煮立ってるかもしんないよね。（場内どよめき）
長嶋　そうですね。
堀本　すごいなあ。
米光　ぐわーって？　ぐわーって煮立って？
池田　あはははは。
長嶋　そのスープを飲むの？
米光　飲むんだ？
池田　あははは。
米光　飲んで、ぺっぺっ、みたいな。
村田　そう。そうです。そうです。（場内笑）
長嶋　そんな、アサリの殻みたいに、ネックレスも、こうよけて。
千野　そうかー。
米光　さすがにネックレス……。
池田　あの、やっぱりそれは、もらった、誰にまで言わなくていいけど、もらったネックレスだってことを分からせたほうがいいよね。そうじゃないと、いつの間

「ネックスレススープに入れて夏近し」について議論する６人。

にか入っちゃったっていうふうに、読まれてもしょうがないから。

米光　もらったネックレス、でも怖いですけどね、句がね。もらったネックレスをスープに入れて、「夏近し」じゃねーよね。（場内笑）。

長嶋　なにをね、ちょっと季節感感じてんだと。

米光　うん。さすが、『消滅世界』の作者よね。怖い。

千野　村田さん、昔のさ、「街を食べる」[*4]っていう、短編があって。主人公が最初はなんか、そこらの。

米光　あ、雑草とかだったのに。

千野　雑草を自然食っぽく食べてたのが、どんどんどんどんいろんなものを食べちゃって。

米光　ねえ、壁とかをね。

千野　僕一度「文學界」の新人作家月評っていうのをやってたとき、あの短編を「ロハスホラー」って書いたことがあるんです。

長嶋　これだ！　これ！

千野　そうそう。自然的なものを食べる女子がどんどんどんどんえらいものまで食べていくようになるっていうやつで。

米光　ネックレス食うと、もう自然じゃないからね。

千野　そう、だからこれもほんとに、「スープに入れて」っていうのは、完全にネックレスをスープにしてるんだよね。

長嶋　そういうことですね。

池田　そうそう。ちょっと字余りになるけど、「**もらったネックレススープに入れて夏近し**」って言ったら完全に分かりますよね。

千野　なるほど。

長嶋　そうですね。

千野　九七五で、ちょっと面白い。

池田　入ったじゃなくて入れたっていうことが。

長嶋　どこまで行っても「夏近し」で暑いけどなー。

池田　でも、あっけらかんとしてる。

＊4　「街を食べる」　短編集『生命式』（河出書房新社）に収録。

千野　すごいね。
米光　すごいねえ。
堀本　不思議。
千野　面白い。
長嶋　面白かったー。
村田　ありがとうございます。

句評で読み方が変わる

千野　沙耶香さんの特選です。26番。

26　胸に入る空気春です春ですと　　村田◎

村田　これは、最初、深呼吸をしているのかなと思ったんですが、ひょっとしたら手術をしてるのかなって思ったんです。そしたらすごくいい句だなって思って。

千野　そしたら？　手術がいいっていう？
池田　あははは。
千野　手術だったらいい句。
米光　それ胸を開けてる系の手術？
堀本　あー！
池田　うんうんうんうん。
村田　泉鏡花の『外科室』[*5]のような、胸を開けて、空気が入ってきて、春です春です。（場内爆笑）
米光　のんきだな、また。状況に合わず。
長嶋　怖い！
堀本　怖いわー。
池田　やっぱりいい句は、言葉が少ないから、作者だけではできないんですね。読者が読んだことによっていい句ができるのよねえ。
千野　そういうことですよね。
長嶋　ほんとですね。
千野　読者あって初めて完成するって感じ。
長嶋　すごい読みだなー。

千野　いやー手術とはまったく考えなかった。

米光　考えないよね。

千野　吸ってるんじゃなくて、ほんとに。空気が入ってるのね。

米光　直でね。入れなきゃやばいよーっていう状態でね、空気がね。

千野　物理的に入れてるんだ。うん。

長嶋　「春です」のリフレインもさー、ふつうに空気吸ってんだと。ちょっとその繰り返しがそんなに効き目がない気がしてたんだけど、そっちの解釈なら、めちゃくちゃ怖いかもねえ。

米光　ねえ。これは繰り返さざるを得ないよー。

長嶋　「です」の丁寧な言い方も。

堀本　怖いねえー。

千野　怖い。

米光　死にそうだもん。春です、春です。死ぬー。

千野　「と」でしょ。これ聞き取ってるんですね、だから。

米光　そうか。メッセージを。亡くなったね。

池田　あはははは！！

千野　そうか、手遅れだったか。

米光　「と」語りました……。さようなら〜。さようなら〜。また会う日まで。

堀本　すごい。

米光　うん。見え方変わったねー。やーでもやっぱ解釈聞くと、もう、現在進行形で見える光景変わってくるね。

千野　これが句会の醍醐味という感じです。作者誰でしょう。

池田　はい。澄子です。あのー、心筋梗塞の手術をしたときに……って、こうやって言いたくなりますねえーははははは。

米光　わー、まじー？　なんかいまびっくりした。ド

＊5　『外科室』（1895）　画家である「私」が伯爵夫人の手術を見学することになるが、夫人は麻酔を受けたがらない。麻酔を嗅ぐと自分の胸の秘め事をうわごとで言ってしまうからだ。そして、麻酔をうけずにメスを入れた瞬間、夫人が自らメスで自身の胸を開き絶命するという物語。

キーっとした。
千野　一瞬ドキッとしました。
池田　あはは。
千野　麻酔醒めし後、みたいな。
池田　ふふふふ。
長嶋　いや、手術中って前書きにしたいな、やっぱりな。醒めて後じゃなくって。
米光　詠んでるんだ、自分で。
池田　そういうことにしちゃおう。
千野　すごいですね、かなり余裕だよね。
長嶋　うん、すごい。澄子さんと村田さんで、いいリレーになったというか。

観客の投票結果

千野　集計終わりました。では集計結果をちょっと。
長嶋　会場のみなさんの点数が出てきたと。
千野　客席がすごい一句に集まってる。
池田　うわあー。
堀本　ほんとだー。
千野　こんだけいて、5人に1人ぐらいが4番に逆選を入れてる。

4　男と女の間には川&電波　**長嶋○　村田×　堀本×**

長嶋　ほんとだー。
千野　ここの6人中2人も逆選入れてる。
池田　ええー、逆選。
千野　これでも有さん取ってるし、俺取らなかったけど、かなり悩んだ。
長嶋　これいい句ですよ。
千野　東京マッハにはお題があるんですけど、ふつうは、ゲストの方にお願いしたりするんですが、今回6人ということで、お題が多くなっちゃうとちょっと大変なので、前回トップ[*6]だった山内マリコさんだけにお題をいただきました。気がつかれた方いますかね。

長嶋　そうそう。この中に一個お題が出てる。みんなそのお題で6句。あ。

千野　手を挙げてらっしゃるかた。

――ラジオ。

長嶋　「ラジオ」縛り。ラジオに関連した句を、関連句を詠めよと。で、これ4番もラジオ縛りの句なのではないかと。

池田　このすごいねえ、逆選ねえ。ふつう入んないわよね。ふふふふふ。

千野　ふつうはここまで固まらないんですけどね。5人に1人がこの句をよしとしなかった。

長嶋　わりともう蜂の巣ですね、これね。

米光　有さんは、どういう感じで選んだんですか？

長嶋　これいい句じゃないですか。これはねえ、テクニカルな句ですよ。(場内笑)まず「男と女の」っていうね、……ダメだ(笑)。テクニカルじゃなかった。

堀本　すぐ諦めましたね。

長嶋　諦めた。「間には川がある」と。そこまでは川柳というか、演歌ですよね。男と女の間には。

千野　これ歌だっけ、野坂昭如(のさかあきゆき)？　五木寛之(いつきひろゆき)？

長嶋　そうです、男と女の間みたいな物言いがもう、演歌調というか。

米光　あるよね。

堀本　僕もそれ感じてました。

長嶋　でも、そういう類型というか、安直なフレーズでずーっと行くのかなと思ったら、最後のほう、くいっとこう。

千野　「&電波」。

長嶋　この「&」の使い方がテクニカル！

米光　ううーん、どういう意味？

長嶋　「&」って、俳句で使いにくいじゃないですか。

＊6　vol.15「ぽかと口開けて忘年会に出る」@新宿グラムシュタイン（2015年12月28日）　ゲスト＝山内マリコ。

だから、使っただけでえらいってまず思ったんですよ。つまり、「&」っていうのを入れるだけで僕の中ではトリプルアクセル的で、両足着氷にはなったものの、みたいな、その。

千野　でも季語がありません、みたいなね。

長嶋　そう。まあいいじゃないですか。「&電波」で類型をひっくりかえした、これ、イメージというか、言ってることを変えたせいで、むしろ前半が安直であればあるほど面白くなってる。なにか詩的なこととか、うまくなにかをイメージさせようとして&を使うんじゃダメで、たぶんね。

千野　ラジオ縛りが頭になかったら、10人が10人モバイルフォンのことを考えて読むと思うんだけど、ラジオって考えると、ちょっと奥ゆかしさが出てくる。

米光　ラジオって考えたら、どういうことに？　電波はラジオの電波？　男と女の間に川があって、ラジオはどうなの？　モバイルフォンならね、電波がそこで、川の向こうで電波を交わしてる感じあるけど、ラジオは。

長嶋　……いま、なんで携帯電話のことをモバイルフォンって言ったの？（場内笑）

米光　千野さんに倣（なら）っている。

千野　俺？　なんとなく携帯電話っていうと、まだガラケーのイメージがあって。

長嶋　あ、はい。あの、スマホもふくめて、全般。

米光　時代が更新されてるような気がする。

長嶋　あー。はー。ほー。

米光　ラジオってどういう意味なの？

長嶋　いちおうさ、村田さんと堀やんの逆選の弁も聞きましょうか。村田さんは。

村田　あー、ええと、私、「&」のあと何が来るのかなってわくわくして、でも電波で携帯電話を想像してしまって、うう、携帯電話かあ、と思ってしまいました。

長嶋　それは通俗のままだもんね。

村田　なんかもっと変なものがあるといいなあって思ってしまったんだと思います。

長嶋　いや、「&」って言う以上は、ただの携帯電話とかじゃあるまいよ。あまねく、この世にある電波というものを。

米光　すべての電波を。

長嶋　うんうん。ぐらいだよね。そう読まなきゃ〜。

米光　すいません。申し訳ない！

長嶋　そんなにこれ、ねえ、時間を割くような句かな。

（場内笑）

米光　いやいま、そんだけ推しといて。

長嶋　ねえ。

千野　はい、作者誰でしょう。

池田　……澄子。ははは。

米光　うわあー。

長嶋　ほら！　この句が取れてこその！　澄子の弟子をね、自称するのであればね。

池田　いや、私ね逆選多いかもしれないなーとは思ってたんですよ。でもね、この数。

長嶋　64人。

池田　あははははっ。

長嶋　人生、いろんな句会に出ても、64人から×つけられるとねえ。

池田　ちょっとないでしょう！

米光　逆にすごい的なあれですよ。

池田　ねえ。

堀本　すいません、僕も逆選にしちゃいました。

千野　いい句だと思いますけどね、取ってないけど。

池田　ははは。

長嶋　僕の並選がしみますよ〜。今夜、ふとんにこう入ったとき。

米光　今夜、寝るときに、長嶋さんだけは。

池田　歯ぎしりしたりしてね。

長嶋　歯ぎしりしてるの（笑）。このねー。

池田　そう。これ野坂昭如[*7]でしょう。

＊7　野坂昭如　小説家・歌手（1930－2015）。1967年、『火垂るの墓』『アメリカひじき』で直木賞受賞。「黒の舟唄」は能吉利人作詞・桜井順作曲（能吉利人は桜井の作詞家としての筆名）・野坂昭如歌唱。

長嶋　あ、はいはい。
池田　私にとってね、ラジオっていうと、野坂昭如。
米光　あー、そうか。
千野　亡[*8]くなったばっかりだからね。
池田　そうそう。
長嶋　みんななんか一瞬手のひらを返した感じが。
池田　あはーはーはーはー。
米光　俺は返さないよー？
長嶋　盛り上がりましたね。
千野　そうそう。やっぱりね。
池田　お騒がせいたしました(笑)。
長嶋　チャレンジングな句ですよね。
千野　客席評って面白いです。まったく別の動き方するから。

客席のトップ句

長嶋　客席のトップはなんです？
千野　トップは、２番「ほうと聞く祖父の浮気や春炬燵」ですね。その次３番「ぺつたりと羊羹倒れ日永かな」。
米光　ほうと聞く。
千野　そして17番「春宵のあのローソンの白や青」。
長嶋　が、ベスト３。やっぱね、みんな浮気とか好きなんですよ。(場内笑)
千野　羊羹も取ってる。
長嶋　羊羹も好きなんですよ。あ、そうそう、浮気と羊羹が好きってことですよ。ははは。みんな結局センテンススプリング[*9]を読みながら羊羹食ってるんですよ。
米光　なぜそこを急に出したの？(笑)

もっさり感まで言う

長嶋　ほか、どうでしょう会場。

千野　会場、今日ね、いろんな方が来られてて。お願いしていいのかしら、さきほどじつは初めてお目にかかった方で、姫野カオルコさんがいらしてる。

村田　ええー！

千野　もし迷惑だったらいやだって言ってください。あれ。どこに。あ、手を挙げてらっしゃる。

長嶋　なにか気になる句とかありましたら。あるいはいままでのね、言葉の中で。

姫野カオルコ　あのー、たいしたことじゃないんですけれども、27番「**ディスクジョッキー明るく一人きり春灯**」という句は、最初、みなさんが、ディスクジョッキーがすごく明るくて、1人で隔離されたところで1人で明るくしている、自嘲的っていうふうなことをおっしゃったんですけれど、私はこれは、そうかな、昔を思い出してる歌だと思ったんですね。

27　ディスクジョッキー明るく一人きり春灯

米光◎　**池田○**　**堀○**

姫野　いまあの、そんなに若くない人が、受験シーズンにあたり。

長嶋　ああ、深夜ラジオ。

米光　あ！　ああー。

姫野　そうそうそう。

米光　じゃあ一人きりはディスクジョッキーじゃなく、

姫野　そう。ディスクジョッキーっていま、言わないじゃないですか。

千野　そうですね、パーソナリティとか。

姫野　そうなんですよ。それで、私もラジオの仕事したときに、ディスクジョッキーって、やっぱ、年代を

＊8　約3か月前に逝去。

＊9　当時、芸能人の不倫報道がらみで週刊文春が「センテンススプリング」と呼ばれていた。

出してやがるっていう感じで、言って笑われたんで、それをわざわざ、ディスクジョッキーって書いてる、このディスクジョッキーという。

長嶋　昭和ってことですね。

姫野　もっさり感が、で、そのディスクジョッキーの。

長嶋　もっさり感が。それ言わなくていいじゃないですか（場内笑）。昭和感までよかったじゃない。

姫野　その感じが、そうやって聞いていた自分の、その若かりしころを思い出して、そのときも一人だったけれど、いまも、あの、そのときは、いずれすてきな恋人ができて。

米光　うん（笑）。

千野　はははは。

姫野　というふうな、明るい夢を抱いていたけれども、やはりいまも一人であるって。

堀本　はっ！　なるほど。そういう光景にも見えてきますね。

長嶋「いまも一人きりである！」

姫野　うん。そういう哀愁をこの春灯にかけてらっしゃるのかなあと思って、聞いてたんですが、違ったので。

長嶋　まあでも、おおむねそうですけどね。（場内笑）。たしかにディスクジョッキーって言葉は古いけど、やっぱ使おうって思いましたね。もう僕の時代のオールナイトニッポンも、ディスクジョッキーって言ってなかった。MCとかDJだったから、すごい古い言い方を使いたいなーって。言葉を使えるのがうれしいみたいなことが、俳句作るときにあるんですよ。頑張って一人きりじゃなくなるように頑張ります。ありがとうございました。

嵐の日にものすごく来る

千野　突然ふっちゃってすみません。どんどんふっちゃうんですけど、やっぱりもう1人、今日、僕が初めてお目にかかった、二村ヒトシさん。

二村ヒトシ こんにちは。えっとですね、ぼくが特選で選んだのが、10番なんです。今日もずっとうかがってて思ったんですけど、なんか、いちばんいいなと思うのは、自分なりの解釈っていうか、最初よく分かんなくても、しばらく見つめていたら、ああ俺にはこれが分かるって。作者の意図とは違うかもしれないんですけど、ああ俺はこういう解釈って成り立ったっていうものが、わりとよいと思って。それで10番を特選にしたら池田さんと喧嘩に。

10 嫌いな人の睫毛を食べて春嵐 池田×

池田 あーははは。

二村 他の方どなたも選んでないんですけど、これ、あの、ぼくの解釈を言っていいですか？

千野 はいぜひ。

二村 好きな人の抜けた毛が床に落ちてるのを見つけて食べるんだったら、猟奇っぽいですけど分かる。でも嫌いな人の毛は落ちてても食べないじゃないですかどう考えても。これは、睫毛を食べるっていうのは、その、行為中というか。顔と顔を近くに寄せて、口で、目のあたりにキスをしている。

千野 嫌いな人と。

二村 で、なぜ嫌いな人かっていうと、それは「春嵐」にヒントがあって、ふつう、キャバクラでも一般的な風俗店でも、雨だとお客さん来ないんですけど。

長嶋 そうなんだ。

二村 ぼくが親しくしてる女王様から聞いた話によると、ＳＭのお店は嵐の日にものすごく来るらしくて。

米光 へえー！

千野 面白い。

二村 マゾヒストの男性は嵐の日にすごく高ぶって。

米光 嵐の日にあえて行くという。

二村 はい。心が騒ぐみたいで。悪天候の日はＳＭクラブとかSMバーが繁盛するっていう話を、ある女王様から聞きましたので。つまり、嫌いな、あんまり好きではないっていうか、いつも指名してくるんだけどなんかむかつくお客さんを、要望どおり縛って動けなくしてあげて、まぶたのあたりに歯で噛みついたり、舌で眼球を舐めたりしてるプレイ中で、そのときホテルの外の天気と、自分が嫌われてることに気付いちゃってるお客の心の内は興奮と悲しみで、春の嵐なのかなって。

千野　すごい、なんか急にいい句になっちゃった。（場内笑）

二村　へんな解釈で、すみません。

米光　面白いですよ。

長嶋　でも、いま聞いたトリビアのほうがこの句より面白かった。

米光　ああー。

長嶋　この句は、いまのその話に負けている。

米光　繁盛するんだっていうのがねー。一句作りたいわー。

長嶋　でも、さすがの解釈ですね。

千野　作者は？

村田　……はい。あ、でも、やっぱり落ちてた睫毛とかではなくて、生えてる睫毛をばーって食べてるイメージではありました。

米光　ほう。嫌いな人の。

村田　それは、ええと、嫌いな人とみんなで飲み会とかしてて、そのまま雑魚寝みたいになって、でもいっちばん嫌いな人の睫毛を、急に。

米光　急に。食べるね。

千野　それ一本書きましょう。うん、会場に編集者もいますので。

米光　そうね。腑に落ちるように書いてもらいたい。

二村　いちばん嫌いって、実はいちばん好きみたいな、嫌っているのは興味がある証拠みたいな。そういうことですか？

村田　なんとなく大嫌いで。

米光　気になってる、みたいなこと？

村田　うーん、自分に宿っている生理的嫌悪感を、もっと正面から、最大限に感じてみよう、追求してみようと、という気持ちになったのでしょうね。その人が。

千野　これは面白い。

米光　今日は村田さんの複雑なところがすごい出てたね。

vol.17 大東京マッハ「窓からの家出を花のせいにする」

No	選	句	作者	選
1		わんたんをめくる鳥雲に入る	米光一成	
2	♛客	ほうと聞く祖父の浮気や春炬燵	長嶋有	米◯村◯堀◯
3		ぺつたりと羊羹倒れ日永かな	堀本裕樹	千◎米◯
4		男と女の間には川&電波	池田澄子	長◯村×堀×
5		春の風春の風車を回す回す	千野帽子	
6		ネックレススープに入れて夏近し	村田沙耶香	長◎
7		廃校舎玉音放送いまだ止まず	千野帽子	堀◯
8		鳥雲に入るや陽気なジョン・カビラ	堀本裕樹	長◯
9		すみれ草永六輔の声がした	米光一成	池◯長◯
10		嫌いな人の睫毛を食べて春嵐	村田沙耶香	池×
11		会ひてすぐ幼名呼ばれあたたかし	堀本裕樹	米◯
12	♛	出来立てのジャムから湯気や花曇	長嶋有	千◯米◯村◯池◯堀◯
13		鯉に春とても光が美味しそう	池田澄子	村◯堀◯
14		失恋やスタンプ捨てて夏木立	村田沙耶香	米◯
15		おずおずと触る古楽器雲雀東風	米光一成	堀◎池◯

16		夜の道ささくれ投げて蟻食べる	村田沙耶香	長◯ 堀◯
17		春宵のあのローソンの白や青	千野帽子	村◯ 長×
18		情愛は脳より溢れ初ざくら	池田澄子	千×
19		アイロンするするアイロン台も春深し	長嶋有	千◯ 米×
20		春雨の音や人工授精中	堀本裕樹	池◎ 村◯ 長◯
21		チェロを抱く二度抱く　町が霞むから	千野帽子	
22		遅刻したトートバックは春の季語	米光一成	
23		初蝶来今年も音をたてずに来	池田澄子	千◯ 村◯
24		晩春の昼やラー油をぽとぽとぽと	長嶋有	千◯
25		歯が燃える夢を何度も春の虹	村田沙耶香	米◯ 長◯
26		胸に入る空気春です春ですと	池田澄子	村◎
27		ディスクジョッキー明るく一人きり春灯	長嶋有	米◎ 千◯ 池◯ 堀◯
28		たましひの冴返るとき狼落し	堀本裕樹	
29		生きたまま食う習慣や水の春	米光一成	千◯ 池◯
30		伸び縮む毛物を猫と百閒忌	千野帽子	池◯

♛は壇上トップ、♛客は客席トップの句。

vol.18「想像の月まぶしくて目をあける」

@ルオムの森（2016年8月28日）
ゲスト＝谷川俊太郎

地方巡業の日はやっぱり晴れない。初の野外開催。8月というのに冷たい雨が降り、屋根があったので助かった。アクセスしづらい会場にもかかわらず大入りで、毎度お客さんに支えてもらっているのだと改めて痛感した。

角曲がったら「谷川俊太郎だ！」

千野　みなさんこんにちは。さっそくメンバーを呼びたいと思います。そして今日のゲストは谷川俊太郎さんです。今回で18回目です。

長嶋　でも、今日初めて、このイベントに来るという方もいらっしゃる。

千野　東京マッハ初めてという方。（結構な数の手が挙がる）

長嶋　あ、すごーい。

千野　句会を見るのも、句会を体験するのも初めてという方は手を挙げてください。あ、ちょっと減る感じ。

長嶋　なので、初めての人もいるので、自己紹介を簡単にしたほうがいいんじゃないでしょうか。

千野　私、ライターをやっております千野帽子と申します。東京マッハでは司会もやらせていただいてます。よろしくお願いします。

米光　ゲーム作家の米光一成ともうします。「ぷよぷよ」とか「BAROQUE」というゲームを作ったり、いま、言葉のアナログゲーム「想像と言葉」というのを展開してて、ＮＨＫラジオとかでもやっているので、よかったら聴いたり遊んだりしてやってください。

長嶋　小説を書いている長嶋有と。

谷川俊太郎　え、俺飛ばされて。

米光　いやいや、最後です。

谷川　あ、最後か。

米光　ラストですよ。トリに。

長嶋　すみません。段取りがぜんぜんできてなくて。小説を書いてる長嶋有といいます。（うしろの「幟（のぼり）」を指して）フェアで有名な。

千野　谷崎賞[*1]を受賞した。

長嶋　ありがとうございます。

米光　おめでとうございまーす。（場内拍手）

堀本　俳人の堀本裕樹です。よろしくお願いします。

千野　ＮＨＫ俳句の先生をやっていて。

長嶋　ねえ。そして、そして！

谷川　えー、後期高齢者の谷川俊太郎です。よろしく。

長嶋　谷川さん、後期高齢者とおっしゃいましたが、今日いちばん薄着[*2]で来ましたよね。（場内笑）
谷川　ってか、わりと暑がり。だいたい暑がりで汗かきだから、わりと薄着なんです。
長嶋　今日も、近所から来たんですよね。
谷川　そうです。
千野　長嶋さんと谷川さんがご近所なんで。そういうこともあってね、今日。
長嶋　山荘が近所友達。で、ここで会おうと。
谷川　お父さんの時代からのお付き合いですよね。
長嶋　そうですね。うちの父の山小屋の近くでね。森の中でばったり出会ったことありますよね。
谷川　そうそうそう。
米光　森の中で？
長嶋　角曲がったら「谷川俊太郎だ！」。
堀本　すてきな出会いですね。
長嶋　で、今日はですね、東京マッハは、俳句のイベントといいつつ、句会を広めたいというイベントです。
谷川　はい。
長嶋　なので、このイベントで俳句の魅力をもちろんね、知ってほしいんですけども、俳句というよりは句会を楽しんでいってほしいんです。、谷川さんは句会を、おやりには。
谷川　もうベテランですね。
長嶋　そうですよね。
谷川　はい。「余白句会」という、ご存知ないですか？　詩人たちがやってる句会で。
長嶋・千野　怖そう。
谷川　いや、ぜんぜん怖くない。
米光　すぐ怖そうって言う。
谷川　それで、俺は初めてやる、辻征夫[*3]っていう詩人

＊1　２０１６年『三の隣は五号室』（中央公論新社）で第52回谷崎潤一郎賞受賞。その直後だった。
＊2　8月とはいえ雨で、北軽井沢は肌寒かった。
＊3　辻征夫（つじ・ゆきお）　詩人（１９３９－２０００）。谷川俊太郎は岩波文庫版『辻征夫詩集』の編者でもある。

に誘われてね、で、参加したわけね。で、初めから俺はなんとなく高括(たかくく)ってさ、俺は詩がうまいんだから、俳句もうまいんだーと思ってたわけ。したらぜんっぜん点が入んないの。

千野　ははは。

谷川　今日、俺ぜんぜん自信がないんですが。

千野　ちょっと雲行きがすでに（笑）。こればっかりは、もうね、作者伏せてるんで。

米光　無記名なので、誰がどの句を作ったか分からないという状態で選んでいる。

谷川　これ、自分の句に入れちゃいけないんでしょ？

千野　そうです。ダメです。

米光　でも、入れそうになっちゃうよね。

谷川　だんだん自分の句がよく見えてくる。比べてるとね。

堀本　何回かあります。

長嶋　あ、ある？　やっぱり。

堀本　初めて句会に参加した人で、特選として、自分の句を堂々と読みあげたり。

長嶋　そうですね。で、選句用紙はシャッフルされてるから、ねえ、スタッフもバカじゃないですからね。1番から6番まで米光ってことはないです。（場内笑）なので、我々も分かりません、誰もね。作者当ても楽しんでもらいたい。

千野　で、ふだんは句会の、「捌(さば)き」っていうんですかね、僕が司会してる。今日は谷川さんをお招きするという案自体も出していただいた長嶋さんに、句会の捌きをやってもらおうと。

長嶋　サバキ[*4]を！　いいねえ。いつも、過去17回は千野さん司会でしたが、今日は僕が。でも司会といってもみなさん好き勝手喋ってください。あの、谷川さんお水いります？

谷川　ビールかなんかもらえます？

千野　あ、いいですね。

米光　ビールいいですね。

長嶋　いいこと言いますね〜。

千野 そうだ、僕らふだん乾杯からやってたのに今日忘れてたよ。
谷川 なんだよ〜。
長嶋 なんだよ〜（笑）。
米光 ビールで！
千野 堀本さんはノンアルだよね。
堀本 はい。僕はオレンジジュースで。
長嶋 堀やんはちょっとそういう、ね、ちゃんとしたキャラを担当してんだよ。
堀本 ちゃんとしてる（笑）。
千野 いける？　ビール？
米光 ビール！　ビール4つと。
堀本 はい、オレンジジュースで。
千野 焦った、乾杯のこと忘れてたよ。あまりにも環境が違うから。野外でやること自体初めてですしね。
谷川 そうか。いつもどういうとこでやってんの？
千野 普段は、ライブハウスでやったり、ギャラリーでやったこともあるし。
谷川 やっぱお客さん入れて。
千野 そうです。
長嶋 あまつさえ、金まで取って。（場内笑）
千野 そうです。劇場でやったことも2回ありますよね。
長嶋 よく、俳人の方に驚かれるのが、句会って、みんな自分の俳句を出したい、講評してもらいたいからやる。人前ではやんないし。なのに、まして、金取るのー？って。
千野 俳句やる人は普通、その会場費をみんな割り勘で出し合ってやるのに。
谷川 えー今日も金取ってんの？
長嶋 取ってます。
谷川 緊張するねえ。

＊4　サバキを！　実際には「捌き」だが、このときの長嶋の発声は、無実の市民を魔女として吊るし上げようとする異端審問官がヤジるときの演劇的な口調だった。

vol.18「想像の月まぶしくて目をあける」

No	選		作者
1		行く夏やハラミを炙る銀の箸	
2		織田殿に落暉燦たり原爆忌	
3		駄目なのかポチが歩いているだけじゃ	
4		秋めくや下だけ揺れる幟旗	
5		残る蟬ぢりぢりと幹よぢのぼる	
6		夕焼けを食べて吐き出す大伽藍	
7		ライナスは十月生まれ空の青	
8		穴あいてる団栗おまえより丸く	
9		アの次にイが来る国のがぎぐげご	
10		撃たれたるごとく殿様ばつた倒る	
11		風死すや幟の台のガタと鳴り	
12		金一封軽みしみじみ文化の日	
13		くるぶしを浸してさようなら八月	
14		秋の蜘蛛金糸銀糸を織りにけり	
15		金貸しの金歯光って稲光	

一旦ストップ！　次のページから披講が始まります。
ページをめくる前に必ず選句をしましょう！！

番号		句	選
16		大人になつたらつかぬはずゐのこづち	
17		更地也幟にょきにょきはためいて	
18		星月夜ハララしてゐる人恋し	
19		ゆく夏のこんなに壁が白かったか	
20		蟻不意に足を止むるや原爆忌	
21		鰯雲TSUTAYAの幟「半額」と	
22		秋暑なり丸く動かす金だわし	
23		夕まぐれお空の上はまだお空	
24		蛇苺短き車両錆びており	
25		秋冷や眼を寄せてファインダー	
26		ああだっけこうだったっけどうだっけ	
27		父の身の折りたたまれて百舌日和	
28		満月までこの銀行は建っている	
29		幟みな雁の死へはためけり	
30		ナダルの抗議退けられて夜の芋	

みなさんも特選（ベスト1）1句に◎、並選（好きな句）6句に○、逆選（文句をつけてやりたい句）1句に×。「選」欄にご記入ください。

千野帽子選

長嶋　じゃあ千野さんからお願いします。

並選

3　駄目なのかポチが歩いているだけじゃ
6　夕焼けを食べて吐き出す大伽藍（だいがらん）
9　アの次にイが来る国のがぎぐげご
22　秋暑（しゅうしょ）なり丸く動かす金だわし
23　夕まぐれお空の上はまだお空
27　父の身の折りたたまれて百舌（もず）日和

特選

16　大人になつたらつかぬはずゐのこづち

逆選

29　幟みな雁（かりがね）の死へはためけり

米光一成選

並選

5　残る蟬ぢりぢりと幹よぢのぼる
8　穴あいてる団栗（どんぐり）おまえより丸く
12　金一封軽みしみじみ文化の日
22　秋暑なり丸く動かす金だわし
26　ああだっけこうだったっけどうだっけ
30　ナダルの抗議退けられて夜の芋

特選

9　アの次にイが来る国のがぎぐげご

逆選

2　織田殿に落暉燦（らっきさん）たり原爆忌

長嶋　すごく、ターザン[*5]の移動の音が気になりました。

（場内笑）

米光　ああ、気にしてなかった。いま。

長嶋　颯爽としてますね。ごーっとしてね。

谷川俊太郎選

長嶋　では、谷川さんの。谷一文字。

谷川　並選からだと。

並選

5 残る蟬ぢりぢりと幹よぢのぼる
6 夕焼けを食べて吐き出す大伽藍
14 秋の蜘蛛金糸銀糸（きんしぎんし）を織りにけり
18 星月夜（ほしづきよ）ハララしてゐる人恋し
19 ゆく夏のこんなに壁が白かったか
28 満月までこの銀行は建っている

千野 次、特選。特選ですね。
谷川 特選。あ、特選考えてない。
長嶋 え？
――えーーー！
谷川 だってみんな、なんか、団栗の背比べみたいな感じ。
長嶋 はははははは。
千野 ははは。
長嶋 痛烈な言葉が。
千野 じゃあ、いまの中から特選を選んでいただいて。
長嶋 じゃ、いまの中での。中で。
千野 そしてプラス一句あとで足してもらいましょうか。
谷川 あ、特選はべつなんだ？ 6句の中じゃなくて？
千野 はい。合計7句なんです。
谷川 ど、れ、に、し、よ、う、か、な〜。
千野 はははは。
谷川 うーん、悩むんだよなあー。
千野 どれもたいしたことないってことですよね。ははは。
長嶋 そうは言ってないじゃんね。
谷川 そんなこと言ってないよねー。
長嶋 団栗の背比べであると。

＊5 高所からロープにつかまって滑降する遊具が近くにあった。小雨の中でも利用者が多かった。

谷川　そう。

千野　そういう意味じゃん（笑）。

谷川　えーと、じゃあこれとだぶらずにもう一個選ばなきゃいけないってこと？

長嶋　それもそうですし、これまでの6句の中からナンバーワンを。

谷川　じゃあ6番にします。

特選

6ー　夕焼けを食べて吐き出す大伽藍

長嶋　特選。もう一句、並選、いま選べます？

谷川　ああもう一句ね、じゃあ、7番。

並選追加一句

7ー　ライナスは十月生まれ空の青

長嶋　並選の最後、すべりこみ！

谷川　次はいちばんダメなやつ。15番。

逆選

15ー　金貸しの金歯光って稲光

長嶋　もう15番、読み上げもしませんからね。

谷川　ははは。ほんとは読まなきゃいけないんだ。

長嶋　いいですいいです。でも、さすが、朗読をね、たくさんこなされてるから。

米光　こんなのは。

谷川　こんなのは読むに値しない。

長嶋　そうじゃなくて、いま言おうとしたのは、谷川さんの声がいいなって話だよ！

千野　ああそういうことか。

谷川　ありがとう。はい。

長嶋有選

並選

9　アの次にイが来る国のがぎぐげご
10　撃たれたるごとく殿様ばつた倒る
12　金一封軽みしみじみ文化の日
18　星月夜ハララしてゐる人恋し
19　ゆく夏のこんなに壁が白かったか
29　幟みな雁の死へはためけり

特選

1　行く夏やハラミを炙（あぶ）る銀の箸

逆選

24　蛇苺（へびいちご）短き車両錆びており

堀本裕樹選

並選

9　アの次にイが来る国のがぎぐげご
13　くるぶしを浸してさようなら八月
16　大人になつたらつかぬはずゐのこづち
22　秋暑なり丸く動かす金だわし
24　蛇苺短き車両錆びており

25　秋冷（しゅうれい）や眼（まなこ）を寄せてファインダー

特選

4　秋めくや下だけ揺れる幟旗

逆選

21　鰯雲（いわし）TSUTAYA の幟「半額」と

千野　おおー！　一句作者分かっちゃった。
長嶋　分かっちゃった。すごい。
米光　選句、割れたねえ。
千野　これ割れたなあー。
堀本　珍しいねえ。
長嶋　そんな中、早々に、今回の会のトップが決定しました。
千野　分かってしまいました。
米光　うん！

説明するのは野暮

長嶋　9番。

9　アの次にイが来る国のがぎぐげご

米光◎　千野○　長嶋○　堀本○

長嶋　作者、谷川さんおめでとうございます！（場内拍手）

谷川　え、なんで？　なんで分かってるの？

米光　いやいやいや、だって、5人しかいなくて、4人入れたら、もう（笑）。

千野　谷川さんだけですよ（笑）。

谷川　あ、それを読むべきなんだね。なるほど。ありがとうございます。はい。

千野　すごいなあー。

長嶋　それ、使おう。「なんで分かったの!?」。（場内笑）

千野　いいよね。そして米光さんは特選だ。

長嶋　じゃあ特選の米光さんから、特選の言葉をもらいましょう。

米光　いやー、「アの次にイが来る」って言う、まあ並べると……これ、解説すると無粋も無粋だけど。やっぱ、「愛」って言葉になるっていうところで、しかもそれだけだとちょっとね、ポエミー？とか思うんだけど、そのあとに「がぎぐげご」って来ることで、いまの国の状況が、うわーこれ、解説するとすごい野暮な、でもやっぱりちょっといまの日本が、ねえ、愛だけに満たされてるとは思えない、こういろんな複雑な……。

谷川　ぼくはたんに、50音で書いてるだけだけど。

米光　いやー、絶対そんな言われると思ったわー、いまー。（場内笑）お前、無粋だなっていうメッセージがね。でも、いい。もちろん最初読んで、そのね、言葉の響きの面白さをぞんぶんに楽しみ！

長嶋　なんで怒ってんの？

米光　あははは。楽しみ、もう、無粋をいま引き受けたわ！　俺は！

千野　選挙演説みたいになってる。

米光　背負った！　楽しんだ上で！　どう自分の感動した気持ちを伝えようかと思うと、そういったことまで考えさせられる句だなあーと思い。

谷川　これ、みんなこれ引っかかんじゃねえかなーと思ってたの。

米光　うわあ。意地悪な言い方するなあー。

千野　入れ食いでした。

米光　引っかかってる、我々。

谷川　いや、すごく素直な人柄でうれしいです。

米光　ありがとうございます（笑）。

長嶋　これ、堀本さんは？　無季の句は普段あまり取らない。

堀本　そうですね。まあ、季語のない句は絶対に取らないっちゅうわけじゃないんですけど、やっぱり僕、リズムに惹かれました。すごい楽しいリズムだなあと思って。で、「愛」っていうふうにね、ちょっと暗号みたいなものが入ってるかもしれないんだけど、このリズムがそのまま日本語の豊かさだなあと。

長嶋　千野さんは？

千野　これねー、「アの次にイが来る国」って、やっぱ、うちだけだろうと思っちゃうんですね。知らないけど。世界中の言語知らないから。

長嶋　日本語だけだと。

千野　そうそう。アルファベットだとさ、aの次bなんだよね。だから、そこがかくっとこう曲がる感じがよくて。そのあとにさらに「がぎぐげご」っていう着地がね、やっぱり、ちょっと意表を突かれたというか、よかったなあと思いました。

長嶋　ここね、季語を入れようと思えばあてがえますからね。ここに、困ったときの「アマリリス」といってね。

千野　そう「アマリリス」とか「ゆすらうめ」を入れると。

堀本　でもこれ考えても、季語入れづらいというか、あてはまらない。どれもね。

米光「国」のって来ちゃうとね。季語で背負おうとすると、難しい。

堀本　だから逆にいえば、どんな季語でも、飲み込んじゃうぐらいの、大きさというか深さがあるなと。

千野　そう。これ季語を下手に入れると、いわゆる「季語が動く」といいまして、「他の季語でも結局いけちゃうじゃん」、みたいなことになるので、だったら入れない方がいいかなって。

長嶋　なるほど。これ今日はみんなが奢んなきゃいけない。

谷川　いやあ、句会って楽しいねえー！（場内笑）

米光　ははは。

千野　なんかちょっと接待みたいになってないか？

米光　なんかねえ。

千野　でもまったくガチですから。

長嶋　前のその、詩人の方との句会ではこうならず？

谷川　ならず。点なんて一度も取ったことなかったのに。で、現代詩ってのは、こんなみんな喋ってくれないからね。

長嶋　喋ってくんないの!?

谷川　喋りにくいじゃない、現代詩は。句は別だけど。長いでしょう。だからみんなこうやって、俺の作品をみんながこうやって喋ってくれると、もう感動で胸がいっぱい。（場内笑）

長嶋　よかったよかった。

堀本　よかったー。

米光　いいスタートで話せた。

長嶋　そうだ、僕もこの句の評まだ言ってないんですが、みなさんおっしゃったとおりで、僕の最近の俳句に対しての、自分の中でのブームが「意味より音」。なんか意味なくていいんじゃないか？って思ってたところ、これが一番音の面白さがあるし、でも意味もあるんだよね。やっぱ「国の」ってくるのがね。曲がり角みたいに急にフックがあって、それだけあれば、もう「がぎぐげご」でいいじゃんっていうね。これはね、やられましたねー。

米光　しかも「アの次にイが来る」っていうのが、ほんとにねえ、国の言葉のすごい特徴であるから。

長嶋　……たしかに米光さんが喋ると無粋な感じするわ。

米光　うわああー、そーのー指摘！

千野　さっきから、国を憂う的なこと言ってるから。

長嶋　なんか選挙っぽいよね、

千野　で、今日うしろに、長嶋さんの幟[*6]があるからさあ。長嶋さん出馬の応援演説に来てるみたい。

米光　悪かった。俺ちょっといま、シン・ゴジラ大好きっ子だから、すぐなんか、シン・ゴジラ的に国の存亡を語ってしまう、言い過ぎなの。

長嶋　映画の中のね、やりとりみたいになってると。

米光　そうそうそう（笑）。

長嶋　そのねー、とにかくこれは、いきなり見事な。

堀本　ほんとに。

谷川　ありがとうございます。

千野　こういう出会いがあるというのは、いい句会のよさですよね。

谷川　これ録音してる？

米光　してますしてます。

谷川　じゃあー、俺CD作ろうかな（笑）。

長嶋　しかしこのあとは、やや団子状態に。

米光　そうだよね。これだけが突出してて、あとは、あと、3点、2点、1点。しかも1点が多め。

千野　1がさー、こんなにばらけちゃう。とりあえずでも、特選は入ってる句とかからね。

長嶋　やっぱ千野さん、司会しちゃうね。

堀本　ははは。しちゃうねえ。

千野　いや、単純に癖で、どうしてもお客さんの一回目のトイレタイムのこと考えちゃうの。

＊6　長嶋さんの幟　長嶋有デビュー15周年を宣伝するために作られた幟旗。作成の経緯は333頁の注＊8参照。書店でのフェアのほか、イベントや谷崎賞の授賞式でも掲示された。

とにかくでかい句

長嶋　ああじゃあ3点句で、谷川さんが特選を入れている句をディスカッションしましょう。6番。

6　夕焼けを食べて吐き出す大伽藍　　**谷川◎　千野○**

長嶋　谷川さんせっかくですから。

谷川　スケールが大きいじゃん、めちゃめちゃ。で、ぜんぜんでたらめっぽいじゃん。

長嶋　ははは。

谷川　俺も有さんとおんなじで、なんとなくこう、ノンセンスのもののほうが好きなんですよね。だからついこれに騙されたって感じですね。「大伽藍」なんて出てくるのがさー。で、「夕焼けを食べる」っていうのがいいですね。現代詩にもない表現ですね。

堀本　うんうん。

谷川　で、吐き出しちゃうんだからね。食べて。

長嶋　そうですね。ほんとに妖怪めいてる。千野さんは？　谷川さんの後だとさー、すっごい言いやすいでしょ。後ろ盾感があって（笑）。

千野　「大伽藍」なんていう着地は、僕はやっぱ怖くてなかなかできないんですよ。相当の大見得切った感じの着地なので。

谷川　うん。そうね。

長嶋　伽藍っていうのは、建物、寺の建物みたいなことで。

千野　そうですね。そういう壮麗なものですよね。「大」がついてるし、かなりこうゴテゴテした装飾的な感じがするし。お寺かもしんないけど、ひょっとしたらカトリックの教会みたいなゴシックの、すんごいとんがってるやつかもしれない。

長嶋　ああそうか。ああ、日本の寺しか思ってなかった。

千野　両方あるなーと思って。やや擬人法的なので、普段だったら僕はそういうやり方には点が辛いんですよ。なんだけど、これだけスケールが大きいとね。いまもう安心して、谷川さんが言った語彙だから安心して（笑）言うけど。スケールが！

長嶋　現代詩では見ないよね〜。（場内笑）

米光　なんでリピートしてんだよ、みんなで。

千野　「食べて吐き出す」ってことはさ、夕焼けが大伽藍の中に吸い込まれて、そのあと出てくることによって、どんどん夕焼けが濃くなってくんだよね。時間が経つにつれて色がね。濃縮されてくる感じがいいなーと思って。こういう比喩的なものって取らないいんだけど、これはちょっとまいりました。

長嶋　なるほど。ここまでいい評が二つ続きましたが、みなさん、残り3人たち誰かが作者なわけですよ。なので1人しらを切る人がいます。では、米光さんはなぜ取らなかったんですか？

米光　擬人であったりとか、ぼくいま、「シン・ゴジラ」大好き脳だから、ゴジラじゃーん、みたいな。

長嶋　ああ。ええ？　えっ？

米光　だって、「大伽藍」、巨大なものが火を吐くわけだから。ゴジラなわけですよ、これ。ナンセンスと言いつつ！

長嶋　擬人化しすぎるとダメな句になるのかな？

米光　どうなんだろう。でも、まあまあゴジラね、と思っちゃった。

千野　食べて吐き出すのは、必ずしも人とは限らなくって。動物でも……やっぱゴジラか。擬ゴジラ化。

長嶋　ああ、つまり、「夕焼けを食べて吐き出す」で、切れるのね？　それとは別に「大伽藍」があるという意味だよね？　いまのは。

米光　うーん、「**夕焼けを食べて吐き出すシン・ゴジラ**」だとさすがに誰も取らないだろうと思った作者が、「大伽藍」にしたんだな、姑息な！と思って。こんなに俺、ディスっていいのかな。

長嶋　そこまで思ったら、○つけてそうだけど。じゃあ堀やんの取らなかった理由は。

堀本　僕、今回すごい迷って、惹かれた句だったんですよね。迷いました、ほんとに。

長嶋　じゃあ6番も候補ではあった?

堀本　ありました。なんかね、「大伽藍」が大きな口みたいに、言われてみると見えてくる。「夕焼けを食べて吐き出す」という表現に長い歴史を感じさせますよね。たぶん古い伽藍だと思うんですよ。だから、何度も何度も夕焼けを浴びてきて。この句の表現でいうと食べては吐き出ししてきたんだなっていうね。

谷川　うんうん。

堀本　大伽藍のその息遣いっていうのが見えてくる句だとは思いました。

米光　え、じゃあ、なんで選ばなかったの?

堀本　いえいえ惹かれたんで。最後まで迷ったんです。

米光　なんか、俺さっき、強烈にディスりすぎたなって、急に反省しはじめて。

長嶋　僕も擬人化にまず見えるのが、あのーふだんの千野さんと同様、あまり好みじゃないんだよね。あと「大伽藍」みたいな壮麗なものも、寺社仏閣を訪ねる趣味がないので。まあいいや。これでなんとなくね、誰が作者か分かったから。じゃあ、作者は誰でしょう?

米光　はい。米光です。ありがとうございます。

長嶋　これ、シン・ゴジラ?

米光　シン・ゴジラ。

千野　「夕焼けを食べて吐き出すシン・ゴジラ」とはしなかったのね。

長嶋　それじゃあ、ねえ、シン・ゴジラ好きってだけだもんね。

米光　うん、さすがにね。

くっついているもののイメージと「ゐ」

長嶋　はい。じゃあ16番。

16　大人になつたらつかぬはずゐのこづち

千野◎　堀本○

長嶋　千野さん特選。

千野　八五五だよね。僕はこういうときは無理矢理六七五で読むので、「おとなになっ／たらつかぬはず／ゐのこづち」と読むんだけど。で、句またがりですね。

堀本　そうですね。

千野　言葉のまとまりが句の切れ目をまたがっているのを句またがりという、俳句ではおなじみの現象なんです。「ゐのこづち」って秋の季語で、そういうものが生えてるところに行くと、服に付く。子どもの時というのは、わりかしそういうところに踏み込みがちであると。好き好んで。すると気がついたら付いている。これを言っている人は、しかし子供ではなくて大人で、しかもこれは付かぬはずなのにっていうところなんです。

米光　付いてるんですね。

千野　やっぱり入っちゃったんですよ。大人になったけれども。こんなところに入っちゃってる俺。で、大人になったのになあーって思ってる。ちょっと可愛らしい。

長嶋　なるほど。まあ、大麻かなんか探しに行ったんでしょうね。（場内笑）

米光　えぇー。なんで？　なんでそんな。

堀本　そんな場所にあるんですか、大麻は。

長嶋　少なくともとんぼ取りとか行ってないよ。

千野　知恵が勝った句[*7]ではあるんですね。考えオチみたいな。ではあるんですが、やっぱテクニックをすごく感じたので、うまいなーと思って取りました。

長嶋　特選ですもんね。

千野　僕はもう、こういうのにはころっといっちゃう。「狙ってきてんな」と思ってもあえて乗っかってく感じで。素直にいいと最近は言ってます。前はね、ちょっと斜に構えて「やりたいことは分かるんだけど

*7　知恵が勝った句　句評ではしばしば貶し言葉で使われる評言。

ね」とか言ってたんだけど。
長嶋 なんかさ、「最近変わった俺」アピールみたいなのがある？
千野 そう。これ「変わった俺」アピールです。
長嶋 していきたいんだ。じゃあ、堀やん。……もうすっかり堀やんと呼ぶのにも慣れましたな。
堀本 そうですね。違和感なく。
長嶋 初めての方には、ちょっとね、内輪の話ですが、最初のころは、堀本さんは、堀本さまにおかれましては（笑）。
米光 さまとは言ってないけど。
堀本 そこまで言ってない。
長嶋 すっかりね、堀やん堀やん言うようになって。なりましたな。
堀本 そうですね。マッハ第1回で初対面でしたから。
千野 初対面でいきなり、こういうイベントやってたので。
長嶋 最初、野生の猫みたいに、僕ね。
千野 「敵かーっ⁉　味方かーっ⁉」みたいな感じで。
米光 そんなだったかなー（笑）。
堀本 なんか変な俳人が来たーみたいな。
長嶋 言ってない、言ってない（笑）。
千野 言ってないけど思ってるって感じの。
長嶋 いやいやいやいや。まあ、堀やんは、この「ゐのこづち」の句はどうですか？
堀本 そうですねえ。僕、関西の和歌山県出身なんですけど、「くっつき虫」って言ったんですよ。よくくっつくから。
千野 いろんな方言がありますね。
堀本 うん。確かに子どもとのね、親和性が高いっていうか。僕も子どものとき相当付けて帰ってきてたんですよね。「大人になったらつかぬはず」って、なんかここに、すごく僕は哀愁みたいなものを感じて。付かないはずなんだけど付いた。その付いたものが、自分が成長してきた中で落としてきたものっていうか。子どものころの、まあベタな言い方かもしれないけど、純真性みたいな心を落としてきた。でもそれがまた「ゐのこづち」となって、こうぱっと飛びついてきて一瞬取り戻したような。
長嶋 すごい、詩的な読みだ。
堀本 っていう感じに見えて、すごく僕は哀愁や郷愁を感じたんです。
長嶋 あ、いい句だね。なるほど。じゃあ取らなかった3人。じゃあ谷川さん、これはなぜ取らなかったのでしょう。
谷川 なんかあの、デジャブ感があったんですよ。どっかで読んだような気がする。
長嶋 あ、こういう発想を。
谷川 うん。少なくとも詩かなんかにはあったんじゃないかなと思ってね。それでなんとなくね、平凡に見えちゃったんですね。それで取らなかったんだけど。
長嶋 なるほど。米光さんは?
米光 いや、うーんと、ほんとにいま説明されたやつの裏返しで、これ作った人はモテるだろうなーみたいな。少年の心を忘れない俺、みたいな。でもそれをきっちり作ってあるから。作った人も分かってる感がね。少年の心を忘れない。
千野 自分の魅力がね。
長嶋 あざといんだ。
米光 そう、なので嫉妬して入れなかった。
長嶋 嫉妬! 嫉妬で(笑)。
米光 知っててやってる。
長嶋 そんな句かー?
米光 ちょっとそこを出されちゃうと、うーん、いやー君は少年の心を忘れてないよーと思って。
堀本 いやいやまっすぐ取りましょうよ、この句。
米光 あはは。ごめんごめん、斜に構えてる。まだまだ千野さんみたいに変われてなくって。
長嶋 たしかになー。僕は「大人になったら付かぬはず」っていうことは、つまり付いてるんだという省略が、なんかあざとい。あとやっぱり、詩ではありそうな発想ってことがあるんですね。

谷川　そうですね。
米光　なんで確認するように、自分の評を言うんだよ！　ちゃんと自信持って言えよ。
長嶋　はい。ははは。そうっすね。では作者は、モテる人ってことだよね、つまりね。
米光　なにそのフリをしたってことは？
千野　確認したってことは？
長嶋　作者は……ありがとうございます。（場内拍手）
堀本　おめでとうございます。
長嶋　これ僕には珍しく旧仮名遣いで。
堀本　そうですね。
長嶋「ゐのこづち」っていうのを歳時記で引いたら、例句がやっぱり、旧字の「ゐ」の句が多くて。なんかあのくっついてくるもののムードが、旧字の「ゐ」の形のほうが似合うなと思って。
堀本　旧字のくるっと曲がった字面の雰囲気がいいですね。
長嶋　どうしてもこれだけは、「なつたら」の「つ」の字とかも、らしくもなく大きくしちゃった。

北軽井沢にあるルオムの森の緑溢れる様子。手前にあるのは巨大なハンモックの骨組み。

「俳句みたいになってんじゃん」

千野 特選が入ってるやつ開けたほうがいいよね。
長嶋 じゃあそうしましょう。1番。

1 行く夏やハラミを炙る銀の箸　　長嶋◎

長嶋 長嶋の特選。いやこれ、今回最高点だと僕は思いましたね。みんな入れると思ってた。作者さえ入れるんじゃないかと。(場内笑)
米光 それはダメでしょ。
長嶋 だってみんな、焼肉好きじゃないんですか？
千野 いや好きですよ。
米光 そこなの？
長嶋 うん。
堀本 それで選んだの？　ハラミが好き？
長嶋 ハラミが好き。
千野 ハラミはいいよね。
長嶋 ハラミはいい。
千野 ハラミは好き。
長嶋 いいんじゃん。
谷川 俺、ベジタリアンだから。
千野 ははは。
長嶋 はっ！　そういう人もいるか。いやでもこれは、最後の「銀の箸」っていうのが、そう言われればそうだという、発見がある句だと思います。
谷川 これ「銀の箸」って韓国でしょう？
長嶋 そうですそうです。ちょっと取りにくい。滑るからね。焼肉屋に行くとき、肉のことしか考えないで行くじゃないですか。
米光 そうなの？(笑)
千野 箸のことは考えない。
長嶋 そうそう。シルバーなものはさー、フォークとナイフの店だと思ってるから、あ、確かにシルバーだ！　と、うん。……あれ？　なんかさ、みんながシーンとしてる感じがする。

千野 いやー炙るときはさー、トング使うかなと思ったり。
長嶋 ああ、直箸すんなと。いるね、そういう人。
千野 直箸っていうかさ、衛生上の問題よ。まだ火を通してないときは、口に入れる箸じゃなくてトングのほうが安全なんじゃないの？って。
長嶋 そんなぁ、牛肉はだいじょうぶだよ。牛肉だもん。
千野 いやいやいや。いやいやいやいや。
米光 そうそう。でも、そこの議論じゃなくてもいいような気がする。
谷川 なんか前（のマッハ）、もっと俳句っぽくない俳句書いてなかった？
長嶋 ああ、はい。
谷川 このごろ堕落してさー、俳句みたいになってんじゃん。
長嶋 これねー。あ、相当、きついパンチが来たー。
千野 そうだねえ。たしかに「**全員が全長52メートル**」っていう俳句が出る句会だったよね、うちはね、前はね。
長嶋 ちょっとこれ、俳句っぽいですかね。
谷川 はい。
長嶋 でも、そんな中にも、ハラミのなんか食欲をね。
谷川 なんとか「や」、なんて使うの、なんかよくないと思う。（場内笑）
長嶋 そうですねえ（笑）。
堀本 すごいなー。
長嶋 ほんとだ、なんかいま、蒙を啓かされた。
千野 俺たちこんなじゃなかった、みたいな。最初のハングリーが。ライブハウスでやってるパンクバンドだったのに、ドームをいっぱいにしたとたんに、急になんか。
米光 急にね。演奏ができるようになってね。
長嶋 なっちゃったなあー。「や」とか言ってるもん、これ。（場内笑）
米光 手のひら返すね、また。

堀本　特選ですからね。

米光　選んだのに。

長嶋　なんかこの銀色がよかったんですよ。美味しそうだなーと思いましたよ?

千野　はい。美味しそうですね。

長嶋　これさー、知らんぷりで「取らない弁」を聞く必要がない気がする。作者は?

米光　はい。米光です。ありがとうございます。

長嶋「や」とか言ってさー。

米光「や」とかねー。俺、使ってなかったのにねー初期はね。なんとなく、使ってもいいチケットをもらったような気分になってたわ。「行く夏よ」にしよ。「行く夏だ」でもいいしね。

長嶋　大変なことになりそうだね、次の句会から。谷川さんのあと、急に我々みんな変な。

千野　急にアナーキーに。もう全員自由律になっちゃって。

「短き車両」は電車?　ミニクーパー?

長嶋　特選の句はすべて開いたので、俗に「喧嘩している」といわれる、○と×が両方入った句をやりたいと思います。24番。

24　蛇苺短き車両錆びており　　**堀本○　長嶋×**

長嶋　堀やんが○。僕が×。じゃあ、まずは堀やんから。

堀本　はい。田舎の寂れた雰囲気が出ているなと思いました。「短き車両」っていうのは、僕はやっぱり電車なのかなと。まあ車両っていろいろあるけど。

千野　長い短いっていうのは、電車っぽいよね。

堀本　そうですね。単線で短い車両編成で、ちょっと錆びが入った車両っていうのはあるなあと。で、線路のまわりには、夏草が生えてたり、蛇苺がそこに混じってたりっていう、そんな風景が浮かんできました。取り合わせの一句ですね。色もね、蛇苺の赤と錆色というかちょっとその茶色っぽい感じが、鄙びた風景をよく捉えていますよね。そこにすごく惹かれたんですけどね。

長嶋　なるほど。それはもちろん真っ当なこの句のね、美点。僕はそのモチーフ自体が、それこそ俳句っぽすぎるような気が。鄙びてる、だからどっかで車両が錆びてるっていうことの侘しさみたいなもの自体が、やや既視感というか、それを俳句とするという手つきがなんとなくね、新しい俳句じゃない、新しいトライじゃないな、と。それでも構わないんだけれどね、これはこれでよくできた、景色を活写していることは間違いないんだけれども、ちょっと俳句としてかっこよすぎるようになっちゃったかな、と思ったんですよ。千野さんはどうでしたか？

千野　長嶋さんが言ったこととほぼ同じです。でも悪い句ではぜんぜんない。上手な句なんですよね。だけど、その車両自体は人間サイズからすれば人間よりは大きなものだけれども、「蛇苺」という季語は小さくて。

長嶋　なるほど。

千野　そのあと錆に目が行くところもアンビエントなっていうか、静かなところに目をやるというところが、まあ俳句っぽいかなあ。あと、文語体なのに新仮名遣いっていう句は、なかなかこう、すっといかないというか。

長嶋　「錆びており」の「お」が新仮名でね。

千野　うん。旧仮名の「を」のほうが好きかな。じゃ、旧仮名にしたら取るかって言われたら、ますます俳句っぽくなって結局取らないのかもしれないんですけど。

長嶋　この「短き車両」って、何を思いました？

千野　じつはよく分かんなかったんだよ。

長嶋　なんか、パッソみたいなこと？

米光　パッソ？

長嶋　ダイハツ、ミラパルコ。なんかぎゅっとした車。

チョロQみたいな。
米光 こう、まるっちい車ってこと？
千野 2人乗りの、ミニみたいなやつじゃない？
長嶋 堀やんは電車？　車両？
堀本 なんとなくイメージとしてね。でも、たしかにここがちょっと曖昧な表現にはなってるんだけど。
長嶋「短き車両」が面白いのでもありますよね。
千野 そうそう「短き」が面白いのよ。
長嶋 うん。でも、どう思っていいのかなあと。谷川さんどうですか？
谷川 具体的な車名が出たほうがいいなーと思っていました。
米光 パッソとかそういうのが。
千野「短きパッソ」。
谷川 いや、これじゃあちょっと日本すぎるから、やっぱり外車ですね。
米光 アウディとか。
谷川 ミニクーパーとかさ。
米光「**蛇苺ミニクーパー錆びており**」。
谷川 はい。なんかそれのほうがかっこいいなーと思って読んでたんだけどね。
米光 ミニクーパーいいですね。
長嶋 なるほど。じゃあ、作者は？
米光 はい！　米光です。
長嶋 じゃあもうミニクーパーに直すの？　あ、米光さんでした～。
米光 ミニクーパーにします。「**蛇苺ミニクーパー錆びており**」。
千野 いや、それだと1音足りない。
米光 ミニクーパーが、ミニクーパーの。
谷川 ミニクーパーが。
長嶋「蛇苺や」は？
千野 そこに入れるの？
堀本 それはダメなやつ。
長嶋 ダメなんだ。ダメだった！　ちぇ。（場内笑）。次行こ。

中二病、気障

長嶋　喧嘩。また僕が喧嘩にかかってる。29番。

29　幟みな雁の死へはためけり　　**長嶋○　千野×**

千野　喧嘩っ早いね、今日。

長嶋　僕が○で千野さんが×。僕が○をつけるのには珍しい、かっこよさげな句なんですけど。なんか中二病感がある。その飛んでいる鳥のことを、いつかその鳥は死ぬんだっていう、なんか死に向かってまっしぐらっていうふうに読んじゃうとつまんなくて、渡り鳥にせよどっか夕方になると帰る鳥にせよ、飛んでいるっていうことを見たときに、悲壮感ではなくて、いつか死んでしまうものであるということに対して幟が揺れることで、なにか挨拶をしている、っていうふうに読むと、かっこいいなと。それが心地よかったです。あと、幟をちゃんとはためかせたっていうかね。

千野　ああ、幟ははためいていてほしい？

長嶋　うん。せっかく「幟」という題だから。なんか、幟ははためこうよと。で、千野さんが逆にこういう句を好きそうな気がするから。

千野　あ、そうなんだ。でも、僕はこの句はちょっと。

長嶋　ダメだなと。

千野　ダメかどうかはともかく、これは発話してる人が、幟のはためきに無理矢理意味づけしているんだなって思っちゃう。この意味づけで、とくに死みたいなのが入ってると苦しい。だから結局長嶋さんが褒めたポイントが、僕はダメだったのかもしんないですね。

長嶋　そうですね。

千野　これがどういう句であるかってことは、わりと長嶋さんと一致してて、必ずしもこう無常とか儚さみたいなのを狙った句ではないのはよく分かるんです。むしろ生命力と言っていいぐらいのところを見てる句だなと思う。けど、なんにせよそのー、この人の勝手なっていうか、オリジナルの意味づけだけで句が突っ走っているので、僕にはその意味づけが息苦しい感じがしたなーと。

長嶋　……作者が谷川さんかもしれないから、やや批判を抑え気味にした?

千野　よく分かったね。

谷川　ははは。

千野　あとね、「みな」のね、ほんとにみなかと。一本一本、ちゃんとはためいてるの?　一本一本に、ちゃんとあなたは雁の死に対してはためいてるんですか?と。(場内笑)

米光　問いかけるの?

千野　一本ぐらいは違うことにはためいてるかもしれないし、一本ぐらいはサボってはためいてないやつもいるかもしれないのに、みなって言ってるんじゃないかっていう。

米光　いや、風吹いてたら、みんなはためくよー。

千野　いやーどうかなー。

長嶋　そこは、一本だけサボってる幟、ないだろ!

千野　立てる場所によってはさ、風が来ないとこもあるから。

長嶋　まあね。でも、どういう幟だったの?

千野　もうこれさ、谷川さんは違うかもしれないけど、僕らは基本的にそのデイリーポータル[*8]の記事を読んでるから。

長嶋　あ、はい。

千野　幟って出された段階ではもうね、あの幟しか思い浮かばなくて困るんだよね。

長嶋　ぜひねえ、ウェブで見てほしいんですけど。

千野　そう。もうねー、デイリーポータルの幟で検索してみてください。

長嶋　パチンコ屋の新台入れ替えみたいな感じで、すんごい。もうね、新台入荷ってのがもう、なんかエヴァ

---

*8　デイリーポータルの記事　面白い取材が満載されたポータルサイト「デイリーポータルZ」の企画で、「小説家の幟を作る」という企画に長嶋有が参加した。パチンコ屋やクリーニング店などの店先でみかける幟を小説の宣伝で作ってみようというもの。https://dailyportalz.jp/kiji/160812197176

ンゲリオンみたいになってね。そうそう。あとは居酒屋の比内鶏みたいな文字で、「長嶋有」。ジューシーな。ああ、表にも一本あるんですよ。あの、あまりにも自然に馴染んでて、みなさん受付で素通りしたかもしれませんが、もう一本あるので。谷川さんも作りませんか？

ルオムの森に自らの幟を立てる長嶋。

谷川　幟？

長嶋　「詩なら谷川！」

谷川　俺はTシャツのほうがいいんですよ、これ、ちゃんとやってるでしょう。

長嶋　あ、いま着ているやつ？　谷川さんの。

千野　オリジナルTシャツ。

谷川　地元の詩人を大切にしようっていうネームでやってるんです。幟だとほら、気軽に着られないじゃないですか。

長嶋　幟はね。

谷川　目立ちすぎますよねえ。（場内笑）

米光　ねえ。しかも「長嶋有」とか、自分だけこう目立とうとしてる感じがね。地元の詩人を大切にしましょうみたいな、そういうことをなんかねえ。

長嶋　ああー。いやだから、「地元の！詩人！」みたいなのを。

米光　なんで幟を。

長嶋　そうかー。いや、まあちょっと脱線しましたけれども、その死について、じゃあこれは堀やんにも聞いてみようかな。

堀本　そうですねえ。「みな」かって、たしかにしますけどね、うん。

長嶋　置いてる場所によっては。

堀本　そうですね。違うかもしれないし。

長嶋　そうか。やっぱり谷川さんかもしれないと思うと、あまり言えない。

谷川　俺、これ書いた人ってすごい二枚目の人だと思うんだけど。だから、ぜんぜん俺じゃないよ、これ。

千野　（思わず独白）二枚目っぽい句だよね。

谷川　ええ、すごい二枚目でしょう。

千野　そう、苦みばしった。

谷川　ちょっと気障（きざ）だよね。

米光　気障ですね。そうそう。

長嶋　ねえ、名乗り上げにくくなったところで。作者は？

堀本　……はい（笑）。裕樹です。中二病って言われたり、気障って言われたり、なんかいろんな評もらいましたね（笑）。

長嶋　そうだね、〇つけた僕からもね、言われてね（笑）。

でもかっこいい句だと思うんだけど。

「谷川さんに褒められたい」

長嶋　せっかくゲストの谷川さんに来てもらってるので、谷川さんが取った句を見ていきましょうか。谷川さんに褒められたーいのコーナー！

千野　コーナー！

長嶋　7番。繰り上がり当選。補欠合格。

7　ライナスは十月生まれ空の青　**谷川〇**

谷川　これはねー、俺のこと知ってる人が俺に挨拶してくれたんだと思って。

千野　挨拶句なんですね。

谷川　で、これ取らなきゃ失礼かなーと思って。

米光 ほんとに最初は取ってなかったんですね。

谷川 そうなんですよ。よく考えてる。

長嶋 いや、僕もジャージの下は、（と言って服を脱ぎ）実は、[*9]チャーリー・ブラウンなんですよ。

米光 ぼくもチャーリー・ブラウンで。

長嶋 そうそう、お互い、谷川さんに好かれたいあまり。

（場内笑）

米光 ねえ、ちゃんと着てきて。

長嶋 で、今日の入場時の出囃子もね、「ライナス・アンド・ルーシー」[*10]ちょっと音量が低かったんですけども、毎回入場するときに音楽を決めてて。ASKA[*11]が逮捕されたときのマッハは「SAY YES」にしたし。

堀本 そんな合わせ方をしてきたの。

長嶋 いろいろそのときに見合ったね、ふさわしい曲で出てるんですが、今回は谷川さんをお迎えするにあたっては、……あ。（音楽流れ始める）

千野 そうです。これで。

長嶋 「ライナス・アンド・ルーシー」で実は入場してたんです。

谷川 なるほどー。聞こえなかったなあー。

千野 みんな拍手してたからね。

長嶋 ライナス、10月生まれなんでしたっけ。

谷川 いやーそれはぼく、ぜんぜん知らない。

長嶋 谷川さんは、『ピーナッツ』という、スヌーピーの漫画の翻訳者で、僕は小学生のころ、ツルブックス版の『ピーナッツ』を……。

千野 鶴書房のね。

長嶋 何度も読んで。

谷川 おかげさまで、けっこう、生活が。

千野 ははは。鶴書房はつぶれちゃったけど。

長嶋 精神分析医をやるじゃないですか、ルーシーが。

谷川 はい。

長嶋 それをちゃんと堅く、「医師在院中」って訳してるのがよくてね。あと、「Sigh」っていうね、ためいきを。

米光 はいはいはい。

長嶋 「＊タメイキ＊」ってやってたのも。カタカナの

「＊タメイキ＊」っていう訳がもう、鮮烈でしたね。

米光　やっぱあれに影響されてるよね。小さいころに繰り返し読んでね、感覚に。

千野　「Good grief!」っていい方も、あれで知ったし。

長嶋　「ヤレヤレ」ですね。

千野　あれ先に読んでたから、村上春樹読んだときにも、「Good grief!」になっちゃうんだよ、頭の中で。

長嶋　ライナスは、毛布を持っている哲学的な男の子で、10月生まれが似合う気がしますね。えーっと、作者は。

千野　はい。あからさまに挨拶ですいません。千野です。「空の青」もこれは『空の青さをみつめていると』(角川文庫)という、谷川さんの詩集で。

谷川　ありがとうございます。

長嶋　挨拶句だ。

千野　はい。10月生まれはね、なんかで読んだんですよ。その漫画が思い出せなかったので、ウィキペディアで確認しました。

米光　ライナスが？

千野　10月生まれ。

長嶋　挨拶句という文化があるんですよね。俳句の、初めての方に説明しますというね。すごい単純にその人の名前を織り込んだりね。

千野　開催する土地のことを入れたりするの。で、そもそも季語ってのも。

長嶋　季節に対するというか、いまこのときに対する挨拶。俳句は挨拶であると、小澤實[＊12]さんも、強く言ってましたが。だから、夏なのに冬の句を作っても、あんまり受けないのは、それが挨拶じゃないから。

堀本　そうですね。やっぱり当季の、いまのこの季節

＊9　チャーリー・ブラウン　チャールズ・M・シュルツの漫画『ピーナッツ』(谷川訳『ピーナッツ全集』河出書房新社)の主人公。

＊10　「ライナス・アンド・ルーシー」　ヴィンス・グァラルディの曲。米国のアニメ版『ピーナッツ』のサウンドトラックの一曲。

＊11　ASKAが逮捕されたときのマッハ　vol.11「あなたとはフォントが違う夏休み」@成城ホール（2014年7月27日）　ゲスト＝松田青子。

＊12　237頁注＊12参照。

の俳句を作るのが、基本的な挨拶ですね。

長嶋 あ、僕も去年、あ、一昨年出した句集では、スヌーピーの連作を詠んでるんですよ。

谷川 ああほんとに？　そうだっけ。

長嶋 僕のほうがもっと挨拶してるんですよ！（場内笑）

千野 ははははは。

米光 挨拶アピール？

堀本 アピールしましたねえー。

谷川 挨拶って、あんまりおしゃべりじゃないほうがいいんだよねー。（場内笑）

長嶋 わははは。ささやかなほうがね。

谷川 そうです。

長嶋 「あのー、これ、書きましたんでー」って。

米光 で、連作でーとかも。

長嶋 どんな挨拶だよ。「連作ですんで」。

堀本 連作なんで（笑）。

長嶋 押し売りですね。すいません。谷川さんにね、褒められたいからさ。

使うのが難しい「原爆忌」

長嶋 じゃあ、2番の逆選。米光さんですね。

2　織田殿に落暉燦たり原爆忌　**米光×**

米光 あ、ぼくか。

長嶋 「落暉燦たり」これ、なんて読むの？

米光 「らっきさんたり」。

長嶋 「ラッキサンタリ〜！」。（場内笑）どういうこと？　これ。

米光 いちばん正直なのは、難しくてピンと来なかったっていうだけなんだけど。でも、やっぱり調べて色々見ても、「原爆忌」に「織田」みたいなのが、まあ分からんでもないが……。織田がね、「落暉」って入り日がこう照ってるみたいな映像と原爆忌。うーーーん。うーんっていう。いまうーんしか言ってないけど（笑）。「伝われー！」と思いながら言った「うーん」だから伝わってると思うんだけど、うーんって思っちゃったなあー。

長嶋　これ、「原爆忌」が不思議だね。なんでこれにしたんだろう？

谷川　なんかつければさ、自分は人生真面目に考えてるってことを表現できてんじゃない？

長嶋　考えてるぞと。

千野　角川春樹お気に入りの季語なんだってね。

米光　だからやっぱ、危険なんだよね。「原爆忌」ってやっぱすごい、ヘビーな。

千野　メッセージ性のある季語だから。

米光　だから、使ってばっちり決まるとすごい響くものになるけど。

谷川　これ、蟻が不意に脚を止めるやつもあるじゃないですか。

長嶋　ああ、ほんとだ。20番「**蟻不意に脚を止むるや原爆忌**」。

千野　対照的ですよね。

米光　こっちもねー、こっちもなんか、すごい感じするけど。

谷川　なんかねえ。

堀本　難しいですよね。

長嶋　じゃあ、作者は？

千野　はい。千野です。

長嶋　おー。なに、これはどういうことですか？

千野　これはねー、僕も意味分かんなくって。

谷川　ははは。

長嶋　なんかできちゃったの？

千野　できたっていうか、夢の中でできちゃったのね。

谷川　へえー。

千野　で、起きて、書きとめておいたのよ。

米光　どんな夢だったの？

千野　いやー、たぶん、苦吟してる夢なんだわ。マッハがあるから、俳句作んなきゃーってなってる夢なんだ、きっと。

長嶋　宿題終わんない〜みたいな。

米光　ああ、この情景の夢じゃなく、この句が夢の中に出てきたの？

千野　そう。夢の中で作ってたんで。

長嶋　これを？

千野　うん。で、分かんなくって。だって織田信長って原爆落ちた場所2か所とはまったく違うとこの人だし。

米光　うんうん。

千野　時代も400年くらい違うでしょ？

米光　うん。

千野　当たり前だけど。よく分からないんだけど、こんなのできちゃったから、もう出しちゃおうと。

長嶋　いいね、それは。「取れたから〜」みたいなね（笑）。裏庭で取れたから。

米光　取れたから持ってきました。

千野　そうそう（笑）。そんな感じ。

米光　すっごいヘビーだけどね。

千野　20番こっちの作者は？

堀本　裕樹です。まあ角川春樹さんのDNAをちょっと継いでるかもしれない。

長嶋　春樹感。

千野　春樹DNAが。

選句中の来場者たち。

観客とのやりとり

長嶋　逆選の弁はこれで終わりかな。はい。じゃあ客席から。

千野　どうですか。何番とかって。

――12番お願いします。

千野　あ、2点入ってるじゃない、これ。

長嶋　あ、ほんとだ。

12　金一封軽みしみじみ文化の日　　**米光○　長嶋○**

長嶋　いい句じゃないですか。いやー札束はねえ、厚みもあるし重みもあるけど、「金一封」って、言葉のめでたさと裏腹に1万円くらいだから、軽いんですよ。

米光　うん。紙1枚だから。

長嶋　そうそう。でもうれしさ的な、1万円感はあるわけですよ。「やった～！」っていうのともらったときの「かっる～」。（場内笑）

堀本　それがしみじみなの？

長嶋　そうそうそう。しみじみ軽しじゃなくて、「軽みしみじみ」なとこに、それでもうれしい！　なぜなら金だから！（机をぱしんと叩きながら）

堀本　ははは。

長嶋　で、季語はどうでもいい。これは。

谷川　「文化の日」、季語でしょこれ。

長嶋　季語です。いや、なんでもいいです、これは。

谷川　なんでもよくないんですよ。「文化の日」なのに、なんで文学者が講演に来て、こんな薄っぺらな金もらうのかっていう、風刺があるんですよ。

長嶋　風刺なのか、これは！

谷川　はい。そうですよ。

長嶋　米光さんは？

米光　ぼくも、「文化の日」がいいと思って。

堀本　ちょっと乗っかってるよね？

米光　乗っかったんじゃないよ！　ぼく逆に風刺とは思わずに、でもそこの対比が、まあだから風刺なのか。

金もらってる〜みたいな。でも、文化ってやっぱ金じゃないみたいなイメージあるじゃないですか。なにか志だったり、なんか文化のためにやるんだっていうのに、でもやっぱ、金もいいよね。

千野 金もいいよね。

長嶋 金もいいよね。

米光 っていう対比があって。あと、「軽み」と、金をもらったそのしみじみ感も、ちょっと対比になっていて。すごいいろんなものが対比されていて、この一句の中ですごい複雑なものを描けていると。

長嶋 じゃあ「文化の日」も効いていると。

谷川 「しみじみ」にほら、文化国家日本に対するさ、なんかちょっと。

千野 アイロニーですか？

谷川 複雑な気持ちがこめられてるわけですよ。

長嶋 そうなのか、この「しみじみ」は、けっこうそういう。

米光 あんまり解説すると、無粋に(笑)。

谷川 ああ、難しいよね。

長嶋 いやーこの「金一封」うれしくてさ。だから僕、ハラミと同じなんですよ。やった、ハラミだ〜みたいな。ハラミを炙ると特選みたいな、金一封への喜びが、

谷川 金一封、いくらだったら喜ぶの？　1万円なら喜ぶの分かるけど。

長嶋 1万円なら喜ぶ喜ぶ。

谷川 1万円以下だと喜ぶ？

長嶋 それ一封じゃないですよ。

谷川 5000円のこともあるよ？

長嶋 あるね、「御足代です」とか言ってねー。

谷川 あるある。

長嶋 でもこれ、「札束の重みしみじみ」だと、やっぱダメじゃん？

谷川 それはつまんない。

米光 だよね。「金一封」のとこがいい。

長嶋 だからやっぱ、「金一封」っていう日本語も、ふだんあんまり言わない、サプライズな。

千野 書き言葉だよね。目録に書いてあるような。
長嶋 それの喜びもあるよね。はい、作者は？
谷川 俺。
長嶋 おお。「俺」！
堀本 谷川さん。
谷川 これけっこうねー、友達の間で評判よかったんですよ。
長嶋 以前、ちょっと出してみたんですね、この句を。
谷川 いやなんか、送るときにちらっと見られちゃったみたいなさ。なんかこれ実感があるわけ、俺は。
長嶋 札束の重みもいいですよね。
米光 でも、それだと面白みがないじゃん。句としてねえ。
谷川 重みなんてね、なんかさー、ちょっとそんなもらってんのかなー、みたいな気がするよね。
長嶋 だいたい振込だもんね。
谷川 そうそう。いま、みんなそうだから。
米光 谷崎賞とかはどうなんですか？
長嶋 分かんない、まだもらってない。
米光 くれるのかな、授賞式のときに。札束で。
谷川 目録が来るんですよ。あとは振込。
長嶋 あのね、小学館漫画賞の選考委員の謝礼は、現金とっぱらいだったの。30万円、なんか、そーっと渡された。
谷川 へえー。
米光 あ、じゃあ、札束を。
谷川 源泉徴収どうなってんの？（場内笑）
長嶋 どうなってんだろう。僕の推理なんだけど、選考委員って漫画家が多いわけよ。錚々たるね。で、その日飲みに行きたいんだと思う。
米光 ああー。
長嶋 で、もうたぶん、通帳は、かみさんに管理されちゃってるから、かみさんには選考委員っていうのはボランティアだよ、みたいに言っといて、「頼むからちょっと、現金でちょうだいよ〜」みたいになった風習だと、勝手に僕は思ってる。

谷川　じゃあ税務署もごまかしてるわけだ。
長嶋　そういうことですよ。あと他、気になる句は。

客席からも思わず「深い」

――３番お願いします。

３　駄目なのかポチが歩いているだけじゃ　**千野○**

千野　３番。僕が取ってる。
長嶋「**駄目なのかポチが歩いているだけじゃ**」。駄目じゃないですよね！
千野　これね、ちょっとメタな俳句だと思った。つまり、ポチが歩いてるだけじゃ俳句にならないのかと。季語入れなきゃ駄目なのかと。
長嶋　俳句への批評。
千野　うん。そういうもの勝手に。もちろん作った人はそのつもりで作ったかどうかは別にして、僕はそれを面白いと思って、それでこれにしました。やっぱり僕、知恵が勝っちゃう句にはどうしても弱いというか、こういうのは面白いなーと思って。
長嶋　そう見ると面白い句ですね。
米光　ねえ。それ気付かなかった。
堀本　かなりメタだね。
長嶋「裏の畑でポチが鳴く」は、花咲か爺さんか。ポチという、普遍的というか、昔からある犬の名前を考えすぎちゃってさ。いまあんまポチいないしさー。
千野　この「ポチ」も、目の前、たとえば、俳句のいわゆる写生[*13]の点から言うんなら、「ほんとにポチなんてクラシックな名前の犬がいるの？」みたいな疑いの対象になるけども、そうじゃなくて、このポチは結局「そこらの平凡ななにか」みたいな。犬って言うと弱すぎる。そこで、架空の具体性として「ポチ」が入ってるっていう感じがいい。
長嶋　じゃあちょうどいいのかな。

千野　そう、「雑な具体性」なのこれは。あえて杜撰にしてみた杜撰。それがその、逆にデリケートな手際に見えました。

長嶋　なるほど。作者は？

谷川　俺。

堀本　谷川さん。

米光　どうですか、読み的に。

長嶋　いまの、千野さんの読みは何点ですか？

谷川　いや、じつに、もう的確に読んでくださってますけれども、あのー、俳句と結びつけたところが、ちょっと作者の意図とは違って。作者は俳句などという狭い世界のことは話題にしてません。（場内笑）

千野　はははは。

米光　そんな狭い話題じゃないと。

谷川　これはもう、実存的な、自由のことです。

千野　ああー。

長嶋　それでは駄目なのかと。ほー。

堀本　なるほど。

――深い。

長嶋　あ、いま、客席からも「深い」って声が。なるほどね。

「短き車両」で激論

長嶋　どうでしょう、時間的にはもうちょっとありますす。

千野　豊崎さんひとことなにかあったら。

豊崎由美　はい。

長嶋　書評家の豊崎由美さんです。今日はありがとうございます。

豊崎　私が特選をつけたのは、米光さんの「**夕焼けを**

＊13　写生　正岡子規が西洋絵画のスケッチの概念に触発されて唱えた近代俳句の理念。眼前の事実を五七五に落としこむという作句理念。

食べて吐き出す大伽藍」なんですけど、「大伽藍」って私の中では、イスラムの、ちょっとまあるい感じの大伽藍で。それゆえにですね、太陽とか地球とか、谷川さんがおっしゃってたスケール感みたいなものの隠喩をいろいろ考えられて、すごく大きいって感じがして好きでした。で、壇上のみなさんに、ええー？って思ったのが、24番なんです。「**蛇苺短き車両錆びており**」。

千野　ディスられる(笑)。

豊﨑　みなさんも絶対見たことあると思うけど、田舎のほうのいわゆる廃線になったようなところとかに、一車両だけ電車があって、それが雨ざらしになってて、それで草みたいなのまでこう絡みあって、もう草がぼうぼう。そのすごい緑の地層みたいになっているところに、錆びてる車両が一両だけぽつんと捨て置かれてしまってる。その周りに、ちょっとだけ小さい赤がぱんぱんぱんぱーんってあるっていう、蛇苺があるっていう感じ。「短き車両」っていうのは、ぜんぜん悪くないんじゃないかなーと。

長嶋　なるほど。

千野　僕もね、それ思い浮かべたんですね。

長嶋　堀本さんも、まあ、そういう解釈に近かった。

豊﨑　いやいや、解釈の問題じゃないんです。「短き車両」を、谷川さんがミニクーパーのほうがいいよって言ったようなところに、私は異を唱えたいんです。

千野　それはだって、車両が短いんですよ？　編成が短いんじゃないの。

豊﨑　でも、「短き」を。

長嶋　なるほどね。つまり、そこは、電車でないとハマらないだろうと。

千野　短き車両っていうのは、やっぱり編成が短いんであって、一車両一車両は、そんなに変わらないだろうって思って、「短き車両」でそれは考えなかったんですよね。

谷川　まあでも、草軽電鉄って、みなさんもう知らないだろうけれども。

長嶋　北軽井沢バス停の前に模型がありますね。

谷川　模型が機関車の模型があるんだけど、軽井沢から草津まで、トロッコみたいな電車が走っててね。それで子どものころは、それに乗って軽井沢から北軽井沢まで1時間半かけて、峠道をくねくねくねくねくね来てたんですね。だから「短き車両」っていうと、ぼくはやっぱり、草軽電鉄の車両を。夏はオープンカーになったりしてたんですよね。

千野　へえー。

谷川　それが、子どものころすごく楽しかったんで。そっちのほう思い浮かべたから、なんかすごい平凡に聞こえちゃったんですよ、この句が。だから逆になんか自動車ととって、ミニクーパーはどうかみたいなことを言った。

豊﨑　いまの谷川さんの解説、すごく分かります。千野さんのどの車両も同じ長さだっていうのは、それはやっぱり、鉄の人たちに対して失礼なんじゃないかなー（笑）。

千野　はっはっは。鉄の人はたぶん「お前が知らないだけでこんなんあるんだよ」って出してくるとは思うんですね。だけど、俳句を読解するときに全員がそのマニアックな知識につきあう理由もないかなあーって。

長嶋　これはちょっと、二次会で。

千野　はい（笑）。ははは。

長嶋　草軽電鉄のやつは、スイッチバック。いまも二度上峠（にどあげとうげ）って名前が残ってるのは、そのへんだったんですよ。

谷川　そうそう、二度上峠のところをスイッチで。

米光　二度上っていうのは？

谷川　こうまず上ってくでしょ、それだけじゃなんか上りきんないんで、また今度逆行してこういうふうに行って。Z型に上がってくっていうの。

長嶋　いまも箱根の登山電車とかがその上げ方をしてるけど。このへんに長く住んでる人は、みんなその電車の思い出を言いますね。「途中で花摘んで、また乗り直すことができた」って。ゆっくりすぎるから。

米光　じゃあ、軽井沢に対するいい挨拶句なんだよね。

豊崎　だからそうそう、それも挨拶句なんですよ。
長嶋　ありがとうございます。
千野　遠くの席の方でも、なにか。
長嶋　あれ、いまね、ターザンロープですべってる人でもよいので。
米光　いやいや(笑)。
長嶋　いま言ったらすごいね。
米光　「はちばーん！」。
長嶋　「はちばーん！」。
堀本　どなたか、いらっしゃれば。

大事件と日常

——はい。30番の句に特選入れたんですけれども、最初、「夜の芋」がさといもを料理した煮っころがしの残り物かと思ったんですけど、あとで、いやこれ収穫したか、買ってきたまんまの状態の芋かなと思って。その雰囲気を感じたんですけれども、どういう芋を。

30　ナダルの抗議退けられて夜の芋　**米光〇**

長嶋　どういう芋なのかと。
千野　30番、どんな芋なのか。種類とか、調理前なのか後なのか。
長嶋　これ米光さんが取ってますね。
米光　これ、ぼく、みんな取ると思って。
千野　実は取りかかったのよ、いい句だなと思って。
米光　これいいですよね。ぼくは調理した芋だと思って、選んだけど。
千野　あ、ほんと。そっか。
米光　それこそね、ナダルの抗議退けられてるとこを見て、芋食ってる。だけっちゃだけだけど、そのなんか実感がね、テレビんなかで大事(おおごと)、おっきいことが起こって、見ている我々に手渡されるんだけども、煮っころがし食ってる。

長嶋 テレビ観戦。

米光 これは、オリンピックでスポーツのことだけど、でもねえ、戦争が起こってるのを見ながら、食パン食ってるみたいに、その現実に起こってるものがテレビ通すことで、一回虚構になって自分とこに届けられるときの、自分のある種なにもできなさとかそういったものすら感じられて。

長嶋 確かにこれ完全に、ウィンブルドンやリオにはいない人の句だね。

米光 うん。でも、そのことを書かずにぱっと手渡されるってすごいことだと思うんだよね。ぼくはこれと「がぎぐげご」で、どっちに特選にしようか悩んだぐらい好きですね。

長嶋 これ、芋は厳密には、季語的にはは。

堀本 秋の季語。

千野 この字書いたら、さといもでしょ？　たしか。

米光 あ、そうなの？　漢字で決まるの？

長嶋 質問した人の質問に立ち戻ると、どんな芋かは、すごい大事らしいんですよ。ねえ。

――すみません。歳時記で引いたら、「馬鈴薯」とかいろいろあって、芋ってあれば、季語の場合は、さといもと手持ちの歳時記にあったのですが。

千野 「芋」はさといもで、馬鈴薯の「薯」の字はじゃがいもで、甘藷の「藷」がさつまいもで、「蕷」は山芋とか。全部いもだけど。

長嶋 すいません、季語にうとくて。なるほど。作者は？　ありがとうございます。長嶋です。長嶋でございます（笑）。

千野 これはほんといい句。取らなかったけど。

長嶋 いやー、これはさー、オリンピックが今回（2016年）リオで深夜にやってたから、まあ夜なんだけど、日本にとってはね。ナダル対錦織の銅メダルをかけた争いで、錦織のトイレがすっごい長かったんですよ。だからなんとなく胃の調子に関わる、その芋を。……まあ言わないほうがよかったかな？

米光　だいたい無粋になる（笑）。いい句だーと思うと、ね、作者の解説聞くと、ええー？ってなる。

長嶋　ナダルは一回ねー、パンツを後ろ前、履き間違えて試合に出ちゃって、途中で、着替え直していいか？っていう抗議も退けられてるの。で、その退けた主審が、そのときの銅メダルのときも主審でもあったの。因縁なのよ。

米光　へえー。

長嶋　で、この、錦織のトイレの長さでも、すごい猛烈な抗議をしたんだけども退けられて、それで最後、ペースを崩して、錦織の勝ちですよ。というトリビアも覚えて帰ってください。（場内笑）はい。ということで。

千野　ちょっと時間もね。

長嶋　ね。どんどん冷えてきたし。

千野　そう。3時間ってけっこう長いんだけどもいつもあっという間で。

長嶋　告知ないですか？　近々ニューシングルが出るとか。（場内笑）あ、米光さんは、「想像と言葉」ですよね。

米光　これ、言葉と連想のゲームなので、きっと句会好きな人は楽しいと思うんで。

長嶋　句会もね、ゲームみたいなもんですよね。

米光　はい。

長嶋　なので、これもぜひ。それとね、お寒い中ね、ずっと聞いていただいて。ありがとうございました。

米光　谷川さん、どうでしたか、句会は。

谷川　はい。初対面の方多かったんだけど、たいへん楽しかったです。みんな、弁舌にたけてますね。

千野　弁舌。

長嶋　でもねー、そこだけなんですよー。我々。

千野　口八丁で行くしかないっていうね。

長嶋　行くしかないんですよ（笑）。いや、ありがとうございます。

谷川　いえいえ、楽しかった、ほんと。

長嶋　次ね、お題も出してもらうことになるので。ぜひ、こんど客席のほうでも遊びに来てください。

谷川　はい。ありがとうございます。

長嶋　また、呼んでもらえたら北軽で。もうちょっとあったかいときに。涼しい、涼しいときがいいですよね。避暑に。ルオムの森も、地元でがんばっているカフェとしてもね、やってるので、他の機会にもぜひ、いらしていただければと思います。

千野　みなさん3時間おつきあいいただいて、ありがとうございました。

堀本　ありがとうございました。

谷川　ありがとう、ありがとう。

vol.18「想像の月まぶしくて目をあける」

No	選	句	作者	選
1		行く夏やハラミを炙る銀の箸	米光一成	長◎
2		織田殿に落暉燦たり原爆忌	千野帽子	米×
3		駄目なのかポチが歩いているだけじゃ	谷川俊太郎	千○
4		秋めくや下だけ揺れる幟旗	長嶋有	堀◎
5		残る蟬ぢりぢりと幹よぢのぼる	堀本裕樹	米○ 谷○
6		夕焼けを食べて吐き出す大伽藍	米光一成	谷◎ 千○
7		ライナスは十月生まれ空の青	千野帽子	谷○
8		穴あいてる団栗おまえより丸く	長嶋有	米○
9	♛	アの次にイが来る国のがぎぐげご	谷川俊太郎	米◎ 千○ 長○ 堀○
10		撃たれたるごとく殿様ばつた倒る	堀本裕樹	長○
11		風死すや幟の台のガタと鳴り	米光一成	
12		金一封軽みしみじみ文化の日	谷川俊太郎	米○ 長○
13	♛客	くるぶしを浸してさようなら八月	千野帽子	堀○
14		秋の蜘蛛金糸銀糸を織りにけり	堀本裕樹	谷○
15		金貸しの金歯光って稲光	米光一成	谷×

		句	作者	評
16		大人になつたらつかぬはずゐのこづち	長嶋有	千◎ 堀◯
17		更地也幟にょきにょきはためいて	谷川俊太郎	
18		星月夜ハララしてゐる人恋し	堀本裕樹	谷◯ 長◯
19		ゆく夏のこんなに壁が白かったか	千野帽子	谷◯ 長◯
20		蟻不意に足を止むるや原爆忌	堀本裕樹	
21		鰯雲ＴＳＵＴＡＹＡの幟「半額」と	千野帽子	堀×
22		秋暑なり丸く動かす金だわし	長嶋有	千◯米◯堀◯
23		夕まぐれお空の上はまだお空	谷川俊太郎	千◯
24		蛇苺短き車両錆びており	米光一成	堀◯ 長×
25		秋冷や眼を寄せてファインダー	長嶋有	堀◯
26		ああだっけこうだったっけどうだっけ	谷川俊太郎	米◯
27		父の身の折りたたまれて百舌日和	米光一成	千◯
28		満月までこの銀行は建っている	千野帽子	谷◯
29		幟みな雁の死へはためけり	堀本裕樹	長◯ 千×
30		ナダルの抗議退けられて夜の芋	長嶋有	米◯

♛は壇上トップ、♛(客)は客席トップの句。

vol.27「梅雨晴のすいか畑の十年後」

@オンライン（2021年6月25日）

ゲスト＝最果タヒ

2017年以降、年一回春先のみの開催が続いた。2020年、ステイホームのご時世となり、4回のオンライン開催を経て5回目がこの回。東京マッハのデビュー10周年月間に開催されたアニバーサリー興行でもある。

1年ぶりの東京マッハ

千野　こんばんは。1年ぶりの東京マッハでございます。さっそくいつものメンバー、呼びたいと思います。米光一成さん。長嶋有さん。堀本裕樹さん。
長嶋　1年ぶりか。
千野　もうずいぶん久しぶりなんですよね。今月で東京マッハ始まって10年。
長嶋　何回目？
千野　27回目。まだまだ会場でみなさんと対面でという開催にはいかなかったんですけどね。[*1]
米光　でも、なんとか6月の10周年記念月間には間に合わせることができました。
長嶋　10年前の6月に開始だったんですね。
千野　雨降ってました。渋谷で。
米光　そうか。渋谷のどこだっけ。
千野　いまは無きアップリンク。[*2]対面で開催したいなと思いながらもですね、一方でオンラインならではというのは、たとえば、ふだん顔出しされていないという方も参加できる。ということで、今日のゲストは詩人の最果タヒさんです。
最果タヒ　よろしくお願いしまーす（エコーが効いている）。
米光　タヒさん、お風呂に入っているみたいな感じになってます。
最果（操作する音）消えましたかね？
米光　いけましたいけました。
長嶋　まだ堀やんがなにも喋ってないよ。
堀本　いや、これから喋ります。
千野　前回から今回の間に堀本さんは人生の一大事がありましたね。
堀本　ああ、そうですね。結婚して、子どもが生まれました。
長嶋　素晴らしい。
最果　おめでとうございます！
千野　チャット[*3]のほうも皆さんからパチパチパチパチ（888888……）といただいておりまして。

堀本 ありがとうございます！

長嶋 あ、はい。みんな、チャットでも盛り上がってほしいですね。

千野 恒例の乾杯いこうかな。

長嶋 マッハは毎回、乾杯から始まるので、タヒさん、タヒさんと呼んでいいのかな。

最果 タヒさんで、なんでもいいですよ。これでちょっと飲ませていただきます。

長嶋 はーい。10年を言祝(ことほ)いで。

最果 おめでとうございまーす。

一同 かんぱーい。

長嶋 いや、もう終わったようなもんだよ（笑）。

千野 オンラインはね、オープニングが一番怖くって。

左上から時計回りに、長嶋、千野、堀本、最果、米光。

＊1 新型コロナウィルス肺炎流行の影響で、２０２０年のvol.23以降オンライン開催が続いている。

＊2 アップリンク渋谷 この前月（２０２１年５月）に閉館。

＊3 Twitterだけでなく、ZOOMのチャット機能も双方向で副音声的に活用。

vol.27「梅雨晴のすいか畑の十年後」

No	選		作者
1		医者からの電話むつかし迎え梅雨	
2		痩せたのは殺されたから蝉が鳴く	
3		ドローンの視野にあぢさゐ選手村	
4		汐風や片脚の浮く蟬の殻	
5		全員が同じ全長またサマー	
6		指先の血は吸ってよし花胡瓜	
7		古庭の薔薇のみ香り立つばかり	
8		血を流す鸚鵡追いかけ夕立へ	
9		一人つかう外階段不織布の夏	
10		眠る浅草眠るヒノマル写真館	
11		夏が来て性塗り潰し始める死	
12		顔よせて予測変換ポン（ポンダリア）	

一旦ストップ！　次のページから披講が始まります。
ページをめくる前に必ず選句をしましょう！！

みなさんも特選（ベスト1）1句に◎、並選（好きな句）4句に○、逆選（文句をつけてやりたい句）1句に×。「選」欄にご記入ください。

13		保冷剤に時ゆつくりと至りけり	
14		そのこゑに血の引きゆくや木下闇	
15		アロハ着て寄席は一番太鼓から	
16		原爆忌移民の店に椅子みっつ	
17		グレープ味と教わるが血だ半夏生	
18		幕間のロビーに白蛾死んでをり	
19		炎天や五輪ごり押し言葉死す	
20		土星より遠くの指輪オペラの輪	
21		黒澤映画雨も血糊も黒くて夏	
22		緞帳は等速で落ち梅雨の闇	
23		ダリアとして生まれ君の部屋で散る	
24		蟻あまた踏みつ跨ぎつ奥の院	
25		滑りそうな葉と光沢の雨蛙	

千野帽子選

千野　では皆さん、いまから披講していきます。だいたい会場でやるときの順番で、今日も千野、米光、タヒさん、長嶋、堀本という順番でやっていこうかと思っています。

最果　はーい。お願いしまーす。

千野　では千野帽子選です。

並選

5　全員が同じ全長またサマー
16　原爆忌移民の店に椅子みっつ
22　緞帳（どんちょう）は等速で落ち梅雨の闇
24　蟻あまた踏みつ跨（また）ぎつ奥の院

特選

6　指先の血は吸ってよし花胡瓜（はなきゅうり）

逆選

12　顔よせて予測変換ポン（ポンダリア）

米光一成選

並選

3　ドローンの視野にあぢさゐ選手村
8　血を流す鸚鵡（おうむ）追いかけ夕立へ
15　アロハ着て寄席は一番太鼓から
21　黒澤映画雨も血糊も黒くて夏

特選

13　保冷剤に時ゆつくりと至りけり

逆選

14　そのこゑに血の引きゆくや木下闇（こしたやみ）

最果タヒ選

千野　ではタヒさん、よろしくお願いします。

最果　ええと、では。

並選

6　指先の血は吸ってよし花胡瓜
9　一人つかう外階段不織布の夏

13　保冷剤に時ゆつくりと至りけり
24　蟻あまた踏みつ跨ぎつ奥の院

特選

22　緞帳は等速で落ち梅雨の闇

逆選

5　全員が同じ全長またサマー

長嶋有選

並選

3　ドローンの視野にあぢさゐ選手村
13　保冷剤に時ゆつくりと至りけり
20　土星より遠くの指輪オペラの輪
24　蟻あまた踏みつ跨ぎつ奥の院

特選

4　汐風（しおかぜ）や片脚の浮く蟬の殻

逆選

15　アロハ着て寄席は一番太鼓から

千野　あ、喧嘩してますね。
米光　おおー。
長嶋　盛り上がるな。以上です。

堀本裕樹選

並選

8　血を流す鸚鵡追いかけ夕立へ
15　アロハ着て寄席は一番太鼓から
21　黒澤映画雨も血糊も黒くて夏
23　ダリアとして生まれ君の部屋で散る

特選

22　緞帳は等速で落ち梅雨の闇

逆選

5　全員が同じ全長またサマー

堀本　以上、堀本裕樹選でした。
長嶋　15番。大げんか！

緞帳が等速で落ちる発見

長嶋　無得点の句がけっこうありますね。わりと票が固まったんじゃないですか。

千野　固まりましたね。前回並選3句で点すごく散って、ちょっと絞りすぎだったかなということで、今回4句にしてみました。[*4]

長嶋　そうですね。

千野　そういうわけで、トップは22番。

22　緞帳は等速で落ち梅雨の闇

最果◎　堀本◎　千野○

千野　これ3人取ってまして、まず堀本さん、これ、特選の弁をください。

堀本　この句はまず発見があると思いました。緞帳は劇場とかで下りてくる幕のことだと思うんですけども、それが等速で落ちてくる。「等速で落ち」というのは、堅い言い方ではあるんだけど、緞帳の落ち方、様子、スピードなどがすごく見えてくるんですね。で、「梅雨の闇」という季語がくる。梅雨時のまさしく闇のことなんですけど、内でも外でも使うんですね。だからこれは内側のことですね。緞帳が落ちることで「梅雨の闇」が深まったというか濃くなったというかそんな感じがして、季語の用い方もうまいなと思いましたね。

千野　タヒさんも特選ですね。

最果　そうですすね。劇場が好きでよく行くんですけど、劇場って外が雨でも嵐でも中にいるとなにも聞こえないし、わからないですけど、でも緞帳が落ちた瞬間に足元の傘が視界に入ったり、肌のジメジメを感じたり梅雨の現実に戻される気がして。それと、緞帳が落ちた後に客電が点く、明かりが点くけど、「梅雨の闇」というのになんかこう、暗がりの中で見ていた舞台の方が晴れやかだった、という、そういう観劇する時の面白さみたいなものを感じました。緞帳が下りる時、お客さんに向けて出演者が手を振っていることもありますが、その前を、緞帳がすごい無感情に下りてくる、この等速感というのがすごく伝わってきて、わかるなあと思って選んだ気がします。

千野　僕もいただいていまして、これお題の句だと思います。東京マッハでは毎回、お題が二つ出ます。一つはゲストの方に出していただく。もう一つは前回のトップの句を作った人が出す。前回のトップは僕だったので、僕が出したお題が「舞台」縛りということなんです。

長嶋　今回、早くお題を明かしたね。見た感じ、舞台っぽい句が多いもんね。これはストレートな舞台の句だ。

千野　緞帳ってすごく分厚い。刺繡とかしてあって、電気仕掛けで下りてくる。あんな重い分厚いものが下りて来るんだけど、重力をあまり感じさせない落ち方なんですよ。すーっとね。それが芝居が終わって、日常にいきなりどーんと落とされるんじゃなくて、まだ余韻がある状態でふんわりと、まだ芝居の、フィクションの空気も残しつつ、現実にすっと返してくれる。それが「等速で」に出てる感じがしましたね。今回僕が、「舞台」縛りというお題を出したのは、タヒさんがよく観劇なさっていて。

最果　すみません。ありがとうございます。察しておりました。

千野　考えてみれば東京マッハも、もう1年以上舞台でやってないんですよね。このお題を出したあとで、「舞台」っていいなと思った。だから、この句は自分が作った句ではないが、自分が出したお題で誰かが作ってくれて、それでゲストの方の特選に入ったというのがなにか気持ちがいい感じがします。米光さん長嶋さん、2人のどちらが作者かという状態なんですよね。

長嶋　どちらがタヒさんの寵愛を受けたかということですね。タヒさんの特選は2点じゃなくて10点扱いだよね。

最果　ははは。

＊4　vol.26「あぢさゐはゆふべ九歳になつたよ」@オンライン（2020年6月13日）　ゲスト＝柴崎友香。

千野 いまので長嶋さんが作者だと言ったようなものだね。

長嶋 いやいや、ごめん。じゃあもういいや。作者は僕です。ありがとうございます。

最果 おめでとうございます。

千野 今日は展開が早いね。

長嶋 そうですね。ちょっと俳句っぽすぎるかなと自分でも思ったんだけど、よかったです。なんか緞帳が落ちるのも芝居っぽいじゃん。芝居っぽいというと変だけど、それはその芝居をやる側の考え抜いているテンポとは無関係なんだけど、受け取る側はそれも芝居的な効果として見てしまうというか。

米光「等速」じゃなかったら、ちょっと台無しだもんね。選んでいない言い訳をしておくと、最初のばーっと選ぶときには選んでいるんですよ。そこから、4句選出するときに落としてしまったのだが、ぼくもこの句は好きで、堀本さんが言ったように「緞帳が等速で落ちる」という発見はすごい。ああ、そこをピックアップするかと思って、すごい好きなんだけど、「等速で」と言わないでそれを知りたいとちょっと思った。

長嶋 それもわからんではないなあ。

千野 僕はむしろ「等速で」という表現を買います。

米光 ぜんぜん思いついてないから、妄想かもしれないんだけど、もっとあの独特の動き方を「等速」じゃない別の表現で言えるともっと凄いのでは、とちょっと思ってしまった。

長嶋 じゃあ、「倍速」なら?「倍速」。

米光 倍速では落ちてないから。すげえ早く終わりたいみたいになってるから。

長嶋「等速で」と言ってほしくないというのは、「倍速にしてほしい」という意味じゃないんだ(笑)。

米光 うん。

堀本 これやっぱり季語がすごくうまいと思いますね。

長嶋 それは不安だったんですよ。やはり室内で、「梅雨の闇」って、梅雨の曇天というか、その闇のことだというふうに季語が捉えられることもあるからね。芝居が賑やかだったり、凄絶だったり、派手に、そういう意味での強さや明るさがある中で、それは遮られるというか。あ、でも、客電点くんだよね。たしかにね。

堀本　まあでも、その間の、「梅雨の闇」というのを捉えていて、梅雨だからやはりね、湿気がありますよね。この緞帳もさらに重くなってそうじゃない。

長嶋　湿気を含んでね。ほんとに刺繡とかさ、すごい意匠の凝らし方で、重い感じになるよね。

千野　ふつう幕は下りるんだけど、落ちるというのがいいよね。

堀本　落ちる感覚、ありますね。

長嶋　あ、よかった。俳句作るの、ひさしぶりでさあ。ぜんぜん俳句やっていなくて、なまっているような気がしていたけど、そこそこ行けました。よかった。ありがとうございます。

「保冷剤」は季語か？

千野　ええと、次13番ですね。

13　保冷剤に時ゆつくりと至りけり

米光◎　最果○　長嶋○

千野　米光さんが特選。いかがでしょう。

米光　今回、迷いに迷って、これが一番いいなあと思ったのは、どういえばいいんだろうね。これのよさを。なんかちょっと説明したくないくらい好きなんですよ。

長嶋　すごい褒め言葉じゃん。そこをどう褒めるんだろう、このよさを。

米光　ぼくはけっこう人がいない句って好きなんですよ。

長嶋　はいはい。

米光　ものがそこにあるだけのことをちゃんと言って、そのことがすごく伝わってくるものって好きで、池田澄子さんの「**マフラーは椅子から床へ音たてず**」みたいな、なんでもないもののあり方を伝えてもらったときに背筋が伸びる。この句もそんな感じがした。「保冷剤」ってそんなに気にするものじゃない。主役は冷やされるものなのに、保冷剤をピックアップして、しかも、「時ゆつくりと至りけり」という、固く冷たかったのが柔らかくなって、冷たさを失ってくる、あの状態をちゃんと伝えてきて、しかも実際に保冷剤を見たときよりも、ちゃんと伝わってくる感じって、なんか俳句の持っているパワーだなと思って。今回好きな句が多かったけど、これがやはり一番気持ちに残りそうだなあと思って選びました。

長嶋　さすが特選の言葉だね。

千野　そうですね。タヒさんもお取りになっています。どうでしょう。

最果　ああ、これ、なんでしょう。誤読かもしれないんですけど、時間が擬人化されているのかなと思って、「時間がゆっくりと保冷剤に到着した」のかなというふうに思っていて。保冷剤の溶けている状態だけが未来の時間軸にあって、時間が経過しその「未来」に到着したことで、保冷剤があったこと、それが凍っていた過去が、確かなものになったのかなって。なんだろう、保冷剤だけが凍った状態で未来からやってきて、溶けることで本来の時間に戻ったような、そんな意味合いの句かなと読んで、ああ、面白い句だと思ったのが選んだ理由です。誤読だろうとは思いつつだったので、特選にはしなかったんですけど、でも、その読み方がすごい楽しかったので、選びました。

長嶋　「至りけり」だろうね。そこに至ったというのが、なるほど。

米光　表現の仕方で成り立っている、この句自体が。言い方としては不思議で、そのことが誤読を誘うというか。

最果　それがすごい面白いですね。

千野　長嶋さんもこれ取ってますね。

長嶋　「擬人化されているのかな」と思って。

米光　ゲストと同じことを言って、共感を誘う作戦？

長嶋　直前だからダメだよね。そうだよね（笑）。保冷剤がその役割上、保冷剤と言いつつ、だんだん保冷されなくなるんだよね。だんだん生ぬるくなるというか。その特質を言っただけだと思うんですよ。保冷剤がぬるくなっていったということでしょ。この句って。

千野　柔らかくなってきている感じが。

長嶋　あるある。そんなことをよくこんな荘重に言ってみせたなと。僕の句で「**氷山のゆっくり氷山でなくなる**」という句があるんだけど、口語的な句だけど、地球温暖化というか、大きいことを言っているんだけど、これはほんとにミニマムな保冷剤のことで同じことをやってくれて。「至りけり」がやっぱりいいんだろうね。特選にしなかったのは、なんか、そこまで大きく言うことかと。

米光　いやいやいや。俳句ってそういうものじゃないの。小さなことをちゃんと拾い上げるんじゃないの。

長嶋　そうだね。そうだね。

米光　誰だっけ。羊羹の切る句は。マッハで。羊羹を切ったところがぺろんとなるみたいなことを言った句が東京マッハで出てきたよね。

堀本　ああ、それ僕ですね。

米光　堀本さんだ。

千野　羊羹をどう切るかで議論したやつでしょ。

堀本　そうですね。「**ぺつたりと羊羹倒れ日永かな**」[*5]。

米光　そういうなんでもない日々の、ふつうだったら流すことをちゃんとピックアップするってやっぱりすごい。

長嶋　なんかさあ、大げささが面白いし、実感もあるし、でも「至りけり」のたっぷり感についいなんとなく、特選までじゃないな、と。でもいい句です。取らなかったのが千野さんと堀やん。米光くんの寵愛を受けるのはどっちかという話です。

千野　これは季語がないから、消去法で僕ですね。作

＊5　280頁参照。

者は。
長嶋 なんかいま推理したね。ちょっと古畑任三郎みたいだった。
米光 というか、犯人が言ってるからな。
最果 自供ですね。
長嶋 堀やんはかならず季語を入れるんだな。
米光 でも、「保冷剤」は明らかに夏じゃない？ そういうイメージするけどね。季語といってもいいのではと思って。
長嶋 季感はあるよね。
千野 夏の出番が多いんですよ。なんだかんだで夏は毎日のように付き合ってしまうので、それに「保冷剤」って5音だから俳句に使いやすい。
米光 だから歳時記には載っていないが、季語としてもよいのではと思った。
長嶋 これ、同じ保冷するのでも、氷のほうが早く溶けてしまうじゃん。ほかに置き換えられるものが何種類かあると思うんだけど、保冷剤だけゆっくりなんだよね、たぶん。氷はすぐに水になってしまうし。だから、「ゆっくり甲斐」があるんだよね、一応ね。
千野 そうね。やっぱり遅い感じがするのよ。その遅さに付随する不思議さがあってね、だから「保冷剤」で句を作ろうと思ったときに、「ゆっくり」と合わせようという考えはもう最初にありましたね。
長嶋 保冷剤は夏の季語と言い張るには弱いかな。一年中使うかしら。
千野 そう。だって冬に金沢でさあ、ノドグロとか市場で買ったらやっぱり保冷剤を入れてくれるよ。
米光 「ぶらんこ」よりは季感強くない？
長嶋 まあね。「ぶらんこ」は春の季語だっけ。
堀本 そうですね。なんかでも、保冷剤をお付けしますかと聞かれたときに、迷うときない？
米光 ああー。
千野 「このあとどこか寄るかなあ」とか一瞬考えるよね。
堀本 そうそうそう。
長嶋 保冷剤なんかを貰っていい俺なのかどうかとい

うことを。

千野　自己肯定感ないね。

長嶋　そんな価値のある俺なのか（笑）。ケーキ屋さんとかでさあ、ケーキにも最近、保冷剤じゃん。ドライアイスでなく。その時に「いいです、俺なんで、食べるの俺なんで」みたいなさ。

千野　ケーキ屋さんはたぶんお客さんじゃなく、ケーキを気遣っているんだと思う。

米光　そうだよねー。ケーキ屋さんはねー。

長嶋　お前じゃないと。

千野　大事な商品だからベストの状態で。あなたの自己肯定感の低さでうちのケーキをまずく食べるのは許されねえぞと。

長嶋　そんなに思っているの。そこまで思っているの（笑）。わかった。わかったよ。いい句だと思います。13番。

千野　僕は子どもの幼稚園の弁当を作っているときに、いまの季節は弁当に保冷剤付けるんだよ。

長嶋　なるほど。

千野　食べる頃にゆっくりと時至って、だいぶゆるゆるになっているんだろうなと思ってましたね。

長嶋　子ども、保冷剤好きだよね。

堀本　触りますね。

「吸ってよし」の面白さ

千野　続きまして、6番です。

6　指先の血は吸ってよし花胡瓜　　**千野◎　最果○**

千野　僕が特選です。今回ですね、もう（音が乱れる）。

米光　千野さんが異次元に吸い込まれていったよ。

千野　なんかウルトラマンに出てきそうなSEでしたね。さて、みなさん気付いていらっしゃると思いますけど、この選句用紙が血まみれなんですよね。

最果　ははははは。

長嶋　気付いてなかった。見せて。……ああ、なんだ、千野さんの選句用紙に血が散っているのかと思った。

千野　そんなことではない。

長嶋　比喩か比喩。比喩、やめてよ(笑)。いうほどの比喩ではない。ああ、血が多いね。

千野　タヒさんに出していただいたお題が「血」なんです。

最果　短いから使いやすいかなとまず思いまして……。お題を聞かれた時にけっこう血のことをよく考えていたので、演劇で悲劇を見ていたときに、血が流れているシーンなのに血がやっぱり舞台だから見えないんですけど、それを見ている人たちはみんな想像していて、でも、想像しているからこそ、その血がすごくきれいに想像されて、怖いものが怖くないというだけでなく、見えないことそのものが、耽美的に見えるのが面白いなと思ったので、こういう「血」というテーマで俳句を作ってみたらどうなるのかなと思い、テーマにさせてもらいました。あとは夏は怖いほうがいいかなとも思ったので。それもあります。

長嶋　納涼ですね。

最果　情念のあるものがあったほうがいいかと思って。

長嶋　なるほど。いいですね。

千野「花胡瓜」という季語、黄色い花が咲くんですよね。この句は「よし」で切れているので。

長嶋　なるほど。「よし」が切れ字であると。

千野　ふだんだったら、季語とそれ以外の部分を分けて考える派なんですが、この句に関してはなんとなく繫げたくなっちゃった。というのは、胡瓜の新鮮なやつ、もぐ直前の実のやつは、表面のトゲトゲがすごいんですよ。「痛っ!」てなるくらい。夏の日差しの下でうっかりでかい胡瓜を触ってしまった感じ。この句にそれを思い浮かべることができたんです。誰がこの「よし」という指示を出しているんだろうな。見学に来た人にお百姓さんが言っているのかもしれない。臨場感を感じて好きでした。タヒさんいかが。

最果　私はキッチンのシーンかなと思って、「花胡瓜」なので、自分で育てた胡瓜か、誰か近くの人にそのまま貰った胡瓜かを切ろうとして、指に怪我をして「よし」かと思って。だからなんか血も自給自足だし、胡瓜も自給自足だし、「血」のテーマでこうなるの面白いなと思ったのと、あとは自分の血ならどこでも吸っていいやろと思うのに、「指先の血」限定なんやというのがちょっと神経質っぽくて、その人が出てて面白いなあと思って、選びました。「指」と「胡瓜」がイメージがつながりすぎて、うーんと思うところもあって、特選にはしなかったんですけど、でも血が自給自足に見えるのは面白いなと思って。

千野　はい。どなたでしょう、これ。

米光　はい。米光です。胡瓜にこんな花が咲くんだというのがね。すごい鮮やかな花なので、使いたいなあと思って、狙っていた。

長嶋　取らなかったのがやはり「指先の血は吸ってよし」というのが古いエロチック感があってね。指先切ったのを吸ってあげるみたいな、そういう耽美的な感じが古いなと思って。

千野　僕はアウトドアだと思ったのね、ワイルドドライフ的な。

米光　タヒさんに指先以外も吸っていいのにと言われたけど、指先以外あまり吸わない。指先はちゅうちゅう吸うけど、太ももとか切っても吸わないじゃないですか。

最果　ああー。

長嶋　太もも、切るかい？

千野　たとえば膝でしょ。

米光　膝舐めるのは、でもちょいエロいですね。

長嶋　膝、体硬くてもう舐められないな。

千野　膝は大丈夫でしょう、さすがに。

長嶋　あ、そう。そうか。でも、吸うかな。

最果　ふふふ。膝はどうでしょうね。

米光　ま、手の甲とかも吸うのか。

最果　そうですね。腕まわりは。

創作と季節の関係

千野　4番ですね。

4　汐風や片脚の浮く蟬の殻　　**長嶋◎**

千野　長嶋さん特選、これお願いします。

長嶋　ザ・写生[*7]。なんだこりゃというくらいの。俳句じゃん俳句！　なに俳句詠んでいるの、と思って。ド俳句だね(笑)。ちょっとさあ、「片脚の浮く」ってさあ、保冷剤よりも見ているポイント小さいですよ。保冷剤もいい句だけど、蟬の殻が木についていたのか、地面にもあることはあるけどさ、それが片脚だけ浮いていたというさ、僕は前脚だと思ったんだけど、でも後ろ脚かもしれないよね。

米光　浮いているよね、たしかにね。

長嶋　うん。そうそうそう。全部接地している必要がないというかね。(以下、終始呆れ口調で)なんかもうオブジェになっちゃっているわけでしょ。これでさあ、「汐風」がさあ、なんか無常観じゃないけど、からっとさせているよね。この「蟬の殻」も、からっとしたものだけど、湿度がないものだけど、そこに「汐風」だから水気は含んでいるんだけど、なんか景色自体はすごい、なんだろうね、なんかフィルターをかけたみたいなさ、モノトーンにしたみたいな感じでさ。この片脚の浮きをよく見つけたなと、べらぼうだと思いまして、この観察はすごいぞと。特選！　その僕の寵愛を受けたのは。

米光　ぼく予選では選んでいて。今気付いたんだけど、そこから減点法で見ているっぽくて、好きなものほど「ちょっとここがあ……」と思っちゃうから。やっぱり「片脚の浮く蟬の殻」というのがすごい発見で好きなんだけど、「汐風」がイヤなのかなあ。「汐風」じゃないほうがもっとなんかかっこいい。あと、この「汐」がこっちの、なんていうの、演歌で使うほうの「汐」になっているのもちょっと気になる。

長嶋　いわゆる氵に朝と書く「潮風」のほうがいいってこと？

米光　っていうか、そっちのほうがニュートラルじゃない？

長嶋　あ、そう。

千野　米光さんが言いたいのは、たとえば氵に目と書いて「泪（なみだ）」みたいなことでしょ。

米光　なんかこっちにした感が出ちゃうというか、こっちが気になっちゃったけど、気にならないほうがよかったなというくらいのことなんだけど。

長嶋　なるほどね。でも「潮」のほうだと、それはそれで大漁旗のようなムードだから。

米光　そうね。それを言われると。

長嶋　なんかもっとアンダルシア感を出したいのよ。

千野　アンダルシア感？

長嶋　うーん。なんか灼熱の感じなんだけど、なんつーの、その日本っぽくないムードなんだよ。

米光　ああ、異国な感じなのか。南の島的な？

千野　蟬ってね、そんなに都合よくいろいろなところにいてくれないのよ。わりと日本に固まっている感はすごいあって。

堀本　パリとかにいないの？

千野　あんま聞かないですね。

最果　アメリカは聞きますけどね。

長嶋　ああ、はいはい。大発生みたいな。

千野　サンタモニカだよ。アンダルシアじゃなくて。

長嶋　そうだね。はい。作者は。

堀本　はい。裕樹です。

長嶋　ほおお。これは「汐風」というのは、ご自身のお住まいにかかわっている？

＊7　写生　345頁注＊13参照。

堀本　そうですね。僕は湘南に住んでいるので。

長嶋　また窓の外を見せてよ。[*8]

堀本　夜は真っ暗なんですよ。

長嶋　ああ、タヒさんに見せたかったたな。「タヒさんに見せたかったたな」って、俺の海みたいに言うのもなんだが。

最果　ありがとうございます。

長嶋　堀本さん家の窓の外がもう海なんですよ。

堀本　いま真っ暗ですよ。

長嶋　そうかそうか。じゃあ、無理せず。すみません。

堀本　いろいろ読んでいただいてありがとうございます。なんで「蟬の殻」で詠んだかというと、タヒさんの『夜景座生まれ』（新潮社）という詩集を拝読させていただいて、すごく好きな詩がたくさんあったんですが、「緑の匂い」という詩がございまして、そこの「すべての人が蟬の抜け殻でしかないことを、知っているのはわたしだけ。」という一節が胸に刺さったんですね。これはご挨拶の意味もこめて蟬の抜け殻、「蟬の殻」で作りたいなと思ったんです。

最果　わあ、ありがとうございます。うれしい。

堀本　挨拶句といったら大げさですけど、ちょっとオマージュというか、胸に響いたので、作りました。

最果　ありがとうございます！

長嶋　堀本さんはね、第1回のマッハからね、挨拶句を入れていますよね。

堀本　はい。

最果　急激にこの句への愛着が。めっちゃ増しました！

堀本　夏の詩がけっこうありますよね。

最果　夏、好きですね。とくにその詩集は夏、多いかな。やはり夏と冬は一番詩とか書きやすいので。

長嶋　春と秋と比べると、やっぱ違うんですか？

最果　あのー、情念的なものがやはり、どっちかの方向にマックスに行くので、春と秋もまあいいんですけど、春と秋はもうちょっと平熱のぐらぐらしたやばさみたいなものの。どちらがいいというわけではないいんですが。

長嶋　へえ、面白い。

最果　短距離か長距離かみたいな、詩の短距離は冬と夏で、長距離の詩は春と秋かなみたいな。長さじゃないですけど、感情的な部分でそうかなみたいな。

長嶋　すごい、勉強になる。

最果　個人的な感じですけどね。

堀本　俳人でも自分の好きな季節というのがあって、僕は夏と秋が好きで、よく俳句ができるんです。たぶん俳句作っている人はそれぞれ、例えば春が好きな人は春の俳句が多くできたり、いい俳句ができたりするということは多々あるんじゃないですかね。タヒさんのお話を聞いていて、あ、詩人の方でもやっぱりそうやって、季節の影響があるんだなと。

最果　私、季節が多い人だってよく言われるので、詩人の中でも。そういうところはあるかもしれないですね。

長嶋　すごい。ふつうに、ふつうにというのもあれだが、聴き入ってしまった。

堀本　いい話を聞けてよかったです。

千野　そういう制作現場の実感みたいな話を直で聞くってないからね。

長嶋　うん。

蟻になってみるとすさまじい

長嶋　そろそろ後半戦だぁ。

千野　24番ですね。

24　蟻あまた踏みつ跨ぎつ奥の院

千野〇　最果〇　長嶋〇

＊8　２０２０年４月、昼間にオンライン開催したvol.24で、堀本は自室の窓から海を見せてくれた。

千野　タヒさん、これ、いかがでしょう。

最果　選んだのはやはり「奥の院」というけっこう膨大な距離がある中で蟻を。自分が蟻だったら嫌だと思ったんですね。

長嶋　まあね。

最果　蟻だとすごく虚しいなという。巨大なものが遠いところへ行くときに踏まれたり跨がれたりする自分というのを想像してなんかいいなと思って、選んだというのが大きいですね。

千野　これは長嶋さんもお取りですね。

長嶋　はい。今回好きな句がたくさんあって迷いましたが、最近老眼でさ、間違えて「蝶あまた」って読んじゃったの。でさ、すげえ句だなと思ってさ。蝶をあまた踏むんだ。すごい蝶だ。蝶がもうぶわーっみたいな。

米光　踏むんだ。

長嶋　で、跨ぐんでしょ。そんなふうにまでして行くすげえ「奥の院」と思っていたらさあ、よくみたら「蟻」で、急に興奮が落ちたんだけどね（笑）。あ、蟻踏んじゃったとか、踏まないようにしようとか、そういうふうに気をつけて、そのくらいの意識で進んでいくということは誰でもあると思うんだけれども、で、奥の院まで行きたいというさ。その行為を正しく、俳句というツールで言ったということがある。あと、蟻が活発で盛んに歩き回る季節のムードみたいなものが出ていて、蝶のときの驚きはなくなったが、それは俺の勝手な驚きにすぎないので、減点することもないなと思い、取りました。

千野　僕がこれに惹かれたのは、コロナで去年からずっとステイホーム、あまり移動するなと言われてるでしょう。ふだん観光なんてあまりしないわりに、いざ行くなと言われると、よその土地の寺社仏閣とかすごく見たくなるんですよ。そこにこの句が来て、いいなあと思った。庭に苔がむしてたり、そこに蟻がいっぱいいて。ジャイナ教のお坊さんなんて、こういう箒みたいなやつで前を地面を掃きながら歩くという。絶対に殺生しちゃいけないみたいな。ジャイナ教と仏教って兄弟宗教って言われているんだけれど。これはやっぱり僕は「奥の院」だから観光なんじゃないかと思って選んだんですね。で、取った後に、もういいかな、22時半を回ったので。

長嶋　22時半を回ってって言えることとってあるの。

千野　はい。エロいこと。「奥の院」って隠語でね、女性器のことなんですよ。

長嶋　へえー。それは千野さんが一人で思っているだけじゃなくて？

千野　いまは使われないと思います。昭和の官能小説で出てくるものだと。そう考えると、蟻かあ……。会陰部のことを「蟻の門渡り」と言うじゃないですか。

長嶋　はい。

千野　だからすごい句だなあと思って。もちろん僕はA面の読みで読みましたけど、B面の読みも可能だなと思いました。

長嶋　なるほど。22時半過ぎていてよかったね。

堀本　面白い読みですね。

千野　ということで、作者はどなたでしょうか。

堀本　はい。裕樹です。ぜんぜんB面の読み方があるとは思ってもみなかったです。

千野　いまチャットで、二村ヒトシさん[*9]が「ぼくもそう思いました、B面」と言ってくださった。二村さんが来てくれるかもと思ったときに、絶対にこれ言わないといけないなと思ったんです。

堀本　作者も思わぬね、そういう解釈を聞けるのは、やはり句会の楽しみなので、うれしいですね。

長嶋　これ、なんか風流な句のようだけどさ、蟻が生々しいよね。けっこう多い。

堀本　多いですね。俳句の夏の季語で、「安居（あんご）」とか「夏（げ）安居（あんご）」というのがありますが、蟻も含めて生き物がたくさん出てくるので、無闇に殺生しないように、夏の

＊9　二村ヒトシ　「窓からの家出を花のせいにする」の観客とのやりとりでも登場。299頁参照。

一定期間、僧侶が閉じこもるんですよ。修行するんですね。そういう季語もあるくらいだから、境内で生き物が蠢いているんだなあというのがありますよね。

長嶋 なるほどね。

最果 蟻とか虫とか、そういう小さな生き物をうっかり殺しちゃうんじゃないかという不安って、不安と同時に気持ち悪さがあって、それが夏らしいなと思いました。虫が一番たくさん出てきて、むやみやたらに死にに来るというか、それをすごく感じて面白いなと。

堀本 ありがとうございます。

長嶋 作者はけっこう踏んだね(笑)。

堀本 自解するのもあれですが、人間って参道とか、無意識に歩くじゃないですか。その中で、跨いでいる蟻もあるし、踏み潰している蟻もあるという、それって蟻の立場になったら、ちょっと一大事なことだなと。

最果 あと、蟻ならいいよねと思ってしまう瞬間ってありますよね。芋虫とかなら、よけるけど、あの感覚の傲慢さも生々しくあってよかったです。

長嶋 なんだかね。蝶だったらやっぱりダメだったな。最初はすげーと思ったんだが。

風流ぶった風流？

千野 15番いきましょう。

15　アロハ着て寄席は一番太鼓から

米光○　堀本○　長嶋×

千野 これは逆選の弁を先に聞こうかと思います。

長嶋 ええとですね、なんか、風流でよいことですなと。(以下、語尾上げ気味で)よいことですな。風流ですな。

千野 言い方(笑)。

長嶋 アロハなところがまた寄席という「和」のものに対して、ほどよく対比していると。けっこうなことですなと。

米光　それ、ぜんぶ言い方だけになってるよ。

長嶋　あ、そう。つまり、風流ぶっているのを避けたようだけど、風流ぶっているよ！と思う。「寄席」みたいな言葉自体が俳句的、和のものと捉えられがちだし。五七五の調べのある中で寄席を見に行く人の「粋」みたいなものは、すごく順接に「粋な俳句」になってしまう。それを避けようとして、避けようとしているのかわからないけど、「アロハ」という季語でもあるし、違うものを入れているんだが、ぜんぜん風流ぶってます！と。寄席は一番太鼓から始まるわけですね。つまり、最初から来ているんですよ。真打ちだけ聴きに来るミーハーな人じゃないんですよ。大マニアなんでしょ。分かってますよということでしょ。

千野　そこまで想像する？（笑）

米光　長嶋さんがすごい嫌な落語通の人みたいに聞こえてくる。

長嶋　……やり過ぎた。やり過ぎちゃった。

堀本　なんかでも、アロハ着ているの、ちょっと長嶋さんに見えてくる感じもある。

長嶋　しない。絶対しない。

米光　正直、これ選んだあと、長嶋さんの句かなと思った。めちゃめちゃうまい句だなと思って選んでて、風流ぶっていると言うけど、寄席というある種の伝統芸能で、しかも「一番太鼓」という俺もあまり知らない寄席の中のルールのことをちゃんと書いて、すごい風流なことを言う。でも、「アロハ」みたいな気楽な格好で行っているみたいなことの軽やかって長嶋さんうめえなあと思ったから、いま同族嫌悪的に嫌いなんじゃないかなと思って。

長嶋　なるほど。そっか。

米光　長嶋さんの「風流ぶっていると風流」っていう感覚のズレは俺にはちょっと、長嶋センスは俺にはなくて、うまいなあ、長嶋さんだろうなあと思って、でもうまくて入れなきゃしょうがないみたいな感じの、点入れ。

長嶋　逆選か、もしくは俺にこの句をくれるかだな。

米光　あとやっぱりいまコロナ禍で、なかなか寄席にも行けないときに、この軽やかな感じがあえて出てきてくれることのちょっと安堵感というか。

長嶋　これ、「プレバト!!」だと「才能アリ」だと思うよ。

米光　なぜ急に夏井先生になったの。

長嶋　いや、夏井いつき[*10]さんが好きそう。いい句だね。

堀本　長嶋さんがアロハでは絶対行かないと。じゃあ、長嶋さんだったら寄席になにを着ていくんですか？

長嶋　Tシャツだよ。あのね、僕ね、アロハ持っていないんだよ。

堀本　「Tシャツ」って「夏シャツ」の傍題とかに入っていてもよさそうだけどね。

長嶋　そうだね。「Tシャツ着て寄席は一番太鼓から」だな。

堀本　それだったら、選んでいた？

長嶋　うーん。「寄席は一番太鼓から」というのが「通でしょ私」みたいで、やっぱり嫌だな。

堀本（笑）

米光　なに着て行ってもダメなんだ。

長嶋　ダメだねえ。「寄席」で僕に◯をつけさせるのは難しいよ。

堀本　なぜそんなに寄席に厳しい？

長嶋　俳句に寄席を入れてくるのがもう粋で風流だから。

米光　それはわかる。

千野　粋も嫌いなんだね。

長嶋　いや、粋ならうまくやってほしい。でもさ、「寄席は一番太鼓から」って、このフレーズはやっぱりいいの？

米光　調べもいいし。「一番太鼓」って大入りの合図なんですよね。ばんばん打ってどんどん客が来て、どんどん儲かるぜみたいな意味合いもあるらしくて景気もいいし。

堀本　これ、「アロハ着て」のところ、いろいろ入れると面白いね。「サングラス寄席は一番太鼓から」とか。

長嶋 あ、サングラスは大分いいかもな。

米光 そうお？

長嶋 「レイバンや」だな（笑）。

米光 「レイバンや」。

千野 長嶋さん、アカウント乗っ取られた？[*11]

長嶋 どういうこと？

米光 レイバンだからね。

長嶋 ああ、レイバンだから。

千野 作者は僕です。

長嶋 おおー。千野さんはアロハ着て寄席に行くのが似合うし、それは全然いいよ。許す。

千野 最近まで寄席行ったことがなかったんだけど、この3月にちょっとハマっちゃって、それから毎週のように行っていたわけです。そしたらこれからどんどん面白くなるというときに緊急事態宣言で、寄席も閉じられて、すごい寂しい思いだった。再開した寄席に、明後日行きます。アロハと寄席の組み合わせって、懐かしいドラマでいうと、「タイガー&ドラゴン」[*12]的なね、そういう感じかなというのはありました。やっぱり評価が割れると面白いね。

長嶋 そうですね。

10年間マッハをやってきて、また夏がやってきたね

千野 じゃあ、割れた5番のほうを。

＊10 夏井いつき 俳人（1957―）。『プレバト!!』（毎日放送制作）内「才能査定ランキング」で俳句部門の査定を担当、その功績により放送文化基金賞を受賞。月刊「小説野性時代」内「野性俳壇」選者を長嶋有とともに担当。

＊11 2010年代前半、乗っ取られたSNSアカウントが、レイバンのサングラスやiTunesギフトカードの話を急に始めるという現象がよく見られた。

＊12 「タイガー&ドラゴン」 2005年にTBSで放送されたテレビドラマ。主演、長瀬智也、岡田准一。岡田演じる谷中竜二（やなかりゅうじ）は長瀬演じるヤクザの山崎虎児（やまざきとらじ）が弟子入りした落語家の次男で、裏原宿で洋服屋を営んでいる。

5　全員が同じ全長またサマー

千野○　最果×　堀本×

千野　逆選を先に言ったほうが面白いので。まずはタヒさんの逆選。

最果　わあ、これはなんか、悪い意味でわからなかった。わからなくて、わからないことがあまり楽しいとは思えなかった。つかみ所がなさすぎて、ちょっと考えようがなかったので、どういう句なんだろうと思って、考えが止まってしまったので逆選にしました。すみません。

長嶋　タヒさん、句会をいきなりなんかちゃんとわかってますね。

千野　堀やんも逆選ですね。

堀本　そうですね。ちょっとやっぱり悪い意味でわからなかったですね。

長嶋　堀やんはわかったんじゃないの？

堀本　これ、あれでしょう。「全員が全長52メートル」その作者なんですよ。

長嶋　第1回のマッハに出た句を踏まえているんですね。

米光　第1回で米光が「全員が全長52メートル」そういう句を出して、それを踏まえているんだよね。

堀本　でも、「またサマー」っていうね。僕はそこがちょっとねえ。なんかさまぁ～ず的な軽さがあって。

長嶋　10年たっても、ぶれない堀やん。10年前さあ、堀本さんは、「全員が全長52メートル」逆選にした？

堀本　逆選[*13]にしたかもしれない。

千野　1回目の僕の特選が「全員が全長52メートル」なんですよね。

長嶋　問題というか、10年前のパロディというか、10年後に言うことの可否を問うとしたら、「またサマー」だね。それがいいか悪いかだよね。

米光　ぼくが第1回目に作った句のパロディだなあと思って、うれしいから選ぼうかなと思って、でも「全員が同じ全長」も「またサマー」も意味がわからない。でも、あれこれ考えてたら分かったの！　これはおそらく、ふだんのマッハだとリアルな場なので身長差が判るんだけど、いまZOOMの画面でわれわれ表示されてるから身長差なく同じ大きさで出てて「全員が同じ全長」なんだな。「またサマー」というのは去年もこうやってZOOMでマッハをやって、また今年もZOOMでやらざるをえなかった、ステージでできなかったちょっとした悔しさを詠んでいる句なんだろうな、と。それを「サマー」とちょっとふざけて言っている、いい句だなぁと思いましたよ。

長嶋　作者、米光さんなんでしょう。

堀本　いまきっちり説明しましたね。

長嶋　はい。作者、米光さんということで。

米光　作者はどなたでしょう。

長嶋　はい（挙手）。

千野　ははは！　よく作ったねこれ。

長嶋　でも、タヒさんや10年前を知らない人にいうと、これはそういうちょっと内輪ネタというか。

最果　ああ、でも私、初回のレポを読んでいたから、米光さんなんだろうなと思ってました。

米光　ちがうんですよ！

千野　長嶋さんさあ、さっきの「**アロハ着て寄席は一番太鼓から**」の句を俺にくれみたいなことを言っていたけど、買う？　いくらで買う？

米光　なんで急に売買始めるの。

長嶋　寄席の句ね。８００円くらいかな。

千野　安いな！（笑）

長嶋　「**全員が全長52メートル**」という句が第１回のマッハで盛り上がって、そのときのやっぱ堀やんが言ったと思うんだけど、「季語もないし」と。当然言われるところに、10年目にして季語入れておきました。

米光　米光に代わって。ちゃんと季語というのはこうやって入れるものだぞと。長嶋有が意地を見せたと。

＊13　16頁参照。

長嶋　10年間マッハをやってきて、また夏がやってきたね、と。この「また」は、また東京マッハがやれてよかったねという意味ではあるんですよ。

千野　10年やれたね。

長嶋　それはもう夏の3音の季語とかはバカバカしいと思って、「**全員が全長52メートル**」という句のバカバカしさにリスペクト。でも、季語は入れると。それで「またサマー」。

堀本　長嶋さんにしてやられたって感じです。でも、米光さんの感想、面白かったですね。

千野　僕はもう勝手にこの元の句を乗っけて読んでしまうから、そうすると、「全員が同じ全長」というときに、僕ら全員10年前よりも全員身長が伸びてないよねと思ったの。

長嶋　大人だからね。

米光　この歳なので、そんなに変わってない。

千野　その、10年経っても同じことやっている成長しなさっぽさみたいなのを含めて、とてもいい、東京マッハ10年にふさわしい。

長嶋　じゃあ、「また」は全員にかかるべきだったんだな。

米光　「**全員がまた同じ全長サマー**」。

千野　語呂が悪い（笑）。

長嶋　こんな句、推敲しなくていいよ。

最果　東京マッハのレポをいろいろ、出るのを決まってから読んで、一番印象に残っていたのがこの句をみなさんがいじっているレポだったので、なんかこれはたぶん逆選に選ぶまでして、選ぶところまでいって完成なのかなと思ったので、選ばさせていただきました。

米光　素晴らしい。10年越しの完結。

最果　オチをつけるのかなと思って。

堀本　いやー、やっぱりタヒさんわかってますね。

千野　すごくわかってるね。句会というものの空気を。

長嶋　堀本さん、句会に呼ぶべきだよ、タヒさんを。ほんとに。

堀本　ぜひ、いつかお越しください。

最果　緊張する。

長嶋　堀本さんの句会はやさしい句会です。

最果　そうですかあ。詩の会でもそんなの行ったことない。

長嶋　詩の会より句会のほうがいいよ。

最果　そうなんです？

千野　あのね、谷川俊太郎さんとやったときに、「詩人同士で句会をやると、誰も人の句を褒めない」って。僕らが谷川さんの句を褒めてたら、「今日は気持ちいいなあ」[*14]って言ってたもん。

長嶋　言ってた言ってた。

最果　あらー。

全部逆選になってもいいから好きなものを書こう

千野　8番。

8　血を流す鸚鵡追いかけ夕立へ　　**米光○　堀本○**

千野　これ堀本さん、いかがでしょう。

堀本　この句は風景を想像すると、なかなかすごい光景だなという気がしますね。鸚鵡が血を流している。で、追いかけているんだけど、「夕立へ」だから、激しい雨が降っている中に飛び出して行ったんでしょうね。鸚鵡だから異国感もなんとなくあるんですけど。なんで血を流しているのかは、語られていないんだけども、今回、血まみれの選句用紙ということで。

千野　ブラディですね。

堀本　ねえ。なんかこの鸚鵡の血には惹かれましたね。鸚鵡は、カラフルな体色というか、羽根の色をやはり想像しますから、そこに血が流れているという色彩的に鮮烈なものが見えてきて面白いですね。でも、そ

＊14　318頁参照。

れを夕立が洗い流していくみたいなところもあって、けっこうすさまじい風景だなと思いました。

千野　米光さんも取ってますね。

米光　これと保冷剤、どちらを特選にしようかと迷ったくらい好きなんですが、堀本さんが言ったように絵的にすごくカラフルで、血を流す鸚鵡を追いかけ、「夕立へ」突っ込むマジックリアリズム的なかっこよさがある。鸚鵡の一種が英語で「コカトゥー」で、賭博場とか秘密クラブの見張り役を意味するスラングなんですよ。そう思うとちょっと犯罪映画の一場面みたいになって、それもまたいいなあと思って。画で見たい感じもある。

千野　取らなかったのは、構文がちょっとつらかったということですね。動詞があって、鸚鵡という名詞があって、また動詞というところがつらくて取れなかった。でも、画はほんとにいい。

米光　千野さんが時々いう動詞があることへの対しての嫌悪感というか、つらいというのはどういう感じなの。

千野　僕の俳句の好みが古風というか、自分では正統派だと思っているんですけど、動きを止めてほしいんですよね。どっかね。

米光　でもこれ意外と止まってない？　それはわかるんですよ。千野さんの、俳句だから瞬間的なものであってほしいという願いはぼくもなんとなくわかるんだけど、意外とこれ画として見えてくるから、動詞なんだけど、瞬間を切り取ってる感もあって、好きだったんだけど。

千野　だから、いまお2人の評を聞いていて、いつも通り機械的にちょっとケチつけすぎてしまったかな。もうちょっときちんと味わったらよかったかなというのはあるんです。

長嶋　いまチャット欄で、「『血まみれの鸚鵡追いかけ夕立へ』ということならOKということですか？」って。

千野　とも限らないんですけどね。構文的にはいいと思うんですけど、「血まみれ」はくどすぎるので、難しい。

長嶋　構文的なこととか、俳句に知らないうちにさあ、枷（かせ）を自分で設けてしまっている感じは僕にもあって。ここまで劇的なもの、ビビッドなそういう具を食べたいとあまり思わなくなってて、それで選ばなかったんだよね。でも、これ、血まみれの血を流すの「血を流す」が斬新ですよね。

千野　そうそうそう。逆にね。

長嶋「血を流す鸚鵡」ってさ、「血まみれの鸚鵡」のほうがいっけん、端的に状態を説明できていると思うんだけどね、状態が。

千野　俳句らしいのは「血まみれ」のほうだと思います。

長嶋　でも、「血を流す鸚鵡」ってさ、ぽたぽたっという血の動きがカメラの中に入っているというのかな。だから、「夕立へ」が格好よくあるんだよね。だけど、俳句のアリバイのように思えてしまうのもたしか。でも、上手にアリバイにしたなあ。でも、俳句で味わいたい味かというと。

米光　そこで分かれるんだろうね。ぼくとかちょっとはみ出している感じ、こんなの俳句で読んだことないみたいなことがちょっと感動だったり、心動かされたりしてるので。いま長嶋さんが言っているところがいいんじゃんっていま思って。

長嶋　その通りだ、その通り。

堀本　でも俳句っていろいろな形や内容があるから、瞬間的なものを捉える句もあるし、もので見せる句もあるし、この句のように動きのある劇的な場面を切り取って詠むというのもあるから、俳句という17音の器はなんでもどんな内容でも詠むことができると思っています。僕は自分が主宰している「蒼海」で会員の俳句の選をするときは俳句の可能性を狭めないように自分なりに大きく構えているんだけれども、この句の「血まみれ」というひとつの案が出ましたけれども、「血まみれ」と「血を流す」では意味合いが変わってくる。「血まみれ」というのはそうとうもう、血に染まっている感じだから。

千野　飛べないくらい。

堀本　そうそう。「血を流す」だったら、「流す」という言葉があるから、「夕立」という雨が血を「流す」というところに連関してつながってくると思うんですよね。だからあえて動詞の部分を生かした一句として僕は取りましたね。

長嶋　なるほど。

千野　読むときも作るときも、自分の好みは一応あって、それが下手すると自分の枷になってしまうかな、は常に感じちゃうんですよ。自分はこういうチョイスをしないことで俳句を磨いてきた気はするんだけど、同時にこういうチョイスの方向にいまは作れなくなってるなというのがある。逆にいうと、句会をやると、人がそれをやってるところに立ち会えるところかな。

長嶋　千野さんの句みたいにも思ったけどね。

千野　これ？　え、ほんとう。へえー。そう。

最果　私は、これ私の句なんですけど、もう、ありがとうございます。俳句をやらなきゃいけないぞとなって、いろいろ読んだときに。

千野　初めて？

最果　好きで句集を読むことはあったんですけど、自分が作る前提で読むとなるとそれはまた違うのでかなり姿勢を変えて、大量に読もうとまず思いました。俳句の、たとえば、東京マッハで特選に選ばれたものとか、名句とされているものとか読んで、めちゃくちゃいいなと思うのと、ぜんぜん良さがわからないという句がけっこうパキッと分かれて、ただ読んでたうちは好きでない句のことは忘れていくんですけど、作るとなるとそこはどうしてなのか考えたいなと思って。私は、たぶん写生と言われている句とか、それこそ小さい細かい一瞬を切り抜いた句というものがあまり好きではないっぽいことにそこで気付き始め、でも俳句ってそういうものの方が主流では？ということにちょっと悩んだんです。それで、とりあえず書く前に、めちゃくちゃ好きな句、めちゃくちゃ好きな俳人をめちゃくちゃ読もうと思って。（三橋）鷹女[*15]がやはり好きなので、それこそ鷹女の句をかなり大量に読みました。「降つて来た雀をさむい頭にしまふ」とかがすごく好きで。句の向こう側に、詠んだ人の背中というか目がぐいっと見えるものが好きだなと思って、やはり形から入るよりは俳句に対して感じたときめきを動機にして作りたいと思って、それまで書いていた句を全部捨てて、最初から書き直したときにできたのがこの句です。それまでは俳句ならばやはり一瞬のさりげない景色というものを探さなくてはと思って考えていたのですが、自分が作りたいと感じたものを信じようと思いました。そのとき、鳥が血を流して飛んだら、一滴の雨みたいになるなと思って、そこから雨が降り出すようなそういう場面は描いてみたいなと思いました。それから、夕立だと、「夕」という字が入るので、ちょっと夕焼けのイメージが言葉に残る、実際はそうではないけど。赤色のイメージが言葉にあるから、血がそこにつながるといいかなと思って。だから、状況を描くというより、ちょっと言葉遊び的に作った句ですね。

千野　僕は言葉遊び的にしか作れないんですよ。作るときは言葉が先にあって、最初の読者として読んでいる。自分の句を写生句として読む人が読んでくれる分には構わないんですが、作るときには写生として作ってはいない。結果的に写生っぽく見えることもあるくらいな感じ。保冷剤をじーっと見て「うーん、ここで一句」とかじゃないんですよ。

最果　そうですよね。

千野　ほんとにパズルみたいにして作っている。タヒさんがおっしゃるのもそういう感じですかね。

最果　なんというか、言葉って、どれを選ぶか頭の中をルーレット的に回っているんじゃないかと思っていて。ここだ！って当たりが出たと思った並びで止めると思うんですが、どこを当たりと思うかによって、た

＊15　三橋鷹女（みつはし・たかじょ）　俳人（1899―1972）。写生が主流の時代に、実験的な情念の表現を開拓した。

ぶん写生派かそうじゃない派とかが変わっていると思うんです。どう作るかじゃなくて、そこの当たり判定の基準がたぶんいろいろな好みの反映になっているんじゃないかなって。その当たり判定のどこか探すのが、この東京マッハの依頼が来てから一番時間がかかりました。今週に入るまでわからなくて。

千野　うーん。句作のときにしてることをここまでクリアに言語化するのって、あまりいないのでは。怖いですよ。タヒさん、頭良すぎな感じがする。

最果　え、そんなことない。

千野　めちゃめちゃクレバーな話になってる。

長嶋　読むときにここまでを許容するというレンジは、作るときとで違いますか?

最果　違うと思います。うーん。でも、読むときにいいなと思ったものに近付こうとはあまりしないです。どっちかというと、めちゃくちゃいいと思うものが一個でも見つかったら、自分の道に突破口ができるので、好きなものには近付かなくてもいい気がしています。私は現代詩を始めたときは田村隆一[16]がすごく好きで、田村隆一好きと思って書き始めたら、ぜんぜん違う作風になっちゃったみたいな人なので、めちゃくちゃ好きな作品が見えると、なんでしょうね、やはり書くことに希望が見えるじゃないですか。

長嶋　それはわかります。

最果　なにかをすごく好きだと思うことで、自分の輪郭がむしろはっきりするというか。何かをすごく好きと思える自分って、とても存在感があって、信じられる気がするんです。それを経て何かを作ろうとすると、いつかぴんと来る瞬間が来るはずと思えるから、ある意味これくらいでいいやと思わなくなるんです。

長嶋　不思議。

最果　すごく好きな俳人の句をぶわーっと読む中で、自分の句がここに混ざったときに自分として許せるか、許せないかで、判断がつけれるというか。自分がそこにちゃんとあるのか、作品の質というよりは、自分の存在がはっきりしているか、ちゃんと自分の筆名に対して責任を取っているか、みたいなことなんですけど。足掻き続けるために好きな句を見つけるみたいな、好きな作品を見つけるみたいなのは大きいかもしれないです。

千野　いい話を聞いたなあ。

堀本　タヒさんのおっしゃった当たり判定ですが、そこを探り当てていく作業というのがやはり一番難しいといえば難しいんですよ。それはその人の持っている視点であり、角度であったり、大きくいえば作風につながってくるところだと思うんですね、そこを探り当てて、自分の句を見つけていくという作業が、すごく難しくて苦心する。プロの俳人でも常に考えながら探りながら作ると思います。たとえば鸚鵡だったら鸚鵡をどういうふうに詠もうか、もう無数の視点があるわけだから、そこのどこにスポットを当ててどんな角度で詠むのかというのが、悩ましいわけですね。そこにタヒさんがやっぱり悩んだというか、考えたというのはすごくわかるし、共感できますね。

最果　最初はもう絶対正解の、正解を出そうとしてしまって、俳句らしい俳句をやろうとしてしまい、いろいろな名句と言われるものを見て、ああ、こういうのが正解なのかなあとか考えていたんですけど、やっていて面白くないし、そうやって探す正解は正解じゃないだろう、そんな簡単にわかるわけがないだろう、とも思って、自分が書いていて楽しいものを書くのがやっぱり一番いいから、全部逆選になってもいいから、好きなものを書こうと思って書いたらすっきりしたという感じです。

長嶋　当たり判定とかさ、堀やんは教える立場でもあるからさ、すごく腑に落ちたんじゃないかな。

堀本　そうですね。

長嶋　初心者はルールとかはすぐ学ぶじゃない。で、みんなたぶん俳句っぽいものをって、球を投げるんだ

＊16　田村隆一（たむら・りゅういち）　詩人・翻訳家（１９２３―１９９８）。『奴隷の歓び』で読売文学賞を受賞。

と思うんだよね。その当たり判定に気付ける人がなんかさ、世に出ていくという気がするし、タヒさんはもう最短距離でそれに行けてる感じがするね。すごいね。

最果 いや最果タヒで出ないといけないから必死だっただけです。すごく怖かったので……。匿名で投稿するなら、もっと違うやり方をやったと思います。

長嶋 いやいや、すげえっす。

千野 読んだときのコメントが切れがあるかどうかというのも大事。今日は初めてで抵抗感もあったでしょうに、タヒさん東京マッハに出てくださってありがとうございます。ほんとに。

最果 いやいや、むしろすみません、、ありがとうございます。

米光 さらに句会って当たり判定を更新できる感じもあって、そこが句会の面白さだな。ここが当たり判定と思って作ってきたら、ぜんぜん違う感じだったり、違う解釈をされて、自分の当たり判定が拡張したり、新しい当たり判定も手に入れたりみたいなことがあるから、自分だけで作っていると、それはあまり起こらない気がするのよ。

堀本 そうですね。

米光 この鸚鵡の句とかみると、おお、こんなのもできるんだ俳句で、という感動はあるんだよね。

視聴者トップの句

千野 そろそろ視聴者からの投票結果が。1位は「ダリアとして生まれ君の部屋で散る」です。

長嶋 では、ダリアの句の評をやりましょう。

23　ダリアとして生まれ君の部屋で散る　　堀本〇

長嶋 堀やんが並選を入れている。

堀本 「ダリアとして生まれ」の入り方が鮮烈だなと思

いました。輪廻転生しているようなイメージがあって、今度はダリアとして生まれたという華やかさと哀切がある。君と最初に出会ってからその後も、君とはいろいろ因縁的な出会いを重ねてきて、それこそ輪廻転生を繰り返して逢瀬してきた関係性というのがあるんでしょうね。そして今回の生まれ変わりはダリアとして君の部屋にいって、しばらく愛でられて、大事にされて、でも花だから散っていく、というところだと思うんです。すごく切々とした趣があって、「君の部屋で散る」というのが美しいけれども、切ないなあという感じがして、惹かれましたね。

千野　これはいま堀本さんが言ったとおりの句で、非常にわかりやすいと思いましたね。

長嶋　ちょっとわかりやすすぎる気がしたんだよな。詩的な表現がね。

千野「散る」まで言ってしまうのが、ちょっとね。「君の部屋で散るんだなあ」の部分は、読者に想像させてほしかったというところがちょっとあるかもしれない。

堀本　でも、最後までやっぱり「君の部屋で散る」まで言わないと。生けてある状態だけを見せて、散るは想像してくれという考え方もできるけれども、やっぱり「散る」がないと、愛でられた時間とか、ダリアと君が過ごした時間性や空間が出てこないんじゃないかと思いました。

長嶋　そうか。これ破調か。「ダリアとし／て生まれ君の／部屋で散る」。

千野　17音なので字余りではないが、破調。

長嶋　でもさあ、なんか、「君の部屋で散る」の収まりが悪いよね。ここは「ダリアとして」と上五の字余り[*17]のようなテンポでつい受けとめちゃったのね。その落ち着きのなさは、散る感が出ているなとは思う。散っ

＊17　上五の字余りとして読むと「ダリアとして／生まれ君の／部屋で散る」と中七が6音と字足らずになりリズムが崩れる。上五の字余りとして読むためには、たとえば「ダリアとして／生まれて君の／部屋で散る」のように中七を最低7音とする必要が出る。字余りと字足らずは通常の意味での対義語ではない。字足らずは（例外もあるが）「定型でなくなる」くらいの結果をもたらす。

て、ぶつっとその人の視界はなくなったというか。存在がなくなった感じが出ているとは思ったんだけど。ダリアがねえ。

米光　そう。ぼくこの句、かっこいいと思ったんだけど、でも、イメージすると、ちょっと怖くて選べなかった。だって、ダリアってけっこうでかい花じゃないですか。

最果　ははは。

米光　散るというよりも、折れる感じで枯れるというか、首折れるやつじゃんと思って、「ダリアとして君の部屋で首折れつつ」、死んでいく感じってすごい情念で、強い意志を感じて。やばいやばいやばいと思って。

長嶋　X　JAPANの4作目のアルバムですよ、「ダリア」といえば。

米光　そうなの。永遠の一秒的な強さがあって。

長嶋　「さいでりあ」ならいいんだけどね。「パッ！とさいでりあ」[*18]に負けているんだよ。「さいでりあ」も部屋の話だからね。

米光　そっか。あれはリフォームか。

千野　追悼[*19]・小林亜星ですか。

長嶋　そうすると、どうしてもね、X　JAPAN対小林亜星ということになる（笑）。

堀本　勝手な図式を生み出しました。

米光　イメージとしてすごく強い喚起力があると思う。

堀本　いやあ、これは「ダリア」でしょう、やっぱり。「さいでりあ」じゃないですね。

最果　この句は私の句です。これは米光さんの怖いというのは間違ってなくて、私的には片思いしている女の子がせめて来世はと思って。

千野　怖っ。

最果　え、怖いですか。でも花ですよ。無害ですよ。

千野　怖いです。

最果　あらー。でも、怖い気持ちを否定してはいけないと思うのですよ。誰でも怖い気持ちを持って生きているわけですから、なんかその気持ちを相手を害せずにむしろ相手の部屋を彩る形で果たしたいと思うのはいいのではというのと、ダリアはやっぱり写真を見たときにめちゃくちゃ派手な花で、うわーって思ったから、散っていただきたいと思って、散らせたというのが大きいですね。でも、俳句で「君」って使うのはよろしいのであろうかというのは悩みました。

長嶋　なかなか成功しないですよね。

最果　でもどうしても、ここは「君」と書きたくて。それであえてそうしました。

千野　僕も俳句のワークショップを11年続けてよく見たのですが、初心者けっこう「君」を使いたがる。タヒさんだって今月始めたんだから初心者って言っていいはずなんだけど。

最果　そうですよ。

千野　でもぜんぜん違うんですよ。タヒさんのこれ。「君」の圧がぜんぜん違います。

最果　圧。ははは。ありがとうございます。10年くらい使っているからかな。季語をばーっと調べて、花で作りたいなと思ったときに「ダリア」と「あぢさゐ」、どちらで作ろうかと思って、ダリアが写真を見たときにやはり「怖っ」と思ったので、「怖っ」と思ったということはなにか心が動いたことだから、句にしようと思いました。

長嶋　なるほどね。

最果タヒ出演の経緯

長嶋　最果さん、句もさることながら、言葉が面白い。

最果　すみません。

千野　当たり判定って言葉を僕はもう忘れない。これ本当に的確ですね。

＊18　パッ！とさいでりあ　新興産業が販売していた外壁材「パッ！とさいでりあ」のこと。１９９１年から放送された小林亜星を起用したＣＭが人気を集めた。

＊19　この句会の前月（２０２１年５月）に逝去。

長嶋　相槌して、うんうんって言ってた。ふつうに聞いちゃってた。

千野　俳句やったことがない人が初めて俳句をやってくださるということ自体がすごくありがたいんですよね。

長嶋　そうだよね。

最果　一回断りましたもんね、すみませんでした。

長嶋　いえいえ、とんでもない。断り気味みたいなムードのメールをまず僕が受け取って、メンバーにこんなメール来たよって言ったんだよね。そしたら、僕はもう一押しすべきか悩んでいたんだけど、千野、米光、堀やんの3人は「いやいや、やめとけやめとけ」みたいになったんだよね。

米光　諦めたんじゃなくて、あんまりぐいぐい行かないでっていう。出たいと思ったときに出てもらったほうが絶対いいから、と思って。

長嶋　なるほどね。つまり、ブレーキかける感じのことだよね。

米光　ぐいぐい行かないでという。

長嶋　僕の中では「俺、あの子、口説こうと思うんだけど」みたいな（笑）、こんな感じの返事に対して、3人が「お前もう振られているんだよ。お前まだ行く気か！」みたいな。「脈ないよ」みたいに言われているような気がして、しゅんとなって（笑）。そしたらさ、タヒさん出てくれるってなったじゃん！

最果　一回ちゃんと断ったつもりだったんですけど、長嶋さんがまたメールくださって、うーん、でも、これ逃げるのもなあと、俳句から逃げるのもなあ。

長嶋　俺の執念深さ。

最果　堀本さんと又吉さんの本（『芸人と俳人』）で、文庫の巻末エッセイを一回書いて、あそこですごい俳句怖い、定型怖いと言ったから、いつかやらないと伏線が回収できない。

長嶋　僕は単行本を持っているからいいやと思っていたけど、文庫版のタヒさんのエッセイも必読ですね。

米光　それでタヒさんがOKしてくれたのを知らせ

る長嶋さんのメールが、「ほうらな」と書いてあって、ちょっとムカっとした。

長嶋　ほうらな。それはそうだよ。うれしかったもん！

最果　いやー、いやー。

長嶋　そして、ブレーキをかけたお前らへのなんつーの、ほうらな。「遠くから走った」もんな、メールの中で。

米光　すごい走ってきてたよ。

千野　「勝訴」と縦書きした紙持った感じで走ってきてた。

長嶋　メールの文章で、どうやって遠くから走れるんだ。うれしかったんですよ。ほんと、みんなに言いたいけど、頑張ってタヒさんを口説いたんですよ。僕が。千野、米光、堀本ではなく、僕が！

米光　その通りです。

最果　ありがとうございます。

長嶋　なんか、タイミングはありますよね。

最果　そうなんです。ちょうど穂村（弘）さんと対談で俳句の話をした直後だったので。もう逃げられへんかなというのもありーの。

長嶋　それも大きな伏線ですよね。穂村さん、いかに自分が俳句ができないかというのを僕は97、98年に聞いてるんですよ。そのときとまったく変わらないことを、穂村さんは20年前は僕に言い、20年後にはタヒさんに言っている。

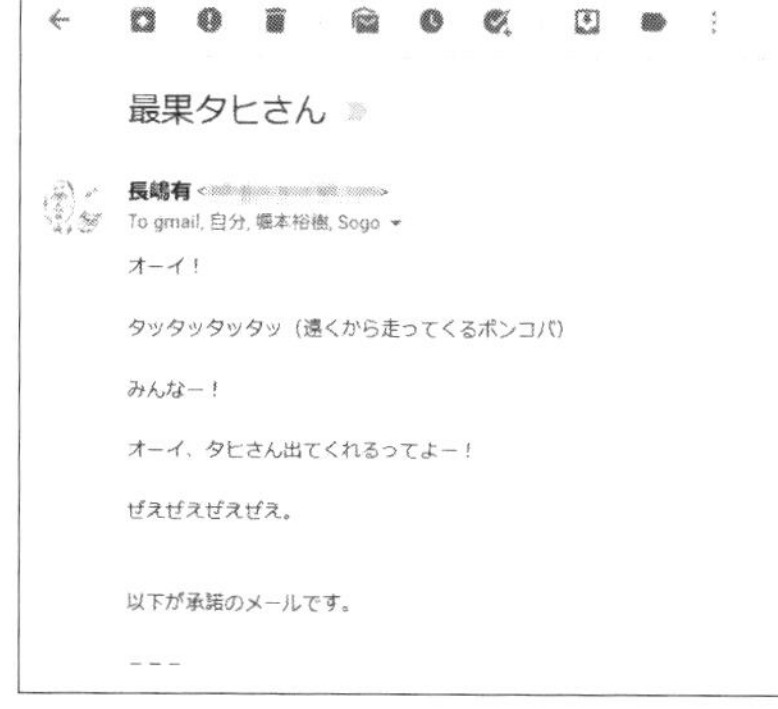

最果タヒさん

長嶋有
To gmail, 自分, 堀本裕樹, Sogo

オーイ！

タッタッタッタッ（遠くから走ってくるポンコパ）

みんなー！

オーイ、タヒさん出てくれるってよー！

ぜえぜえぜえぜえ。

以下が承諾のメールです。

－－－

長嶋が３人に送ったメール。

最果　ハンバーグの話ですね。

長嶋「俺はファミレスで、デニーズでハンバーグを食べた俳句しか作れない」。

最果　ははは。

千野　でもそんなこと言いながら穂村さん東京マッハ出てくれたしね[*20]。出てくれたどころか、好成績も収めてくれたし。

長嶋　そうそうそう。忘れもしないあの屈辱。まあいいや。

堀本　あれは浅草の東洋館でした。途中で穂村さん、マイク置いてましたよね。

長嶋　俺が熱弁を振るっているときにね。俺が熱弁を振るうと、みんなマイク置くんだよ。大江健三郎さんと対談したとき、大江さん、途中でメガネ拭いたもん。

千野　メガネぐらい拭くでしょう。

最果　曇っちゃったんでしょ。

長嶋　僕の息でね（笑）。

赤くない血を句にしたい

千野　21番。

21　黒澤映画雨も血糊も黒くて夏　　米光○　堀本○

千野　これ米光さんいかがでしょう。

米光　はい。これ、シンプルにかっこいい。血と雨が黒いというところの発見がかっこいい。「Ghost of Tsushima」というゲームが出て、「黒澤モード」というのがあって、オンにすると、モノクロでちょっとフィルムが傷んでいるみたいな感じの画面になるの。それもやはり黒澤的かっこよさみたいなものが表現されていて、そういった独特な感じみたいなことを、「雨」と「血糊」、しかもそれを「黒」ということでピックアップしているのはやはりイカしているなあ。もうすこし整理できそうな気もするんだけど、整理していないのもいいのかなあと思って、選びました。

千野　堀本さんは？

堀本　当たり前なんだけれども、そこをあえて黒いと言ったところがいいなと思いました。僕「黒く夏」でもいいのかなと思って見てましたけど、あえて字余りにしているんだろうなあという感じはしました。「黒澤映画」と上五に置いてくる大胆さに惹かれますね。そこでもうバンと黒澤の映像というのがそれぞれ目に浮かびますから、そのあとはわりとシンプルに描いているんだけれども、黒澤映画好きな人の句ですよね、きっと。

長嶋　僕は取らなかったのは、トリビアとして知っていたことがあって、黒澤映画の「七人の侍」で、黒澤が「雨が迫力がない」って言って、すごい降雨機で雨を降らせたと思うんだけど、その雨水に墨汁を入れた。だから、本当に黒いんです。雨が黒いという、それでよりフィルムに映った雨が迫力というか、モノクロである以上に黒いわけですよ。それで僕はそのトリビアを知っていたせいで選べなかった。

堀本　なるほどね。

長嶋　そのことを言っているんだとちょっと思ってしまった。作者は。

千野　はい。

長嶋　そのトリビアもありきでできた句？

千野　うん。黒澤のもう一つのトリビアは「用心棒」のやったら噴[*21]き出す血糊ね。ものすごい劇画チックな効果で出す。あれはたしか三船（敏郎）と仲代（達矢）かな。だからもう完全にトリビアonトリビアで、はい墨汁、はい血糊みたいな感じでのっけて作りました。

長嶋　なるほどね。

千野　「血」というお題が出ないとやはりこれは作れない。絶対赤くない血で作ろうと思ったんです。

＊20　vol.14「そして夏そして浅草男祭」、本書205頁参照。

＊21　斬られた俳優の体からポンプで血糊を噴出させる特殊効果。「用心棒」（1961）ではまださほど目立っていないが、同じ黒澤・三船・仲代による翌年の「椿三十郎」では山場で効果的に使用された。

長嶋　えー、面白い。

千野　赤くない血でいくためには白黒映画でないとまずいなと思って。

長嶋　他はなにがあるかなあ。

千野　あとは「プレデター」の蛍光緑色の血。「プレデター」はうまく作れなかったので。

堀本　あとは「ナメック星人」。

千野　どんな血でした？

堀本　あれは緑っぽくなかったでしたっけ。あ、紫かな⁉

長嶋　ちょっと待った。「ナメック星人」って言ったの堀やん？　急になにを言っているんだ。堀やんがそんなこと言っちゃダメだよ。堀やんはナメック星人とか知らない体でいてよ。「ナメック星人ってなんですか」って言ってよ！

堀本　けっこう『ドラゴンボール』好きなんで。

長嶋（駄々をこねる口調で）そんなの、そんなの堀やんじゃないよー。

堀本　どんなイメージなんですか！

ルールはわからなくていい

千野　今回は「血」だからか、なんとなく殺気だった句が多かったですね。

最果　ドロドロになっちゃいましたね。俳句をやって思ったのは、作風がすごい濃縮されてしまうというか、詩より濃くなっちゃうんですよ。だから、私こんな人じゃないのにと思いながら作っていました。

長嶋　定型が強くしちゃうのかな。

最果　そうかもですね。なんか読み取ってもらう部分が多くなるので、背骨的なところだけ残るから、トーンが際立っちゃうんですよね。

米光　勝手にこっちがイマジネーションで補強しちゃうから、ちょい怖いだと、すごい怖い感じにも思えてくるところがあるよね。

最果　そうそうそう。人生経験がある人が読んだほうが怖い、みたいなのもある気がします。鑑賞する人の人生経験が上乗せされていく感じがしますよね。

長嶋　なんか出てくださって、タヒさんも含め、みなさんの言葉が面白くて、今回はことに聴き入ってしまった。タヒさん、すごいうれしかった。よかった。

最果　いや、すいません、色々わかっていないことが多いなと、話を聞いていて反省することが多かったです。切れ字がわからなすぎて、ちょっともう、この世にないものだと思って作っちゃったので。

米光　わからなくていいらしいですよ。ぼく、谷川俊太郎さんと一緒にやったときに「切れ字がようやくわかってくるようになったんですよ」と自慢したら、「わかんないほうがいいよ」って言われた。

最果　そうそう。そのレポを読んで、少し励まされました。あ、谷川さんがそう言っているし、私はそれを信じて生きていこうと思いました。でもちょっと勉強します。

長嶋　勉強しないでまた来てもらったほうがいいんじゃない。ぜひまたタヒさん来てほしいね。

千野　今日はどうもありがとうございました。最果タヒさんでした。

最果　ありがとうございまーす。

千野　じゃあ、堀本裕樹。長嶋有。米光一成。司会・千野帽子でございました。どうもありがとうございました。

長嶋　お疲れさまでした。みなさん、ありがとうございました。これどうやって終わるの？

vol.27「梅雨晴のすいか畑の十年後」

No	選	句	作者	選
1		医者からの電話むつかし迎え梅雨	米光一成	
2		痩せたのは殺されたから蝉が鳴く	最果タヒ	
3		ドローンの視野にあぢさゐ選手村	千野帽子	米〇 長〇
4		汐風や片脚の浮く蟬の殻	堀本裕樹	長◎
5		全員が同じ全長またサマー	長嶋有	千〇 最× 堀×
6		指先の血は吸ってよし花胡瓜	米光一成	千◎ 最〇
7		古庭の薔薇のみ香り立つばかり	堀本裕樹	
8		血を流す鸚鵡追いかけ夕立へ	最果タヒ	米〇 堀〇
9		一人つかう外階段不織布の夏	長嶋有	最〇
10		眠る浅草眠るヒノマル写真館	千野帽子	
11		夏が来て性塗り潰し始める死	最果タヒ	
12		顔よせて予測変換ポン（ポンダリア）	米光一成	千×

番号	トップ	句	作者	評
13		保冷剤に時ゆつくりと至りけり	千野帽子	米◎ 最○ 長○
14		そのこゑに血の引きゆくや木下闇	堀本裕樹	米×
15		アロハ着て寄席は一番太鼓から	千野帽子	米○ 堀○ 長×
16		原爆忌移民の店に椅子みっつ	米光一成	千○
17		グレープ味と教わるが血だ半夏生	長嶋有	
18		幕間のロビーに白蛾死んでをり	堀本裕樹	
19		炎天や五輪ごり押し言葉死す	米光一成	
20		土星より遠くの指輪オペラの輪	最果タヒ	長○
21		黒澤映画雨も血糊も黒くて夏	千野帽子	米○ 堀○
22	♛	緞帳は等速で落ち梅雨の闇	長嶋有	最◎ 堀◎ 千○
23	♛（客）	ダリアとして生まれ君の部屋で散る	最果タヒ	堀○
24		蟻あまた踏みつ跨ぎつ奥の院	堀本裕樹	千○ 最○ 長○
25		滑りそうな葉と光沢の雨蛙	長嶋有	

♛は壇上トップ、♛（客）は客席トップの句。

あとがき

２０１１年、ＮＨＫ出版の福田直子さんが、句会を公開イベント（しかも有料開催の）にしようと言ってくれた。編集者・ライターの浅野安由さんが、僕の〈俳句は短いんじゃない。俳句は速いのだ〉というスローガンから「マッハ」というキーワードを思いついてくれた。日経ＢＰの山中浩之さんが、２００８年に浅野さん、２０１０年に堀本裕樹、２０１１年に福田さんを紹介してくれて、僕に俳句がらみの連載をさせてくれた。

この３人がいなかったら、東京マッハはなかった。

２００８年、書評家・豊﨑由美さんが、出演されるイベントの打ち上げに誘ってくださって、偶然にも米光一成と長嶋有と同じ卓を囲むことになった。その卓に歌人の枡野浩一さんもいた。僕はその３人全員、初対面だった。豊﨑さんも東京マッハを生み出したひとりだ。

ゲストのかたがた。毎度会場に来てくださる観客、配信を観てくださる視聴者のみなさん。堀本と僕の連載のイラストを担当してしまったおかげで、米光の架空のブランドの絵を描かされる羽目になった今日マチ子さん。東京マッハをここまで育ててくれた人たちだ。

10年で約30回。夜の港町をみんなでうろついたり、バンドのドサ回りのようにワンボックスカーにぎゅう詰めで移動したりした。宮崎駿の「風立ちぬ」のプレス試写を観てＴＯＨＯシネマズから出てきたら、vol.7（本書未収録）の全70席が50分で完売していたこともある。こんな日本一暢気なイベントが毎回チケット完売になるのは、いまでも不思議だ。

そして２０２０年からのオンライ

ン開催で、むしろ4人の距離が詰まったように感じる。なぜだろうと考えて、それ以前の打ち上げでは4人とも、メンバー以外の人と話すことが多かったんだと気づいた。

「東京マッハは、大喜利とフットサルと茶の湯とカラオケを足したようなイベントだ」と、ある来場者に言われた。東京マッハをやってる側はというと、高校時代になりたかった二大職業である「ホスト」と「神主」の両方になったような錯覚を、司会しながら僕は味わっている。

いつかあなたの町でも句会を開きたい。東京マッハを呼んでください。

２０２１年秋

千野 帽子

●

子供の頃、漫画やゲームばかりやってて「それでは食っていけない」と大人たちに言われてきた。それがまがりなりに、漫画やゲームを語って稼ぐようになった。

僕なんかおじさんだから「語る」くらいだが、「ゲーム実況」が今や若者たちの人気コンテンツだ。プロのゲーマーも現れ、億を稼いでいる。

そういう転換が起こるのはゲームみたいな「いかにも新しそうな」ジャンルでのことと考えそうだが、そうでもなかった。

句会を人に公開するということだけでなく「客から金を取って」いるということを、とにかく一番驚かれる。俳人に驚かれるのである。「金を払って、ではなく?」と聞き返されさえする。これまで、俳句の世界で金銭が発生するということは、カルチャースクールなどで俳人が生徒の俳句を有償で「みてあげる」ものだった。

有償、それも映画一回みるより少し高い値段を徴収して行うこのイベントが、数百人規模の会場でも満員大入り、常に大黒字。

自分でも驚くし、不思議なままだ。我々は冴えていたのかもしれないが、受容する人々の、なにかの転換があるのだと思う（客席にいるのは僕らより少し若い人々がほとんどだ）。

今回、こうして「本を出す」まではこぎ着けた。そこから先を、特に若者達の俳句の熱気を、熱の取り扱いをみてみたい。きっともっと、俳句や句会でワクワクする未来が待っているだろう。

◉

長嶋有

当時所属していた俳句結社を辞したことで職も失い、裸一貫になった僕は路頭に迷っていた。そんな折、ある連載をきっかけに千野帽子さんと出会った。千野さんと僕はすぐに打ち解けた。しばらく俳句をやめていた千野さんが再開し、ほどなく狼煙を上げたのが「東京マッハ」であった。

僕は何が始まるのか、よくわからないままに誘いに乗った。観客を入れて句会を人前で行う？　しかもただの観客ではない、選句で参加してもらうという。いったいどうなるのか……不安と怖いもの見たさとどこか活路を見出すような気持ちがないまぜになりつつ、とにかく舞台上で句会をすればいいんだなと自分を納得させ落ち着かせようとした。

千野さんが僕の他に誘いをかけたのは、長嶋有さんと米光一成さんだった。2人とも僕は初対面である。2011年6月、東日本大震災後の大きな衝撃の余韻が漂うなか、僕ら4人は、今はなきアップリンク渋谷に集まった。会場を覗くと大入り満員である。

僕は人一倍緊張していたと思う。楽屋では皆、選句に集中していた。僕は一人、ガラケーの電波の入りが悪いことに気を取られて、アンテナを伸ばしてはそれを宙に掲げたりしていた。その時、ふと気づいた。長嶋さんの小説『ジャージの二人』で似たような場面があったなと。

僕は今、その作者の眼の前で、期せずしてガラケーを掲げている。でも長嶋さんはおろか、千野さんも米光さんも僕の行為には眼もくれずに選句している。

僕は自分だけが知るささやかな行いに頬が緩んだ。なんだかその時、4人はうまく繋がるかもしれないと思った。ひょっとしたらこの公開句会、楽しくなるんじゃないかと不思議な高揚を感じはじめたのだった。

やがて楽屋から飛び出した4人が、アップリンクの舞台に立った結果は、本書に記された通りである。いや、ここに記された以上の何十倍もの熱気と笑いに包まれ、十七音の言葉を媒介にして大いに沸き上がったのであった。

　本書は僕ら４人とゲストと観客が織り成してきた句会という物語の記録である。「東京マッハ」という物語的句会は、それぞれ歩んできた道の異なる４人が意気投合し、無邪気に真剣に挑戦してきた、現代の開かれた俳句の座といえるだろう。

堀本裕樹

◉

「東京マッハ」に参加するとき、俳人でもない自分が句会を、しかもイベントとしてお客さんの前でやる、というのはいささか図々しいと思ったが、いや、句会はゲームだから、プロのゲーム作家として「ゲームとしての句会」を披露することはできるはずだという心構えで、自分を納得させた。

　させたが、ゲームとしての句会はなかなかくせもので、勝敗に関するメカニクスは甘いし、ルールを破ってもよし（字余りだから良いとか言い出す）という側面も多分にあり、（ゲームとしては）いやそれはないだろうという枠をはみ出た部分で座がグルーヴするその醍醐味に影響を受けて、ぼくは「記憶交換ノ儀式」や「月ト言葉ノ儀式」などの「これはゲームなのか？」と言われるようなゲームをデザインし、ゲームだというと論争を生むので、もはや儀式だと言い、儀式デザイナーを名乗りはじめた。

「ゲームとしての句会」の探求は生半可な道ではなく、10年東京マッハを続けてもまだその正体が摑めず、「儀式としての句会」も追求するはめになり、「架空のブランドねまちゅかねまちゅか」の本格的な立ち上げもまだだ。

　もう10年くれ。もう10年したら豊かな実りをまたひとつもぎとってみせることができる予感がする。10年後『東京マッハ２』が書籍化される予知夢も見たので、２が出た時はまた読んでください。よろしく。

米光一成

【東京マッハの開催回一覧】

vol.1「水撒いてすいか畑にいて四人」
@アップリンク渋谷（２０１１年６月12日）

vol.2「あさがや国内ファンタスティック俳句祭」
@阿佐ヶ谷ロフトＡ（２０１１年10月29日）
ゲスト＝池田澄子

vol.3「新宿は濡れてるほうが東口」
@ロフトプラスワン（２０１２年４月１日）
ゲスト＝川上弘美

vol.4「帰したくなくて夜店の燃えさうな」
@ロフトプラスワン（２０１２年７月８日）
ゲスト＝池田澄子、川上弘美

vol.5「ジョジョジョ句会」※一般非公開
@カヤバ珈琲（２０１２年５月）ゲスト＝柴崎友香

vol.6「京大マッハ 第二芸術の逆襲」
@京都大学人文科学研究所（２０１２年11月24日）
ゲスト＝藤野可織

vol.7「五反田の五とvol.7の七」
@ゲンロンカフェ（２０１３年７月21日）ゲスト＝佐藤文香

vol.8「札幌マッハ 北北東に越境せよ」
@生活支援型文化施設コンカリーニョ
（２０１３年９月19日）ゲスト＝柴崎友香

vol.9「さっきから好意の「う」の字なくて雪」
@アツコバルー（渋谷）（２０１４年１月27日）
ゲスト＝名久井直子

vol.10「君と僕と新宿春の俳句まつり」
@風林会館（２０１４年４月13日）ゲスト＝西加奈子

vol.11「あなたとはフォントがちがう夏休み」
@成城ホール（２０１４年７月27日）ゲスト＝松田青子

vol.12「0012女王陛下の飛騨マッハ」
@高山市民文化会館（２０１４年10月12日）
ゲスト＝藤野可織

vol.13「神楽坂新春スタア俳句ショー」
@la kagū（２０１５年１月12日）ゲスト＝衿沢世衣子

vol.14「そして夏そして浅草男祭」
@浅草東洋館（２０１５年６月７日）ゲスト＝穂村弘

vol.15「ぽかと口開けて忘年会に出る」
@新宿グラムシュタイン（2015年12月28日）
ゲスト＝山内マリコ

vol.16「こんなことばかりやってて春になる」
@紀伊國屋新宿南店3F（2016年2月18日〜3月9日）
ゲスト＝藤野可織　※書店でのフェアとして紙面開催

vol.17 大東京マッハ「窓からの家出を花のせいにする」
@紀伊國屋サザンシアター（2016年3月6日）
ゲスト＝池田澄子、村田沙耶香

vol.18「想像の月まぶしくて目をあける」
@ルオムの森（2016年8月28日）ゲスト＝谷川俊太郎

vol.19「花そして特攻野郎何チーム」
@東京堂ホール（2017年3月26日）

vol.20「北九マッハ 春・海峡で落ち合えば」
@三宜楼（北九州）（2018年2月10日）
ゲスト＝海猫沢めろん

vol.21「三つ編みを解いて忘れる櫻貝」
@浅草東洋館（2019年3月10日）
ゲスト＝岸本葉子、小林エリカ

vol.22「春一番俳句は入門できるのだ」
@東京カルチャーカルチャー（渋谷）（2020年2月11日）
ゲスト＝オカヤイヅミ

vol.23 ※一般非公開
@オンライン（2020年3月29日）
選句のみのゲスト＝藤野可織

vol.24「國難ニ際シ句會ヲ配信ス」
@オンライン（2020年4月5日）ゲスト＝藤野可織

vol.25「晩春の地上の君の部屋で会おう」
@オンライン（2020年5月3日）ゲスト＝海猫沢めろん

vol.26「あぢさゐはゆふべ九歳になつたよ」
@オンライン（2020年6月13日）ゲスト＝柴崎友香

vol.27「梅雨晴のすいか畑の十年後」
@オンライン（2021年6月25日）ゲスト＝最果タヒ

vol.28「真夏の果実五種盛りにして無観客」※一般非公開
@オンライン（2021年8月2日）
ゲスト＝村上健志（フルーツポンチ）

vol.29「魔法壜魔法使いにもらって雪」
@オンライン（2021年11月12日）ゲスト＝千葉雅也

【ゲストプロフィール】

池田澄子（いけだ・すみこ）

１９３６年、鎌倉に生まれ、新潟に育つ。30歳代の終わり近くに俳句に出会う。三橋敏雄に師事。句集『空の庭』、『いつしか人に生まれて』、『現代俳句文庫29』、『ゆく船』、『たましいの話』、『拝復』、『思ってます』、『此処』。散文集『あさがや草紙』、『休むに似たり』、『シリーズ自句自解１、ベスト１００・池田澄子』。対談集『金子兜太×池田澄子・兜太百句を読む』。所属「トイ」、「豈」。近刊にエッセイ集『本当は逢いたし』（日本経済新聞出版）。

川上弘美（かわかみ・ひろみ）

１９５８年、東京生まれ。１９９６年『蛇を踏む』で芥川賞、２００１年『センセイの鞄』で谷崎潤一郎賞、２００７年『真鶴』で芸術選奨文部科学大臣賞、２０１５年『水声』で読売文学賞、２０１６年『大きな鳥にさらわれないよう』で泉鏡花賞を受賞。著作に『神様』、『ニシノユキヒコの恋と冒険』、『パスタマシーンの幽霊』、『某』、『三度目の恋』など。

西加奈子（にし・かなこ）

１９７７年、テヘラン生まれ。２００４年『あおい』でデビュー。２００７年『通天閣』で織田作之助賞、２０１３年『ふくわらい』で河合隼雄物語賞、２０１５年『サラバ！』で直木賞を受賞。著作に『さくら』、『漁港の肉子ちゃん』、『舞台』、『まく子』、『ｉ』など。近刊に『夜が明ける』（新潮社）。

藤野可織（ふじの・かおり）

１９８０年、京都府生まれ。２００６年「いやしい鳥」で第１０３回文學界新人賞、２０１３年『爪と目』で第１４９回芥川賞、２０１４年『おはなしして子ちゃん』で第２回フラウ文芸大賞を受賞。著書に『パトロネ』、『［現代版］絵本 御伽草子 木幡狐』（絵・水沢そら）、『ドレス』、『ファイナルガール』、『私は幽霊を見ない』、『ピエタとトランジ〈完全版〉』、『来世の記憶』など。

穂村弘（ほむら・ひろし）

１９６２年、北海道生まれ。歌人。１９９０年、歌集『シンジケート』でデビュー。現代短歌を代表する歌人として、その魅力を広めるとともに、評論、エッセイ、絵本、翻訳など様々な分野で活躍している。２００８年、短歌評論集『短歌の友人』で第19回伊藤整文学賞、連作『楽しい一日』で第44回短歌研究賞、２０１７年、エッセイ集『鳥肌が』で第33回講談社エッセイ賞、２０１８年、歌集『水中翼船炎上中』で若山牧水賞を受賞。他の歌集に『ドライ ドライアイス』、『手紙魔まみ、夏の引越し（ウサギ連れ）』、『ラインマーカーズ』（自選ベスト版）など。近刊に『シンジケート［新装版」』(講談社)。

村田沙耶香（むらた・さやか）

1979年、千葉県生まれ。玉川大学文学部卒業。2003年『授乳』で群像新人文学賞(小説部門・優秀作)を受賞しデビュー。2009年『ギンイロノウタ』で野間文芸新人賞、2013年『しろいろの街の、その骨の体温の』で三島由紀夫賞、2016年『コンビニ人間』で芥川賞を受賞。著作に『殺人出産』、『地球星人』、『生命式』、『丸の内魔法少女ミラクリーナ』など。

谷川俊太郎（たにかわ・しゅんたろう）

詩人。1931年東京生まれ。1952年、第一詩集『二十億光年の孤独』を刊行。1962年「月火水木金土日の歌」で第4回日本レコード大賞作詩賞、1975年『マザー・グースのうた』で日本翻訳文化賞、1982年『日々の地図』で第三十四回読売文学賞、1993年『世間知ラズ』で第1回萩原朔太郎賞など受賞・著書多数。詩作のほか、絵本、エッセイ、翻訳、脚本、作詞など幅広く作品を発表している。近刊に『虚空へ』(新潮社)。

最果タヒ（さいはて・たひ）

詩人。1986年生まれ。2004年よりインターネット上で詩作をはじめ、翌年より「現代詩手帖」の新人作品欄に投稿をはじめる。2006年、現代詩手帖賞受賞。2007年、第一詩集『グッドモーニング』を刊行。同作で中原中也賞を受賞。以後の詩集に『空が分裂する』、『死んでしまう系のぼくらに』(現代詩花椿賞)、『夜空はいつでも最高密度の青色だ』(2017年、石井裕也監督により映画化)、『愛の縫い目はここ』、『天国と、とてつもない暇』、『恋人たちはせーので光る』、『夜景座生まれ』がある。小説作品に『星か獣になる季節』、『十代に共感する奴はみんな嘘つき』など、エッセイ集に『きみの言い訳は最高の芸術』、『「好き」の因数分解』、『コンプレックス・プリズム』などがある。近刊に短編小説集『パパララレレルル』(河出書房新社)、エッセイ集『神様の友達の友達の友達はぼく』(筑摩書房)。

〈写真〉

10、11、19、21、32、40、52頁
……山中浩之（日経ＢＰ）
55、61頁……渡部充紀
155、215頁……名久井直子
168、279頁……平岩壮悟
201頁……石津文子
259、288頁……アプレゲール提供
326、334頁……長嶋有提供
340頁……千野帽子

千野帽子（ちの・ぼうし）

日曜文筆家。女性誌・文芸誌・新聞などにエッセイ、書評を寄稿。著書に『人はなぜ物語を求めるのか』『物語は人生を救うのか』（いずれもちくまプリマー新書）、『俳句いきなり入門』（NHK出版新書）、『読まず嫌い。』（角川書店）、『文藝ガーリッシュ』シリーズ（2冊、河出書房新社）、『文學少女の友』（青土社）、編著『オリンピック』『富士山』『夏休み』（いずれも角川文庫）、『ロボッチイヌ　獅子文六短篇集モダンボーイ篇』（ちくま文庫）。

ツイッター

https://twitter.com/chinoboshka

自選一句

「墓石にジッパーがある開けて洗う」

長嶋有（ながしま・ゆう）

小説家、俳人。「猛スピードで母は」で芥川賞（文春文庫）、『夕子ちゃんの近道』（講談社文庫）で大江健三郎賞、『三の隣は五号室』（中央公論新社）で谷崎潤一郎賞を受賞。近作に『ルーティーンズ』（講談社）。句集に『新装版　春のお辞儀』（書肆侃侃房）。その他の著作に『俳句は入門できる』（朝日新書）、『フキンシンちゃん』（エデンコミックス）など。

公式サイト

http://yu-and-bk.com

自選一句

「素麺や礫のウルトラセブン」

堀本裕樹（ほりもと・ゆうき）

俳人。俳句結社「蒼海」主宰。二松学舎大学非常勤講師。2016年度、2019年度「NHK俳句」選者。著書に句集『熊野曼陀羅』（文學の森）、又吉直樹との共著『芸人と俳人』（集英社文庫）、『俳句の図書室』（角川文庫）、穂村弘との共著『短歌と俳句の五十番勝負』（新潮社）、『NHK俳句　ひぐらし先生、俳句おしえてください。』（NHK出版）、『桜木杏、俳句はじめてみました』（幻冬舎文庫）、『散歩が楽しくなる　俳句手帳』（東京書籍）など多数。

公式サイト

http://horimotoyuki.com

自選一句

「耳は葉に葉は耳になり青葉闇」

米光一成（よねみつ・かずなり）

ゲーム作家。儀式デザイナー。デジタルハリウッド大学教授。「ぷよぷよ」、「BAROQUE」、「はぁって言うゲーム」、「変顔マッチ」、「あいうえバトル」、「むちゃぶりノート」など、デジタルからアナログまで幅広くゲーム作品を企画監督する。最近は、儀式デザインも行い「記憶交換ノ儀式」で儀式長を110回以上つとめる。いま作っているのは「走るメロスたち改」、「キーワードストーリー」、「偽魔導」、「月ト言葉ノ儀式」。

ツイッター

https://twitter.com/yonemitsu

自選一句

「外は春不要不急の水餃子」

東京(とうきょう)マッハ——俳句を選んで、推して、語り合う

2021年12月10日　初版

著　者　千野帽子、長嶋有、堀本裕樹、米光一成

発行者　株式会社晶文社

東京都千代田区神田神保町1-11　〒101-0051

電話　03-3518-4940（代表）・4942（編集）

URL http://www.shobunsha.co.jp

印刷・製本　中央精版印刷株式会社

©Boshi CHINO, Yu NAGASHIMA, Yuki HORIMOTO, Kazunari YONEMITSU 2021

ISBN 978-4-7949-7287-3 Printed in Japan

JCOPY ＜（社）出版者著作権管理機構 委託出版物＞

本書の無断複写は著作権法上での例外を除き禁じられています。
複写される場合は、そのつど事前に、（社）出版者著作権管理機構
（TEL：03-5244-5088 FAX：03-5244-5089 e-mail: info@jcopy.or.jp）の許諾を得てください。

〈検印廃止〉落丁・乱丁本はお取替えいたします。

晶文社

好評発売中

ざらざらをさわる　三好愛

くだりのエスカレーターが苦手、あの子がお味噌汁とご飯に降格しますように、卒業直前に突然会えなくなった同級生、子供のころ好きだった食べ物「物体A」、人のよい空き巣に遭遇する、『スラムダンク』22巻を繰り返し読む、ドライヤーが動くのをただ見ている……。なめらかには進めなかったけど、とんでもないでこぼこでもなかったざらざらたち。大人気イラストレーターの言葉とイラストの宇宙へ。

水中の哲学者たち　永井玲衣

「もっと普遍的で、美しくて、圧倒的な何か」それを追いかけ、海の中での潜水のごとく、ひとつのテーマについて皆が深く考える哲学対話。若き哲学研究者にして、哲学対話のファシリテーターによる、哲学のおもしろさ、不思議さ、世界のわからなさを伝える哲学エッセイ。当たり前のものだった世界が当たり前でなくなる瞬間。そこには哲学の場が立ち上がっている。さあ、あなたも哲学の海へダイブ！　帯文：最果タヒ、穂村弘。

語り芸パースペクティブ――かたる、はなす、よむ、うなる
玉川奈々福 編著

節談説教、ごぜ唄、説経祭文から義太夫、講談、能、落語、浪曲――そしてラップまで。視覚優位の現代で、聴く力、想像する力を要する芸が、かほど多様に受け継がれ、生き残っているのはなぜか。今聞きうる語り芸の第一人者を招き、実演とともにそれぞれの芸がどのような土壌から生まれ、どんな特色を持ち、それらを担い、享受した人々たちはどのような存在だったのかを引き出す。今を生き抜く語り芸の語られざる深層を掘り起こす冒険的講演録。

コンヴァージェンス・カルチャー――ファンとメディアがつくる参加型文化
ヘンリー・ジェンキンズ 著　渡部宏樹　北村紗衣　阿部康人 訳

映画やアニメ、ゲーム、コミックなど多岐にわたるメディア・プラットフォームのもとに、ポップカルチャーのファンたちは集まり、コミュニティをつくる。そこは新しい知識が生み出され、主体的な参加が促される創造的な場である。ファンと産業界が衝突しながらもともに切りひらいてきた豊かな物語世界の軌跡をたどり、参加型文化にこれからの市民社会を築く可能性を見出す。メディア研究の第一人者が＜コンヴァージェンス＞の理論をもちいてトランスメディアの複雑な関係を読みとく古典的名著。